Gallmeister

MEURTRES
À WILLOW POND

DU MÊME AUTEUR

La Bouffe est chouette à Fatchakulla, Gallimard, 2008

Ned Crabb

MEURTRES À WILLOW POND

Roman

Traduit de l'américain
par Laurent Bury

Gallmeister

Collection NOIRE

Titre original
Lightning Strikes

ISBN 978-2-35178-108-1
ISSN 1952-2428

À Kay, Elizabeth, Adelaide et Frank

Orage imminent

chaude journée de juillet calme
comme la mort cigales
chantent
soleil blanc ardent douce
brise se lève feuilles
murmurent nuages
sombres se dressent orage
imminent

(TIRÉ DES POÈMES NI RECUEILLIS, NI PUBLIÉS,
NI LUS DE PRESTON THORNDIKE SELDON
HAWTHORNE WHITTIER GARFIELD GODWIN)

Prologue

À 6 H 30, UN matin de juillet particulièrement ensoleillé, dans les camps de pêche McCorkle situés au bord de Winsokkett Pond, dans le Mainc, dans le troisième camp au nord en remontant le chemin est-ouest qui serpentait sur quatre cents mètres jusqu'à la grande route, à l'intérieur d'une maison où le vrombissement nerveux d'un moulin à café rivalisait avec le concerto matutinal des pinsons, fauvettes, moineaux, geais, roitelets et mésanges qui peuplaient les bois épais environnants, Alicia Godwin, professeur de littérature anglaise retraitée, preuve d'un mètre quatre-vingt-huit que l'âge mûr ne diminue pas nécessairement le charme physique, se tenait nue dans la cuisine aux proportions modestes, savourant l'arôme d'un café du Costa Rica fraîchement moulu, tout en regardant Six Godwin, professeur d'histoire retraité, également nu, sortir en souriant de la chambre et se diriger vers elle en passant devant la grande cheminée de pierre et les chaises longues.

— Ahh, articula Six d'un ton professoral, Orphée frappant sa lyre s'éveilla-t-il jamais face à une vision surpassant la tienne ?

— Frappant sa quoi ?

— Sa lyre.

— Je me demandais si j'avais bien entendu.

Six entra dans la cuisine, prit son épouse dans ses bras et contempla le visage qu'il adorait encore après toutes ces années. Peu d'hommes étaient physiquement capables de baisser les yeux vers Alicia, mais il mesurait un mètre quatre-vingt-dix-huit, soit six pieds et six pouces, taille que les amis des Godwin jugeaient exceptionnellement appropriée pour un homme prénommé Six. À peine quinze minutes plus tôt, ils s'étaient étreints de façon plus soutenue. Cela n'empêcha pas le câlin de la cuisine de susciter chez cet Orphée dégingandé une réaction physiologique qui poussa son Eurydice à glousser et à baisser les yeux pour admirer cette ardeur soudaine.

— Doux Jésus, s'exclama-t-elle, n'as-tu pas été rassasié dans notre lit de stupre ?

— La bête sort du bois.

— Ça m'en a tout l'air.

— Reviens-t'en dans notre antre, douce amie.

— Tu ne veux pas un petit café, d'abord ?

— Excellente suggestion. C'est quoi, aujourd'hui : Éthiopie, Kenya ou Guatemala ?

— Costa Rica.

— Tout droit venu du flanc des montagnes ?

— Cueilli et emballé avant-hier.

Alicia sourit à Six et pinça une des pommettes qu'il avait saillantes. En elle aussi, la bête ressortait du bois, pour ainsi dire.

La vie de plein air avait maintenu en forme leur corps long et musclé, désormais embelli par un bronzage intense, fruit de journées au soleil à bord de leur bateau de pêche sur Winsokkett Pond, ainsi que sur d'autres eaux voisines, comme North Pond, Great Pond, Willow Pond, Lake Salmon et McGrath Pond. Les cheveux d'Alicia avaient prématurément blanchi alors qu'elle venait d'atteindre la quarantaine, et depuis, ceux de Six étaient également devenus blancs. Comme la plupart des amateurs de grand air, ils les portaient tous deux très courts, parachevant l'image d'un couple bien assorti.

Trente ans auparavant, Six et Alicia étaient de jeunes maîtres de conférences récemment nommés – elle enseignait la littérature anglaise, lui, l'histoire – dans la même petite université du Massachusetts. Leurs regards s'étaient croisés pour la première fois alors qu'ils traversaient le campus, et chacun avait aussitôt apprécié ce qu'il avait vu. Rien d'étonnant à cela, puisqu'ils étaient physiquement si semblables. Comme on pouvait s'y attendre de deux jeunes gens d'une telle stature, ils étaient remarquablement élancés, tout en jambes, en bras et en coudes ; leur visage oblong, dont la beauté n'était certes pas classique, était éclairé par de grands yeux marron et par une large bouche au sourire charmant.

Leurs deux premières rencontres sur le campus les avaient rendus tous deux muets tant d'embarras que de désir. À la troisième occasion, Alicia décida qu'il fallait agir ; elle s'arrêta devant Six, lui barrant le passage, lui sourit et le dévisagea, l'air de dire : Mais qu'est-ce que tu attends, à la fin ?

Après avoir appris qu'ils étaient apparentés à quelques-unes des mêmes vieilles familles de Nouvelle-Angleterre, Six procéda à des recherches frénétiques et apprit, à leur grand soulagement mutuel, qu'ils n'étaient que cousins au troisième degré. Une fois ce point établi, ils tombèrent très raisonnablement amoureux. Quand Six découvrit qu'Alicia était aussi férue de pêche, il sut qu'il existait un Dieu.

Tous deux continuèrent à enseigner, et Alicia mit au monde deux filles qu'ils chérirent et élevèrent pour en faire des adultes équilibrées (en théorie, car on n'en est jamais sûr). Quand celles-ci purent voler de leurs propres ailes, Six et Alicia prirent un énorme risque financier en partant à la retraite après seulement vingt années d'enseignement et ouvrirent un commerce de vente par correspondance de livres anciens. Leurs parents respectifs – eux aussi universitaires aux ressources limitées – purent les aider un peu, mais surtout, une de leurs nombreuses cousines – à la tête d'une fortune impressionnante – leur consentit un prêt colossal à intérêt zéro. Les bénéfices de la vente de livres et les aquarelles d'Alicia, qui se vendaient comme des petits pains dans trois galeries d'art de la côte, finançaient leur camp de Winsokkett Pond et leur laissaient assez de temps libre pour pêcher tout leur soûl.

À 8 h 15, après le petit déjeuner, une nouvelle tournée de café et une nouvelle fournée de sexe, Six et Alicia allèrent au bout de leur ponton en forme de T, s'assirent dans des fauteuils de metteur en scène au tissu décoloré et distendu dont le bois fendu blanchi au soleil grinça et craqua sous la tension, et admirèrent la journée chaude et tranquille qui s'étendait devant eux.

— Un été, faudra peut-être s'acheter de nouveaux fauteuils, annonça Six.

— Eh oui. Peut-être bien.

Alicia n'avait pas envie d'y penser. Une fois habituée à un siège, elle ne voulait plus jamais s'en débarrasser.

Sur la rive opposée, à l'ouest, d'autres camps semblables à celui de McCorkle, nichés dans les épaisses forêts encerclant tout Winsokkett, étaient à peine visibles sans jumelles. Des collines boisées s'élevaient derrière les rives sud et ouest ; au nord-ouest et au nord, des chaînes de collines puis de montagnes, de diverses nuances de vert, ondulaient jusqu'à l'horizon. En dehors du moteur Evinrude 50 chevaux d'un noir luisant sur le bateau de pêche de cinq mètres cinquante des Godwin, rien n'indiquait à l'œil que l'on n'était pas en 1946 plutôt qu'en 2010.

La tenue de pêche de Six et d'Alicia ne gâtait pas cette illusion. Ils portaient une vieille casquette à longue visière effilochée, un jean délavé, rapiécé aux genoux, retenu par une ceinture de cuir craquelé, une chemise kaki élimée, constellée de taches d'huile et de poisson, et des chaussures bateau dans un état avancé de biodégradation, raccommodées au fil de pêche. Les jeunes payaient des prix considérables pour ce genre de vêtements "usés" dans des magasins comme Old Navy ou Gap, à une importante différence près : les habits qu'ils achetaient étaient neufs ; le couple Godwin avait fatigué les siens à force de les porter constamment pendant des années. Dès lors que Six et Alicia s'étaient habitués à pêcher dans une certaine tenue, ils détestaient s'en dessaisir, et quand une chemise, un jean ou une paire de mocassins finissaient par ne plus être mettables, ils les accrochaient à une patère dans leur chambre et les y laissaient, tout comme d'autres suspendent au-dessus d'une cheminée des trophées de chasse ou de pêche.

Le labrador sable des Godwin, Rudolph, s'avança jusqu'au bout du ponton, choisit un endroit près du fauteuil d'Alicia, tourna trois fois sur lui-même, se coucha avec un profond soupir et se mit à examiner ses parties intimes. Leur chat roux – appelé Rouquin, avec bon sens – suivit bientôt, mais de manière plus aléatoire, marquant plusieurs arrêts afin d'observer fixement les hirondelles qui descendaient des branches en piqué pour aller boire à la surface de l'eau.

— J'ai une idée, proclama vivement Six.

— Qui a besoin d'idées d'aussi bonne heure ?

— Prenons de l'avance aujourd'hui et demain en pêchant un peu le matin et le soir, puis accordons-nous deux jours et une nuit chez Gene. On n'a pas encore pêché dans Willow Pond cet été.

C'était grâce à la générosité d'Iphigene Seldon – cousine au deuxième degré de Six, au troisième d'Alicia – que les Godwin avaient pu lancer Winsokkett Antiquarian Books. Elle était propriétaire d'une célèbre demeure historique, Cedar Lodge, bâtie au bord de Willow Pond, un immense lac d'une beauté sauvage, immédiatement à l'ouest de North Pond. Cedar Lodge était le principal camp de chasse et de pêche dans le centre du Maine.

— Je me trompais, reconnut Alicia. Il n'est absolument pas trop tôt pour avoir de bonnes idées. C'est d'accord. Si toutes les chambres sont occupées, on pourra au moins pêcher là-bas.

— On n'aura besoin que de nos lignes. Gene a des tas de bateaux à louer.

— Génial, dit Alicia en souriant à Six. Une dernière tasse de Costa Rica, et on prépare notre programme de ministres.

Ainsi commença une nouvelle journée de splendeur paisible pour les professeurs Godwin, dans la région paradisiaque des lacs du Maine rural.

Hélas, comme nous le signale la mythologie de diverses religions, les ennuis finissent toujours par éclater au paradis. Alors que Six et Alicia, assis sur leur ponton, considéraient avec une placidité taoïste la journée qui s'offrait à eux, le mal assassin, condition humaine étrangère au vécu des Godwin, était tapi, inerte mais prêt à bondir, sous la surface inoffensive de Cedar Lodge. Six et Alicia ne pouvaient le savoir, bien sûr, mais en quelques jours, ce mal, une fois surgi, les envelopperait dans sa terreur.

Un orage meurtrier se préparait à l'ouest et il progressait vers eux.

1

Au bout du ponton, Brad Seldon regardait Sam, leur employé, présenter un de leurs bateaux – trois chaises de pêche, moteur de traîne à l'avant et à l'arrière – à ses clients, un couple qui était arrivé tard la veille et qui s'était couché épuisé. Brad imaginait déjà à quoi ressemblerait cette ravissante femme blonde, étendue dans le plus simple appareil sur son lit à lui. Tout doux, l'étalon, songea-t-il en se moquant de lui-même. Aucune chance. Elle est venue avec son mari. À supposer qu'il soit bien son mari, du moins. Ni l'un ni l'autre ne portait d'alliance.

Mariés ou pas, Brad remarqua – comment ce détail aurait-il pu lui échapper ? – que la femme – Terry ? C'était bien son prénom ? – lui adressait déjà de grandes œillades et un large sourire. Ils étaient arrivés à Cedar Lodge en disant qu'ils adoraient pêcher le black-bass et qu'ils cherchaient un site de premier choix. Paaarfait, décida Brad, je vais leur en mettre plein la vue avec des black-bass à petite bouche qui sautent, se battent, dansent, et des grandes bouches qui feront plier leur canne. Et peut-être un brochet ou deux pour le fun. Histoire d'exciter la petite dame. Comme Brad l'avait découvert au cours de ses vingt-deux années en tant que guide dans le Maine, la pêche avait souvent un effet délicieusement stimulant sur les femmes.

Sur certaines femmes. Celles qui apprécient les vrais mâles. Les chemises à carreaux, les idylles devant le feu de camp où l'on fait frire les prises du jour. Tout droit sorti d'un catalogue L.L. Bean des années 1950. Eh ouais, songea Brad, les vrais mâles et les rêveries autour d'un feu de bois.

Brad Seldon savait pertinemment qu'il se ruinait la santé à force de boire, mais il était un mâle viril, aucun doute là-dessus. Il ricana quand lui revint à l'esprit une chanson paillarde apprise à l'université : *Nous on est les vrais mâles, on saute toutes les...* Gloups ! Le couple repartait vers le lodge. Qu'est-ce qu'ils avaient ? Il s'approcha de Sam et dit :

— C'est quoi, le problème, Sam ?

Sam, jeune étudiant embauché pour le deuxième été consécutif, roula des yeux.

— Leur panier pique-nique et leurs thermos.

— Leur panier... Oh merde.

— Ils ont l'air sympa, pourtant.

Brad fusilla Sam du regard et dit :

— Je retourne sous le porche.

L'employé savait que cette phrase codée signifiait : "J'ai besoin d'un verre". Dix heures trente du matin et Brad avait déjà envie d'une réconfortante rasade de bourbon. Eh bien, c'était la faute des clients, décida-t-il – Terry ? Et... comment s'appelait le type ? Un prénom abominable comme Jason – parce qu'ils avaient refusé la proposition d'une sortie au lever du soleil. Boire n'affecta cependant pas son objectif immédiat, car même rond comme une pelle, il pouvait tirer un plein bateau de poisson de n'importe quelle eau. Du bassin d'un jardin public. D'une baignoire.

Brad contempla Willow Pond, deuxième lac du centre du Maine en termes de superficie. Sur sa rive ouest et dans la partie de la rive est la plus proche de Cedar Lodge, à la pointe sud, il y avait beaucoup de camps privés, certains nouveaux, d'autres très anciens, remontant aux années 1910 ou 1920 ; les maisons en bois les plus récentes étaient en général construites dans le style traditionnel, avec de grands porches grillagés ou bien ouverts, et un ou deux étages sous un toit pentu. Ces derniers temps, même les lodges historiques avaient été rénovés pour qu'on y installe le chauffage. Il y avait trois îles au milieu du lac, toutes couvertes d'énormes saules pleureurs qui surplombaient les ruines desséchées d'anciens camps et pontons.

Le lac était calme à présent, mais il était sujet à des changements brusques et tumultueux quand de terribles orages ou des vents brutaux rugissaient par-dessus les montagnes à l'ouest et au nord, ou soulevaient dans l'eau des vaguelettes écumantes. C'est ici que s'étaient déroulées son enfance et son adolescence, sur ce gigantesque lac solitaire et hanté, où ses parents avaient connu une mort violente, où la seule femme – ce n'était qu'une jeune fille, à l'époque, en réalité – qu'il ait jamais aimée s'était noyée. C'est ici… oh, bon sang, il avait vraiment besoin d'un verre.

Aux yeux d'un observateur extérieur le voyant remonter le ponton jusqu'à la cachette où il dissimulait son whisky, sous l'énorme porche du rez-de-chaussée, il n'avait pas l'air d'une épave alcoolique, mais d'un bel homme qui marchait avec une assurance sportive. Il n'était pas excessivement grand, environ un mètre quatre-vingt, avait de larges épaules, et était svelte, même si son ventre s'amollissait à force de consommer du bourbon de qualité. Différentes vieilles lignées de Nouvelle-Angleterre avaient fusionné pour lui donner des traits rappelant le jeune Errol Flynn (lui aussi gâté par l'alcool) et peut-être un peu Ronald Coleman. Le hasard génétique avait gratifié Brad d'une épaisse tignasse frisée, d'un brun fauve. Cette combinaison était fatale pour les femmes qui, premièrement, préféraient le brio des stars de cinéma de l'âge d'or à la beauté boudeuse des morveux actuels d'Hollywood, et deuxièmement, dont le sonar personnel était dépourvu de la fonction détecteur de requins.

Il monta les larges marches menant au porche et s'approcha du bac à fleurs glissé entre les fauteuils en osier ou en bois qui abritait sa bouteille de George Dickel et un petit verre. Dans ces moments-là, Brad suivait la mise en garde catégorique de son père : "Un gentleman ne boit jamais de bon whisky au goulot". Alors qu'il se servait son premier verre de "soutien spirituel", comme il disait, une voix sonore retentit :

— Sam ! Quand ils seront partis, tu iras chercher trois canots et tu les prépareras.

— Bien, madame !

La propriétaire de cette voix exubérante parcourut d'un pas décidé le long porche jusqu'à Brad. Iphigene Seldon, sa tante, maîtresse de Cedar Lodge ; il l'appelait le Duce, la réincarnation de Benito Mussolini dans le corps d'une vieille femme. Un corps encore ferme, néanmoins, Brad devait le concéder. Elle avait les cheveux blancs coupés courts, elle était bronzée comme un surfeur du Pacifique sud, et la peau de son visage ressemblait à une noix de coco. Aujourd'hui, remarqua-t-il, elle arborait l'un de ses ensembles caractéristiques, que Merrill, la sœur de Brad, surnommait "le Hemingway" : une chemise de pêche blanche et ample, avec quatre poches et des accroches pour suspendre le matériel, un short kaki aux multiples poches et des chaussures bateau. La chemise était retroussée au-dessus des coudes, dévoilant des avant-bras musculeux et noircis par le soleil. Soixante-dix ans et encore capable de soulever un moteur 20 chevaux du tableau arrière d'un bateau pour le porter jusqu'au ponton. "Je pourrais arracher ses couilles à un lynx", sa formule préférée, exprimait bien l'admiration qu'elle avait pour elle-même.

Chose étonnante pour Brad, surtout alors qu'il l'observait fonçant vers lui, elle était encore sexuellement active. Chaque saison, elle réussissait à séduire au moins un des vieux pêcheurs sans attaches qui venaient au lodge en quantité appréciable entre fin avril et début octobre. Un vieux beau était arrivé la veille vers midi et, dès le soir, Gene lui offrait des verres au bar. En visualisant ce que cela pourrait donner au lit, Brad en avait le vertige.

Comme toujours, Amos, le chien de Saint-Hubert aux yeux tristes, se traînait derrière sa maîtresse. Dix étés auparavant, un autre vieux beau, un riche célibataire de Géorgie, était descendu à Cedar Lodge et avait craqué pour le romantisme rugueux de Gene ; il lui avait dit qu'elle lui rappelait les fermières du village de son enfance, qui faisaient ça contre le mur derrière la grange. Gene avait été charmée par la comparaison, lui avait mis une claque sur son postérieur nu et lui avait dit de venir la voir l'été suivant. Il avait obéi. Et il lui avait apporté un chiot. Toute femme digne de ce nom, avait-il déclaré, devait avoir un gros chien à ses pieds.

Ce jour-là, neuf ans plus tard, c'était précisément où se trouvait Amos. Il suivait Gene qui, les poings sur les hanches et le menton en avant, marchait à grands pas vers Brad.

— Mais qu'est-ce qui se passe, bon Dieu ? Je croyais que tu avais déjà commencé.

Brad se pencha pour caresser Amos. Il détestait sa tante, mais il aimait son chien.

— Panier pique-nique.

— Pardon ? Tu es déjà ivre ?

— Je ne suis pas ivre, mais ils vont se chercher un panier pique-nique.

— Merde.

— J'ai eu la même réaction.

— Remplis-moi le bateau de black-bass. Ils sont importants, ces deux-là.

— Je rapporte toujours du poisson, tu le sais bien. Et pourquoi ils sont importants ?

— Investisseurs potentiels.

Brad haussa les sourcils.

— Ah bon ? On a besoin d'investisseurs ?

— J'ai des projets.

— Tu as toujours des projets.

— Je les entends dans l'escalier. Tu as tout ce qu'il te faut ? Ta bouteille, ta bite... Ton cerveau, tu peux t'en passer.

Brad dévisagea Gene et se rendit compte pour la énième fois qu'il aurait adoré voir sa tante tomber raide morte.

— Va te faire foutre, répliqua-t-il.

Gene sourit, savourant cet instant, savourant leur haine mutuelle. Elle aurait tant adoré lui mettre son poing dans la gueule. Et à Merrill aussi. Ils étaient exactement comme leurs parents, Reg et Annice, si beaux, si prétentieux, si cruels dans leur mépris pour tous ceux qui ne leur ressemblaient pas. Elle rêvait de se débarrasser d'eux, mais ils étaient bien trop précieux. Comme guides de pêche, personne ne leur arrivait à la cheville dans cette partie du Maine, ni probablement dans tout l'État.

Ils connaissaient mieux que quiconque Willow Pond, vaste étendue d'eau parfois meurtrière, tout comme les lacs plus petits et les rivières des environs. Ils étaient devenus l'image de Cedar Lodge. On les voyait sourire sur les publicités en pleine page de tous les magazines sportifs chic diffusés aux États-Unis, au Canada et en Europe, leur épaisse chevelure brune agitée par le vent, leur visage bronzé et moucheté de taches de rousseur, photographiés en train de brandir un black-bass, une truite ou un brochet scintillant d'une taille record. "Venez pêcher avec Brad Seldon et Merrill Beauchamp, les meilleurs guides de pêche en eau douce du Maine !" Les pêcheurs du monde entier visitaient le site Internet de Cedar Lodge ou décrochaient leur téléphone pour mordre à l'hameçon.

Quand le couple de Brad reparut sous le porche, l'homme tenant un panier en osier, Gene alla à leur rencontre, radieuse et cordiale.

— Rebonjour, les amis. Je sais que vous allez passer un moment formidable. Brad est le meilleur.

— Oh, j'en suis certaine, dit la femme.

Le sourire de Gene s'élargit :

— Vous êtes pressés ? Il y a une chose que je veux vous montrer. Nous nous agrandissons et je suis assez fière de ma dernière acquisition.

Ils l'assurèrent qu'ils n'étaient pas pressés, puis suivirent Gene et Amos vers le nouveau ponton qui venait d'être terminé. Deux voiliers de cinq mètres quatre-vingt, flambants neufs, avaient été mis à l'eau la veille. Quand le trio s'éloigna, la femme se retourna pour lancer à Brad un sourire éclatant.

Brad lui sourit à son tour, puis adressa un regard noir à la silhouette rapide de sa tante en murmurant "Putain de vieille fouine. C'est le moment, Seigneur, c'est le moment idéal pour la faire mourir, non ?" Sauf qu'il ne croyait plus en Dieu. Il avait cessé d'y croire le jour où il avait vu la foudre frire son père et sa mère dans leur bateau alors qu'ils accostaient. Dix-huit ans auparavant. Il avait alors trente ans, et depuis, il était alcoolique.

Tandis qu'il se versait une autre rasade de félicité, Brad entendit le pas léger d'espadrilles de marque sur les marches du porche et, en se retournant, il vit Renee, sa femme, la deuxième personne qu'il détestait le plus après sa tante. Deux fois par mois, elle quittait son appartement de Bar Harbor, sur la côte du Maine, pour venir en personne chercher son chèque, conformément à leur accord de séparation, et voir si Gene montrait des signes de fatigue ou, selon son plus cher désir, était mourante. Elle souhaitait désespérément que Brad hérite de sa part du lodge ainsi elle pourrait empocher une somme coquette du butin en lui accordant le divorce.

— Bonjour, ma fleur empoisonnée, dit Brad. Tu veux divorcer ?

— Oui. Tu as deux millions ?

— Je les aurai un de ces jours.

— Gene respire la santé, c'est immonde. Qu'est-ce que tu attends pour la tuer ?

— Et toi ?

C'était leur échange habituel de plaisanteries, sauf que Brad commençait à ne plus le trouver aussi drôle. Depuis peu, il était en proie à de sombres méditations, au cours desquelles il imaginait comment tuer sa tante. Tuer. Mon Dieu, ça ne lui ressemblait pas. Ça ne ressemblait pas à l'homme qu'il voyait dans la glace. À moins que… Qu'était-il en train de se passer ? Son âme se décomposait.

Renee s'assit à côté de lui et garda un moment le silence, les yeux tournés vers le lac, balançant une jambe élégante.

— Écoute, Brad, finit-elle par dire. Je suis désolée qu'on ait été pris au piège. Il faut qu'on se libère, toi et moi. Mais j'ai besoin d'argent. Je veux de l'argent. Hors de question pour moi de croupir dans les bars à touristes de Bar Harbor.

— Tu n'as qu'à épouser un de ces vieux salauds pleins aux as qui vivent sur la côte et me foutre la paix.

— Tu sais très bien que je ne me remarierai pas, Brad. Surtout pas pour l'argent, même si j'en ai besoin. Je veux de l'argent à moi. Je veux aller où je veux quand je veux, faire ce que je veux. J'ai trente-huit ans. Je veux fréquenter les endroits chic et être entourée de gens riches et beaux. C'est ma place. J'ai envie d'être vue.

— Ouais. T'as raison, Renee. Je ne t'aime pas, mais je dois admettre que tu es encore très séduisante.

— Je ne t'aime pas non plus. C'est marrant qu'on se soit mariés.

— Ouais, je suis pété de rire.

— Ça devait être pour le cul.

— Ouais, c'était pour le cul. Je te sers un verre ?

— Avant midi ? Mon Dieu, non. Je t'en prie, ne meurs pas d'une cirrhose avant d'avoir hérité.

— Et après avoir hérité ?

— Fais comme chez toi.

— Tu es mon ange gardien.

— À propos d'anges, tu vas tringler la petite blonde que tu emmènes à la pêche ?

Le visage de Brad se chiffonna et il se tourna vers Renee.

— Si je vais la tringler ? La tringler ? Mais qu'est-ce que c'est que ce langage ?

— Les Anglais disent ça. Plutôt évocateur, non ?

— Oh là là, tu fréquentes encore des Anglais ?

— J'ai quelques amis britanniques, oui. Je les trouve certainement plus attirants que le crétin américain moyen.

— Super. Je dois te laisser.

Brad se leva, vacilla légèrement, puis descendit les marches d'un pas lourd pour se diriger vers le bateau. Indifférente, Renee tira un roman policier de son sac. La couverture, sur laquelle figuraient une imposante vieille demeure avec de grandes fenêtres effrayantes et le titre *Mort à Broadmoor Manor*, était de celles qui la poussaient le plus souvent à acheter un livre. Meurtre et anglophilie, délicieux cocktail. Et cela ramena son esprit, rapide mais pas particulièrement profond, sur une voie familière : ne serait-il pas formidable si quelqu'un pouvait éliminer – “éliminer” était un euphémisme dont usaient ses amis britanniques – cette vieille horreur d'Iphigene Seldon ?

Renee commençait à perdre espoir. Dans un an ou deux, son corps et son visage se mettraient à s'affaisser sous l'effet de la pesanteur. Il lui fallait ce foutu fric.

SAM aidait le couple à monter à bord. Allons, feignasse, se dit Brad, ressaisis-toi pour les clients. En s'approchant du bateau, il afficha un large sourire de diable charmeur, plia la taille et dit :

— Bonjour, je m'appelle Brad et je serai votre guide aujourd'hui. Aimeriez-vous connaître nos spécialités ?

Attention, se mit en garde Brad : prononcé par lui, “spécialités” sonnait un peu comme “chpéchialités”. À surveiller. Ne pas faire peur aux clients.

La femme gloussa et répondit :

— Moi je m'appelle Tory Bolton et je sais déjà qui vous êtes : Brad Seldon. J'ai vu votre photo, à vous et à votre sœur, qui est très jolie, sur le site du lodge et sur une grande publicité dans *Field & Stream*.

Brad grimpa à bord.

— Ah, oui. L'impressionnante Merrill. Elle encadre des expéditions de pêche à la mouche, si les truites vous tentent aussi.

Tory dévoila tout un clavier de touches luisantes, en un sourire à mille mégawatts.

— Non, je suis venue ici pour pêcher le black-bass. Avec *vous*.

Waouh ! songea Brad. Qu'est-ce qui m'arrive ? Il dirigea rapidement son regard vers l'homme, alors que Tory ajoutait :

— Brad, j'aimerais vous présenter mon frère, Nelson. Je pense que lui, il aimerait essayer la pêche à la mouche.

— Eeeeh bien, Nelson ! Enchanté de faire votre connaissance.

— Merci, dit Nelson en souriant. Ravi de vous rencontrer.

Brad le toisa : question physique, il ne valait pas sa sœur, mais c'était un grand gaillard bien bâti. Sans doute cadre dans l'informatique, puisque tout le monde travaillait dans l'informatique, de nos jours.

Brad se mit à la barre, fit démarrer le hors-bord de 75 chevaux et quitta le ponton dans un état d'étonnement amusé. Mais oui, mais oui, se dit-il, voilà qui est original ! Un frère et une sœur en chasse dans les camps de pêche. Soudain, la journée s'annonçait beaucoup plus belle ; il sentit son humeur s'égayer lorsqu'il vérifia que son flacon était bien sous le tableau de bord, et il sourit aux yeux bleus qui l'admiraient.

Avec un timing idéal, deux gros huards firent surface tout près du bateau. L'un d'eux ouvrit son grand bec en lame de couteau et émit un *aaaWHAAhaooo* spectral qui résonna dans les sombres forêts et collines entourant Willow Pond.

— Exactement ce dont je rêvais, ronronna Tory.

Brad lui jeta un coup d'œil et répondit en silence : Moi aussi, ma petite chérie, moi aussi.

NON loin de là, à Winsokkett Pond, Merrill Beauchamp était allongée à côté de Bruno Gabreau, dans une euphorie suscitée par la cocaïne et trois orgasmes. Elle l'adorait, ce Bruno ! Elle était folle de lui. Et elle ne savait pas encore ce qu'elle allait faire, surtout d'un mari particulièrement encombrant et ennuyeux, un certain Huntley Beauchamp. Mais elle allait faire quelque chose.

Gene Seldon comptait sur Huntley pour gérer les investissements de Cedar Lodge, mais cela ne voulait pas dire qu'elle, Merrill, devait rester mariée à cet empoté. Trois ans auparavant, juste avant leur séparation, Huntley lui avait appris que Cedar Lodge, ses investissements, l'espace qu'occupait le pavillon et les terrains achetés au bord d'autres lacs du Maine pour le compte de Cedar Lodge Enterprises Inc., valaient plus de millions qu'elle ne l'imaginait. Penser à tout cet argent la rendait malade de désir, et la mettait aussi en colère. Pourquoi ne pouvait-elle toucher dès maintenant sa part de l'héritage ? Ah, mon Dieu, c'était tellement injuste ! Elle avait supplié Gene de la laisser encaisser sa part tout de suite, mais n'avait obtenu pour toute réponse qu'un rugissement de rire sarcastique.

— Question pêche, tu t'y entends, ma petite demoiselle, mais ça s'arrête là ! avait ironisé Gene. (Elle ne résistait jamais au plaisir de se moquer du monde, pensa Merrill avec amertume. Quelle horrible vieille peau de vache.) Question argent, tu ne comprends rien à rien. Encaisser ton héritage en avance ? Personne n'a jamais fait une chose pareille. Et puis cet argent est bloqué. Je lui fais faire des petits. Kipper, Brad et toi, vous roulerez sur l'or, alors tiens-toi tranquille en attendant que je parte pour le grand camp de pêche du ciel, avait ricané Gene avec méchanceté. J'ai survécu au cancer, alors je pense que mon inscription là-haut n'est pas pour tout de suite. Profite bien de tes quarante ans.

Cette dernière remarque avait précipité une nouvelle fois Merrill dans le désespoir ; elle avait quarante-cinq ans, elle était encore un canon aux cheveux auburn, mais le temps semblait galoper à ses trousses. L'égocentrique Huntley n'avait pas voulu d'enfants et l'avait roulée en subissant une vasectomie. Lors d'une violente dispute, il avait malgré lui révélé ce petit détail. Folle de rage, Merrill avait exigé le divorce ; avec un haussement d'épaules, il avait répondu d'accord, pas de problème, mais pas avant qu'elle lui ait versé un million. Il avait donc quitté Cedar Lodge pour emménager à Boston, qui lui convenait à merveille car il en avait marre des salopettes et des polaires des amateurs de grand air. Il préférait les vêtements sur mesure, les cravates à rayures, les cocktails au dix-neuvième trou d'un country-club. Les femmes étaient faites pour donner du plaisir sexuel, avait-il décidé durant sa première année de célibat ; qui avait besoin de vivre avec l'une d'elles, pour endurer ses exigences et ses récriminations ?

Merrill était terrorisée à l'idée d'essayer de tomber enceinte à son âge, mais elle pouvait du moins avoir quelqu'un qui l'aime vraiment. Elle pourrait avoir Bruno. Ce jour-là, après un nouvel affrontement avec Gene, elle était partie retrouver Bruno pour le réconfort qu'il savait toujours lui apporter. Endurci par la vie au grand air mais plein de douceur, il était français, bel homme, toujours calme, et faisait l'amour comme un dieu.

Gene était au courant de sa liaison avec Bruno : les secrets étaient rares dans les camps de pêche, encore plus friands de potins que les petites villes. L'épicerie générale de Winville était comme une place boursière où s'échangeaient les informations locales. Merrill pouvait faire ce qu'elle voulait de son corps, lui avait dit Gene, mais son talent pour la pêche appartenait à Cedar Lodge.

— J'ai besoin que tu habites ici même. Brad et toi, vous êtes deux des atouts majeurs du lodge, ce qui, d'après moi, est un mauvais tour que m'a joué le destin. La cuisine commence à être réputée, mais ce n'est pas ce qui va remplir les chambres et les bateaux. N'envisage même pas de t'installer à Winsokkett Pond avec Bruno Gabreau. Si tu fais une chose pareille, j'arracherai ton nom de mon testament avec un couteau de pêche de vingt-cinq centimètres.

À quoi Merrill avait riposté :

— Putain, Gene, Winsokkett est à vingt minutes d'ici. Je pourrais venir chaque fois qu'on aurait besoin de moi.

— Hors de question ! avait mugi Gene. Vingt minutes de route plus une demi-heure à te préparer, à condition que tu sois chez toi, alors que j'ai des clients pleins aux as qui s'impatientent parce qu'ils n'ont pas de guide : ce serait la mort du commerce.

— Embauche un autre guide. C'est pas ça qui manque.

Furieuse, Gene était devenue écarlate.

— Bordel de Dieu ! Arrête de jouer les imbéciles, Merrill ! Ton ivrogne de frère et toi, vous êtes des stars dans le monde de la pêche. Toute notre promotion met en avant le fait que vous faites partie intégrante de Cedar Lodge, qu'on ne vous a pas engagés. Que vous vivez ici, que Cedar Lodge, c'est votre vie.

— Donc on est condamnés, Brad et moi ?

— Vous avez de la chance, Brad et toi. Lui, il est alcoolique – dans dix ans il portera des couches-culottes – et toi tu es accro à la coke. Vous avez tous les deux plus de quarante ans. Tu penses que tu irais loin, dans la vraie vie ?

La vérité hideuse contenue dans les paroles de Gene revint s'insinuer dans son euphorie alors qu'elle était étendue à côté de Bruno. Les larmes lui montèrent aux yeux, puis ruisselèrent sur ses belles joues bronzées et piquées de taches de rousseur. La perspective d'être sans argent l'épouvantait plus que l'idée d'accoucher à un âge avancé. Oh mon Dieu, mon Dieu, quelle injustice criante, pensa-t-elle. Avec l'argent qui lui appartenait légalement, sa part de la fortune que ses parents et non Gene avaient commencé à amasser, elle et Bruno pourraient avoir leur propre camp de pêche, ils seraient libres de vivre comme bon leur semblait. Elle sombra encore un peu plus dans l'angoisse en songeant à ses parents, si beaux, victimes d'une mort si horrible. Et cela la conduisit à l'autre source de sa colère quasi permanente : son père et sa mère n'avaient pas fait de testament. Et selon les termes du testament de son grand-père, Gene avait hérité de tout.

Ah, pourquoi cette vieille salope ne pouvait-elle pas simplement mourir et rendre tout le monde plus heureux ? Personne n'allait donc la tuer ? Quel souhait atroce, se dit Merrill en se redressant et en tendant la main vers le verre de vin posé sur la table de chevet. Atroce mais difficile à réprimer. Si quelqu'un méritait d'être assassiné, décida Merrill, c'était bien le Duce, comme Brad surnommait leur abominable tante Iphigene.

HUNTLEY Beauchamp sirotait un scotch avec des glaçons et jetait des regards tristes depuis un coin fenêtre du Copley Plaza. Il était 2 h 15 de l'après-midi et il était déjà bourré. Il fallait qu'il boive. Seule l'ivresse lui permettait de supporter la peur et la tension qui s'emparaient de lui. Il avait de gros, de très gros ennuis. Par bonheur, il était le seul à le savoir. Il était l'unique propriétaire et unique employé de Beauchamp Portfolio Investments Inc, et Iphigene Seldon ignorait encore tout de ses petites "récompenses personnelles". Exploitant au mieux son riche timbre feutré de baryton, une voix qui aurait convaincu un homme sur le point de se jeter dans le vide qu'il rebondirait, il lui avait déclaré que les affaires marchaient magnifiquement malgré les effets de la récession récente. Les actions de Cedar Lodge s'étaient remises de ce malheur et les fonds communs de placement offraient un retour stupéfiant.

Sur le fond, c'était la vérité. Ce qu'il ne disait pas, et qui n'apparaissait pas sur le bilan, était que Huntley Wooster Beauchamp, porteur d'un nom qu'il s'était inventé et qui fleurait bon les boiseries de chêne et le cuir fin, vivait depuis deux ans comme un cheikh de Dubaï. Une Bentley décapotable le conduisait majestueusement à ses clubs – le Somerset et le Tavern –, un yacht long de sept mètres lui permettait de fendre avec grâce les eaux du port chaque week-end, et un appartement de dix pièces, rempli d'antiquités et desservi par un ascenseur privé, l'attendait à son retour.

Il frémit à la pensée des quatre millions qu'il avait soutirés aux poches bien garnies (quarante-huit millions et demi de dollars en actifs) de Cedar Lodge Enterprises, somme à ajouter au robuste salaire mensuel qu'il touchait en tant que gérant des investissements.

La mauvaise affectation des fonds était déjà assez grave ; si l'on découvrait qu'il en avait carrément détourné, ce serait la catastrophe. Poursuites pénales, retrait définitif de sa licence de courtier, et, très probablement, peine de prison. Au bout de ce tunnel sans pitié se dresserait le pire des spectres : le retour à cette pauvreté dont Jack Spurling, ci-devant membre de la classe prolétaire, avait lutté pour s'extraire afin de devenir Huntley Beauchamp, homme respecté et admiré pour sa classe et son discernement authentiques.

Vingt-neuf ans auparavant, alors qu'il n'était qu'un jeune de vingt-deux ans qui ramait dans une société de services financiers, l'ex-Jack Spurling avait fait une découverte extraordinaire. En se concentrant sur les techniques des hommes puissants qui l'entouraient, il avait compris que l'apparence et les études de commerce étaient les pierres angulaires du succès dans le secteur des investissements. Et il savait qu'il avait les bases requises : l'allure, la voix, le charme et un QI élevé. Ce qu'il lui fallait, c'était disparaître d'une ville et, après avoir légalement changé d'identité, ressurgir dans une autre, entrer dans une bonne entreprise en vertu du diplôme de l'Université de Virginie acheté à prix d'or chez un faussaire, et ensuite... se mettre à jouer le grand jeu. Dans ce genre d'expérience, il fallait avoir des nerfs et un ego d'acier pour garder le cap, et à l'époque, il avait tout cela.

Mais aujourd'hui, à cinquante et un ans, et avec des enjeux aussi élevés, ses nerfs faiblissaient. Certes, il avait déjà traversé de mauvaises passes, et il avait su rebondir et se mettre à l'abri. Pourtant, l'entrevue à venir avec Gene Seldon et sa famille à Cedar Lodge ne ressemblait à rien de ce qu'il avait déjà affronté. Quant à la vie telle qu'il la connaissait, cette réunion avait le potentiel explosif d'un attentat à la bombe.

Celui qui rencontrait "Hunt" (comme l'appelaient ses amis) Beauchamp dans un conseil d'administration, lors d'un cocktail ou d'une fête dans un club, ne pouvait qu'être impressionné par le personnage : un homme grand, large d'épaules, aux cheveux bruns bouclés et aux tempes grisonnantes, des vêtements coupés avec soin et... et puis il y avait cette voix, ce timbre de baryton doux et harmonieux qui sentait la bonne éducation, le charme souriant, une main sur votre épaule pour exprimer sa sincérité. Huntley formait un tout convaincant, comme son père avant lui, mais son père n'était jamais allé plus loin que concessionnaire automobile et avait précipité sa fin par son alcoolisme.

Aujourd'hui, alors qu'il cuvait au Copley Plaza une gueule de bois de milieu d'après-midi, ce personnage suave n'était néanmoins qu'une épave à bout de nerfs. Une semaine auparavant, Gene Seldon lui avait téléphoné pour lui faire part d'une requête pétrifiante.

— Hunt, mon ami, avait-elle lancé avec grandiloquence, je convoque une grande assemblée dans deux semaines. Il y aura tout le monde. Toute la famille, vous… car techniquement, vous faites encore partie de la famille. (Gros gloussements de Gene.) Notre avocat, notre comptable, tout le toutim. Je modifie mon testament et deux des héritiers vont nous faire la danse de la guerre. Nous devons examiner tous les comptes et montrer aux sauvages à quel point ils seront riches même si on diminue leur part du gâteau.

Après avoir rassuré Gene en lui disant que tout serait “en ordre impeccable”, même si sa voix merveilleuse avait craqué deux fois alors que la panique le percutait comme une balle, Hunt avait raccroché et était resté pétrifié pendant une demi-heure, l'esprit en plein effervescence alors que de terribles scénarios possibles défilaient devant lui. Oh bordel de merde. L'avocat et le comptable. Un fusil à canon double braqué droit sur les revers de son costume d'été anglais en laine peignée.

Pas moyen de dissimuler les quatre millions manquants sous des graphiques bidon; Huntley savait qu'il n'avait pas ce genre de talent. Il était certain que ses bilans trafiqués ne résisteraient pas à un examen comptable. Il les avait montrés plusieurs fois à Gene, mais elle était facile à rouler. En affaires, comme en toutes choses, elle croyait tout savoir, cette odieuse vieille bique vantarde, mais en vérité, elle était incapable d'étudier un rapport financier.

Finalement, Huntley avait maîtrisé sa panique et s'était mis à réfléchir. Inévitablement, ses réflexions l'avaient conduit à la seule personne qu'il jugeait capable de le tirer de cette impasse, un homme d'affaires très secret, d'une discrétion infinie, qui ne parlait qu'en formules codées et qui était en relation avec des spécialistes talentueux en mesure d'offrir une issue aux rats acculés. Mais la facture serait salée, lui promit-on. Bien, bien, avait-il répondu. Il pouvait emprunter l'argent, vendre son bateau et sa voiture, son appartement. N'importe quoi, pourvu qu'il s'en sorte indemne et puisse redémarrer.

On lui trouva un spécialiste, lequel travaillait sous un faux nom pour une société portant elle-même un faux nom. L'homme contacta Huntley et lui garantit que lorsque la réunion fatale aurait lieu à Cedar Lodge deux semaines plus tard, tous ses problèmes auraient été résolus. Huntley devait envoyer à une boîte postale de Rhode Island tout le dossier de Cedar Lodge Enterprises et, en guise de dépôt, un chèque de banque d'un montant considérable (de quoi dépasser le plafond autorisé de toute une banque).

— Cette firme spécialisée, lui avait dit l'homme d'affaires discret, est pleine de ressources et propose une réponse rapide aux événements délicats ou surprenants. Non contente de résoudre votre… problème central, elle créera aussi des sociétés fantômes (elle leur inventera même une histoire vieille d'un demi-siècle), qui auront l'air solides comme le roc et qui vous éviteront par la suite toute question embarrassante.

Huntley commanda au serveur un autre double scotch. Si Gene Seldon avait la bonne idée de tomber raide morte, il n'y aurait plus de problèmes. Plus aucun. Mais cette vieille carne donnait tous les signes d'une bonne santé durable.

2

À L'AVANT de son bateau de pêche, au milieu de Winsokkett Pond, Six Godwin se débattait avec un brochet lorsque son téléphone sonna. Bon sang ! songea-t-il. Pile au bon moment. L'exaspérant portable sonna dix fois tandis qu'il faisait des embardées, sa canne de deux mètres presque pliée en deux, en maniant le moulinet pour tirer le monstre hors de l'eau. Oh hisse, le voici, prépare-toi, se dit-il. Un gros poisson en forme de torpille et dont la longue bouche abritait des rangées de dents pointues apparut lentement à la surface, roula sur le côté et flotta, inerte, en fixant Six de son grand œil noir.

OK, c'est le moment, c'est son grand truc, à ce salopard… doucement, doucement. À l'instant précis où Six tendait très lentement la main vers le filet, son portable émit le joyeux petit jingle de la messagerie vocale et le brochet, qui avait fait passer l'hameçon vers l'arrière de sa gueule, jaillit comme une fusée, cassa la ligne, croqua le leurre et fit tomber le pêcheur à la renverse.

— Le fils de pute, marmonna Six en s'agrippant à la chaise de pêche pour se remettre debout.

Typique. Pas la première fois. Les brochets étaient difficiles à prendre, c'était connu, et même si Six et son épouse, Alicia, étaient d'excellents pêcheurs de black-bass, ils n'avaient rapporté qu'une demi-douzaine de brochets au cours des quelques étés précédents.

Il se demanda si c'était Alicia qui l'avait appelé. Elle savait qu'il était à la pêche, et étant pêcheuse elle-même, elle n'aurait jamais téléphoné sauf en cas de…

Oh non. D'urgence ! Il tira en hâte le téléphone de la poche de son jean et composa le code de sa boîte vocale. "Un. Nouveau. Message. Premier. Message." Une voix de femme, sonore et tapageuse : "Six, c'est Gene ! J'ai besoin de ton aide, ici à Cedar Lodge. Rien de compliqué. Tu me rappelles dès que possible ?"

Six sourit pour deux raisons : d'une part, il était soulagé à l'idée qu'il n'y avait aucune urgence, et d'autre part, à cause de l'image qui lui venait toujours en tête quand il entendait la voix d'Iphigene Seldon, laquelle était tout sauf sucrée : celle d'un capitaine au long cours, les mains sur les hanches, criant des ordres à son équipage. Parmi tous ses cousins et cousines, Gene Seldon était l'une des rares dont il ait jamais été proche. C'était un affreux personnage, une femme égocentrique et dominatrice, Six devait l'avouer, mais il s'était toujours beaucoup amusé avec elle, et au fil du temps elle lui avait revalu cette estime sous la forme de quelques immenses faveurs, dont le prêt pour créer leur entreprise. Le cousinage comptait énormément dans la vie de Six. Son prénom singulier lui venait de sa parenté avec une masse de cousins de Nouvelle-Angleterre. Délicieusement toqués et exceptionnellement fiers de leur arbre généalogique, ses parents avaient voulu inclure le maximum de lignées dans son nom en le baptisant Preston Thorndike Seldon Hawthorne Whittier Garfield Godwin. Dans le lycée privé où il avait étudié, ses camarades de classe avaient, avec une logique admirable, réduit ses prénoms à leur nombre, "Six", et ce sobriquet était resté.

Comme Gene lui avait plus d'une fois fait des confidences lorsqu'elle s'était un peu trop généreusement servie au bar du lodge, Six comprenait pourquoi sa cousine abordait le monde comme un… hum, comme quoi ? réfléchit-il. Ah ! Comme un brochet. Elle lui avait raconté combien elle avait souffert de l'indifférence de ses parents. Elle n'avait pas été victime de négligence, non. Elle avait été bien nourrie, bien habillée, bien élevée. Ce qu'elle avait subi, c'était la cruauté de l'indifférence. Elle n'était pas comme son frère, Reginald, véritable dieu solaire aux yeux de son père et de sa mère. Elle avait été une enfant gauche, sans grâce, source d'embarras pour ses parents élégants. Lors des fêtes, on détaillait pour les invités les exploits du beau Reg, tandis qu'elle restait assise en silence, affichant un sourire crispé et accumulant de la haine.

— La haine, Six, lui avait-elle déclaré des années auparavant, en agitant un verre à cocktail en sa direction, est une chose abjecte et très puissante. Je ne la recommanderais pas.

Et puis, avait continué Gene… et puis Reg, à peine sorti de l'université et pourri par la vanité que l'adoration de ses parents avait alimentée, avait épousé une femme aussi belle et orgueilleuse que lui, Annice, également issue d'une famille résolument éprise de plein air, de chasse et de pêche. Elle avait même posé pour des catalogues de vêtements de sport comme L.L. Bean ou Orvis.

— Mais pendant ce temps-là, j'avais bien eu tout le monde en devenant une femme aux courbes séduisantes. Mon nez et mes oreilles avaient pris des proportions normales et je n'étais plus si moche, même si j'étais loin de la perfection radieuse de Reg et Annice.

Dieu qu'elle les avait détestés, ces deux-là, avait-elle dit.

— Ils me traitaient avec… ah, comment exprimer ça ?… avec un dédain amusé. Tu trouverais ça comment, servi en dose quotidienne ? (Six avait acquiescé, cela semblait affreux.) À cause de mon enfance de vilain petit canard maladroit, je suppose, j'étais souvent nulle en société, je multipliais les impairs. Comme je te disais, j'avais des formes, du sex-appeal et tout, mais je ne savais pas me mettre en valeur. C'est comme ça que nous avons vieilli ensemble, tous coincés à Cedar Lodge, parce qu'avec le temps c'était devenu la plus belle mine d'or qu'on pouvait rêver d'avoir. Et puis on avait grandi ici, Reg et moi, c'était chez nous. C'était immense et c'était chez nous.

À présent, Six se demandait ce qui se tramait à Willow Pond. Cedar Lodge prospérait, devenant chaque année plus réputé, mais il savait que Gene était débordée parce qu'elle ne se fiait à personne pour gérer l'établissement. Le cadet des enfants de Reg et Annice, Kipper, qui devait approcher de la quarantaine, était le seul des trois à prendre un intérêt actif à l'aspect commercial du lodge, et il avait conféré beaucoup de prestige au restaurant en embauchant un très bon chef cuisinier. Gene vénérait Kipper et méprisait son frère Brad et sa sœur Merrill, qui avaient lutté bec et ongle dans les tribunaux pour prendre le contrôle de Cedar Lodge. Comme elle avait gagné, ils étaient tous prisonniers d'une situation associant haine mutuelle et avantage mutuel : Brad et Merrill, deux des meilleurs guides de pêche du Maine et image très médiatisée de Cedar Lodge, attiraient probablement un bon tiers des revenus annuels, donc Gene devait les garder ; Brad et Merrill, d'un autre côté, auraient pu trouver un excellent emploi dans n'importe quelle région où l'on pêchait le black-bass et la truite, mais ils seraient rayés du testament de Gene s'ils partaient, et perdraient ainsi les millions qui leur étaient dus. Et ils savaient que l'héritage promis était réel parce que l'avocat du lodge leur avait montré le testament : un partage équitable entre les deux frères et la sœur.

Six composa le numéro de sa cousine, entendit sonner trois fois, puis la voix de Gene qui répondait.

— Allô, Gene ? C'est Six.

— Six, mon ami ! Merci de me rappeler aussi vite ! (Six dut éloigner le téléphone de son oreille.) Comment allez-vous, toi et la sublime Alicia ?

— On ne peut mieux.

— Bien, bien ! Écoute, Six, je me demandais si je pourrais vous accueillir tous les deux pour une petite visite, ce week-end, vendredi samedi dimanche ?

— Ça me paraît formidable, Gene. Nous adorons le lodge. Il y a quelque chose de prévu ?

— Ah ça oui, il y a quelque chose de prévu, en effet. Une explosion.

— Gene ? Tu es une des cibles d'Al-Qaïda ?

Six tressaillit quand des hurlements de rire retentirent au bout du fil.

— Si c'était Al-Qaïda, je m'en sortirais toute seule. C'est pire : la famille. Il va y avoir une explosion de rage familiale lors d'une réunion spéciale que j'ai convoquée. Toute la famille plus l'avocat, le comptable, et le gérant des investissements – Huntley Beauchamp, tu le connais... Le mari de Merrill, mais ils sont séparés. Il vient exprès de Boston.

— Et tu as besoin d'Alicia et de moi pour servir à boire ?

Nouveaux éclats de rire, encore plus sonores.

— Bon sang, Six ! C'est pour ça que tu me plais. Tu es impayable. Non, j'ai besoin de vous deux comme soutien moral. Enfin, on est cousins, toi et moi, au deuxième degré, non ? Et Alicia au troisième ou quatrième. Et tu sais, Six, ça ne va pas être facile, cette histoire. Tu es plus un frère pour moi que Reg l'a jamais été.

— Je téléphone tout de suite à Alicia. Je suis sûr que ça ne posera pas de problème, nous ne sortons jamais.

— Lui téléphoner ? Tu es où ?

— Au milieu du lac.

— Ça mord ?

— Je viens de hisser un gros brochet à bord, mais il m'a échappé.

— Un jour je te montrerai comment il faut s'y prendre avec ces salauds-là. En attendant, rappelle-moi, et quand vous serez ici, Alicia et toi, je vous expliquerai ce qui se passe.

— Apparemment nous n'aurons pas besoin de réserver une chambre à Cedar Lodge, annonça Six en entrant dans la maison, où il trouva Alicia affairée devant son chevalet. Gene a appelé pendant que j'étais sur le lac et elle insiste pour que nous restions là-bas deux ou trois jours.

— Sans blague ? Il y a une raison spéciale ?

Six s'installa sur une chaise à côté de sa femme et répondit :

— Oui, et il faut que je t'en parle.

Lorsqu'il eut fini de répéter sa conversation avec Gene, Alicia dit :

— Je ne manquerais ça pour rien au monde. Un week-end à Cedar Lodge, avec déchirements familiaux en prime.

— Je ne sais pas ce qui se mijote, mais ça doit être grave. Gene, comme d'habitude, dissimule ce qu'elle ressent derrière une allégresse à la Long John Silver, mais c'est une requête inhabituelle de sa part.

— Oh, pour qu'elle réunisse toute la famille, l'avocat, le comptable et le chef indien, tu crois qu'une grande entreprise lui a fait une offre ?

— Hum. (Six chercha dans ses vêtements sa pipe, son paquet de tabac et son briquet. Pourquoi ces satanés objets étaient-ils toujours dans des poches séparés ? C'était une question purement rhétorique.) J'imagine que c'est une possibilité, mais je ne vois pas Gene vendre un jour Cedar Lodge. C'est toute sa vie. Ce qui vaut aussi pour ses neveux et nièce, d'ailleurs. Ils n'ont jamais rien connu d'autre.

Six remplit sa pipe de N° 79, un mélange spécial acheté à un marchand de tabac de Boston, qui incluait un peu de miel, un soupçon de rhum et trois variétés de feuilles turques. Il en tira un cumulonimbus de fumée odorante.

— D'après ce que j'ai vu quand on y était en septembre, dit Alicia, elle est vraiment odieuse avec Brad et Merrill. Elle leur balance de ces insultes, comme si c'était tout naturel !

— Je les ai entendus deux ou trois fois répliquer sur le même ton.

— Oui, je m'en souviens, mais elle s'est contentée de sourire et d'aller voir ailleurs, comme si c'était un jeu. Le coffre à jouets est à elle, alors elle impose les règles.

Six souffla un peu de fumée et gloussa.

— Pour me faire l'avocat du diable, le diable étant Gene, en l'occurrence, tu aimerais avoir affaire tous les jours à Brad et Merrill ?

Alicia éclata de rire en ramassant sa boîte de pêche, en quête d'émerillons pour faire un montage Carolina sur deux de ses lignes.

— Pitié, non ! Ils sont beaux, mais ce ne serait pas un cadeau. Brad est toujours bourré ou sur le point de l'être, et Merrill, si je ne méprends pas sur quelques symptômes, est cocaïnomane.

— Là-dessus, tu n'as pas tort. Gene m'a dit que Merrill était accro à la coke. Mais elle ne peut vraiment pas faire grand-chose contre ça – ils ont quarante ans passés, après tout – et, à vrai dire, ça lui est égal du moment qu'ils sont capables d'emmener les clients là où il y a du poisson.

— Et ils en sont capables ?

— Curieusement, ils sont toujours aussi épatants. Gene dit que, de son point de vue, leurs compétences n'en souffrent pas du tout. C'est un vrai miracle, deux guides d'exception qui sont complètement défoncés les trois quarts du temps. (Six tira quelques bouffées de sa pipe, tout en songeant à l'étrange famille Seldon. Puis il souffla des anneaux de fumée.) Je suppose que ça n'est pas très étonnant quand on pense qu'ils ont grandi dans des bateaux de pêche sur les lacs et en cuissardes dans les rivières. La pêche est inscrite dans leur ADN.

— Alors nous n'avons sûrement pas intérêt à essayer d'améliorer nos résultats de pêcheur par la méthode alcool-cocaïne.

— Sûrement pas.

— Tu veux quand même aller pêcher ?

— Bien sûr. Tu as fini ta toile ?

— Eh oui. Un petit bijou. Quelque chose d'un peu différent, cette fois.

— Ah ?

— Des bateaux de pêche au coucher du soleil.

C'était un sujet de plaisanterie entre eux. Les aquarelles d'Alicia rapportaient chaque année davantage grâce aux ventes dans les galeries de Waterville et de Rockport, sur la côte du Maine. Elle peignait des pêcheurs, des couchers de soleil, des huards, des orages imminents, ou les quatre combinés. Du lecteur de CD posé à terre émanaient sereinement des nocturnes de Chopin. Leur labrador, Rudolph, était tout aussi sereinement étalé sur les planches du ponton derrière leurs fauteuils, les pattes étendues. Il cherchait à profiter de l'ombre du parasol à rayures bleu et blanc planté entre Six et Alicia dans la table en séquoia couverte de lichen. En baptisant l'animal, Six avait émis la théorie que "Rudolph" imitait plus ou moins les sons que produit un chien – "Ru", *rurr* pour le grognement, et "dolph", *ouaf ouaf*, pour l'aboiement – et que leur animal n'aurait donc pas de mal à apprendre son nom. Alicia trouvait cette théorie absurde et estimait qu'un chien de l'intelligence d'un labrador retiendrait aussi bien le nom "Ebenezer". De son côté, leur chat roux, le bien nommé Rouquin, épuisé par la chasse aux tamias, somnolait au pied d'un des chênes qui ombrageaient le camp.

Comme leur chien et leur chat, les Godwin étaient aussi d'humeur paisible et contemplaient leur superbe lac tout en sirotant du café dans des tasses blanches ornées de black-bass et de truites bondissants. Six souffla trois anneaux de fumée en succession rapide, puis se tourna vers Alicia :

— Il fait drôlement chaud, tu ne trouves pas, mon petit cœur ?

— Une chaleur infernale depuis le début de la semaine.

— Tu penses que c'est le réchauffement de la planète ?

— Le réchauffement de la planète est une imposture, Six. Tu le sais. Un ramassis d'âneries hystériques.

Six gloussa en soufflant un nouveau nuage. Il arrivait toujours à faire réagir Alicia sur certains sujets.

— Tu n'as pas vu la photo de ce pauvre petit ours polaire qui glisse sur un bloc de glace à la dérive ?

Alicia le foudroya du regard :

— À ce propos, je te conseille de ne pas trop t'aventurer sur un terrain aussi glissant.

— D'ici l'an prochain, il poussera peut-être des palmiers à Portland.

— SIX !

Alors qu'Alicia terminait son deuxième montage Carolina, son mari dit :

— Tu sais quel effet ce temps-là a sur moi, quand il fait très chaud et qu'il n'y a pas de vent ?

— Aucune idée.
— Ça me donne la groblotte.
— Ce qui signifie ?
— Ça me rend tendu et nerveux.
— Tu n'as pas l'air tendu. On a toujours l'impression que tu sors d'une séance de relaxation.
— Les symptômes sont trompeurs.
— Il n'y a plus qu'une chose à faire, répondit Alicia.
— Laquelle ?
— Aller à la pêche.
— T'as raison.

Ils se levèrent de leurs fauteuils usés et se dirigèrent vers le bateau, qui était attaché au ponton, le plein d'essence fait, les cannes, le matériel, les sandwichs et les thermos déjà à bord. Leur bateau de cinq mètres cinquante à coque bleue était typiquement conçu pour la pêche au black-bass : il dépassait à peine de la surface de l'eau, était équipé de chaises de pêche à l'avant comme à l'arrière, et entre les deux, d'un volant et de sièges passagers. Leur bateau avait beau porter des éraflures et sa peinture être fanée après dix étés sur les lacs, le moteur hors-bord était un gros Évinrude 60 chevaux luisant qu'ils avaient acheté l'été précédent. Gagner au plus vite les zones de pêche était un aspect essentiel pour les professeurs Godwin.

Ils grimpèrent à bord, puis détachèrent les amarres d'avant et d'arrière. Alicia se mit au volant, baissa le moteur et le démarra. Six s'assit près d'elle et ils s'éloignèrent du ponton, glissant lentement les soixante premiers mètres, où il était conseillé de ne pas causer de vagues. Devant eux s'étendait un lac calme où scintillait le soleil ; des nuages joufflus et inoffensifs s'entassaient au-dessus des collines, à l'ouest.

— Alors, mon petit cœur, dit Alicia, les poissons sont où, aujourd'hui ?
— Là où le ciel rencontre la mer.
— Très drôle.

À Cedar Lodge, Gene faisait les cent pas sous le porche du premier étage, plongée dans ses pensées à la perspective des remous qu'elle allait déclencher. (Comme il détestait la voir ainsi arpenter le plancher, Amos s'était étendu à un bout du porche et suivait d'un œil méfiant les mouvements de sa maîtresse.) Comme guides, Brad et Merrill n'avaient pas leur pareil, et ils savaient charmer les clients dans la salle à manger ou au bar. Pourtant, ni l'un ni l'autre ne serait capable de gérer correctement le lodge. Brad ne pouvait passer une journée, une matinée, même, sans petites doses de ce qu'il appelait son "soutien spirituel", une jolie petite formule qui donnait à Gene envie de vomir. Et Merrill avait peu de chances de renoncer à la cocaïne ou aux substances qui l'aidaient à tenir. Si Gene leur laissait le lodge, ils le détruiraient. Même s'ils héritaient chacun d'un tiers avec Kipper, ils auraient à eux deux la force de dominer leur petit frère et de tout gâcher.

Elle avait donc appelé l'avocat grâce auquel elle avait raflé l'héritage et lui avait demandé de venir la conseiller et être le témoin d'un changement dans son testament. Son cher Kipper, son petit génie, était le seul qui saurait conserver Cedar Lodge. Elle voulait lui en céder cinquante-cinq pour cent et n'accorder aux deux autres que vingt-deux et demi pour cent chacun. Leurs hurlements se feraient entendre jusqu'à Waterville et sèmeraient sans doute la panique parmi les caribous, mais elle était prête à faire face.

Un caprice cruel du sort l'avait placée à la tête de Cedar Lodge Enterprises.

Annice et Reg, si narcissiques, si convaincus d'être les élus des dieux, pensaient qu'ils ne mourraient jamais, et n'avaient donc jamais pris la peine de rédiger un testament. Conçu alors qu'Iphigene et Reginald étaient adolescents, le testament de James Rutherford Seldon accordait soixante pour cent de Cedar Lodge, qu'il avait créé, à son fils. Même si Gene avait été une divinité solaire au même titre que son frère, cela n'aurait rien changé car, dans l'esprit de "Big Jim" Seldon, pourquoi diable un père céderait-il une participation majoritaire à une fille ? Son testament stipulait que si l'un de ses deux enfants décédait avant l'autre, alors l'ensemble irait au survivant. Ce testament était donc toujours en vigueur lorsque Reg et Annice furent tués.

Brad et Merrill – Kipper était mineur à l'époque de la mort de ses parents – engagèrent un avocat réputé pour contester les testaments, mais Gene contre-attaqua avec celui que l'on considérait comme le meilleur spécialiste en droits de succession à Boston, Adrian Bucksaddle. Il lui avait coûté une petite fortune, mais ça en valait la peine, car il avait gagné le procès. Les enfants d'Annice et Reg apprirent de la bouche de M. Bucksaddle – Gene était tellement exaspérée par cette bataille juridique qu'elle refusa pendant des semaines de leur adresser la parole – que leur tante leur enverrait à chacun cinquante mille dollars pour vivre pendant qu'ils chercheraient un emploi, ou... ou qu'ils pouvaient "trouver le poisson" pour Cedar Lodge et être inclus comme héritiers. N'ayant jamais connu d'autre vie que la pêche ni d'autre maison que le lodge, ils choisirent de "trouver le poisson" et devinrent employés chez eux, à Cedar Lodge, situation irritante et humiliante.

Gene cessa d'aller et venir lorsqu'elle fut passée pour la énième fois devant la porte grillagée du couloir central. Elle décida d'arrêter de s'inquiéter, et de descendre se livrer à son activité favorite : parcourir le menu de la semaine suivante avec Kipper et leur cuisinier, Jean-Pierre Lemaire. Dieu soit loué, elle avait Kipper. Il était si intelligent. C'était lui qui avait eu l'idée, quatre ans auparavant, d'embaucher un chef étoilé, et les résultats ne s'étaient pas fait attendre. Cedar Lodge avait toujours été connu pour les repas copieux proposés aux pêcheurs et aux chasseurs (l'établissement mettait moins l'accent sur la chasse que la pêche, mais Gene avait engagé un excellent guide pour la saison d'hiver). Le restaurant commençait à être renommé parmi les gastronomes, et les habitants des lacs et des villes des environs venaient y dîner. Et, mieux encore, l'embauche de Jean-Pierre avait poussé Kipper à s'installer dans une relation durable, car il était tombé amoureux du cuisinier. Jean-Pierre était trop mignon pour être honnête – une sorte de Johnny Depp efféminé –, pensait Gene, et c'était un petit merdeux. Mais s'il rendait Kipper heureux, le reste n'avait pas d'importance. Et seigneur Dieu, il savait cuisiner, l'animal ! L'hiver surtout, elle aimait observer les gros chasseurs mangeurs de steak saignant qui, après avoir regardé leur assiette en protestant : "Qu'est-ce que c'est que cette cochonnerie ?", finissaient par demander du rab une demi-heure plus tard.

EN bas, en cuisine, les choses allaient plutôt mal. Jean-Pierre dévisageait Kipper, sa lèvre inférieure se mit à trembler et ses yeux se remplirent de larmes. Tout à coup, il arracha son tablier et courut se réfugier sous le porche grillagé, à l'arrière du bâtiment, laissant la porte claquer bruyamment derrière lui.

Kipper se précipita à sa suite, le cœur battant, pris de terreur ; il avait toujours la même réaction hystérique dès que le petit Français piquait une crise et qu'il imaginait avec douleur qu'il risquait de le perdre. Oh, mon Dieu, comme il aimait Jean-Pierre ! Chaque fois qu'il le regardait, il avait envie de se jeter sur lui pour le serrer dans ses bras. Jean-Pierre était si mignon, si adorable, sauf dans ces moments où il risquait de plonger Kipper dans le chaos et le désespoir affectif en disant qu'il s'en irait s'il n'obtenait pas satisfaction.

— Je t'en prie, Jean-Pierre, je t'en supplie. Ne me fais pas ça, l'implora Kipper.

Jean-Pierre écarquilla les yeux et répondit avec un accent français à couper au couteau.

— C'est moi qui te fais ça ? Ah non, non, Kipper, c'est toi qui me fais ce coup-là, et ça recommence tout le temps.

— Mais je n'ai pas encore l'argent, tu le sais bien.

— Mon *chéri**, ça fait quatre ans. Tu avais promis. Un restaurant à New York. Tu vois bien que même ces gros lards

* Tous les mots en italique dans le texte sont en français dans la version originale. (*Toutes les notes sont du traducteur.*)

en chemise à carreaux deviennent *fous* quand ils goûtent mes plats. J'ai besoin d'être connu, il faut que le monde connaisse ma cuisine, Kipper. Je serai célèbre… et toi aussi. Tu avais dit : dans quatre ans.

— Mais c'était quand Gene était très malade. J'étais le seul à être au courant. Je pensais qu'elle était mourante. Elle avait un cancer.

Le charmant minois de Jean-Pierre fut soudain envahi d'un espoir renouvelé.

— Elle a un cancer ?

— Elle en avait un, des ovaires. La chimio l'a guérie. C'est moins terrible qu'un cancer du sein.

— Parce qu'elle a des seins, peut-être ?

Kipper gémit et leva les yeux au plafond, accablé.

— Ah, Jean-Pierre, je t'adore mais parfois tu n'as vraiment pas de cœur.

— Zut ! Flûte ! *Merde !* Écoute, mon doux, c'est pas comme si on parlait d'une femme bien. Gene est une affreuse salope. Tu entends comme elle traite ton frère et ta sœur ? Elle les torture. Elle les a piégés.

— Elle leur verse un gros salaire. J'en sais quelque chose.

— Ils sont piégés. Et elle les insulte chaque fois qu'elle ouvre la bouche.

— Brad et Merrill sont libres de partir.

Kipper admit silencieusement que ce serait une bonne idée.

— Ils ne savent rien faire d'autre que pêcher. Tu sais très bien qu'ils ne peuvent pas risquer de perdre leur héritage en s'en allant d'ici.

Kipper passa la main dans ses cheveux emmêlés, plus roux que le châtain profond de son frère et de sa sœur ; il avait aussi plus de taches de rousseur qu'eux, et des traits moins séduisants ; il se demandait souvent comment un top model comme Jean-Pierre pouvait être amoureux de lui, Kipper le moyennement beau. Il soupira et son regard croisa celui de Jean-Pierre.

— Tu as raison. Ils sont piégés. (Il se tut et se tourna vers les bois voisins.) Moi aussi, je suis piégé.

Jean-Pierre parla avec plus de douceur.

— Oui, mon chéri, tu es piégé. Et je t'aime. Mais je m'aime aussi… et j'aime ma cuisine. Et je n'ai pas envie d'être piégé.

— Mais tu vois bien qu'ici ta cuisine devient très réputée. Tous les mois, les gens viennent de plus en plus loin. Et il y en a plein qui ne pêchent même pas. Ils viennent seulement manger.

Kipper crut le désarmer avec son compliment, mais cette remarque ne lui valut qu'un froncement de sourcils courroucé et une moue déplaisante.

— Kipling Seldon, *mon amour*, être célèbre ici, c'est comme être la verrue la plus célèbre sur le cul d'un porc.

Kipper explosa, ses taches de rousseur devenant plus sombres.

— Putain, Jean-Pierre, comment peux-tu dire une chose pareille ?

— Je viens de la dire.

— Comment oses-tu être aussi insultant et ingrat ? J'ai tout fait pour toi. J'ai dépensé des centaines de milliers de dollars pour te lancer. J'ai…

— Je ne peux plus supporter ça. Tu cries, tu m'engueules. Ça me fend le cœur, Kipper, mais je me casse.

Quand Jean-Pierre tenta de partir, Kipper tomba à genoux et se saisit de ses jambes. Il se mit à sangloter.

— Oh, seigneur Dieu tout-puissant, je t'en prie, Jean-Pierre. Je t'en prie, je t'en supplie. Je ne peux pas te perdre. Je tuerai cette vieille peau s'il le faut. Mais je t'en prie, ne me quitte pas.

Jean-Pierre baissa les yeux, choqué de voir ce grand gaillard s'accrocher à lui, puis il regarda par les fenêtres les fours, les gazinières et les placards, splendides, étincelants. Bien que fondamentalement dépourvu de réelle méchanceté, Jean-Pierre se demanda alors sérieusement quel serait pour sa conscience le poids d'un meurtre commis par amour pour lui.

QUAND les sanglots s'apaisèrent et qu'elle entendit Kipper et Jean-Pierre franchir la porte grillagée, Renee quitta la position dans laquelle elle s'était immobilisée et revint prudemment sous le porche, du côté est du lodge. Les porches faisaient tout le tour du bâtiment, sur trois niveaux. Seul celui situé à l'arrière, contre la cuisine, était grillagé. Renee était sur le point d'ouvrir la porte pour aller voir en cuisine ce qui se préparait pour le déjeuner lorsque la dispute avait éclaté.

Bordel de merde, avait-elle pensé. Kipper, le chouchou de Gene. Le faux jeton. Renee était dégoûtée par la façon dont il embobinait la vieille. "Oh Gene, mon trésor… Oh Gene, ma chérie…" Mais malgré la menace qu'il venait de proférer, elle n'y vit qu'une parole lâchée dans la panique du moment, dans le but d'empêcher de filer son mignon – elle ne pouvait pas encadrer ce petit Frenchie prétentieux. D'après elle, Kipper n'aurait jamais les couilles de commettre un meurtre. Elle, par contre…

Renee était instinctivement païenne : la vie était tout, la mort n'était rien, une simple extinction, et le but de la vie était le plaisir et parvenir à ses fins. L'idée de la violence physique l'horrifiait, mais l'idée de tuer quelqu'un qui le méritait, par des moyens… comment tourner ça… tuer "à distance" lui semblait tout à fait civilisé. Gene était sadique et… quel était ce mot qu'elle venait de lire dans un roman policier ? Ah oui, "malintentionnée". Gene était malintentionnée. Elle méritait qu'on la tue. Elle gênait tout le monde. Qui s'affligerait de sa mort ?

Le poison s'imposait, de toute évidence. Renee avait lu des tas de polars où diverses méthodes d'empoisonnement étaient présentées avec force détails. Elle emploierait l'un de ces magnifiques poisons, impossibles à détecter sauf par l'autopsie la plus complète. Pourquoi la plupart des meurtriers ne choisissaient-ils pas une telle méthode ? se demanda-t-elle. Peut-être était-il difficile de se procurer les poisons. Il faudrait qu'elle se renseigne.

3

BRAD avait emmené les Bolston vers l'extrémité nord de Willow Pond, qui mesurait treize kilomètres de long sur sept de large. Ils se trouvaient maintenant au-delà de North Island, peuplée de loutres, de visons, de petits chevreuils et de huards, sans oublier, perchées dans leurs nids au sommet des arbres, deux familles de balbuzards et une de pygargues à tête blanche. Il n'y avait pas de camps sur les côtés nord et est, et les forêts massées sur les rives rocheuses étaient épaisses, sombres et lugubres, habitées par les caribous et les ours.

Se servant du moteur de traîne monté à la poupe, Brad négocia un passage entre les gros rochers qui dépassaient de l'eau, à huit ou dix mètres de l'île.

— Vous voyez ces rochers ? dit-il. En dessous, il y a un restaurant gastronomique qui propose écrevisses, cyprins, vers, grenouilles et tout ce qu'un black-bass peut engloutir dans sa grande bouche.

– C'est déjà l'heure du déjeuner ? demanda Tory.

— Oh, sans doute, répondit Brad en lui souriant.

Cette femme était un pur ravissement. Exemple : alors qu'ils contournaient Duck Island et que le lodge disparaissait, elle avait annoncé : "Je suis incapable de pêcher quand je porte un soutien-gorge. Ça me serre vraiment trop. Je n'aurais pas dû en mettre un ce matin." Et elle avait commencé à déboutonner sa chemise de pêche blanche, en gloussant. "J'espère que ça ne vous dérange pas."

Brad l'avait gratifiée d'un sourire à la Rhett Butler : "Pas du tout, madame. Si j'avais un soutien-gorge, je l'enlèverais aussi."

En riant, Tory avait ouvert sa chemise et habilement retiré son soutien-gorge, puis pris le temps de le glisser dans son sac de toile avant de se reboutonner, laissant à Brad une occasion de savourer la vue de ses seins bronzés.

— OK, avait-elle dit en remettant quelques boutons, allons à la pêche.

— C'est ce que nous allons faire, mais d'abord… un peu d'oogie-oogie.

Nelson, assis entre Brad et Tory, avait ri :

— Ooogie-oogie ? C'est un rituel des Indiens du coin ?

— En quelque sorte. C'est un truc du coin, en tout cas.

Brad coupa le moteur et, tandis que le bateau ralentissait, il glissa une main sous le tableau de bord et sortit son flacon de George Dickel.

— L'oogie-oogie, c'est le petit remontant du pêcheur. On boit à la santé du lac, à la santé du poisson, et comme ça, les dieux du lac nous sont favorables. Nelson, il y a des petits verres dans cette boîte juste à côté de votre chaise. Trinquons !

Ça, c'était trois quarts d'heure auparavant. Maintenant, alors qu'ils jetaient l'ancre près des rochers de North Island, Brad était curieux de voir si cette petite femme voluptueuse savait vraiment pêcher. Comme elle avait affirmé que son frère et elle savaient manier la canne à lancer spinning, Brad s'était dispensé de la fastidieuse leçon réservée aux néophytes.

Brad avait installé Tory à l'avant et Nelson à l'arrière.

— Tory, je vois que l'une de vos cannes a un montage Carolina. Fixez ce lézard à votre hameçon.

Il brandit un lézard en plastique, de quinze centimètres, vert foncé à taches noires.

— Merci, dit-elle en prenant le leurre.

Elle inséra l'hameçon dans les narines du lézard, le fit ressortir par la gorge, le tordit et le planta dans le dos de la bestiole.

Brad offrit à Nelson un asticot rouge sombre à la longue queue ondoyante, et le regarda fixer l'hameçon d'une main tout aussi experte. Un premier bon point, songea Brad : ils savent se servir d'un leurre, voyons comment ils pêchent.

— Très bien, vous allez tous les deux lancer de chaque côté du plus gros rocher, puis vous plantez le leurre pendant deux minutes avant de commencer à l'agiter et à le traîner très lentement sur le fond.

Pour le plus grand plaisir de Brad, Tory et Nelson réussirent un lancer, exactement comme il leur avait indiqué. Ils n'avaient ni mouliné ni tiré sur leur ligne, donc évidemment ils savaient ce que signifiait "planter", laisser un leurre immobile au fond du lac. Eh eh, se dit Brad, nous avons affaire à deux experts. Lorsqu'ils se mirent à mouliner lentement, Brad se versa une autre rasade de réconfort spirituel, étudia le profil de Tory et se demanda si son bronzage couleur de miel couvrait toutes les parties souhaitées ou s'il y avait ici et là quelques brusques démarcations entre le doré et le blanc. Tory Bolston ne devait pas être du genre à avoir des marques de maillot, décida-t-il. On verra bien, se dit-il gaiement ; on verra bien.

Tory eut la première prise. Elle "salua le poisson" très correctement – elle baissa légèrement la canne jusqu'à ce que le poisson se manifestât à nouveau – puis la projeta par-dessus son épaule et fixa l'hameçon. Le poisson plongea et tourna en rond, faisant fortement ployer la canne ; un gros coriace, devina Brad. De la poupe parvint une exclamation étonnée de Nelson qui se débattait lui aussi avec un poisson.

Brad se servit un autre whisky et sourit. Rien de tel que des clients satisfaits.

QUAND Gene déboula à travers les grandes portes battantes de la cuisine en hurlant "Salut, les garçons !", elle fit sursauter Kipper et Jean-Pierre, qui lui tournaient le dos et marmonnaient, en plein conciliabule. Saisis par ces spasmes d'inquiétude que seuls ressentent les esprits coupables, ils pivotèrent sur leurs talons et dévisagèrent Gene comme de petits animaux pétrifiés dans la lumière des phares d'un véhicule qui approche.

— On jette un coup d'œil aux menus, d'accord ?

Gene se dirigeait vers les chaises de bois blanc disposées autour d'une grande table de boucher, au centre de la cuisine, lorsqu'elle s'arrêta soudain, sourcils froncés.

— Hé, les gars, un problème ?

Kipper et Jean-Pierre, jusque-là bouche bée, affichèrent un rictus ressemblant à un sourire.

— Non, Gene, ma chérie. Rien du tout. Tout va très très bien.

— *Bonjour*, madame. Tout va bien, dit Jean-Pierre dont la voix craqua sur deux syllabes.

Pendant la longue discussion sur les menus qu'ils eurent autour de la table, les deux hommes furent crispés, tendus, ne s'exprimant que par phrases sèches et brèves. Gene était extrêmement agacée, car c'était d'ordinaire un moment qu'elle appréciait, mais elle surmonta son irritation et tenta de détendre l'atmosphère, en vain. Ils avaient dû avoir une querelle d'amoureux, décida-t-elle. Autant faire semblant de rien.

Lorsqu'ils eurent terminé et qu'elle se leva, Kipper dit, d'une voix aussi enjouée qu'il en était capable :

— Gene, mon trésor, tu aurais le temps pour un mot dans ton bureau ?

Gene avait un grand bureau lambrissé, dont les murs arboraient quatre-vingts ans de photographies familiales des Seldon, prises pour la plupart en plein air, ponctuées d'énormes black-bass, brochets et truites montés en trophées. Sur une table en chêne poli, devant un canapé en cuir, étaient disposées des sculptures en bois d'oiseaux et de poissons. Mais pour Gene, toute la pièce aurait aussi bien pu être emballée dans du papier bulle – elle ne voyait que le visage soucieux de Kipper, ses yeux bleus, ses cheveux roux, ses taches de rousseur. Elle tremblait tant elle avait du mal à garder son sang-froid. Face à son neveu chéri, elle était incapable de crier ni de jurer comme elle en avait l'habitude face à l'entêtement ou à la stupidité des autres.

D'un autre côté, son neveu chéri venait de lui causer un choc terrible. Sans cesser de le dévisager, elle prit de profondes inspirations qui l'aidèrent à se calmer un peu et composa sa réponse.

— Kipper, il faut que tu m'écoutes très attentivement.

Même quand Gene tentait de moduler sa voix, on avait l'impression qu'elle criait "Tout le monde sur le pont !"

— Oui, Gene, dit Kipper.

Il voyait dans le regard de sa tante une bombe à laquelle ne manquait qu'un détonateur.

— Je... (Elle ferma les yeux un instant et respira encore une fois.) Je cherche... Kipper, tu es le seul espoir pour l'avenir d'un des établissements les plus réputés du Maine.

Kipper écarquilla les yeux mais ne dit rien.

— C'est toi qui devras prendre ma succession. Ton grand-père a fondé cette maison et je ne compte pas la voir mourir. Au contraire, elle va se développer et devenir encore plus réputée. Tu es le seul à pouvoir faire ça.

— Oui, mais...

La grosse main droite de Gene se leva, paume vers l'extérieur, et imposa le silence à Kipper.

— Ne prononce même pas leur nom. Merde, tu sais parfaitement que ton frère et ta sœur sont gravement dépendants et qu'au rythme où ils vont, d'ici une quinzaine d'années, ils n'arriveront plus à trouver un poisson dans un seau à appâts. En attendant, ils pourraient tout foutre en l'air par leur mauvaise gestion. Si je divise l'héritage en trois parts égales, ce sera constamment la bagarre et il n'y aura pas moyen de travailler.

— On pourrait embaucher un directeur général, comme ça...

— Bon Dieu, Kipper ! cria Gene, avant de baisser la voix pour continuer. Ce serait la pire chose possible. La pire ! Un endroit comme Cedar Lodge doit être géré avec un certain sens commercial, mais aussi avec amour. Ça doit rester dans la famille. Un jour, mon portrait sera accroché au-dessus de la cheminée, à côté de celui de Big Jim, de Reg et Annice, et le tien finira par rejoindre le mien.

Kipper n'en croyait pas ses oreilles.

— Et quel portrait viendra à côté du mien ? Je suis gay, au cas où tu l'aurais oublié, et bonne chance à Brad ou Merrill s'ils veulent pondre des héritiers à leur âge.

— Ne t'en fais pas pour ça. J'ai à l'œil plusieurs jeunes Seldon élevés par mes cousins au premier degré.

Kipper se renfonça dans son fauteuil et leva les bras au ciel.

— Je ne peux pas le croire !

Comprenant qu'elle risquait de perdre l'avantage, elle frappa du poing sur son bureau et se mit à hurler et jurer.

— Eh bien, tu as sacrément intérêt à le croire, merde ! La réunion que je convoque ce week-end, c'est pour annoncer que je modifie mon testament et que vous soyez témoins de la signature. Je te donne cinquante-cinq pour cent de Cedar Lodge et je partage les quarante-cinq pour cent restants entre Brad et Merrill.

Gene se leva. Elle était maintenant sur la dunette et rugissait des ordres à l'adresse de son second.

— Donc la réponse est non, bordel, tu ne peux pas toucher ton héritage maintenant ! L'idée même que tu oses me demander une chose pareille me donne envie de vomir ! (Elle chercha à se maîtriser et baissa d'un ton.) Tu vas diriger Cedar Lodge et faire en sorte que les affaires continuent à marcher, Kipper. C'est ça, ton héritage.

Kipper resta silencieux un long moment puis, d'une voix aussi calme que possible afin d'éviter tout nouveau rugissement de sa tante, il dit :

— Gene, laisse-moi parler, s'il te plaît. (Quand sa tante fronça les sourcils et ouvrit la bouche, Kipper la devança.) S'il te plaît ! Écoute-moi simplement. Je n'ai jamais imaginé une chose pareille. Bien sûr j'adore cet endroit, c'est chez moi, je n'ai jamais connu autre chose. Mais justement... Je ne veux pas passer le reste de ma vie ici. Et maintenant j'ai rencontré Jean-Pierre, le seul être que j'aie jamais aimé.

Le coup fut douloureux pour Gene. Elle se rassit lentement, sans un mot. Dans son cœur, elle avait adopté Kipper comme l'enfant qu'elle n'avait jamais eu. Au cours de sa longue vie, elle n'avait jamais accordé un amour véritable à personne d'autre, les hommes n'avaient été qu'une source de plaisir. Kipper, lui, avait vingt ans quand ses parents étaient morts et elle n'avait jamais pu lui dire les mots de tendresse qu'une mère dit à son enfant. Elle s'était liée à lui de manière virile, comme deux copains, toujours admirative, soumise à ses désirs, lui apprenant à gérer le lodge pour faire de lui son codirecteur officieux. Qu'avait-elle espéré ? se demandait-elle maintenant. Qu'il se prendrait d'affection en retour pour une vieille bique comme elle ? Elle s'était bercée d'illusions. Et donc chaque fois qu'il lui disait "Gene, ma chérie" et posait doucement la main sur son bras, il ne faisait qu'enjôler sa vieille tante cousue d'or. Gene se sentait un peu hébétée, mais personne ne lui dicterait jamais sa conduite. Elle s'était calmée, mais sa voix restait inflexible.

— Tu ne peux pas m'abandonner, tu ne peux pas abandonner Cedar Lodge. Tu ne peux pas aller à New York avec Jean-Pierre. (Elle s'interrompit comme si une pensée dérangeante lui était venue.) De toute façon, si tu pars… Si jamais tu as amassé assez d'argent pour lancer ce restaurant à New York et partir d'ici, je te rayerai de mon testament, et tu n'hériteras pas du moindre cent.

Brad s'en revenait au lodge avec Tory et Nelson triomphants : ils avaient pêché au total trente black-bass et, sans le vouloir, trois grosses perches. Ils s'étaient photographiés tenant le poisson le plus long. Tous les black-bass avaient été remis à l'eau, car à Cedar Lodge, on pêchait par amour du sport. Ils avaient gardé les perches, que Brad prévoyait de confier à la cuisine. Lorsqu'ils commencèrent à apercevoir le lodge, son portable sonna dans sa poche. Jusque-là, il bavardait avec les Bolston, baignant dans une euphorie engendrée par le bourbon ; la sonnerie fut une intrusion barbare. En décrochant, il entendit Kipper, qui demandait d'une voix affolée à le voir au plus vite.

Au volant de sa Land Rover, Merrill regagnait Cedar Lodge pour ses clients de 3 heures quand son portable sonna. Le temps qu'elle ait trouvé où se garer sur la route traversant la forêt, elle avait un message sur sa boîte vocale. Elle tapa son code et écouta :

— Merrill ? Kipper à l'appareil. C'est important. S'il te plaît, viens me voir dès que tu pourras.

Trente minutes plus tard, ils étaient tous trois réunis dans le bureau de Kipper. Ses mains plaquées sur son visage étouffaient le son de sa voix.

— Oh, mon Dieu, je n'ai pas voulu ça. Je n'ai rien eu à voir là-dedans. Elle m'a complètement pris par surprise.

— Calme-toi, petit frère, dit Merrill. On te croit.

Elle s'aperçut qu'elle était incapable de se concentrer. Elle avait encore le cerveau un peu engourdi par la cocaïne, et dans vingt minutes elle aurait affaire à trois pêcheurs lubriques qui avaient déclaré être tombés amoureux de sa photo dans le *Gray's Sporting Journal*. Elle savait que le choc de ce que Kipper venait de leur révéler ne la percuterait que plus tard. Une chose était certaine : son bonheur postcoïtal avait été abattu en plein vol.

Brad se montra moins compatissant que Merrill.

— Oh, pour l'amour du Ciel, Kip, ne me dis pas que tu as été surpris. Tu lui lèches les bottes depuis des années. Tu t'attendais à quoi ? Elle croit que le soleil sort de ton cul tous les matins. Je pensais que c'est ce que tu cherchais.

Kipper, choqué, regarda Brad bouche bée.

— Putain, Brad, arrête tout de suite. Pas une seule fois de ma vie je n'ai parlé à Gene de notre héritage, d'argent ou de quoi que ce soit. Jusqu'à aujourd'hui, quand je l'ai suppliée de m'accorder au moins une partie de ce que je devais toucher. Elle a pété un câble.

— Pas possible ? ricana Brad. Et comment pouvons-nous savoir que tu n'inventes pas toutes ces conneries, juste pour que Merrill et moi on ne…

Écarlate et frémissant de rage, Kipper bondit et hurla :

— Je te défends, espèce de fils de pute… je te défends d'insinuer un truc pareil !

— Va te faire foutre, Kipper.

— Non, c'est toi qui vas aller te faire foutre, sale connard d'ivrogne.

— Y a que la vérité qui blesse…

Kipper quitta la pièce et alla s'enfermer dans sa chambre en claquant la porte.

— Il l'a plutôt bien pris, tu ne trouves pas ? dit Merrill.

4

Muni d'un whisky dilué d'un peu d'eau, Brad était au bout du long comptoir du bar du lodge, qui servait également de salle à manger; Tory et Nelson ne le rejoindraient que dans une demi-heure. Il gardait rarement à la main un verre d'alcool, car il préférait boire d'un trait et laisser son organisme s'ajuster au plus vite, mais ce soir, il voulait éviter la gêne que cause une diction pâteuse. Avec ses yeux pétillants, Tory Bolston était une fille pleine de classe et, à travers son petit trottinement primesautier sur le ponton – c'était ce matin mais cela semblait maintenant bien loin –, elle avait montré avec un culot incroyable qu'elle était à Cedar Lodge uniquement pour prendre du bon temps. Et ce dont Brad avait besoin par-dessus tout en ce moment, c'était de bon temps.

L'entrevue de l'après-midi avec Kipper l'avait laissé dans un état de fureur bouillonnante qui avait mis des heures à s'apaiser. Il était désormais résolu à ne pas laisser la colère le priver de son plaisir. Quand Tory arriverait, il puiserait dans sa réserve d'histoires de pêche quelques anecdotes amusantes pour planter le décor puis, usant d'une technique nourrie par son observation des sensibilités féministes actuelles, il se focaliserait entièrement sur elle, de plus en plus fasciné au fil de la soirée par le récit qu'elle lui ferait de sa vie. Quand il n'était pas trop bourré, ça fonctionnait en général du tonnerre.

Brad découvrait alors que l'énergie insufflée par la haine était presque aussi puissante que la promesse d'une nouvelle conquête excitante. À l'autre bout du long comptoir d'acajou, occupé par les clients du lodge et par des gens venus simplement dîner, se trouvait l'objet de son ressentiment, Iphigene Seldon. Sa tata chérie riait et bavardait avec ce séduisant vieux pêcheur qu'elle essayait encore de mettre dans son lit et – Waouh ! La vache ! – elle portait une robe. Une robe bleue en seersucker qui contrastait avec sa peau basanée et ses cheveux blancs. Le vieux beau était mal parti, supposa Brad ; Gene ne mettait une robe que pour les cibles spéciales, pour les hommes qu'elle voulait particulièrement avoir. Celui-ci avait l'allure d'un de ces patriarches qu'on voit à la barre d'un yacht dans les catalogues BCBG.

Une pensée inquiétante prit forme dans l'esprit troublé de Brad. La vieille bique envisageait-elle de s'accoupler ? Le Duce voulait-il partager avec un mari les belles années de sa tyrannie ? Oh non, par pitié ! Et le testament, alors ? Ce week-end, d'après Kipper, Merrill et lui verraient leur héritage diminuer de onze pour cent. Et s'ils en étaient exclus entièrement un jour ?

Tout doux mon cheval, se dit-il. Tu t'emballes alors que Gene agit simplement comme chaque été : elle se distrait avec des messieurs âgés bien faits de leur personne. Brad avait la nausée en imaginant sa tante dans le rôle de la coquette vieillissante, rejetant la tête en arrière quand elle riait, pressant le bras de l'homme, lui ébouriffant les cheveux, épaule contre épaule. Le renard avait l'air d'apprécier, d'ailleurs, d'apprécier réellement, spectacle révulsant qui obligea Brad à détourner le regard.

Où était Merrill ? Il la chercha des yeux dans la salle. Il aurait bien eu besoin d'un peu de camaraderie entre frère et sœur, il lui fallait un compagnon d'infortune. Ah oui, merde, elle devait être à Winsokkett avec Bruno. Putain. Elle passait trop de nuits là-bas avec ce type. Il ne reprocherait jamais cet amant à sa sœur, sa meilleure amie au monde, son unique amie sur cette putain de Terre, mais en vérité, Bruno l'inquiétait. C'était un excellent guide, Brad n'avait jamais entendu raconter sur lui le moindre mal, mais cet homme calme et mélancolique avait quelque chose de… Eh bien, maintenant que Brad était entré dans ces ruminations, qu'est-ce donc qui le perturbait chez Bruno ? Menaçant. Voilà, il paraissait menaçant. Mais pourquoi ? Il ne disait jamais grand-chose, et il était toujours charmant avec Merrill. C'est parce qu'il a toujours l'air d'examiner de ses yeux noirs les gens qui l'entourent. Il ne parle jamais de lui. Il observe tout le monde et il sourit.

Conscient de ses propres élucubrations, Brad gloussa. Tout ça semblait sorti d'un de ces romans à deux balles où Renee avait toujours le nez, *L'Espoir délaissé de l'amour* ou ce genre de conneries. C'était soit ça, soit *La Mort frappe à minuit*. Oh oh ! il suffisait de parler du diable pour en voir les cornes...

Renee se tenait sur le seuil de la pièce, vêtue d'une robe de soie blanche avec un décolleté en V jusqu'au nombril, dévoilant une généreuse portion de peau bronzée pour le plus grand bonheur de ces messieurs et l'agacement de ces dames qui roulaient de gros yeux, elles qui étaient pour la plupart endurcies par le plein air et portaient des tenues ordinaires au retour de la pêche. Elle balaya la salle du regard jusqu'au moment où elle repéra Brad, puis s'avança dans sa direction.

Eh merde, se dit-il. Quoi, encore ? Il lui avait annoncé que sa part du gâteau de Cedar Lodge allait bientôt être réduite et elle avait réagi très violemment, maudissant Gene et souhaitant sa mort. Il n'avait pas envie d'entendre ses glapissements narcissiques et il ne voulait surtout pas qu'elle soit là quand Tory et Nelson arriveraient. Il pourrait peut-être simplement... Catastrophe, sa tata chérie fonçait droit sur lui, suivie par le vieux beau. Et pourquoi affichait-elle cet air content de soi ? Renee la vit et fila en sens inverse.

— Brad, je voudrais te présenter Robertson Weller. Bob, mon neveu Brad.

— Enchanté, dit Weller. Gene m'a expliqué que votre sœur et vous étiez deux des meilleurs guides de pêche du Maine.

L'homme avait une voix agréable, un accent distingué, le sourire chaleureux sous son épaisse moustache blanche retroussée aux deux bouts.

— Ah, eh bien, je ne sais pas ce que nous valons à l'échelle de l'État, mais en général nous arrivons à donner satisfaction à nos clients. Et vous ? Je peux vous aider à attraper du poisson.

— J'adore pêcher, Brad, et je suis allé sur le lac avec Merrill, mais je suis ici pour un autre genre d'expédition. (Il s'interrompit et regarda Brad dans les yeux.) Vous ne me reconnaissez pas, je crois ? Je suis déjà venu trois fois.

Qu'est-ce que c'était donc que cette histoire ? se demandait Brad. Pourtant, en vrai gentleman, il mentit :

— Ah, oui, je me rappelle, maintenant. Ravi de vous revoir.

— Tu ne te rappelles que dalle, Brad. Mais je pense que tu te souviendras d'une chose : M. Weller me courtise. Tu ne trouves pas ça délicieusement chevaleresque ?

Sa voix sonore avait attiré l'attention, et plusieurs personnes se retournèrent pour la regarder, visiblement incrédules.

Le choc laissa Brad muet. Il émit un son, mais ce n'était pas un mot.

— Et pour tout t'avouer, sa cour est terminée. Nous allons nous marier.

Brad ne put que dévisager Gene, dont les yeux accueillirent sa stupéfaction avec une jubilation narquoise. Weller lui lança un sourire de vieux brigand et le salua tandis que Gene l'entraînait par le bras.

Brad se couvrit les yeux avec sa main gauche, et serra son verre à cocktail dans sa droite. Oh. Mon. Dieu. J'avais raison. Je n'y crois pas. Pour une femme de son âge, Brad devait l'admettre, Gene avait encore la ligne, et son visage, même tanné, restait attirant. Pourtant, question charme et beauté, elle n'appartenait clairement pas à la même catégorie que Weller. Brad devina que ce vieux cochon était venu pour la pêche, avait vu ce lodge spectaculaire, avait flairé les millions et s'était jeté sur sa proie. S'ils se mariaient bel et bien, tout ce qui était à elle serait à lui. Elle changerait probablement son testament, une fois de plus, pour léguer à ce bon vieux Bob une énorme part de Cedar Lodge Enterprises. Le vieux bandit l'avait sans doute exigé franchement.

Brad sentit ses genoux faiblir. Et dire que les gens pensaient qu'au bord d'un lac, on menait une existence sereine !

— Brad. Brad !

Il redressa la tête. Tory était là, une pointe d'inquiétude dans le bleu layette de ses yeux. Nelson était derrière elle.

— Vous avez gémi. Vous êtes malade ?

— Euh... non. Je viens juste d'apprendre une nouvelle terrible. Une histoire de famille. (Il eut un sourire triste.) Personne n'est mort. Pour le moment.

Allons, du cran, se dit-il. Devant lui, vêtue d'une robe toute simple en coton bleu pâle qui moulait superbement tout ce qui devait être moulé, se tenait celle qui allait sauver une journée parfaitement abominable. Il rejeta les épaules en arrière, adressa un sourire à Nelson puis regarda Tory dans les yeux et lui sourit.

— Ça me fait du bien de vous voir. Vous prenez quelque chose, tous les deux ? Offert par la maison.

Tendant le cou, Nelson cherchait quelqu'un, à qui il fit un grand signe lorsqu'il l'eut trouvé.

— Si ça ne vous dérange pas, Brad, et je suis sûr que ça ne vous dérangera pas, je vais vous laisser. J'ai rencontré cet après-midi une femme superbe qui s'appelle Renee, et elle m'a donné rendez-vous ici. À plus.

Brad se masqua de nouveau les yeux avec la main.

— Vous gémissez encore, lui murmura Tory à l'oreille.

— C'est ma femme.

— Quoi ? (Tory recula, la colère éclatant dans ses yeux.) Je ne savais pas du tout que vous étiez marié. Je vous fais du rentre-dedans depuis ce matin alors que vous êtes marié ?

Brad lui prit l'avant-bras.

— Je ne le suis pas ! Enfin, je le suis mais nous sommes séparés. Depuis longtemps. On se déteste. Elle ne vit pas ici, elle habite à Rockport.

— Ah oui ? Alors pourquoi vous ne divorcez pas ?

— On en a envie tous les deux, mais pour le moment, on est coincés. C'est plus compliqué que vous ne pouvez l'imaginer. Et il y a deux minutes, ça vient de devenir encore plus compliqué. Je vous en prie, Tory, croyez-moi. On peut aller demander à mon ex-femme, elle vous dira que nous ne sommes plus ensemble.

— Non, pas la peine. Je vous crois. Mais pourquoi vient-elle ici ?

— Elle vient une fois par mois chercher l'argent que je lui dois en vertu de notre accord de séparation et elle... (Brad émit un petit rire sans joie.) Eh bien, elle vient voir si Gene n'est pas malade.

Tory ouvrit de grands yeux.

— Je vous demande pardon ?

— Écoutez, c'est lamentable et sans intérêt. Je préférerais me concentrer sur vous, ma jolie petite pêcheuse. Qu'est-ce que je peux vous offrir ?

Les lèvres et les yeux de Tory sourirent à l'unisson.

— Un whisky avec de l'eau et des glaçons.

— Ah, nous avons quelque chose en commun !

Brad attira l'attention d'Armand, le barman, et commanda deux whiskys. Quand leurs verres furent servis, ils trinquèrent. Brad jura en son for intérieur de chasser de son esprit tout événement perturbateur et, en véritable hédoniste qui connaît ses priorités, de satisfaire ses instincts primaires.

— Bon, dit-il, et si on péchait ensemble ?

Tory rit, lui toucha la main et s'étonna :

— À cette heure-ci ? Mais on en revient !

— Je ne parle pas de retourner à la pêche.

— Alors, va pour le péché.

— Encore des mauvaises nouvelles, Bruno, dit Merrill en refermant son téléphone. Elle était assise de son côté du lit, car elle venait de recevoir un appel de Brad. Elle était nue, bien sûr ; Bruno et elle étaient toujours nus quand ils étaient ensemble.

Quelle famille d'emmerdeurs, songea Bruno. Qu'est-ce qu'ils avaient encore inventé ? Il ne dit rien, attendant simplement que Merrill parle.

— C'était Brad. Gene promène un sex-symbol octogénaire dans le bar en proclamant qu'elle va l'épouser.

Elle soupira, puis se tut un moment.

— On pourrait se préparer un verre et aller s'asseoir sur le ponton ? J'ai besoin de réfléchir.

— Bien sûr, dit Bruno.

Il se leva et enfila un short. Merrill en fit autant, sans prendre la peine de mettre une chemise. Si on ne peut pas s'installer sur le ponton le soir avec ses nichons à l'air, à quoi bon être au bord d'un lac ?

Quand ils furent assis dans le noir, à écouter les huards et les voix assourdies venant des autres camps, Merrill se demanda, désespérée, si elle serait un jour libre. Piégée à quarante-cinq ans. Piégée par Cedar Lodge, piégée par Iphigene Seldon ; mon Dieu comme elle détestait cette femme. Et elle était encore enchaînée à Huntley Beauchamp. Il voulait de l'argent en échange d'un divorce, beaucoup d'argent. Il en voulait toujours. Cet homme grand et si élégant qui l'avait éblouie une douzaine d'années auparavant était devenu un fils de pute cupide. Au bout de deux ans de mariage, elle avait compris, sans vouloir l'admettre, combien il était égoïste, mais elle avait tenu encore six ans, allez savoir pourquoi. Oui, pourquoi ? se demandait-elle maintenant. Pourquoi ? Pourquoi, quand il existait des hommes comme Bruno Gabreau ? Bon, pour être honnête, jusqu'à l'année dernière, elle n'avait jamais rencontré personne comme Bruno. Elle avait reçu des propositions émanant d'hommes merveilleux, de riches amateurs de pêche qui, au fil des ans, l'avaient suppliée de les épouser et de les suivre dans le Montana, le Wyoming, le Minnesota, en Géorgie… Elle aurait pu s'installer n'importe où aux États-Unis ! Elle se rappelait plusieurs moments d'hésitation où elle avait bien failli céder, mais… non, elle était restée fidèle à l'autre salaud qui, durant les premières années de leur mariage, lui avait fait l'amour comme personne auparavant, mais pas comme Bruno, bien sûr, qui était dans une catégorie à part, pour le sexe et pour l'affection. Huntley, lui, avait la profondeur émotionnelle d'un lézard. Mais peu à peu, fait incroyable (incroyable parce que tous les miroirs dans lesquels elle se regardait reflétaient un corps que la plupart des hommes et des femmes auraient adoré serrer dans leurs bras), le sexe était devenu mécanique, dénué d'érotisme, et Huntley s'était mis à passer plus de temps à Boston, New York ou Philadelphie pour signer des contrats.

En quatre ans, depuis qu'elle s'était séparée de Huntley, Merrill avait eu plusieurs amants, mais Bruno avait fait disparaître tous les autres hommes de son esprit. Elle jeta un coup d'œil dans sa direction, étudia son profil, divin d'après elle. Elle ne supporterait pas de le perdre. Jamais. Elle savait qu'elle avait gardé tout son pouvoir de séduction, mais la réalité de ses quarante-cinq ans face aux trente-sept de Bruno la tracassait continuellement. Elle avait besoin de le retenir en se mariant avec lui, et pour ça elle devait se débarrasser de Huntley, et pour ça elle avait besoin de l'argent qui lui revenait de droit. Chaque fois qu'elle s'engageait dans ce genre de raisonnement, elle avait envie de pleurer, mais il était hors de question d'étaler son désespoir devant Bruno.

Dans ces moments-là, elle pleurait aussi ses défunts parents, si beaux. S'ils n'avaient pas été tués, tout serait encore si parfait; avec Papa et Maman, tout était toujours parfait. Dans son souvenir, ils étaient comme des dieux, élégants, pétulants, dynamiques. Son grand-père avait créé Cedar Lodge en 1926, en restaurant le vieux bâtiment de 1882 qui avait abrité l'Abenaki Sporting Club, puis en y ajoutant un deuxième étage, mais c'étaient Reg et Annice qui avaient fait la célébrité de l'établissement. En ce temps-là, le monde était merveilleux, et toute la famille travaillait ensemble dans l'harmonie. Par leur humour et leur nature enjouée, son père et sa mère étaient une source d'inspiration pour tout leur entourage. Pour tout le monde sauf Gene, bien sûr. Gene n'était pas inspirée. Elle travaillait très dur, toujours, et fut la principale guide de pêche jusqu'au jour où Merrill et Brad furent promus. Pourtant, la haine froide que Gene nourrissait à l'égard de son frère et de sa belle-sœur était manifeste dans tous leurs rapports. Merrill avait essayé quantité de fois d'en connaître la cause, mais Reg ou Annice repoussaient systématiquement ses questions avec une réponse du genre : “Oh, elle a toujours été comme ça. Ne t'en fais pas pour elle.”

Puis, en une seconde atroce de tonnerre rugissant et de lumière aveuglante, ce monde – le sien, celui de Brad et de Kipper – avait été réduit en miettes. Brad avait été le premier à atteindre le bateau après que la foudre avait frappé ; Merrill était alors à l'arrière du lodge et était sortie par l'avant trente secondes plus tard. Brad avait couru vers elle, en larmes, le visage déformé par l'horreur ; il l'avait attrapée, elle s'était débattue mais il l'avait ramenée de force à l'intérieur, en la suppliant de ne pas regarder.

— Bruno ? chuchota Merrill.

— Oui ?

— Que penses-tu vraiment de moi ?

— Tu es belle, je t'aime et je veux t'épouser.

Merrill soupira.

— Et toi, tu es beau, je t'aime et je veux t'épouser. Nous allons trouver une solution, Bruno. Il va bientôt se passer quelque chose.

Merrill se tut de nouveau. Bruno bouillonnait. La situation le rendait fou mais, comme toujours, il dissimulait ses émotions, gardant toujours une façade de calme. Il n'aimait pas réellement Merrill, mais il voulait l'épouser, c'était certain. Pour lui, les possibilités extraordinaires qu'offrait cette femme étaient une chance unique. Il savait qu'il n'aurait pas deux fois dans sa vie accès à une fortune pareille. Il avait pour lui sa beauté et ses prouesses sexuelles, mais il n'en était pas moins un pêcheur sans aucune instruction, qui travaillait seul comme guide, sans aucune garantie de toucher un revenu suffisant d'un mois à l'autre. Les hommes dans sa situation rencontraient rarement des femmes ruisselant de diamants et de perles.

Cedar Lodge et les millions que, selon Merrill, le bâtiment recelait donnaient le vertige à Bruno. Mais voilà que cette vieille salope tannée leur mettait encore des bâtons dans les roues. Merrill disait que tout le monde la détestait. Quand Bruno l'avait appris, il avait pensé, à sa façon très rudimentaire de voir les choses : Alors, si tout le monde la déteste, pourquoi personne ne la tue ? Bruno envisageait toutes sortes d'"accidents" qu'on pouvait organiser dans un grand lodge de pêche. Il y allait demain soir pour rester aux côtés de Merrill jusqu'à la réunion du dimanche tant redoutée. Il se promit qu'il en profiterait pour inspecter le bâtiment et les pontons, à la recherche d'infractions aux règles de sécurité.

Renee roula mollement vers le bord du lit, se leva et marcha lentement jusqu'au bar de la chambre, exagérant son déhanchement pour que Nelson puisse contempler son postérieur parfait (selon elle). Cette suite du premier étage incluait une psyché, un de ses meubles préférés, car il lui permettait d'admirer ce qu'elle aimait le plus : son corps. À présent, grâce aux lumières du ponton qui entraient par la fenêtre, elle s'examina, ravie de tout ce qu'elle voyait : une silhouette affinée par d'innombrables heures passées à suer sang et eau en salle de gym. Les seuls petits défauts contrariants étaient les minuscules rides au coin de ses yeux, aux pupilles d'un brun vert, et les zones fripées, à peine visibles, au coin de ses lèvres qu'elle avait naturellement pulpeuses. Son visage formait un triangle aux contours doux, encadré par une épaisse chevelure bouclée. Ses yeux, bridés comme ceux d'un chat, se regardaient dans le miroir.

Je suis comme Maggie, la Chatte sur un toit brûlant, sans ce connard de Brick, son mari. Je m'appartiens. Ce corps m'appartient. Mais dans dix ans, mon titre de propriété commencera à être contesté, car l'âge réclame impitoyablement les intérêts du prêt.

En dehors de son propre corps, Renee aimait beaucoup de choses, et en premier lieu les délicieux plaisirs du sexe. Elle aimait le corps des hommes, elle aimait le corps des femmes. Néanmoins, elle n'était pas une femme facile. Coucher avec le premier venu, monter dans une chambre après une fête pour baiser avec un homme excité – ou avec une femme, sauf que les femmes étaient en général plus prudentes et plus délicates dans leurs invites – lui semblait sordide. Elle pensait sincèrement que son corps était un cadeau pour celui ou celle avec qui elle couchait, cadeau qu'il ne fallait pas vulgairement jeter sur un lit pour l'offrir en pâture aux mains frénétiques d'un imbécile ivre ou drogué. De plus, elle n'avait pas besoin qu'on la câline ou qu'on la caresse pour atteindre l'excitation maximale : être admirée avec convoitise par un homme ou par une femme stimulait chez elle un autoérotisme vigoureux dès qu'elle était dans l'intimité de sa chambre.

Cette soirée passée à faire l'amour avec un homme rencontré deux jours auparavant était donc pour elle une chose tout à fait inhabituelle… et un peu surprenante. Ce type qu'on aurait pris pour un homme d'affaires bien plan-plan était un pro du rodéo sexuel. Ça faisait six mois qu'elle ne s'était pas autant amusée. Un arrangement semi-régulier était peut-être envisageable, se disait-elle. En tout cas, elle n'avait aucune intention de s'engager dans une liaison régulière, mais une nuit de temps à autre avec Nelson le cow-boy lui semblait alors une perspective très attrayante.

— Nelson ?

— Hein ?

— Tu as soif ?

— Y a du gin ?

— Ouais.

— Du tonic ?

— Ouais.

— Sers-les-moi ensemble, pour voir.

Renee gloussa.

— Tu es plein d'esprit, Nelson. Je déteste les gens qui n'ont pas d'humour.

— J'en connais quelques-uns.

— Je ne jette pas des fleurs aux hommes uniquement pour gonfler leur ego pourri, mais je dois le dire, parce que c'est la vérité… tu es un étalon.

— Et toi, tu es de la dynamite.

Renee apporta son verre à Nelson, puis s'assit sur le bord du lit.

— Tu aimerais qu'on se voie de temps en temps, peut-être à Bar Harbor, où j'habite ?

— De temps en temps, ce serait parfait. Je ne me fixe jamais. Et si on se voyait à Boston ?

Imitant l'accent du Maine qu'elle entendait constamment autour d'elle, Renee répondit :

— Eh oué, Baston ce seré géniôle.

Nelson sourit.

— Je t'appellerai le mois prochain.

— Cool. Moi non plus, je ne me fixe jamais.

— Comment ça ? Je croyais que…

Renee lui coupa aussitôt la parole.

— Sauf cette fois-là ! Oui… Je me suis mariée à ce pochetron, le pilier du bar du rez-de-chaussée. Ni lui ni moi on ne se rappelle pourquoi on a bien pu faire une chose pareille.

— La question évidente arrive ensuite : Pourquoi vous ne… ?

— … divorcez pas. Parce que j'ai besoin des deux millions de dollars que Brad pourra me donner quand il touchera son héritage sur ce trou à pêcheurs d'une valeur de trente millions de dollars.

— Ça paraît sensé. Et il doit passer quand, à la caisse ?

— Quand le vieux dragon y passera.

Nelson haussa un sourcil et sourit.

— Je suppose que tu veux parler d'Iphigene, duchesse de Cedarshire ?

Renee adorait ce genre d'humour. Elle éclata de rire et tapota la tête de Nelson.

— Tu es trop marrant, toi. Oui, elle, c'est la duchesse, et ses courtisans commencent à s'agiter. On espère tous qu'elle va tomber raide morte et qu'elle sera tuée par la foudre.

— Vous êtes une sacrée bande de lascars.

— Si tu avais vécu aussi longtemps avec elle, tu la détesterais aussi. (Renee enfourcha Nelson et lui balança ses seins contre la poitrine.) On remet ça ?

KIPPER était ivre et seul, regardant avec désespoir par la fenêtre de sa chambre du deuxième étage. La vue était charmante : tous les huit mètres sur les pontons blanchis à la chaux, des lampes fixées à des poteaux éclairaient d'une lumière douce les bateaux et faisaient scintiller la surface de l'eau. Les bateaux de pêche étaient bleu et blanc, les canots, vert sombre, les voiliers, blancs à voiles bleues, et les runabouts, blancs. Il se tourna vers la bitte du second ponton sur la gauche, où ses parents avaient amarré leur bateau au milieu d'un gigantesque orage surgi soudain du nord-ouest et qui se déplaçait à vive allure. Ils débarquaient leur matériel lorsque la foudre avait frappé l'embarcation, l'enveloppant dans une auréole d'électricité bleue crépitante qui avait tué sur-le-champ Reg et Annice, carbonisant affreusement leur corps.

Il avait vingt ans quand cela s'était produit, et était à la maison pour les vacances d'été après sa deuxième année d'université. La tragédie l'avait plongé dans la dépression et la consommation chronique de marijuana, et il avait continué à se droguer pendant un an, refusant de reprendre ses études. Lorsqu'il avait fini par retourner à l'université pour terminer son premier et son deuxième cycle, il était resté pour un MBA en deux ans, puis, sous la houlette de Gene, il était devenu un habile cogérant du lodge.

Mais à présent, il voulait partir. Toute son existence, hormis ses années d'études, s'était déroulée dans le Maine rural. Il avait envie de New York et de tout ce que cette ville offrait. Il voulait y emmener Jean-Pierre et vivre avec lui pour toujours.

Plus il buvait, plus il méprisait sa tante. Cette vieille garce brutale lui refusait son bonheur. Le souvenir de leur entrevue de cet après-midi, de son visage tremblant et hargneux, de sa voix dédaigneuse le remplissait de rage. Putain ! hurla-t-il dans la chambre vide. Si je perds Jean-Pierre à cause de Gene, je la tuerai et je me tuerai après.

JEAN-PIERRE s'affairait dans la cuisine, supervisant les trois membres de son équipe mais, si occupé qu'il soit, il ne cessait de repenser à la conversation larmoyante qu'il avait eue cet après-midi avec Kipper. La vieille allait tout gâcher. Jean-Pierre croyait être réellement amoureux de Kipper jusqu'à un certain point, mais si Kipper était piégé, il devrait aller se chercher une autre vie avec quelqu'un d'autre d'assez riche pour lui offrir le restaurant de ses rêves. Vénal, oui, mais que pouvait-il bien faire d'autre ? Il avait mis beaucoup d'argent de côté – comment aurait-il pu le dépenser sur place ? Il allait devoir s'en aller, s'installer à Manhattan et espérer que le sort lui serait favorable. Cette perspective le chagrinait, mais il était résolu à partir.

À moins que quelqu'un ne zigouille la vieille peau, songea-t-il en riant.

MÊME si le spécialiste lui avait répété plusieurs fois qu'il allait le tirer d'affaire, Huntley Beauchamp sentit son cœur s'arrêter de battre alors qu'il murmurait – pourquoi murmurer, d'ailleurs ? se demanda-t-il. Personne ne l'écoutait ! – dans le téléphone de son bureau :

— Nous sommes jeudi. La réunion a lieu dimanche après-midi. Que se passe-t-il ?

La voix qui lui répondit, ainsi que lors de ses précédents appels, était spectrale, râpeuse et métallique, comme si elle était filtrée par un grattoir en paille de fer.

— Gardez votre calme. Tout sera réglé pour le jour de la réunion. Des documents seront acheminés sur place pour remédier à tous les… disons, à tous les dysfonctionnements.

— D'ici samedi ? Il va se passer quelque chose d'ici samedi ?

— Oui, répondit la voix. Calmez-vous, monsieur Beauchamp.

La ligne fut coupée, laissant Huntley agrippé au téléphone d'une main tremblante. Il n'était pas convaincu. La situation était terriblement effrayante. Au cas où les choses tourneraient mal, il avait déjà retiré plusieurs centaines de milliers de dollars d'un compte bancaire, puis il avait pris un avion pour le Canada et, sous un nom d'emprunt et en payant en liquide, il avait réservé une cabane au bord d'un lac isolé. Une fois là-bas, il devrait mettre en œuvre un plan. Il ne pouvait pas rester ici en attendant qu'on vienne le clouer au mur.

Il pourrait peut-être se faire passer pour mort. Et voilà. Disparaître. Des tas de gens l'avaient tenté avant lui. Et il avait déjà une expérience en matière de changement d'identité.

Il était attendu à Cedar Lodge le lendemain, vendredi. Il y serait piégé au milieu de toute la bande : Gene, Brad, Merrill, Kipper, peut-être même Renee. Rien que de penser à eux le remplissait de peur et de dégoût.

5

Six et Alicia entrèrent dans la salle à manger de Cedar Lodge, vêtus de leurs “habits corrects”, catégorie qui n’occupait, pour eux deux, que six cintres et deux tiroirs de commode. Leurs tenues avaient été achetées dans un catalogue d’été Brooks Brothers, d’une année oubliée où les mannequins ressemblaient encore à quelqu’un qu’on aurait pu croiser dans la rue : pantalon kaki à pli et chemise à rayures avec manches retroussées pour Alicia, veste en lin bleu et pantalon de toile blanche froissée pour Six. Bien sûr, ils avaient aussi apporté des vêtements moins présentables, car ils avaient passé une excellente journée à attraper de gros poissons. Gene avait insisté pour qu’ils viennent pêcher dès le vendredi matin, et il était entendu qu’ils se verraient en privé dans la soirée afin qu’elle leur explique ses craintes concernant la réunion familiale du dimanche qui risquait de prendre un tour tumultueux.

Gene leur fit signe du bout du comptoir et ils se dirigèrent vers elle, fascinés de voir autour d’eux tous ces hommes et ces femmes riches et bronzés qu’attirait habituellement Cedar Lodge. Les tarifs étaient élevés. Mais ce que les clients obtenaient en échange d’une note salée, c’était les meilleurs guides que le Maine puisse offrir, des chambres luxueuses qui avaient conservé une ambiance de camp de pêche à l’ancienne, et une cuisine gastronomique.

Alors qu’ils rejoignaient Gene, Six et Alicia remarquèrent qu’un homme d’un certain âge, à la prestance hors du commun et à l’épaisse moustache blanche, se tenait à côté d’elle, comme si leur cousine lui appartenait.

— Six ! Alicia ! Venez prendre un verre. (Elle leur serra chaleureusement la main ; Gene faisait rarement la bise à quiconque.) Je tiens à vous présenter quelqu'un, dit-elle en se retournant vers l'homme, radieuse. Voici Robertson Weller. Et je vais épouser ce superbe fils de pute.

Six et Alicia furent pris au dépourvu, mais ils réussirent à ne pas ouvrir grand la bouche. Il leur fallut pourtant quelques secondes pour digérer cette incroyable déclaration, et leurs effusions furent simultanées :

— Gene ! C'est formidable. Gene, ma chérie, quelle nouvelle !

— Bob, je te présente mes merveilleux cousins, Six et Alicia Godwin. Ils ont un camp à Winsokkett Pond.

Les lèvres de Bob s'entrouvrirent en un sourire éclatant qui dévoila une dentition impeccable. Il tendit la main à Alicia, puis à Six, les enveloppant de sa voix charmeuse.

— Alicia, c'est un grand plaisir de vous rencontrer. Et vous aussi, Six. J'ai tellement entendu parler de vous deux.

Seigneur Dieu, songea Alicia. Ce type est taillé pour Hollywood. Gene était en superbe forme pour ses soixante-dix-sept ans, mais c'était un vieux bout de cuir tanné. Le bon vieux Bob Weller devait être un chercheur d'or.

En serrant la main de Bob, Six remarqua que l'homme n'avait pas seulement un physique de sportif, mais qu'il était aussi assez grand. Du haut de son mètre quatre-vingt-dix-huit, Six estima que Bob devait faire un mètre quatre-vingt-six ou quatre-vingt-huit.

— Eh bien, pour une surprise ! s'exclama Six.

À en juger d'après son accent, Bob devait appartenir à la vieille garde de Boston ; au troisième âge bostonien sans plan d'épargne par capitalisation, devina-t-il avec cynisme.

Gene plaça doucement le poing contre l'épaule de Six.

— On dirait que ça vous la coupe, à toi et Alicia. (Elle leur sourit jusqu'aux oreilles.) Écoutez. Détendez-vous. Bob m'épouse pour mon argent, c'est évident. Et moi, je l'épouse parce que c'est un étalon. C'est peut-être un requin, mais un requin honnête.

Bob émit un rire moelleux de baryton.

— Quand Gene est dans les parages, inutile de la contredire, mais le fait est que tous les deux, nous nous pratiquons depuis un certain temps et il s'avère que nous nous entendons très bien. Chacun apprécie énormément la compagnie de l'autre.

— Alicia et moi, nous pouvons confirmer la valeur de la camaraderie dans un couple, dit Six. Nous sommes depuis longtemps les meilleurs amis du monde. En tout cas, vous avez l'air heureux, tous les deux. Félicitations.

— Alors, dit Gene, la pêche a été bonne ?

— Très bonne, répondit Alicia. Nous étions avec Errol Flynn… avec Brad, je veux dire.

Gene gloussa.

— Ouais. Il est beau gosse, ce petit salaud, mais à la vitesse où il boit, il va vite décliner. En tout cas, après le dîner, j'aimerais vous parler de la réunion de dimanche. Ça va être le pugilat. Ils sont tous tendus, ils ont tous la trouille. (Elle scruta la pièce.) La plupart des protagonistes de ce drame sont là. Brad, vous l'avez vu aujourd'hui, je ne sais pas où il est maintenant, mais Merrill est là-bas, à l'autre bout du comptoir, avec Bruno Gabreau. Elle a besoin de lui ce week-end comme soutien affectif, je suppose.

Six et Alicia firent signe aux amoureux. Merrill leur répondit par un geste, Bruno esquissa un sourire et hocha la tête.

— Bruno est un peu notre voisin, puisqu'il habite à North Pond, dit Six. Je lui ai parlé deux ou trois fois lors de réunions associatives. Ça m'a l'air d'un garçon bien. Les gens qui sont allés à la pêche avec lui disent que c'est un excellent guide.

— Comment se sont-ils rencontrés ? demanda Alicia.

— L'an dernier, ils accompagnaient tous les deux une partie de pêche de quatre jours au même endroit, sur la Kennebec River. Chacun escortait un couple de gens riches, venus pour la truite et le saumon. Les tentes étaient toutes plantées les unes à côté des autres, alors ils ont eu le temps de faire connaissance.

— Très romantique, commenta Alicia.

Gene haussa les épaules.

— Ouais, si on veut. Ils sont tous les deux accros à la coke, alors je ne pense pas que ça dure. Et puis elle est encore enchaînée à Huntley. Je suis sûre que vous vous souvenez de lui. Il est assis là-bas, à l'une des tables près des fenêtres.

Six et Alicia se retournèrent.

— Ah oui, je le vois, dit Six. Wouah ! Vous avez vu comment il est habillé ? Il ne passe pas inaperçu.

— C'est un imbécile prétentieux, mais pour l'argent il s'y connaît, expliqua Gene. Il gère nos investissements.

— Oh, et ce n'est pas la femme de Brad, deux tables plus loin ? demanda Alicia.

— Eh ouais. La vipère déguisée en vamp. Elle ne lâche pas Brad, parce qu'elle veut son argent. Je vous en parlerai plus tard.

— Son compagnon est bel homme.

— Eh oui. Ça, pour le coup, c'est rigolo. Ce type est venu ici avec sa sœur. Brad a déjà mis le grappin sur la sœur, et maintenant Renee va se taper le frère. C'est vraiment le cirque, ici.

— Kipper est là, ce soir ? demanda Six.

— Il est en cuisine avec notre chef, Jean-Pierre, qui est aussi son amant. (Gene pouffa avec malveillance.) Un vrai baisodrome, Cedar Lodge, non ? Chacun sa chacune, ou son chacun. Sauf Huntley. Lui, il n'a que ses vêtements.

— Eh bien, voilà. Je crois avoir fait le tour de la question.

Six et Alicia sirotaient un verre de whisky à l'eau dans le trois-pièces de Gene, au dernier étage, tandis que celle-ci leur présentait ses projets pour modifier son testament et son affrontement avec Kipper, la veille. Amos était blotti à ses pieds, levant ses grands yeux chaque fois que sa maîtresse prononçait des paroles catégoriques.

— Kipper m'a vraiment contrariée. Merde ! C'est mon chouchou. Il doit me succéder. Il est le seul de la famille à en être capable, et ce lodge doit rester dans la famille. Ça fait partie de sa réputation.

Six tira sur sa pipe et se mit à fouiller ses poches pour retrouver sa blague à tabac.

— Gene, j'ai le droit de fumer ici ?

— Vas-y donc, j'aime bien l'odeur.

— Merci. (Six remplit sa pipe et l'alluma.) Je réfléchis mieux quand j'ai ce truc dans le bec. Alors, si je comprends bien, tous les ingrédients sont réunis pour que ça tourne au vinaigre. À ton avis, il va se passer quoi, dimanche ?

— Je pensais maîtriser tous les éléments. Les nouvelles conditions allaient les surprendre. Brad et Merrill allaient gueuler comme des putois, j'aurais hurlé et frappé du poing sur la table, et c'était tout. Mais Kipper m'a choquée quand il est venu me réclamer sa part d'héritage, alors je lui ai tout raconté. Je n'aurais pas dû. Je suis sûre qu'il en a parlé à Brad et Merrill, qui ont dû le répéter à Renee et Bruno. Maintenant, tout le monde est crispé, nerveux et ils font semblant de ne pas me voir. Sauf Bruno. Lui, il se contente de sourire et il garde son calme. Mais je pense que c'est un requin qui attend que le sang coule. Il veut le fric, comme tous les autres.

— Et ils sont au courant pour Bob ? demanda Six.

— Ah oui, ils savent. Puisque c'était déjà l'hystérie, je me suis dit : autant lancer une autre torpille, pour que tous les poissons remontent à la surface. En réalité, je n'ai aucune intention de modifier mon testament en faveur de Bob. J'espérais leur faire peur, leur faire croire qu'ils risquaient de tout perdre, histoire qu'ils la bouclent et qu'ils se tiennent mieux.

Sourcils retroussés, Six et Alicia échangèrent un regard prouvant que la même question leur vint à l'esprit en même temps, mais ce fut Alicia qui la posa.

— Gene, quel est notre rôle dans tout ça ?

— Eh bien, honnêtement, comme je l'ai dit au téléphone à Six, j'ai besoin d'un soutien moral. Avant même que toute cette affaire de testament éclate au grand jour, je savais que cette réunion allait être orageuse. Je suis une vieille dure à cuire, mais ça allait être moi contre eux, ils seraient tous mes ennemis, et certains allaient pousser les hauts cris. Même Huntley. Il ne dira rien contre moi, mais je sais ce qu'il veut : que je donne à Merrill ses millions pour qu'il en touche un et lui accorde le divorce. Il est exactement comme Renee. Brad ne pourra se séparer de cette garce qu'en lui lâchant quelques millions. Et maintenant Kipper réclame sa part. Ils sont tous dingues et ils attendent tous ma mort. (Elle s'interrompit, les yeux baignés de larmes, puis reprit d'une voix tendue.) Même Kipper. J'ai été tellement bête. Il était si gentil, si dévoué à la gestion du lodge, que je pensais qu'il me rendait tout l'amour que je lui ai donné depuis sa naissance.

— Gene, je suis désolé pour toi, dit Six. Tu n'exagères pas un peu ?

— Eh non, Six, je les connais, tu sais. L'atmosphère ici devient irrespirable. Dimanche, je voudrais simplement avoir quelques membres de la famille de mon côté, au propre comme au figuré. Vous deux, vous êtes bien de mon côté, au sens figuré ?

— Oui, bien sûr, Gene. Je comprends ta réflexion pour la révision du testament. Tu as consacré ta vie entière à Cedar Lodge. Tu veux que l'établissement perdure.

— Oui, nous serons avec toi, renchérit Alicia.

— J'imagine que tu ne nous demanderas pas de prendre la parole, mais simplement d'être là ?

Gene regarda par la fenêtre et garda un moment le silence, puis poussa un profond soupir.

— Bon. Je ne sais pas. Nous verrons comment ça se passe. J'aurai peut-être besoin de vous pour quelques mots de sagesse apaisante. (Elle leur sourit.) Vous êtes doués, tous les deux, pour la sagesse apaisante.

On frappa à la porte fermée et quelqu'un tenta d'ouvrir.

— Qui est là ? demanda Gene.

— Brad. C'est important.

— Et merde, chuchota Gene. Une minute.

Elle alla déverrouiller la porte, ouvrit grand, pivota sur les talons et revint s'asseoir à son bureau sans même un regard pour lui. Six et Alicia virent une rage froide dans les yeux de Brad.

— Salut, Brad ! lança Six aussi gaiement que possible.

— Pêche formidable ce matin, Brad, dit Alicia. Nous sommes ravis.

Brad réussit à sourire et se mit à parler, mais Gene le coupa. Elle était prodigieusement irritée de voir qu'Amos s'était approché de lui pour se faire caresser la tête et les oreilles.

— Qu'est-ce qu'il y a ?

Oh mon Dieu, pensa Alicia. Pas très poli.

Brad grinça des dents. Vieille pute venimeuse, se dit-il. Jamais il ne se serait exposé à cette petite humiliation devant Six et Alicia si son message n'avait pas eu une importance vitale.

— Je me fous pas mal que tu sois en rogne, Gene. Tu ferais bien d'écouter ce que je vais t'annoncer.

— Quoi ?

— Ça fait quelques heures que j'observe mes instruments. Il se prépare du mauvais.

Gene regarda enfin Brad dans les yeux, et Six remarqua qu'elle avait brusquement changé d'expression et d'attitude.

— Un orage ?

— Pas n'importe quoi, un énorme front orageux, très large et qui monte très haut. Je pense que ça pourrait donner un orage supercellulaire. Les services nationaux s'inquiètent et la chaîne météo commence à hyperventiler, mais je connais le climat mieux qu'eux. Ils ne savent pas à quel point c'est grave. Moi, si.

— Catastrophe, dit Gene en se renversant dans son fauteuil, les yeux au ciel. Exactement ce qu'il nous fallait. Tu es sûr ?

— Ne te donne même pas le mal de poser la question. Tu sais bien que je suis sûr de moi.

— Un orage supercellulaire, dit Alicia. Je crois savoir ce que c'est. (Elle se tourna vers Six.) Tu te rappelles ce très gros orage qu'il y a eu l'été dernier ? C'est après ça qu'on a entendu parler de supercellulaires.

— Un énorme orage tourbillonnant, comme un petit ouragan, expliqua Brad. Vent violent, pluie torrentielle et grêle à volonté. Il y a cinq ans, il est tombé soixante centimètres de grêlons gros comme des balles de base-ball au nord de Great Pond : des arbres ont été arrachés, des fenêtres cassées, des voitures abîmées. Et ça peut aussi déclencher des tornades.

Gene examina son verre de whisky pendant quinze secondes avant de lever les yeux vers Brad.

— D'après toi, quand devrait-il arriver ici ?

— Demain soir tard ou dimanche matin de bonne heure.

— OK. D'abord, nous devrons prévenir les clients, pour voir qui voudra partir. Sans doute aucun. Après, nous mettrons les volets aux fenêtres. Si la matinée est relativement calme, nous laisserons les gens aller à la pêche, mais nous rentrerons les voiliers. Dans l'après-midi, nous mettrons tous les bateaux hors d'eau. Après ça, il n'y aura plus qu'à attendre. (Gene s'adressa à Six et Alicia.) Et vous ? Vous devrez retourner à votre camp, je suppose.

— Nous repartirons dans la matinée, pour fermer les volets et tirer les bateaux de l'eau, dit Gene. (Il se tut, puis regarda Alicia.) Mais je pense que nous reviendrons affronter le pire ici. Tu es d'accord, mon petit cœur ?

— Tout à fait, dit Alicia. On sera de retour à temps pour le souper.

Brad les regarda avec curiosité, puis les salua :

— Très bien, alors à plus tard.

Lorsqu'il fut sorti, Gene leur confia :

— L'appartement de Brad est rempli de baromètres et d'appareils, les meilleurs sur le marché. Il sait toujours quel temps il va faire. Quand il dit qu'un truc va se produire, il se produit.

— C'est un passe-temps ? demanda Alicia.

Gene aboya un rire sans joie.

— Un passe-temps ? Pas du tout ! Pour lui, c'est extrêmement sérieux. Il a la phobie des orages à cause de ce qui est arrivé à Reg et Annice.

— Ah ! répondit Six. Oh, oui, bien sûr.

Il fronça les sourcils et tira de sa pipe un petit cumulus.

— De voir ses parents rôtis par la foudre, ça l'a un peu perturbé.

Alicia dévisagea Gene, les yeux écarquillés. Elle savait que Six avait de l'affection pour elle, et elle était reconnaissante envers Gene de les avoir aidés à fonder leur entreprise, mais elle commençait à éprouver des sentiments inconfortables à son égard. Cette vieille femme n'était pas seulement dure, décida Alicia, elle pouvait aussi être brutale.

— Il a quatre activités, poursuivit Gene : la pêche, l'alcool, les femmes et la météo. Pour les trois premières, il n'a pas forcément besoin de faire marcher son cerveau confit dans la gnôle. La quatrième, la météo, est comme une discipline universitaire, pour lui.

— Eh bien, Gene, si le briefing est terminé, je pense que nous aimerions aller nous promener sur les pontons avant de dîner, Alicia et moi.

Gene sourit :

— Soldat Six, soldat Alicia, briefing terminé, vous pouvez disposer !

Ses invités éclatèrent de rire et ils descendirent tous ensemble. En bas de l'escalier, Gene dit qu'elle allait commencer à prévenir ses clients de l'arrivée de l'orage.

— On verra bien s'il y a des poules mouillées. À tout à l'heure.

Après le dîner, Six et Alicia contemplaient le ciel étoilé au bout du ponton des voiliers.

— Je n'aime pas ça, Six, avoua Alicia. Toute cette affaire me stresse, mais évidemment nous resterons jusqu'au bout. Nous lui devons bien ça.

Six fouilla dans ses poches, trouva son tabac et se prépara une nouvelle pipe. Alicia attendit patiemment, sachant qu'il finirait par prendre la parole. Elle était habituée à toutes les petites manies de cet homme adorable qui était à ses côtés, et elle était certaine que, pour sa part, il connaissait tous ses travers à elle. Leur couple était solide et paisible. Combien de gens avaient autant de chance ? se demanda-t-elle.

Une lune gibbeuse, à son premier quartier, montait au-dessus des arbres, au sud-est. Les huards s'interpellaient dans la nuit. L'odeur de miel du tabac de Six flottait au-dessus d'eux.

— Je n'aime pas du tout ça non plus, dit-il. Cette réunion de dimanche me met très mal à l'aise, et maintenant cet orage me rend nerveux.

— Gene est tellement brutale avec Brad.

— Oui. Je regrette qu'elle se conduise ainsi, mais d'un autre côté, ne te laisse pas amadouer par la beauté de Brad. Ce n'est pas un tendre non plus. S'il était propriétaire, il la mettrait dehors, sois-en sûre.

— Tu dois avoir raison.

Ils entendirent des pas étouffés derrière eux et, en se retournant, virent s'avancer Kipper et un petit homme aux cheveux noirs.

— Bonsoir, Alicia, Six.

— Kipper, quel plaisir de te revoir, répondit Alicia.

Quand les deux hommes s'approchèrent, Alicia et Six furent surpris de découvrir que le compagnon de Kipper ressemblait à une version miniature de Johnny Depp. Il portait un pantalon en lin blanc, une chemise hawaïenne jaune et vert, et des espadrilles jaune pâle. Kipper baissait les yeux vers lui avec une expression semblable à celle des Rois Mages en adoration devant l'Enfant Jésus.

— Alicia, Six, j'aimerais vous présenter Jean-Pierre Lemaire, le célèbre chef cuisinier de Cedar Lodge.

Jean-Pierre inclina légèrement la tête, fit le baisemain à Alicia en disant "*Enchanté, madame*", puis serra la main de Six en prononçant d'un ton affable "*Monsieur*".

— Ravie de faire votre connaissance, dit Alicia. Votre cuisine est divine.

Les yeux noirs de Jean-Pierre s'adoucirent lorsqu'il offrit à Alicia un sourire éblouissant, et il murmura :

— Vous êtes trop bonne.

— Nous venons souvent de Winsokkett Pond pour dîner ici, Jean-Pierre, dit Six. Nous n'avons jamais mieux mangé.

— *Merci.*

— Vous n'êtes ici que pour le dîner ? demanda Kipper.

— Eh bien, euh… Gene nous a proposé… Enfin, nous avions envie de faire un break et nous voulions un site de pêche plus prometteur, alors nous sommes venus pour le week-end.

Six et Alicia s'étaient mis d'accord avant de se mettre en route : ils ne révéleraient à aucun des trois frères et sœur que leur présence à la réunion de dimanche avait été requise. Six avait failli trahir le secret.

— En tout cas, je suis très content de vous revoir, et je tenais surtout à vous présenter Jean-Pierre parce que… (La rougeur de Kipper était visible à la lumière d'une des lampes du ponton.) Eh bien, parce que, vous voyez, lui et moi… euh…

Jean-Pierre haussa un sourcil et contempla Kipper, ravi et narquois.

— Parce que tu l'aimes, dit Alicia.

Kipper la regarda bouche bée.

— Kipper, mon chéri, Six et moi sommes d'une autre génération, mais nous ne sommes pas de vieux croûtons. Nous trouvons ça merveilleux.

— De vieux croûtons ? s'étonna Jean-Pierre.

— Nous ne sommes pas de ces gens qui s'opposent à tout, surtout quand il s'agit du plaisir des autres, expliqua Six.

Cela les fit tous rire. Kipper et Jean-Pierre leur dirent au revoir et repartirent bras dessus, bras dessous, au lieu de marcher côte à côte, guindés comme lorsqu'ils étaient venus à la rencontre de Six et d'Alicia.

Alicia dit tout bas :

— Je me demande s'il y aura des cœurs brisés.

— Je n'en serais pas surpris, répondit Six. Ici, c'est la Maison des cœurs brisés. Si ce petit Français file pour New York sans Kipper, ce sera la fin des haricots.

Arrivés au perron du lodge, Alicia donna un coup de coude à Six et, d'un mouvement de tête, désigna le porche. Bob Weller et Huntley Beauchamp étaient installés dans des fauteuils d'osier, éclairés par une lampe Coleman à piles posée entre eux sur la table. Le dos du fauteuil de Huntley était face à Six et Alicia lorsqu'ils montèrent les marches. Penché en avant, Huntley parlait avec des gestes pleins de conviction, et Bob l'écoutait. Bob adressa un salut aux arrivants, Huntley se retourna et en fit autant, puis ils reprirent leur conciliabule.

— Tu achèterais une voiture d'occasion à un de ces deux-là ? demanda Six.

— Un vélo, à la rigueur, mais j'hésiterais.

— Je demanderais à tester d'abord.

Devant l'énorme cheminée en pierre du grand hall, Six et Alicia étudièrent les portraits de James Rutherford Seldon et celui où Reg et Annice posaient main dans la main. De part et d'autre, les murs de cèdre étaient ornés de black-bass, de truites, de saumons et de brochets d'une taille record. À gauche de la cheminée, au-dessus de la porte donnant dans la salle à manger, la tête d'un ours montrant les crocs accueillait la clientèle.

— Veux-tu que nous passions sous l'ours pour aller boire un dernier verre, mon petit cœur ? demanda Six.

— Mais certainement, mon amour.

Ils commandèrent deux whiskys au bar et prirent place à une table près d'une fenêtre.

— Oh, regarde, s'exclama Alicia, Merrill et Bruno se promènent sur les pontons.

Six les observa une minute.

— C'est curieux. Ils s'arrêtent pour examiner chaque bateau. Ils vivent sur des bateaux. Pourquoi ne pas regarder la lune, plutôt ?

— Quel ours grognon ! En dehors de la lune, les bateaux sont les seules choses ici qui méritent un regard.

— Et voilà qu'ils sont rejoints par Kipper et le Français de service... Comment s'appelle-t-il, déjà ?

— Jean-Pierre.

— Regarde-les. Ils sont en train de raconter des âneries.

— Six... Tu as vu ?

— Oh oh. Huntley et Bob le Magnifique. Ils se dirigent vers les autres ? On le dirait bien. Comme s'il y avait une fête à laquelle nous ne sommes pas invités.

— Tu veux qu'on s'incruste ?

— Non, je suis trop fatigué. Je suis trop bien pour me lever.

Gene entra dans la salle, aperçut Six et Alicia et vint à leur table.

— C'est bien ce que je pensais, rugit-elle, comme un capitaine apostrophant son second avec un porte-voix. Personne ne veut partir à cause de l'orage. Ils veulent tous connaître le grand frisson en voyant de près un authentique temps de merde dans le Maine.

— Prends donc un verre avec nous, proposa Six.

— C'est pas de refus, répondit Gene en tirant une chaise. Vous avez vu Bob ?

De la tête, Six désigna la fenêtre.

— Dehors.

Gene tira des lunettes de sa poche et scruta l'extérieur.

— Mon Dieu, vous avez vu ces desperados ? Ils vont lui tourner la tête, à ce pauvre garçon.

À l'extérieur, Bob jeta un coup d'œil dans leur direction, ce qui provoqua de grands gestes de Gene, qui voulait qu'il rentre. Bob dit un mot aux autres, puis se dirigea vers le lodge, avec un petit signe à l'intention de Gene.

— Qu'il est gentil ! dit Gene. (Prononcé par quelqu'un d'autre, ç'aurait été un roucoulement, mais par elle, ça rappelait davantage Popeye.) Le bon petit chien-chien, il vient voir sa maman.

Une minute plus tard, Bob franchit le seuil de la salle à manger et s'approcha de leur table. En le voyant, Alicia remarqua qu'il se déplaçait avec aisance, avec une souplesse gracieuse. Il faisait sans doute du sport, et avait dû être un homme superbe à une époque ; même maintenant, dans sa vieillesse, son physique ne manquait pas d'impressionner. Elle calcula qu'il devait avoir quinze ou vingt ans de plus que Six et elle.

Il s'approcha de la table, se pencha pour embrasser le dessus des cheveux blancs de Gene, et dit :

— Comment va la fillette ?

Gene rit.

— La fillette a envie de galipettes. J'espère que tu t'es bien reposé.

Aux deux tables voisines, des couples effarés gloussèrent en entendant Gene annoncer d'une voix rauque qu'elle avait envie de sexe.

Bob parut ne pas s'offusquer de la grossièreté de Gene. (Il faut vraiment être prêt à tout accepter, avec elle, songea Alicia.) Il arbora un large sourire, dévoila ses dents impeccables, rit et dit :

— Bon, j'ai pris mes pilules contre les troubles de l'érection.

— Tu vas en avoir besoin, mon salaud, ricana Gene en lui donnant une bonne claque dans le dos.

Bob fit un clin d'œil et se tourna vers Six et Alicia.

— Je suis très content de vous revoir tous les deux. Puis-je vous offrir un deuxième verre du poison que vous êtes déjà en train de consommer ?

— Volontiers, Bob. C'est très généreux de votre part, dit Six.

— Oh, je vous en prie. Gene m'a ouvert un compte illimité au bar. Le prix de la saillie, en somme.

Gene hurla de joie et martela la table du poing, semant le trouble parmi les clients, qui devinrent soudain silencieux, redoutant peut-être un incident violent. Lorsqu'ils virent que c'était encore un des éclats de la propriétaire farfelue, ils rirent, soulagés, et se remirent à bavarder. Presque tous les convives étaient des habitués qui étaient désormais accoutumés à la personnalité hors-norme de Gene.

Celle-ci fixa sur Bob un regard radieux.

— Robertson Weller, quatorzième du nom, ou je ne sais quel pedigree, tu as le sang chaud. J'en ai, de la chance.

Quand l'hilarité générale fut retombée (les occupants des tables voisines étaient convulsés de rire), Bob dit :

— Voyons, où en étions-nous ? Ah oui. À boire. Alicia ?

— Un bourbon, avec de l'eau et des glaçons. Euh… Wild Turkey, s'il vous plaît.

— La même chose, dit Six.

— Excellent choix.

Bob se leva et partit vers le bar.

— J'ai une sacrée chance, dit Gene avant de vider un petit verre de scotch en poussant un soupir.

Conformément à son personnage brut de décoffrage, elle pouvait boire comme un bûcheron lorsqu'elle le voulait, l'essentiel étant dans le "lorsqu'elle le voulait" : contrairement à son ivrogne de neveu, Gene levait rarement le coude avant que midi ait sonné.

Six, pour sa part, avait été si frappé par les fanfaronnades sexuelles de Gene que ses pensées commencèrent à emprunter certains chemins familiers qui conduisaient droit à Alicia, vers qui il se tourna avec un sourire réjoui en murmurant "Room service, ce soir". Prompte à saisir la perche, Alicia, dont les réflexions avaient pris le même tour, haussa un sourcil et répliqua tout bas : "Room service, je confirme". Une nuit ensemble loin du camp, dans un cadre romantique… La chasse était ouverte.

Gene leur sourit.

— Alors, les jeunes, on s'amuse ?

— Comme des petits fous, répondit Six.

Tandis que Bob revenait avec les boissons, un couple à la séduction discrète apparut devant leur table.

— Bonsoir, Madame Seldon, dit l'homme. Je m'appelle Colin Trimble et je vous présente mon épouse, Daphne. (Aux oreilles de Six, le nouveau venu avait un accent clairement britannique.) Désolé de vous imposer notre présence, mais nous voulions simplement vous dire que, pour notre première visite, nous sommes absolument enchantés par votre splendide chalet.

Gene toisa le couple et ce qu'elle vit lui plut : vêtu d'un pantalon de toile, d'une chemise à carreaux et de mocassins à franges, Colin avait l'air robuste et aguerri, il devait approcher de la cinquantaine ; Daphne, équipée des mêmes chemise et mocassins, était une beauté grisonnante qui semblait être née pour la chasse et la pêche. En hôtesse enthousiasmée, Gene leur offrit un large sourire, saisit dans sa patte brune la main tendue par Colin et s'écria :

— Bienvenue dans le Maine, monsieur Trimble. Vous avez atterri au bon endroit. (Elle leur désigna les deux chaises inoccupées.) Asseyez-vous sur le rondin, votre femme et vous, et on vous passera la cruche de whisky.

— Oh non, je vous en prie, dit Colin. Nous ne voudrions pas paraître importuns.

— Mais pas du tout ! lança Gene. (Décidément, elle adorait les gens qui avaient de la classe !) J'insiste. On parlait juste de choses et d'autres. De sexe, surtout.

— Excellente idée, dit Daphne. Pouvons-nous apporter notre contribution ?

— Ah ah ! lâcha Gene avant de frapper du poing sur la table. Madame a le sens de l'humour, en plus d'être très agréable à regarder. Bienvenue ! Colin, Daphne, je vous présente Robertson Weller, vous pouvez l'appeler Bob, et ces deux tourtereaux sont mes cousins, Six et Alicia Godwin.

Quand Colin et Daphne prirent place, il y eut un échange de poignées de mains et de plaisanteries destinées à briser la glace. Une fois encore, Bob joua bien volontiers le maître de maison, prit les commandes des Trimble et repartit vers le bar.

Gene était manifestement fière d'avoir attiré à Willow Pond un échantillon de la haute société anglaise.

— Alors, comment avez-vous connu Cedar Lodge ?
— Nous avons vu une réclame épatante dans *The Sporting Magazine*, répondit Daphne. En Angleterre, c'est l'une des plus vieilles feuilles de chou consacrées à la chasse et à la pêche.
— Je ne m'en souviens pas, mais c'est sans doute normal ; Kipper se charge de tout ça, la publicité dans les magazines et sur Internet. En tout cas, vous avez bien fait de venir ! Ravie de vous accueillir. La pêche a été bonne ?
— Superlative, dit Colin. Nous avions Merrill comme guide cet après-midi. J'ai perdu le compte des black-bass que nous avons pêchés, à petite bouche ou à grande bouche. De fameux combattants, ces petites bouches.
— Qu'avez-vous pensé de Merrill ? demanda Six.
— Elle est admirable, répondit Daphne. Elle sait où les poissons se nourrissent, quels leurres employer, comment les manipuler. En même temps, c'est une personne très calme. Un peu rêveuse, semble-t-il.
Six sourit et échangea avec Alicia un regard complice. “Rêveuse” n'était pas mal vu. Il tenta d'imaginer la réaction de ce couple très britannique s'ils avaient su que leur guide était sous cocaïne.
À l'instant où Bob revint avec les verres des Trimble, Gene repéra Tory et Nelson qui entraient dans la salle à manger.
— Les Bolston ! rugit-elle, infligeant une peur bleue à deux pêcheurs éméchés qui passaient près de la table.
Tory et Nelson s'arrêtèrent brusquement et ouvrirent de grands yeux pour regarder autour d'eux, jusqu'au moment où ils virent Gene qui faisait le sémaphore dans leur direction. Lorsqu'ils arrivèrent à la table, elle leur dit :
— Venez trinquer avec nous ! Prenez des chaises à une autre table et plongez le groin dans l'auge ! C'est ma tournée… Enfin, c'est celle de Bob… Donc c'est moi qui régale.
Elle rit de bon cœur et mit une fessée à Bob, qui se tenait à côté de sa chaise. Les Bolston parurent dûment perplexes, mais obéirent et tirèrent des chaises jusqu'à la table. On rapprocha les chaises en souriant, avec de petites interjections

aimables jusqu'à ce que tout le monde soit assis, puis Bob dit :

— Moi je m'appelle Bob et je serai votre serveur ce soir. Voyons, que puis-je vous offrir ?

Nelson se leva d'un bond, adressa un grand sourire à Bob et riposta :

— Ah non ! Vous offrez les verres, mais c'est moi qui irai les chercher au bar. Je sais ce que Tory veut. Quelqu'un d'autre a fait son choix ? demanda-t-il à la cantonade. Personne ? J'arrive tout de suite.

Quand Nelson revint, la conversation avait démarré et, les privilégiés conviés à sa table par Gene ayant découvert qu'ils avaient des sujets en commun, la soirée se poursuivit en discussions animées sur la pêche, naturellement – Colin et Daphne racontèrent de bien curieuses anecdotes concernant la pêche à la mouche en Écosse –, la navigation au large de la côte du Maine, la chasse au caribou dans les invraisemblables forêts primitives de la pointe nord du Maine (de la part de Gene), le skeet, le ball-trap (Tory et Nelson se déclarèrent grands adeptes de ce sport), le canoë et l'abomination prolétarienne du jet-ski qui profanait l'atmosphère des admirables lacs du Maine.

Carrée sur sa chaise, Gene contemplait la scène, pour une fois satisfaite de ne pas être au centre de l'attention. Elle aimait ce genre de soirées au lodge, lorsqu'elle pouvait présider une sorte de table du capitaine, entourée d'heureux élus.

Souriant à Tory et Nelson, Six dit :

— Les Trimble sont comme vous, ils viennent à Cedar Lodge pour la première fois. Ils ont découvert le lodge grâce à une publicité dans un magazine britannique. (Il regarda Daphne.) Comment s'appelait-il déjà ?

— *The Sporting Magazine.*

— Les lecteurs du *Sporting Magazine* sont en général très exigeants, des fainéants prétentieux pour qui l'argent est une bagatelle, mais Daff et moi, nous devons gagner notre pain, nous n'avons pas hérité d'une fortune… (Colin eut un petit rire ironique envers lui-même et plissa le front.) Voyons, où en étais-je ?

— Vous parliez de la bagatelle, gloussa Tory en se tortillant sur sa chaise et en lançant à Colin une œillade chaleureuse.

Ah, pitié, pensa Gene en la foudroyant du regard. Qu'elle nous épargne son numéro de pétasse.

— Exactement, reprit Colin. Eh bien, les lecteurs de ce journal sont toujours en quête d'aventures outre-Atlantique, puisqu'ils ont déjà épuisé la plupart des sites de chasse et de pêche du Royaume-Uni. Et d'Irlande, d'ailleurs.

— Nous, nous aimerions beaucoup aller à la pêche en Angleterre, dit Six, mais nous n'en aurons sans doute jamais l'occasion. Nous sommes trop paresseux, et préférons rester assis à regarder le temps passer.

— Mais vous, vous arrivez de… quelque part, non ? demanda Nelson.

Cette question fit rire Alicia.

— Ah oui, nous arrivons de quelque part. Nous habitons au bord du lac voisin, à l'est. Winsokkett Pond. Nous y avons un petit camp de pêche.

Six se tourna une fois de plus vers les Bolston :

— J'allais justement vous demander comment vous aviez découvert Cedar Lodge.

Il remarqua que Nelson semblait mal à l'aise et s'ennuyait peut-être. Un type coincé, estima-t-il. Tory, en revanche, était pleine de vie et annonça avec enthousiasme :

— Oh, nous, ça fait des années qu'on entend parler de Cedar Lodge. (Son joli visage rond fut illuminé par un grand sourire, que complétait le pétillement de ses grands yeux bleus.) Au départ, nous sommes de l'Oklahoma, Nelson et moi. Après nos études, on a suivi chacun notre chemin, et puis… (Elle gloussa et battit des paupières.)… et puis des années plus tard, on s'est retrouvés tous les deux mariés et habitant au Nouveau-Brunswick. Incroyable, non ?

— Fascinant, dit Colin, avec une conviction sincère. Et ensuite ?

— Eh bien… (Le sourire éclatant de Tory disparut, remplacé par une moue tragique, les yeux baissés vers ses mains posées sur ses genoux.) Ça n'a pas marché, ni pour Nelson ni pour moi. (Un silence lourd de signification.) Nous avons tous les deux souffert à cause d'un divorce pénible.

— Putain, murmura Gene dans son verre en avalant une gorgée de scotch.

Tory se ressaisit et porta un regard joyeux sur toute l'assemblée.

— Mais maintenant, tout va bien. Nous avons toujours été proches, en tant que frère et sœur, nous nous sommes soutenus l'un l'autre, et à présent… Enfin, je sais que c'est un peu inhabituel qu'un frère et une sœur voyagent ensemble, mais nous nous sommes dit : Et puis merde !

Après cette révélation légèrement embarrassante, Bob Weller, en vrai gentleman, leva son verre à Tory et s'exclama :

— Et puis merde !

Tous les autres l'imitèrent, levant leurs verres et répétant :

— Et puis merde !

Mais Tory n'en avait pas encore terminé.

— Et donc, gazouilla-t-elle, son sourire creusant des fossettes dans ses joues bronzées, comme on habite tout près d'ici, au Nouveau-Brunswick, ça fait une éternité qu'on entend parler de Cedar Lodge. Alors on a regardé votre site Internet, on a pensé que ça avait l'air d'un endroit fait pour nous, et on s'est dit : Et puis merde !

Là encore, tout le monde leva son verre et entonna :

— Et puis merde !

Manifestement gêné par l'exubérance de sa sœur, Nelson jetait des coups d'œil de tous côtés, comme s'il cherchait un prétexte pour s'enfuir au plus vite. Néanmoins, il afficha un sourire crispé et se joignit à ces toasts absurdes.

Gene jugeait très drôle sa déconfiture. Il était assez bel homme, avec un corps de sportif, mais elle trouvait qu'il n'était pas cool du tout – trop cul serré. Probablement un informaticien ennuyeux comme la pluie, ce genre de type. Tory, à l'inverse, lui rappelait toutes ces pépettes insupportables qu'elle avait subies à l'université, qui n'arrêtaient pas de tortiller du popotin sur le campus, entourées d'un essaim de mâles à la langue pendante. Une cruche parfaite pour Brad.

TORY Bolston se réveilla d'un petit somme d'une demi-heure avec ce merveilleux sentiment de satisfaction et de détente qui résulte d'ordinaire d'une vigoureuse séance de sexe. Elle consulta le réveil sur la table de chevet : 1 h 30. Elle se redressa sur les coudes. Où était son compagnon d'étreintes ? Ah, il était là, assis nu, immobile dans l'obscurité, à regarder par la fenêtre.

— Hé ho ! héla-t-elle.

Pas de réponse.

— Brad. Brad !

— Quoi ? Oh. Tory. Bienvenue au beau milieu de la nuit.

— Qu'est-ce que tu fais ?

— Rien. Je réfléchis.

Elle pouffa.

— Tiens, voilà un sujet de réflexion : j'ai envie de baiser.

Brad tourna la tête pour lui sourire. Il soupira.

— Tu es une petite femme délicieuse, Tory. Tellement différente de Renee. Je regrette de ne pas avoir rencontré quelqu'un comme toi il y a dix ans.

— Que c'est gentil de dire ça, Brad ! (Elle inclina la tête et le contempla d'un air intrigué.) Tu n'as plus la même voix.

— Ouais, euh… C'est normal. J'ai dessoûlé. Ça n'est pas, comment dire… Je ne suis pas comme ça d'habitude. (Il se leva, alluma une lampe et se dirigea vers le bar. Il prit une bouteille de George Dickel.) Donc il faut que je me soigne. Tu voudrais un cocktail matinal ?

— Bien sûr. (Tory laissa son regard balayer la pièce.) Brad, c'est quoi, tous ces instruments, ces cadrans, ces trucs ?

Brad lui apporta son verre au lit.

— On pourrait dire que c'est mon hobby. Je suis un service météo à moi tout seul. Là, ce sont deux baromètres, le truc à côté, c'est un hygromètre, ça mesure l'humidité, à droite, tu as différents modèles de thermomètres. Là-bas, il y a un pluviomètre, et le petit bidule, à côté, c'est un anémomètre, qui mesure la vitesse et la pression du vent, entre autres. Toutes les stations météo en ont.

Brad s'approcha de la longue table à instruments et prit un appareil bleu qui ressemblait un peu à une balance numérique.

— Voici le plat de résistance : un détecteur de foudre.

— Waouh. Je suis épatée.

— Je sais toujours à quoi m'attendre. (Brad s'assit à côté de Tory et lui caressa doucement la cuisse. Elle émit un ronronnement et lui embrassa l'oreille avec la langue.) Et autant te le dire tout de suite, demain soir nous allons être frappés par un front orageux énorme et dangereux. Il est tout à fait possible qu'une partie de ce front crée des tornades.

Tory cessa de ronronner et de lui grignoter l'oreille.

— Bon sang ! Des tornades ?

— C'est juste une possibilité. Mais à coup sûr, il y aura un orage d'enfer. Nelson et toi, vous préférerez peut-être partir.

Tory garda le silence, en sirotant le whisky que Brad lui avait servi.

— Oh, je ne sais pas. Nelson et moi, on ne se dégonfle pas pour ce genre de choses. Il faudra que je lui demande. Un gros orage, ça peut être marrant. Mais une tornade, ça fait plutôt mort subite.

— Je déteste les orages… tous les orages.

— C'est quelquefois rigolo. Le tonnerre et les éclairs… Quand on est dans une maison, bien sûr.

— Pas pour moi. Les orages, c'est le mal.

— Le mal ? Brad ! C'est… c'est…

Tory faillit dire "ridicule" ou "absurde", qui aurait reflété ce qu'elle ressentait vraiment, mais elle ne voulait pas le mettre en colère, alors elle bafouilla "bizarre".

— Ah ouais ? Oui, j'imagine. (Brad contempla le fond de son verre.) Tu vois, les orages me terrorisent.

— Ah. Je vois.

Tory fixa les instruments météo. Peut-être ce bel homme assis à côté d'elle était-il cinglé. Un grand macho de quarante-huit ans qui se cache sous les couvertures dès qu'il y a de l'orage ? Sans blague ?

— Non, tu ne vois pas, dit-il sèchement. (Il savait à quoi elle pensait. Puis il radoucit son ton.) Enfin, comment pourrais-tu voir ? J'ai peur des orages, pas parce que je pense qu'ils vont me tuer, mais parce que chaque orage me remet en tête l'image de mon père et de ma mère étendus dans un bateau, tués par la foudre, brûlés comme s'ils avaient frit dans une poêle.

— Mon Dieu, Brad, je suis…

— Je suis le premier à m'être avancé vers le bateau. (Il se leva brusquement et se dirigea vers la fenêtre pour contempler les pontons.) Je suis le premier à m'être avancé vers le bateau, répéta-t-il. J'adorais mon père et ma mère. Ils s'appelaient Reginald et Annice, comme des héros de roman anglais. Ils étaient beaux, charmants, je les aimais tellement. Ils ont beaucoup travaillé pour faire la réputation de Cedar Lodge. Et quand ils sont morts, c'est ma tante Iphigene qui en a hérité. Cette vieille garce. J'aimerais bien que quelqu'un lui vide un seau d'eau sur la tête pour qu'elle se dissolve en hurlant “Mon monde ! Mon si beau monde !”, comme la Méchante Sorcière de l'Ouest, dans *Le Magicien d'Oz*.

Kipper était tout pantelant, après l'orgasme le plus incroyable qu'il ait connu de toute sa vie. L'orgasme le plus incroyable qu'il ait connu de toute sa vie avant celui-là avait eu lieu vingt minutes auparavant, et le troisième par ordre de grandeur s'était produit trente minutes auparavant. Donc la soirée était allée crescendo.

Quand les tremblements et les petits spasmes de plaisir s'atténuèrent peu à peu, Kipper roula sur le dos et resta parfaitement immobile sur le lit, jusqu'à ce que sa respiration s'apaise, dissipant la crainte de l'infarctus. Bon Dieu, pensa-t-il, il n'avait jamais connu une telle extase avec les femmes, et pourtant les femmes lui plaisaient et il avait aimé faire l'amour avec des femmes. Mais à présent… au diable les femmes. Si c'était ça, l'homosexualité, il signait sans hésiter. Ce beau garçon – enfin, ce bel homme de trente-quatre ans – dont la tête reposait sur le ventre de Kipper, les yeux levés vers lui, était un champion.

— Jean-Pierre.

— Mmmoui ?

— Dire que ces deux dernières heures ont été extraordinaires au-delà de l'imaginable, ce ne serait pas te rendre justice. Les mots, en anglais du moins, ne peuvent pas exprimer le plaisir que tu viens de me donner.

Jean-Pierre émit un ricanement.

— À t'entendre, tu avais l'air d'apprécier.

— Oh pour ça, oui, j'ai dû mugir comme un bison. Il faut que tu me pardonnes.

— Moi aussi, j'ai gueulé un peu, avoua Jean-Pierre. Ça fait partie du fun.

— Les Égyptiens avaient peut-être des hiéroglyphes pour exprimer ce genre de moment extraordinaire. Je veux dire, c'étaient forcément des bêtes de sexe. Dans leurs tombeaux, il y a des fresques où on les voit boire et faire des galipettes pratiquement à poil.

Kipper se redressa et tendit la main vers le whisky dilué qu'il avait laissé sur sa table de chevet ; à côté du verre à cocktail, une soucoupe contenait les cendres grises des deux joints de marijuana qui avaient accru son entrain et celui de Jean-Pierre pour les efforts accomplis.

— Jean-Pierre chéri ?

— Mmmmoui ?

— Je ne voudrais jamais te perdre. Jamais.

Jean-Pierre se redressa rapidement, les yeux baignés de larmes, et il répondit dans un anglais plus que jamais imprégné de français :

— Ah non, Kipper. Ne me replonge pas dans la *tourmente*. Je vais faire ce que je vais faire.

— Non, non, non, chouchou ! S'il te plaît, je sais. Nous n'allons pas revivre tout ça. Je te dis que je ne te perdrai jamais parce que je te promets que ma tante ne sera pas un obstacle. J'y veillerai. Nous allons à New York et je vais t'acheter un restaurant. Tu verras. Oh Jean-Pierre, mon amour adoré. Tu verras.

DANS sa chambre du rez-de-chaussée, Huntley était assis dans un fauteuil en cuir, vêtu d'une robe de chambre extra-longue de chez Brooks Brothers, en coton d'été à rayures gris et blanc, et chaussé de pantoufles bordeaux en cuir souple, fabriquées en Angleterre pour Peel & Co. Il adorait ses beaux habits mais, ce soir, il était si épouvanté, désespéré et accablé qu'il aurait aussi bien pu porter un sac en toile de jute et des sabots en bois, vu le peu de réconfort que lui procurait sa tenue. Depuis des heures, il buvait et contemplait un avenir désolé ; il avait beau être complètement ivre, il ne parvenait ni à s'endormir ni à se détendre. D'une main tremblante, il tira son portable d'une poche de sa robe de chambre et composa avec soin le numéro redouté.

Seuls la fin des sonneries et un bruit de respiration au bout du fil indiquèrent à Huntley qu'il avait joint son correspondant.

— Beauchamp à l'appareil. Demain nous serons samedi. Je vous prie de me dire quelque chose.

La voix spectrale et râpeuse répondit :

— Notre représentant est déjà sur les lieux où vous vous trouvez. Vous recevrez demain vos résultats et documents.

Et la ligne fut coupée. Imbibé de gin, l'esprit de Huntley lutta pour analyser ce qu'avait dit la voix surnaturelle. Quelqu'un était ici ? Quelqu'un qu'il avait peut-être rencontré, à qui il avait parlé ? Qu'était-il censé faire le lendemain ? Attendre patiemment. C'était tout ce qu'il pouvait faire. Attendre patiemment, tout en étant prêt à filer vers le Canada.

6

À 10 HEURES, Brad était debout, il s'était douché, avait mis des vêtements de pêche propres, il se déplaçait dans sa chambre et il se sentait bien. À 3 heures du matin, il avait à nouveau été bourré, mais il n'avait pas la gueule de bois. Il avait rarement la gueule de bois : pendant les dix-huit années durant lesquelles il avait bu assidûment, chacune des cellules de son organisme semblait avoir été conditionnée pour métaboliser l'alcool et le rejeter.

Tory était hébétée et en colère : elle avait la migraine et se sentait groggy après cette nuit passée à faire l'amour et à boire au-delà de sa limite habituelle. Baiser avec un poivrot médaillé d'or avait ses inconvénients, comprenait-elle.

Brad remarqua que Tory était éveillée et lui lançait des regards noirs.

— Bonjour, dit-il.

— Bon rien du tout. Je suis H.S. Je me rendors. Réveille-moi à midi.

— Très bien. Je vous emmènerai pêcher, toi et Nelson, et ça ne vous sera même pas facturé. Je vous montrerai un nouveau coin. Je pense que le front orageux commencera à arriver vers six heures. En général, avant un front, le temps est magnifique et la pêche est formidable, donc on pourra faire un tour pendant une heure.

— Super, mais ne compte pas sur Nelson. Il est parti, pour Bangor, je crois. Ne me demande pas pourquoi. Il a dit qu'il avait des trucs importants à aller chercher. À propos, il en pince pour… euh… ta femme.

— Je la lui laisse volontiers. Elle en fera son déjeuner.

— Eh, dit Tory, tu avais vraiment la trouille à cause de cet orage, hier soir… enfin, cette nuit. Ça va mieux ?

— Non, je suis encore inquiet. C'est pour ça que je dois rester sobre. Je n'aime pas rester sobre, mais il le faut. Ce foutu front orageux est large et dangereux, je dois le surveiller. (Tout en continuant à parler, Brad s'approcha d'une fenêtre.) Je dois rester sobre jusqu'à l'orage, aider les garçons à sortir les bateaux de l'eau, rentrer les meubles, et après je pourrai me bourrer la gueule. Pendant un orage, il n'y a rien d'autre à faire que de se bourrer la gueule et attendre que ça passe. Gene sera dans tous ses états, à engueuler tout le monde, à crier et à nous emmerder. Je m'assurerai que tout le monde est bien à l'intérieur. Les gens se croient à l'abri, ils regardent un orage comme si c'était un spectacle. Ils ne savent pas, ils ne savent rien. Les pauvres cons, ils sortent comme si c'était une garden-party.

Il se retourna vers Tory. Elle dormait.

— Le voilà, dit Brad à voix basse, presque avec respect. Tu vois ce tronc d'arbre noir juste au-dessus de la surface de l'eau ? Il est gigantesque. Il y a trente ans, il était à environ deux mètres cinquante de l'eau. Ses racines l'ont soutenu pendant, je ne sais pas, peut-être quinze ans.

Ils étaient à l'extrémité nord de Willow Pond, dont la rive n'était bordée que d'énormes rochers et d'une forêt épaisse. Il n'y avait ni camps, ni pontons, ni aucune trace d'intrusion humaine. À 1 h 30 de l'après-midi, il faisait chaud et l'on n'entendait pas un bruit. Les pinsons, les fauvettes, les loriots et les gobe-mouches chantaient et voltigeaient en tous sens sur les branches. Un rassemblement de cormorans et de goélands se tenait sur les rochers voisins et une famille de colverts cherchait de la nourriture. Deux balbuzards pêcheurs tournoyaient dans le ciel, observant le lac en quête de poissons insouciants qui nageaient près de la surface.

Brad avait coupé le moteur du bateau et examinait maintenant sans un mot le tronc de l'arbre. Il resta muet si longtemps – le regard fixe, sans bouger – que Tory en devint mal à l'aise. Elle rompit le silence :

— Ça doit être un endroit génial pour la pêche. On tente ?

— Non, on va aller ailleurs. Je suis sûr qu'il y a de beaux black-bass, mais je ne pêche jamais ici. C'est là que Leslie est morte.

Tory se retourna aussitôt vers lui.

— Pardon ?

— Leslie. On avait dix-huit ans. J'étais amoureux d'elle.

Ne sachant que dire, Tory attendit. Mais comme le silence de Brad s'éternisait, elle commença à s'inquiéter.

— Euh… qu'est-ce qui s'est passé, Brad ?

— On adorait venir ici l'été, quand on était ados. On remontait les bateaux, on pique-niquait en buvant de la bière, on faisait les cons dans l'eau, on se chauffait, mais le grand truc c'était d'escalader ce tronc et de plonger. Plus on se saoulait, plus on faisait les dingues.

Il s'ensuivit un long silence avant qu'il continue.

— On plongeait de cet arbre depuis des années, parce qu'il n'y avait pas de rochers dans l'eau en dessous, donc on pensait que c'était sans danger. En fait, c'était bel et bien sans danger, sauf qu'il s'est passé quelque chose de bizarre. Leslie faisait le clown, elle a plongé en agitant les bras, avec un salto arrière. Elle a percuté l'eau tête la première, mais à cause de sa position, ça lui a brisé le cou. Aucun de nous n'imaginait qu'une chose pareille pouvait arriver. On avait tous grandi dans l'eau et autour du lac, mais on n'aurait jamais…

Brad s'arracha à sa rêverie et démarra le moteur.

— Bon, ça suffit. Je vais te montrer un autre endroit qu'on aimait bien quand on était gamins. (Il parcourut quelques centaines de mètres vers l'est, dirigeant le bateau vers la rive et mettant le moteur au point mort.) Tu vois ça ?

Il désignait une zone marécageuse pleine de grands roseaux. Tory hésita.

— Je… En fait, je ne sais pas trop ce que je vois.

— De l'autre côté de ce marécage, derrière les arbres, il y a une petite rivière qui rejoint le prochain lac, Rocky Pond. Elle mesure environ cinq kilomètres. On l'appelle la serpentine parce qu'elle est pleine de courbes et de méandres. Avant, à Rocky Pond, il y avait un camp de pêche pour touristes, avec une plage. Le sable est rare au bord de ces lacs, mais là, il y en avait. On y allait en canot ou en kayak juste pour jouer sur la plage et louer des voiliers.

— Ça devait être sympa.

Tory réussit à afficher un sourire à cent dollars pour dissimuler le fait qu'elle s'ennuyait profondément. Le soulagement vint quand Brad fit demi-tour et repartit à toute allure. Il dut alors hausser la voix pour couvrir le bruit du moteur :

— J'ai quarante-huit ans et je vis depuis toujours à Willow Pond. Je suis allé en Europe, aux Antilles, ou sur la côte ouest pour la pêche. Mais j'ai toujours vécu ici. Je ne veux pas mourir ici.

Tory était d'accord. C'est un joli coin à visiter, mais elle n'aurait pas voulu vivre ici, et elle n'avait surtout aucune envie de mourir ici.

— J'AI toujours imaginé qu'on mourrait ici, dans notre camp.

Alicia se trouvait avec Six au bout de leur grand ponton en T, tournée vers leur camp pour être sûre d'avoir tout bien mis à l'abri, en prévision de l'orage annoncé.

— Et si notre camp était détruit pendant que nous sommes à Cedar Lodge ? Et si nous perdions tout ?

Quand Alicia tenait ce genre de discours, Six avait besoin de fumer. Il tapota sa poche, localisa sa pipe, la remplit avec sa blague à tabac – qui semblait toujours être dans une autre poche ; pourquoi ne pouvait-il jamais mettre les deux dans la même poche ? se demanda-t-il – et il l'alluma. Alicia était une femme calme, raisonnable, rarement sujette à la peur, mais elle était très sentimentale au sujet de leur camp, de Winsokkett

Pond et de leurs voisins. Ils avaient acheté leur maison vingt-cinq ans auparavant, à l'époque où ils enseignaient encore, et cette larme qu'elle versait à l'idée de "tout" perdre était son unique forme d'angoisse. De novembre à mars, ils habitaient une minuscule maison à Waterville ; l'endroit était agréable, ils y géraient leur commerce de vente de livres, mais c'est ici, au lac, qu'ils se sentaient chez eux, dans leur camp, à la pêche. Six savait donc ce qu'Alicia voulait dire, et il adorait leur vie ici, mais perdre cet endroit ne reviendrait pas à perdre tout.

— On pourrait toujours… (Une bouffée de sa pipe.)… On pourrait toujours rebâtir. Faire un geste architectural fort.

— Très drôle.

— On a déjà subi des tas d'orages, mon petit cœur. Et on a déjà eu des alertes à la tornade. En général, tu ne t'inquiètes pas pour ça.

Alicia inspira profondément puis relâcha lentement l'air.

— Eh oui, c'est vrai. Je pense qu'ils m'ont fait peur, avec toutes ces histoires autour de Cedar Lodge, surtout Brad avec son numéro de Cassandre. Tu l'as vu, Six ? Il n'était pas juste inquiet, il était paniqué. Et en plus, il était sobre, ce qui n'est pas son état habituel, semble-t-il.

— Oui. Je dois avouer qu'il m'a un peu alarmé, moi aussi. (Six tourna son regard vers Alicia.) Bon, tu veux rester ici, laisser passer la tempête et retourner demain à Cedar Lodge pour cette foutue réunion ?

— Oh que non ! Pas maintenant qu'on a tout rangé, qu'on a l'ordinateur avec nous et qu'on a copié tous nos fichiers sur une clef. Si le camp est frappé de plein fouet, on ne pourra pas empêcher la destruction des livres même si on est ici. Et puis on y passera sûrement, nous aussi, Winsokkett Antiquarian Books disparaîtra du même coup, et personne ne s'en portera plus mal, alors…

Alicia adressa à Six un sourire plein de cet humour fringant qui l'avait d'abord séduit lorsqu'ils enseignaient encore. En voyant ce sourire, Six sut que sa femme était revenue sur les rails. Et à cet instant précis, le sort, qui n'est pas non plus dépourvu d'un certain humour fringant, leur apporta un appel de Gene Seldon. Tandis que se répétait la petite mélodie guillerette, Six plaqua les mains sur toutes ses poches jusqu'à ce qu'il trouve le téléphone et décroche.

— Six ? C'est Gene !

Une fois de plus, elle hurlait dans le combiné. Roulant des yeux, Six écarta le portable de son oreille et Alicia se mit à tout entendre distinctement.

— Oui, Gene ?

— Ça y est, vous avez tout réglé, Alicia et toi ?

— Oui. Tout est à l'abri. On va se mettre en route.

— Parfait, parfait. C'est ce que je voulais savoir. J'avais peur que vous n'ayez pas envie de repartir. Six, j'ai besoin de vous plus que jamais.

— Ah ? Qu'est-ce qui se passe ?

— Un truc vraiment bizarre. J'ai reçu par courrier une menace de mort.

Six et Alicia se dévisagèrent en ouvrant de grands yeux.

— Oh, bon sang, répondit Six à Gene, on se croirait dans un roman d'Agatha Christie. Les gens envoient encore des menaces de mort, de nos jours ?

— Apparemment.

— Ça doit être une plaisanterie.

— Ne crois pas ça, Six. Cette foutue lettre est bizarre, et personnelle. Elle vient forcément de quelqu'un de Cedar Lodge. Voici ce qu'elle dit : "Pourquoi ne détaches-tu pas tes chiots et pourquoi ne leur donnes-tu pas leur susucre ? Ce sera bien pour tout le monde : ils seront contents et toi tu resteras en vie."

— Nom d'un poisson-chat ! C'est une menace de mort bavarde. Et bien tournée. Tu as raison, c'est bizarre.

— Attends de voir ce putain de truc. Ça a été fait par ordinateur, j'en suis certaine. Les lettres sont décorées, un genre de caractère gothique. J'ai regardé sur le mien et je l'ai trouvée aussitôt, une police qui s'appelle Blackmoor LET. On dirait celle qu'ils utilisent pour les faire-part de décès dans les journaux.

— Je n'aime pas ça, Gene.

— Tu n'es pas le seul, mon grand. En attendant, on se croirait dans un asile de fous, ici. Brad n'a pas bu une goutte d'alcool de la journée, et il est encore plus dingue que quand il est bourré. Il se traîne en grommelant et on dirait qu'il a vu un loup-garou. Merrill refuse de me regarder quand je lui parle et elle refuse de m'adresser un mot. Kipper reste dans sa chambre à boire, comme s'il avait pris la place de Brad pour la journée.

— Ouh là…

— Même Hunt a l'air terrorisé, il n'arrête pas d'aller et venir sous le porche, il dévisage tous les clients. Il y a une heure je l'ai rejoint au bar, j'imagine qu'il ne m'a pas vue venir, et quand j'ai prononcé son nom il a fait un bond de cinquante centimètres puis a gloussé pour cacher sa nervosité. Je pense que c'est l'un d'eux qui m'a envoyé cette lettre, Six. Pas Hunt, bien sûr – je ne vois pas pourquoi ça le tracasserait, il ne s'appelle pas Seldon. Mais je peux te dire une chose dont je suis certaine. Un des membres de ma chère famille essaye de me foutre la trouille. Et j'ai une annonce spéciale pour eux : ça ne marchera pas.

La dernière tâche à accomplir pour Six et Alicia avant de regagner Willow Pond était de porter Rudolph et Rouquin dans le camp de leurs voisins. Chuck et Lottie LaFray avaient deux chiens, des labradors comme Rudolph, et un chat écaille de tortue. Comme tous ces animaux se connaissaient déjà, il n'y eut pas le rituel habituel entre bêtes qui ne se sont jamais rencontrées (on grogne, on crache, on tourne en rond, on se flaire les uns les autres).

Après quoi, Six et Alicia montèrent dans leur jeep et prirent la route du camp.

— Eh bien, dit Six. Deux orages qui arrivent, l'un offert par notre mère, l'autre…

— Pardon ? Notre mère ?

— Notre mère Nature, bien sûr. Et l'autre provoqué par un changement de testament.

— On dirait le début d'un roman policier.

— Lequel sera le pire, d'après toi ? La Nature ou le testament ?

COMME l'avait dit Gene, Huntley Beauchamp était bel et bien terrorisé. Il était terrorisé comme un lapin dans le nid d'une chouette, mais il le dissimulait admirablement, croyait-il. Il devait garder son calme pour papoter avec les clients et repérer qui venait pour la première fois, qui était arrivé ce matin-là ou la veille. Il voulait démasquer ce "représentant" dont la voix effrayante lui avait dit qu'il était déjà à Cedar Lodge. On était samedi midi et il n'avait toujours aucun de ces "documents" qui constituaient la moitié de la garantie du cabinet spécialisé. Si ce fils de pute était là, pourquoi n'avait-il (ou elle, Huntley savait que ça pouvait être une femme) rien fait ? Bien sûr, le "représentant" préférait sans doute rester incognito, mais n'aurait-il pu au moins glisser une enveloppe discrète sous la porte de Huntley ou trouver un moyen de lui signifier que tout allait bien ? Cette foutue réunion avait lieu demain et Huntley commençait à paniquer, il ne pouvait plus rien manger, mais il arrivait à boire, et il tenait grâce au scotch et à quelques valiums : extérieurement, il restait Huntley Beauchamp, ce bel homme à la voix d'or et au succès reconnu, et n'était pas encore le rat traqué à l'œil rouge qui tremblait à l'intérieur. Une partie de son cerveau lui hurlait qu'il s'était fait avoir, qu'il n'allait pas être tiré d'affaire, et qu'il valait mieux pour lui prendre aussitôt la route du Canada, mais Huntley étouffa cette voix discordante et se concentra sur la tâche en cours, bavarder avec les pêcheurs récemment arrivés à Cedar Lodge.

Alors qu'il se promenait lentement tout le long du porche, souriant, murmurant des commentaires sympathiques aux gens qui revenaient de la pêche et attendaient la cloche du déjeuner, il avait l'air d'un homme à qui le monde appartient. À chaque balancement désinvolte de ses jambes, le pantalon ample de gabardine fauve de Huntley ondoyait généreusement. Par-dessus sa chemise blanche, il portait une veste bleu marine à boutons blancs, une pochette jaune jaillissant de la poche poitrine.

Ah, il y avait ce couple anglais arrivé jeudi en fin de journée, Colin et… euh, comment s'appelait-elle ? Un prénom terriblement britannique. Ils étaient encore sur la liste des suspects. Le représentant du cabinet n'était pas forcément seul, estimait Huntley ; deux agents se faisant passer pour un couple marié se fondraient dans le paysage dans un endroit comme Cedar Lodge.

— Rebonjour, ah ah ! Huntley Beauchamp. Nous nous sommes rencontrés l'autre jour. Quelle belle journée, n'est-ce pas, un temps magnifique, ah ah…

L'homme fit signe à Huntley de s'asseoir à côté d'eux.

— Je suis Colin, voici mon épouse Daphne.

Admirable exemple de tout ce que Huntley associait aux classes aisées, Daphne lui adressa un sourire charmant.

— Une journée superbe, dit-elle. Splendide.

— Ah ah, oui, splendide, absolument, splendide. (Notant que le couple arborait chemise et short de pêche, Huntley leur posa la question.) Vous revenez de la pêche, pas vrai ?

— Tout à fait. C'était fabuleux. On les a, euh… (Colin se tourna vers sa femme.) Comment dites-vous, en Amérique ?

— Dégommés, répondit Daphne.

— Ah oui, on les a dégommés, les poissons. À nous deux, nous avons remonté vingt-trois black-bass en trois heures. Les guides d'ici comptent parmi les meilleurs que nous ayons rencontrés.

— Ah ah, oui, c'est vrai, oui.

— C'est Merrill qui nous accompagnait. J'ai cru comprendre qu'elle est la nièce de la propriétaire. Mais attendez une… Elle s'appelle aussi Beauchamp. C'est votre épouse, votre sœur ?

Huntley émit son rire grave et opulent – “eh eh ehhhh” – et passa une main manucurée à travers l'épaisse chevelure qui frisait au-dessus du col de sa chemise.

— Mon épouse. Nous… nous ne sommes plus ensemble. Elle a gardé le nom de Beauchamp. Elle trouve qu'il sonne bien, eh eh ehhhh.

— Oh mon Dieu, fit Colin, je ne voulais pas réveiller des souvenirs désagréables.

— Pas du tout, je vous en prie. Nous sommes restés bons amis, ah ah. Je n'habite plus ici, au lodge. Je vis à Boston.

— Ah bon ? Daff et moi avons un petit pied-à-terre dans cette ville. Nous passons six mois par an à Boston, six mois à Londres.

Huntley tendit l'oreille. Boston. Ils arrivent de Boston. Il prit une gorgée de scotch et contempla le lac ensoleillé au-delà des pontons, l'étudia avec soin, comme s'il envisageait d'aller pêcher.

— Deux des meilleures villes au monde, ah ah. Vous avez le meilleur des deux côtés de la mare. (Ah ! se réjouit Huntley. Un bon point. Il venait de se rappeler que les Anglais appelaient l'Atlantique "la mare".)

— C'est bien notre avis, dit Daphne.

— Alooors, vous êtes partis en retraite anticipée, pour vous consacrer à la chasse, à la pêche et ainsi de suite ? Ah ah.

— Eh bien, nous ne trimons plus dans un bureau sordide, répondit Daphne, mais nous sommes encore... Comment disent-ils à Hollywood ? Ah oui, dans la course. Nous sommes encore dans la course.

— Oui, renchérit Colin en fixant son regard droit sur Huntley. Nous visitons les établissements commerciaux destinés à la chasse et à la pêche. (Il s'interrompit pour prendre une gorgée de gin-tonic.) Comme celui-ci.

Le pouls de Huntley se mit à faire des claquettes. Ce sont eux. Bordel de merde, j'avais raison. Ce sont eux. Du calme, se dit Huntley. Reste calme. Bois un peu de scotch. Regarde l'eau. Contente-toi de papoter, rien de plus.

— Et vous, monsieur Beauchamp ? Vous êtes juriste, commerçant, voleur de chevaux ?

Colin adressa à Huntley un large sourire.

— Eh bbbien, ah ah, ronronna Huntley en recroisant les jambes et en défroissant son pantalon. Quelle coïncidence ! Voyez-vous, je suis responsable des investissements pour Cedar Lodge Enterprises.

Tu le sais bien, putain. Parle-moi maintenant. Dis-moi que tout est en place.

— C'est formidable. N'est-ce pas que c'est formidable, Daphne ?

— Tout à fait, dit Daphne en souriant. Vous êtes exactement celui que nous cherchons.

Huntley bouillonnait. Extérieurement, il dévoilait toutes ses dents en un sourire crispé. Intérieurement, il bouillonnait. Des attentats à la bombe se déclenchaient dans son cerveau. Oui, je suis celui que vous cherchez, bande de salauds. Dites-moi quelque chose maintenant !

— Absolument, dit Colin. Nous avons entendu parler de possibilités d'investissement qui s'offraient ici.

Huntley sentit qu'il allait exploser. Une sueur froide trempait son col. Il tenta de boire une rasade supplémentaire de scotch, mais sa main tremblait tellement qu'il se contenta de s'agripper au verre.

Une cloche de bateau sonna à l'intérieur du lodge.

— Ah, c'est l'heure, dit gaiement Colin en se levant et en aidant Daphne à quitter son siège. La cloche du déjeuner. Alors, à bientôt, monsieur Beauchamp… à moins que je puisse vous appelez Huntley ?

— Eh eh ehhhh. Oui oui, eh eh, marmonna Huntley entre ses dents.

Il les regarda s'avancer jusqu'à la porte. Bande de petits salauds. Vous vous foutez de ma gueule. Vous me laissez mijoter parce que ça vous amuse. "Voleur de chevaux". Bien joué, bande de crétins.

D'une main tremblant de rage et de peur, Huntley leva son verre et vida le reste de son scotch.

Dans le lodge, Colin se tourna vers Daphne, haussa un sourcil et baissa les coins de la bouche, en une expression comique de dédain.

— Doux Jésus, dit-il.

— Oui, épouvantable. Exactement comme on nous l'a décrit.

7

En fin d'après-midi, après une journée brûlante, d'un calme mortel, l'énorme front orageux, s'étendant sur plusieurs centaines de kilomètres, déferla sur le Maine, déchaînant un torrent d'éclairs et de tonnerre quasi incessant, un vent aveuglant, chargé de pluie, des grêlons gros comme des balles de base-ball et, ici et là, sur son trajet dévastateur, de petites tornades qui ravagèrent les forêts, les cultures et les villes.

À Willow Pond, peu après 6 heures du soir, le front apparut sous la forme d'une ligne noire apparemment inoffensive au-dessus des montagnes, au nord et au nord-ouest. Il y eut bientôt un léger grondement quand de gros nuages blancs cotonneux se formèrent tout le long de l'horizon. De brusques illuminations qu'on appelle souvent à tort "éclairs d'été" accompagnaient un martèlement lointain. Quinze minutes plus tard, de majestueux cumulonimbus s'élevèrent et enflèrent rapidement, ponctués par des instants de luminosité plus vive et un grommellement constant, comme le bombardement d'une bataille éloignée. Encore une demi-heure et les nuages étaient devenus une masse ondoyante, de plus en plus sombre, déchirée par des zigzags d'éclairs, qui planait au-dessus du paysage au nord et à l'ouest. Le fracas du tonnerre retentissait quelques secondes après les éclairs : l'orage approchait à grands pas. Une brise, annonciatrice de violence, rida la surface du lac et refroidit l'air.

Six et Alicia, appuyés à la balustrade du porche à côté de Gene et Bob, ressentirent un soupçon de crainte en même temps que la soudaine fraîcheur. Amos, d'habitude collé à

Gene, n'avait pas besoin des instruments de Brad pour lui dire qu'un vent mauvais soufflait, et il se tapit donc dans ce qu'il considérait comme le meilleur refuge : un coin de la salle à manger.

— C'est à la fois magnifique et terrifiant, dit Alicia. Un cocktail irrésistible, ajouta-t-elle en ricanant.

— Oui, répondit Six. Je me rappelle un jour au milieu du lac, debout dans le bateau métallique, ébahi devant un orage qui envahissait le ciel. J'en avais des frissons d'enthousiasme, sans me rendre compte que je pouvais être carbonisé d'un instant à l'autre. La foudre peut frapper avant l'orage proprement dit, vous savez.

Gene regarda Six avec un sourire tordu.

— Ça, c'est sûr, la foudre qui sort de nulle part, on connaît, par ici.

Six se leva tout à coup et regarda Gene d'un air embarrassé.

— Ah. Mince. J'avais oublié. Excuse-moi.

— Je t'en prie, dit Gene. Ça ne me fait rien.

Bob parut intrigué.

— C'est quoi, cette histoire de foudre, à propos de Cedar Lodge ?

— Mon frère et sa femme, les parents de Kipper, Merrill et Brad. Ils venaient de rentrer avant un orage, ils étaient dans leur bateau, près du ponton, celui là-bas, à gauche. Ils sortaient leur matériel. Ils se croyaient à l'abri parce que l'orage était encore au nord et que le ciel était dégagé au-dessus du lodge. Un énorme éclair a comme surgi du ciel bleu et a frappé le bateau. Reg et Annice ont été incinérés sur le coup.

— Bon Dieu, Gene. Je suis désolé pour toi, dit Bob.

— Y a pas de quoi. Je les détestais. Et puis c'est arrivé il y a dix-huit ans.

Bob écarquilla les yeux, manifestement ébranlé, en regardant Six par-dessus la tête de Gene. Il garda le silence, mais Six vit qu'il avait subi un choc désagréable concernant la personnalité de sa bien-aimée. Mieux valait avant l'échange d'anneaux qu'après, songea Six. Si ce vieux beau avait besoin de l'argent de Gene pour avoir le train de vie auquel, etc., alors il devrait apprendre à vivre avec une femme aussi dure qu'un rivet en acier. Six était habitué à la grossièreté de Gene et il l'aimait bien malgré tout – et bien sûr, il lui était à jamais reconnaissant pour l'aide financière qu'elle lui avait apportée –, mais il ne s'imaginait pas vivant avec sa cousine. Elle était brutale. Brutale et têtue.

Gene était inconsciente de la réaction suscitée par sa cruelle déclaration et s'en serait éperdument moquée sinon. Rien de tel que de se prendre la vérité en pleine figure, pensait-elle toujours. Silencieux et songeur, Bob contemplait les pontons.

— L'orage arrive à toute vitesse, dit Gene. Je suis bien contente qu'on ait fermé et verrouillé les volets.

Elle portait ses vêtements habituels : chemise de pêche, short kaki et mocassins. Bob avait revêtu un ensemble similaire. Ils formaient déjà un couple bien assorti, pensa Six en les regardant ; pas question de dîner élégant ce soir, ils étaient en tenue de combat.

Plus loin sous le porche, trois autres couples observaient le cataclysme imminent. Le reste des clients étaient dans la salle à manger, car on leur avait conseillé de dîner tôt en cas de panne de courant.

— Quand nous rentrerons, j'aurai besoin de quelqu'un pour m'aider à porter des lampes de poche au bar, dit Gene. J'en ai environ deux douzaines dans des sacs derrière la réception. Si l'électricité est coupée, pas question que les gens se cassent la gueule dans le noir et me fassent ensuite un procès.

— Bien sûr, répondit Six. Mais je pensais que tu avais un groupe électrogène.

— Il y en a un, que j'ai fait installer dans une petite maison cachée là-bas dans les bois. Je ne voulais pas que cette merde gâche l'atmosphère sylvestre. C'est un vieux truc et il faut un bon quart d'heure avant qu'il produise assez de jus pour tout rallumer, c'est-à-dire juste le temps qu'il faut à un crétin de pêcheur, bourré comme un coing, pour se casser les vertèbres. La saison prochaine, j'achète un nouveau groupe électrogène.

La brise du lac se changea en vent puissant qui soulevait des vaguelettes à la surface de l'eau. Tous les quatre contemplaient la scène, fascinés, tandis que la tempête menaçante se propageait à l'ouest et désormais à l'est, s'élevant en une tour de noirceur tourbillonnante qui transformait le jour en crépuscule.

— Regardez ! s'exclama Alicia. Regardez sur le côté ouest, ça penche.

— C'est une tornade ? demanda Bob, arraché à la contemplation de la possible barbarie de sa promise.

— Et merde, dit Gene. Elle commence à apparaître. Il pourrait y avoir des entonnoirs d'une minute à l'autre.

— Oh bon Dieu, murmura Bob. J'ai vu beaucoup d'orages, mais celui-ci m'a l'air d'une vraie saloperie.

— Eh ouais, confirma Gene. J'aime pas ça. Ça pourrait vraiment mal tourner

Comme si elle avait bravé le cosmos par ces mots, une lourde pluie et un vent violent frappèrent soudain tel un raz-de-marée tombé du ciel. Sous le porche, tout le monde cria et courut vers les doubles portes de la grande entrée.

— Bordel de Dieu ! grogna Gene alors qu'ils se mettaient à l'abri.

Les jurons explosifs étaient sa réaction habituelle aux ennuis et au danger. Alors qu'ils fermaient les portes ensemble, Six s'arrêta soudain et prit Bob par le bras :

— Regardez, Bob, un entonnoir ! Il penche là-bas, vers l'ouest !

Gene s'avança et scruta l'horizon.

— Bordel de Dieu ! Bordel de Dieu ! éructa-t-elle, comme si quelques blasphèmes supplémentaires pouvaient juguler l'anarchie de la nature.

Le ciel répondit par un déchirement assourdissant alors qu'un immense éclair surgi des ténèbres vint se piquer sur l'île la plus proche. Par réflexe, tout le monde baissa la tête et s'éloigna de la porte.

— Quel merdier, chuchota Bob tandis que le tonnerre s'estompait.

Avec une lumière aveuglante et une explosion terrible, la foudre frappa un chêne gigantesque près du lodge, et ils reculèrent tous encore plus loin. L'arbre fut fendu en deux jusqu'au sol ; une moitié s'écroula sur la partie ouest du porche, enfonçant le toit et écrasant les fauteuils et les tables en osier. Tous les quatre s'avancèrent, incrédules, pour évaluer l'ampleur des dégâts.

— Putain d'orage ! hurla Gene. Dix mille dollars foutus en l'air.

Alors que Six et Bob refermaient les portes, Alicia commenta :

— Ça devient un peu terrifiant.

Les lumières du lodge vacillèrent, s'éteignirent, puis se rallumèrent.

— On va être dans le noir, bordel ! dit Gene en courant vers la réception pour y chercher deux sacs qu'elle hissa sur le comptoir. Six, tu pourrais les apporter au bar ? Tu expliqueras à tout le monde ce qu'il y a dedans.

Un groupe d'hommes et de femmes, mené par Colin et Daphne, surgirent de la salle à manger, des verres à la main.

— Qu'est-ce que c'était que ce vacarme épouvantable ? demanda Colin. La maison tient bon ?

Gene leur adressa un grand sourire ; par réflexe conditionné, elle souriait toujours à la clientèle, même au milieu des catastrophes.

— La foudre a fait s'écrouler un arbre sur le porche, lui apprit-elle.

— Mes aïeux ! Pouvons-nous vous aider ?

Et voilà qui illustrait une fois de plus que les clients de Cedar Lodge étaient des gens très bien, songea Gene. Dans un village de vacances à la con, des adultes-enfants gâtés auraient exigé que la direction de l'établissement les protège ; les pêcheurs, eux, se retroussaient les manches et venaient à son secours.

— Eh bien oui, vous pouvez aider, répondit Gene en confiant à Colin et Daphne les sacs contenant les lampes de poche. Si vous portiez ces sacs au bar pour distribuer les torches, vous me rendriez un grand service. En cas de panne de courant, il faudra un bon quart d'heure avant de faire démarrer le groupe électrogène.

— Bien sûr, dit Daphne. Excellente idée. (D'énormes coups de tonnerre ébranlèrent le bâtiment ; Daphne haussa les sourcils et regarda autour d'elle.) Vous croyez que vous allez survivre à ce petit crachin ?

Et elle rit, consciente du caractère facétieux de sa remarque. Gene gloussa également.

— Ne vous en faites pas pour Cedar Lodge. Il a survécu à cent trente années de temps pourri. C'est une vieille bâtisse solide. (Elle offrit un sourire en coin à Colin et Daphne, ainsi qu'à tous ceux qui se serraient derrière eux.) Et je suis une vieille dure à cuire. Les boissons sont offertes par la maison. La nuit risque de ne pas être facile. J'en ai déjà parlé au barman.

— Bravo, dit Colin en attrapant les sacs de lampes. On va distribuer tout ça à cette foule de gens exceptionnels.

Tandis que Colin et Daphne réunissaient le petit groupe et regagnaient la salle à manger, Gene se tourna vers Six, Alicia et Bob :

— Les pêcheurs sont vraiment une catégorie à part.

Pluie, pluie, laisse-moi,
Et reviens une prochaine fois.

Dans sa chambre, Brad chantait pour ses instruments, avec l'accompagnement de percussions fourni par le tonnerre. À côté de l'hygromètre, la bouteille de George Dickel ne contenait plus que quelques centimètres de liquide couleur d'ambre. Il avait avalé assez d'excellent bourbon distillé à l'eau de source pour se sentir lui-même d'excellente humeur. Plus il en avait bu, plus les vieilles terreurs et les visions d'horreur accompagnant chaque gros orage s'étaient éloignées, jusqu'à ce qu'il se sente tout guilleret.

Il pleut, il mouille,
C'est la fête à la grenouille.

Tory se montrait, selon lui, grossièrement indifférente à l'humour de ses chansons et de ses propos sans queue ni tête. Il regarda à travers la pièce, agacé. Ah merde, elle n'est plus là, la Tory. Marrant, il ne se rappelait pas qu'elle soit partie. Connasse. Inculte. Elle avait dû sortir pendant qu'il chantait "Si, mi chiamano Mimì". Tory avait l'air d'être une fille classe, c'était choquant de se rendre compte de son ignorance. Parce que, quand on n'est pas ému par *La Bohème*, se disait-il, c'est qu'on est insensible à la beauté.

Tory, Tory n'est plus là,
Mais peut-être qu'elle reviendra.

Brad attrapa la bouteille de bourbon, versa les centimètres restants dans son verre vide puis tenta de se lever, mais le fauteuil de capitaine n'arrêtait pas de pivoter, de tourner sur lui-même, comme ce genre de meuble est censé le faire, mais pour les gens sobres, et Brad n'arriva à rien. Finalement, il posa le verre, saisit le bord de la table à instruments et s'y appuya pour se mettre debout. Ah ah, et voilà, marmonna-t-il, avant de tituber jusqu'au bar du salon pour chercher de la glace et de l'eau. Il en répandit une certaine quantité à terre, mais il réussit à en introduire un peu dans le whisky, puis il repartit à pas chaloupés vers la chambre et se laissa lourdement choir dans le fauteuil, qu'il fit gaiement tournoyer plusieurs fois, avant de s'arrêter face à ses instruments chéris, tous en train de tracer des graphiques, de réajuster leur cadran ou de tourner lentement.

— Ah, mes jolis, ronronna-t-il, qu'est-ce que vous avez de beau pour votre papa ? (Il examina avec soin chaque instrument tout en sirotant son bourbon.) Oooh, la pess… la presssssion barométrique baisse. C'est pas bon du tout. Et ça, c'est quoi ? La videsse du… la vitesse du vent à soixante-deux ! Oh oh. Et toi, ma jolie. Ah ! Prépi… prépici… précita… Pré-ci-pi-ta-ssion… attends… Cent pour cent ! Waouh ! Et toi, le petit nouveau… (Brad sourit en appuyant sur un bouton du petit instrument bleu.) Qu'est-ce que tu nous racontes, toi ? Ah ah ! Toi t'es un gars bien, tu dis qu'y a beaucoup de… d'ÉCLAIRS ! Ah, ah ah ah ! Bien sûr, bien sûr ! cria-t-il en écartant grand les bras. Vous me dites tous, mes mignons, que… qu'on… qu'on va avoir… un… ORAGE ! Ahh, oui. On va voir oune grosso oragio, comme on appelle ça en italien. Oune salopardo. Et ce soir, mes enfants, ce soir je devrai sortir pendant le salopardo. Oh oui, il faudra. Ce soir, c'est le moment où jamais, quand…

Brad trembla d'effroi et lâcha son verre quand le tonnerre explosa comme si un éclair traversait le mur. Il sauta en l'air, furieux d'avoir eu peur du bruit, hurla "Bordel de Dieu !" et lança la bouteille de bourbon contre le mur. Quelques secondes plus tard, un craquement sonore qui secoua le lodge le fit reculer en titubant jusqu'à la table à instruments, où il renversa un baromètre alors qu'il tendait la main pour retrouver l'équilibre.

— Bon Dieu de bon Dieu ! Mais c'est quoi, ce bordel ?

PERSONNE ne me soupçonnera jamais, pensait Kipper devant le nouveau PC double écran, dans le bureau de Gene. Personne ne soupçonnera jamais Kipper, toujours bête et discipliné. Il pouffa à l'idée de ces qualificatifs qu'il s'était donnés. Il était en train de virer des chèques générés par ordinateur, prélevés sur le compte de Cedar Lodge, vers l'une des trois holdings qui n'existaient que de nom, sur des comptes ouverts dans trois banques différentes de trois villes différentes. Tout en travaillant avec zèle, Kipper fredonnait : "Ah moi, je suis vraiment intelligent. Personne ne le verra plus, cet argent."

Comme il était son propre directeur administratif, c'était un jeu d'enfant pour lui. Alors que Gene le destinait à reprendre la direction du lodge, Kipper avait très vite compris qu'elle croyait tout connaître aux affaires et à la finance, et ce n'était pas étonnant puisqu'elle croyait tout savoir sur tout. Mais il avait vite appris à quel point elle était naïve. La comptabilité et les transactions quotidiennes du lodge l'ennuyaient. Tout ce qui l'intéressait vraiment, c'était le relevé d'investissement trimestriel de Huntley Beauchamp, et il savait qu'elle était incapable de les lire avec précision, même si elle était persuadée, bien entendu, d'avoir toujours été la reine des placements. Kipper n'aurait pas été surpris que ce sale petit furet de Beauchamp les escroque dans les grandes largeurs. Bon sang, comme il détestait ce connard condescendant. Kipper, mon garçon, comment va ? Ah ah. Et avec les filles, ça roule ? Ce débile. Cet abruti savait qu'il était gay. Tout le monde savait que Kipper était gay. Mais Huntley trouvait très spirituel de le taquiner à ce sujet. Quel bellâtre prétentieux ! Kipper détestait ses chaussures blanches, ses foulards et ses pulls sur les épaules.

Par bonheur pour la petite trahison financière de Kipper, Gene n'avait fait appel à un cabinet comptable que pour le fonds d'investissement, et son juriste, ce vieux troll d'Adrian Bucksaddle, ne fourrait jamais son vilain nez dans leur registre quotidien. Pour les comptes au jour le jour et semaine après semaine, Gene déléguait tout à Kipper, qui avait choisi la dénomination des holdings fictives en accord avec les noms figurant sur leurs camions de livraison de produits alimentaires, d'ustensiles de cuisine, de blanchisserie ou de matériel de pêche. Pour les déclarations d'impôts et, plus rarement, les rapports destinés aux organismes de réglementation, Kipper se fiait à l'expert-comptable de Waterville qui avait été son compagnon de dortoir et son meilleur ami à Colby College. Son ami – Dieu le bénisse, songea Kipper avec un sourire – signait sans hésiter les comptes méticuleusement tenus par Kipper, et pourquoi en serait-il allé autrement ? Les chiffres correspondant au salaire des employés, aux retenues pour la sécurité sociale et pour le fisc étaient toujours impeccables et le calcul du débit, du crédit et du revenu net était miraculeusement exact.

Gene lui avait offert une éducation bien trop soignée, songea-t-il avec amusement : gestion commerciale, comptabilité, marketing et publicité. Ses études dans ces deux derniers domaines lui permettaient, par des messages diffusés dans les magazines et sur Internet, d'attirer toute l'année à Cedar Lodge des clients toujours plus riches. Ses publicités auraient dû lui valoir un Clio Award. Sur ces images en technicolor, Brad le poivrot et Merrill la junkie devenaient des dieux vivants. Si les pêcheurs avaient connu la vérité sur les "meilleurs guides d'eau douce du Maine", ils auraient plié bagage et quitté Cedar Lodge sans perdre une seconde. Son frère et sa sœur le stupéfiaient. Il les détestait, mais ils étaient bel et bien des pêcheurs hors du commun. Brad masquait son haleine alcoolique en mâchant boîte après boîte de bonbons à la menthe, et comme il était presque toujours ivre, la brume éthylique dans laquelle il vivait paraissait normale. La cocaïne n'a pas d'odeur, donc Merrill n'avait pas de problème d'haleine, et comme elle était presque toujours défoncée, les clients qu'elle emmenait dans son bateau ne prenaient pas ombrage de sa désinvolture rêveuse. Sur l'eau, un pêcheur ne s'intéresse qu'à une chose : le poisson au bout de sa ligne. Si le guide était un peu bizarre, quelle importance ? La plupart des guides de pêche étaient bizarres.

Quoi qu'il en soit, Brad et Merrill remplissaient de poisson tous les bateaux qui partaient sur le lac. Il y en avait parfois vingt, trente, quarante ou davantage ; parfois, les jours où un temps vraiment pourri rendait la pêche impossible, ce n'était vraiment que quelques poissons, mais ils ne ramenaient jamais de pêcheurs inconsolables dans un bateau où n'avaient été pris ni un black-bass, ni une perche, ni un brochet. Le frère et la sœur de Kipper se baladaient sur les lacs, une canne entre les mains, depuis qu'ils savaient marcher (lui aussi, mais il n'avait jamais vraiment aimé la pêche, pour laquelle il n'avait aucun don), et leurs techniques en tant que guides associaient instinct et mémoire prodigieuse, comme s'ils avaient le souvenir de chaque mètre carré où un poisson avait un jour été pêché.

Kipper se demandait pourtant combien de temps ils pourraient conserver leur maîtrise avant que leurs dépendances n'aient raison d'eux. Le moment où le désastre se produirait, il avait prévu d'être loin du lodge. Il avait instauré son petit système deux ans auparavant, quand Jean-Pierre était devenu particulièrement insistant dans son désir d'ouvrir un restaurant à New York. Kipper craignait, d'une crainte qui avait reçu en début de journée une confirmation très déplaisante pour lui, que Gene ne lui cède jamais avant l'heure sa part de l'héritage. Il se constituerait donc en secret sa cagnotte personnelle. Vol, détournement de fonds ? Non, pas vraiment, avait-il choisi de penser pour se justifier. Ses compétences de gestionnaire ne s'étaient-elles pas traduites par une hausse considérable des bénéfices au cours des sept dernières années, en particulier grâce au concept de restaurant gastronomique en pleine cambrousse ? Surtout, c'était lui qui aurait dû posséder un tiers de Cedar Lodge à présent, tout de suite, marmonna-t-il en appuyant avec rage sur la touche "Envoyer" pour la dernière de ses transactions malhonnêtes. Un sort affreux l'avait privé de ce qui aurait dû lui appartenir. Il n'aurait pas dû y avoir de Duce, la botte posée sur le cou de chacun d'entre eux. Il n'y aurait eu que leur drôle de vieille tante Gene, qu'on tolérait en lui confiant des tâches secondaires pour qu'elle gagne sa croûte.

Malgré sa colère contre Gene, Kipper était rongé par la culpabilité après lui avoir adressé cet abominable courrier la menaçant de mort. En même temps, il avait admiré l'art avec lequel il en avait choisi les mots et la typographie de style funéraire. Mais il jugeait désormais ce geste un peu idiot et vain. Un truc pareil ne pourrait jamais faire peur à sa vieille casse-couilles de tante. Cette lettre n'était pas sérieuse : il n'avait pas réellement envie de la tuer, il n'avait envie de tuer personne, il voulait simplement que Gene tombe raide morte, d'elle-même.

Il ne s'était pas encore "approprié" assez d'argent afin de pouvoir quitter Willow Pond pour New York avec Jean-Pierre, ouvrir un restaurant et être certain qu'ils auraient les moyens de vivre correctement tous les deux. Il devait encore thésauriser pendant un an. Il n'avait pas révélé à Jean-Pierre ce qu'il faisait parce qu'il ne pouvait pas prendre un tel risque : personne, même son amant, ne devait savoir. Et puis, s'il lui en avait parlé et que Jean-Pierre avait eu peur d'être complice d'un vol ? Tout aurait été perdu. Non, il ne perdrait pas Jean-Pierre. Il préférait d'abord pousser ce fichu lodge à la faillite.

C'était la folie de l'amour passionné, la folie qu'il n'avait jamais crue véritable. On la représentait dans les romans et dans les films, mais il n'avait jamais cru cela possible, surtout pour quelqu'un comme lui. Mais maintenant il savait. C'était réel et effrayant. Une émotion si implacable que l'individu qui en était la proie aurait tout fait pour posséder l'objet aimé. Ses exigences bafouaient toute éthique personnelle.

Kipper renversa la tête en arrière, se massa le cou et ferma les yeux. Malgré lui, les images de sa vie à Cedar Lodge lui venaient à l'esprit : les étés idylliques de son enfance, sa première petite amie qui habitait un camp voisin, puis le visage souriant de la femme dont il avait un jour cru être amoureux. Des souvenirs charmants, mais il n'éprouvait aucun sentiment de perte ou de regret. En y repensant, il comprit que son unique histoire d'amour à l'âge adulte avait été assez tiède. Et maintenant ? Ce… ce *truc* qui le possédait, d'où venait-il ? D'où venait ce désir brûlant que lui inspirait un autre humain, son beau petit Français ? Pour Kipper, victime de l'impitoyable Cupidon, Jean-Pierre Lemaire était devenu la seule raison de vivre.

Une explosion de tonnerre ébranla le bâtiment comme une bombe. Kipper se pencha en avant puis se leva de sa chaise. Quelques secondes plus tard, il entendit le craquement du bois du porche qui se brisait.

— Oh mon Dieu, murmura-t-il. Quoi encore ?

Et il sortit de la pièce en courant.

RENEE venait de revêtir sa tenue réservée au mauvais temps, bottes en caoutchouc et veste Barbour – elle s'imaginait habillée de tweed, participant à une partie de chasse en Écosse, comme celles qu'on voyait dans les catalogues de la célèbre marque (ah, comme elle aspirait à ce genre de vie !) – quand l'arbre s'abattit sur le porche et lui fit faire un bond de près d'un mètre.

Sûre que le lodge avait été endommagé par quelque chose, elle tendit l'oreille à l'affût d'un autre effondrement. Le tonnerre soudain la fit tressaillir. Quelle serait la violence de cet orage ? Elle était terrorisée par la perspective d'une tornade ; hier et aujourd'hui, Brad n'avait cessé de délirer à propos du front orageux qui "générait des tornades". Elle se mit à haleter, le souffle court, en se laissant envahir par la panique. À quoi ressemblait le bruit d'une tornade ? Elle avait lu des témoignages dans les journaux, où les victimes comparaient le son à celui d'un train de marchandises. Les tornades aplatissaient tout, tuaient des centaines de personnes. On ne pouvait pas leur échapper. Il était inutile de fuir car ces foutus ouragans changeaient sans cesse de direction. Les gens mouraient vite, mais dans d'atroces souffrances.

Elle ne pouvait pas mourir. Elle ne pouvait pas. Comment le monde pourrait-il exister sans elle ? Avec cette conception de l'humanité qu'ont les narcissiques, Renee se moquait bien de savoir qui mourrait du moment que ce n'était pas elle. Elle ressentait un frisson secret lorsqu'elle voyait à la télévision des reportages sur les cataclysmes dans diverses parties du monde, parce que ces centaines, ces milliers de morts sans visage lui donnaient l'impression que sa propre chair superbe en devenait d'autant plus précieuse. Les autres mouraient, pas elle.

Ressaisis-toi, espèce d'abrutie, s'ordonna-t-elle. C'est du tonnerre et des éclairs, rien de plus. Tu as déjà vécu ça plein de fois. Tu ne vas pas mourir. Elle se dirigea à pas incertains vers le petit chariot à alcool, trouva un fond de cognac et s'en remplit un verre ballon. Sa main tremblait à peine lorsqu'elle leva le verre, mais après quelques gorgées revigorantes, elle se calma. Baissant les yeux vers ses bottes vert foncé, très classe, et sa veste élégante, elle éprouva le besoin d'admirer son reflet, besoin qui s'emparait d'elle au moins une dizaine de fois par jour. Devant la psyché près du lit, elle prit différentes poses et adressa au miroir un sourire pervers tout en se caressant et en gémissant de plaisir éphémère. Comment quelqu'un d'aussi séduisant pourrait jamais devenir la victime anonyme d'une misérable petite catastrophe naturelle ? se dit-elle pour se rassurer.

Et comment une femme aussi séduisante pouvait-elle être coincée dans le Maine alors que l'univers l'attendait ? Cette situation exaspérante allait prendre fin ce soir, elle l'avait décidé. Cette vieille horreur égoïste à la peau tannée avait piégé tout le monde – Brad, Merrill, Kipper –, et personne ne méritait plus de rejoindre la liste de tous les gens qui mouraient dans des typhons, des tremblements de terre, des incendies, des bombardements, des guerres et… des meurtres, que l'abominable tante Gene.

Pourquoi, se demandait Renee, le meurtre était-il considéré comme un tel crime, si la victime était non seulement détestable et indésirable, mais si, par pure malveillance, elle privait aussi les autres de leur bonheur et de leur liberté ? Dans beaucoup des romans policiers anglais qu'elle lisait avec avidité, les victimes étaient souvent des vieillards méchants et tyranniques dont l'élimination rendait le monde meilleur. D'accord, ils n'étaient pas toujours vieux, mais en général ils étaient méchants. S'ils méritaient de mourir, parfait. Renee avait ressenti de la sympathie pour bon nombre de tueurs dans les livres. S'ils étaient anglais et appartenaient aux classes supérieures, ils réagissaient souvent avec un sourire en coin et en haussant les épaules lorsqu'on les arrêtait. Ça, c'était la classe absolue, dans les livres de Renee ; le dédain indomptable de l'aristocrate pour le bas peuple qui osait lever la main sur lui (ou elle).

Mais Renee n'avait pas l'intention de jouer à ce jeu-là. Elle ne se ferait pas arrêter. Elle pensait avoir conçu le projet parfait pour conduire tranquillement Gene de notre terre à celle du cimetière. Hélas pour Renee, comme tant d'individus à l'intelligence limitée qui pratiquent rarement l'auto-analyse, elle ignorait combien elle était loin d'avoir les ressources intellectuelles nécessaires.

Néanmoins, elle était sur le point de lancer un plan susceptible de nuire gravement à l'intégrité physique d'Iphigene Seldon, le Duce, objet de la haine générale. Incapable d'imaginer un moyen de mettre la main sur un de ces poisons tout simplement merveilleux qu'on rencontrait dans ces merveilleux romans policiers anglais, elle avait opté pour ce qu'il y avait de plus approchant : l'Elavil. Elle avait entendu parler de l'Elavil pour la première fois dans *Le Spectre de Moorland Abbey*, où l'assassin faisait sombrer sa victime dans l'inconscience en glissant un comprimé d'antidépresseur dans son verre de whisky. Quelques recherches sur Internet avaient appris à Renee qu'une dose excessive d'Elavil pouvait avoir un effet très grave sur quelqu'un qui avait bu ; un effet fatal, par exemple.

Se procurer de l'Elavil était simple : il suffisait de simuler la dépression. Le problème, puisqu'il lui fallait ce médicament tout de suite, était de simuler la dépression au téléphone, avec son médecin de Bar Harbor. Mais cela aussi s'était avéré d'une facilité extraordinaire, car son docteur lui avait révélé, sur un coup de tête, qu'il était fou d'elle et avait manifesté ses sentiments par une vigoureuse érection à chacun de ses deux derniers examens. Quel coquin, ce médecin. Je souffre vraiment, et j'ai vraiment besoin de ces cachets, et je ne parlerai jamais à personne de ce que vous avez fait dans votre cabinet. Une ordonnance avait immédiatement été faxée à la pharmacie la plus proche, à Oakland.

Sans aucun doute, se disait Renee, enthousiasmée par son projet, si elle parvenait à glisser une dose excessive d'Elavil dans le whisky de Gene, cela plongerait la vieille horreur dans une inconscience permanente. Le problème était de trouver l'occasion. Il fallait qu'elle se colle au Duce quand Gene avait un verre à la main. Ce serait réalisable ce soir, estima Renee, parce qu'avec l'orage, il n'y avait rien d'autre à faire que d'aller boire au bar. Gene y serait sûrement avec le vieil étalon qu'elle tenait en laisse.

Le tonnerre éclata et un éclair brilla à travers les fentes des volets. Renee avait peur de sortir mais elle n'avait pas le choix. Bêtement, elle avait laissé cette fichue enveloppe contenant le flacon de cachets dans la boîte à gants de sa petite décapotable BMW, qu'elle avait fait repeindre en British Racing Green. Elle se rappela ce qu'on lui avait dit à propos des orages : la foudre, lui avait-on garanti, frappait toujours l'objet le plus haut. Le parking à l'arrière était entouré de grands arbres, elle serait à l'abri du danger.

8

Des stores déchirés claquaient furieusement sous le porche arrière, et le plancher était jonché de fauteuils et de tables en osier renversés, de vases de fleurs brisés. Renee courut à travers les débris, recroquevillée pour lutter contre le vent et la pluie. Jetant un coup d'œil vers les fenêtres, elle vit que la cuisine était plongée dans l'obscurité. Elle était presque arrivée à la porte du parking lorsqu'elle bondit de frayeur : une silhouette était adossée au mur, dans le noir.

— Quoi ? glapit-elle, furieuse. Qui est… ah, c'est toi, Merrill. Mais qu'est-ce que tu fous là ? Tu es pratiquement au milieu de l'orage.

— J'adore le pouvoir brut de la nature ! hurla Merrill, d'une voix hystérique, avant d'éclater de rire. C'est si beau ! N'est-ce pas que c'est beau, Renee ?

Renee roula des yeux.

— Bon sang, Merrill. T'es défoncée ?

Merrill se contenta de sourire. Renee s'approcha du corps ruisselant de Merrill et plongea son regard dans le sien. Pas de doute, se dit-elle : de grands yeux vides, shootés à la cocaïne.

— Tout va bien, Merrill ?

— Oh, ouiiiii. Je vais super bieeeeen.

— T'es cuite. Pourquoi tu rentres pas ?

Renee ne se préoccupait nullement du bien-être de Merrill (s'inquiéter pour autrui était un concept inconnu d'elle) ; elle se fichait pas mal que Merrill sniffe un kilo de coke et danse nue sous les éclairs. Simplement, elle ne voulait pas que Merrill la voie courir jusqu'à sa voiture et se demande ce qui se passait.

— T'en… T'en fais pas pour moi.

Renee sursauta, effrayée par le tonnerre et par un brusque éclair. Elle se retourna vers Merrill :

— Où est Bruno ?

— Bruno ?

— Putain, Merrill. Bruno. Le brun, français, qui couche avec toi.

— Ah ouais… Bruno… Aucune idée. Il doit être quelque part.

Renee poussa un soupir. C'était exaspérant.

— Tu es sûre d'être à l'abri, ici ?

— Qu'est-ce t'as, Renee ? Merde, t'es l'ange de miséricorde, ou quoi ? Moi je reste ici. Je m'amuuuuuse comme une folle.

Il n'y avait rien à faire. Cette garce était tellement défoncée qu'elle ne se rappellerait sans doute pas m'avoir vue, décida Renee. Elle ferma donc sa veste Barbour, alluma sa lampe de poche, ouvrit la porte grillagée et fonça vers le parking.

Merrill fut soulagée de la voir partir. Bruno avait sûrement eu le temps de se cacher. Le signal convenu consistait à crier "J'adore le pouvoir brut de la nature" si quelqu'un s'approchait pendant que Bruno préparait tout à l'orée du bois, de l'autre côté du parking. Bruno avait été inspiré en voyant l'arbre fendu en deux par la foudre. Il avait dit à Merrill qu'il avait imaginé un moyen de résoudre le problème de tante Iphigene. Ça lui était venu en un éclair (ce bon mot les avait fait rire tous les deux). Un malin, ce Bruno. Dans l'après-midi, il lui avait très sérieusement expliqué comment ils devraient agir. D'habitude très réservé, il lui avait parlé longuement, argumentant avec douceur et conviction pour vaincre les scrupules qu'elle exprimait. Ce n'était pas simplement pour eux deux, affirmait-il ; ce serait aussi pour libérer les autres, les victimes de la cruelle tyrannie de Gene.

Puis ils avaient pris de la coke et avaient fait l'amour avec extase, s'épuisant l'un l'autre par leur vigueur. Merrill sut alors qu'elle ne pourrait jamais vivre sans Bruno. Elle avait pleuré et l'avait serré farouchement dans ses bras.

— Elle est dingue, Merrill. Ta tante est une sadique pathologique, criminelle.

— Bruno ?

— Oui, mon amour ?

— OK, je te crois. Mais je n'ai pas envie de passer à l'acte. Tu pourrais, toi ? Toi tout seul ?

— Je trouverai un moyen.

— Et tu ne me quitteras jamais.

— Je ne te quitterai jamais.

Deux heures plus tard, la foudre avait frappé l'arbre et Bruno avait été frappé par l'inspiration meurtrière, mais Merrill n'avait pas voulu connaître les détails.

— Ne m'en parle pas en avance. Agis mais ne me dis rien.

Elle avait pourtant accepté de faire le guet dans le noir pendant qu'il "préparait la scène", comme il l'avait formulé. À présent, elle observait Renee qui, pliée en deux, revenait en courant vers le lodge. Cette femme était prétentieuse et horripilante, songea Merrill. Comment, mais comment son frère avait-il pu épouser un tel monstre ?

Le monstre rouvrit la porte grillagée. Il était temps pour Merrill de recommencer la comédie de la junkie hébétée. J'aurais dû être actrice, se dit-elle.

BRUNO sortit lentement et avec précaution de sa cachette, derrière le groupe électrogène, à l'autre bout du parking, et resta plusieurs minutes immobile. Le cri rauque de Merrill sur le "pouvoir brut de la nature" avait bien rempli sa fonction de signal de danger. À présent il devait attendre. Du calme, se dit-il, pas d'impatience. Il regrettait de ne pas s'être mis d'accord avec Merrill sur une autre phrase signifiant que la voie était libre. Trop tard pour s'en inquiéter. Il suffisait d'attendre un peu.

Bruno vérifia sa montre lumineuse. Cinq minutes s'étaient écoulées. Accroupi, il se dirigea vers l'arbre abattu à côté du parking, là où il se trouvait quand Merrill avait donné l'alarme, et il se mit à tirer l'arbre vers la cabane. Le tonnerre résonna tout près et son visage fut illuminé, mais pas par un éclair. Merde ! Une lampe de poche ! Quelqu'un sortait de la cabane abritant le groupe électrogène. Il lâcha son fardeau, sauta par-dessus et se plaqua au sol, espérant qu'il n'avait pas été repéré. Putain, on était où, là ? Tout à coup on se serait cru au supermarché.

Jetant un œil par-dessus le tronc, Bruno distingua une silhouette sombre dans l'encadrement de la porte. Il se tapit alors que la silhouette se dirigeait vers les voitures et passa devant l'arbre ; l'homme – ou la femme, il ne fallait jamais sous-estimer les femmes, se rappela Bruno – était en vêtements de pluie, le capuchon rabattu sur la tête. Sans regarder ni à gauche ni à droite, l'individu s'avançait vers le milieu du parking. Bruno regarda jusqu'à ce que… tout à coup, plus personne. Il devait être derrière une voiture. Merde. Et maintenant ? Rien d'autre à faire que de rester sous cette foutue pluie et d'attendre.

L'individu sous son capuchon se disait aussi : Et maintenant ? Qu'est-ce qu'il fout ici, ce connard ? Putain. Et après ? C'est fini pour ce soir. Je ne peux rien faire contre lui ce soir.

Au bar, Gene avait un public pour lequel elle se donnait en spectacle, régalant les clients d'anecdotes incroyables mais vraies sur son père, le fondateur de Cedar Lodge, et sur elle-même, bien sûr. Elle venait de leur raconter comment elle avait, à elle seule, sauvé deux pêcheurs dont le canot s'était renversé sur les eaux rapides de la Kennebec River. Lorsqu'elle avait annoncé une tournée offerte par la maison, la plupart des quarante-deux clients présents ce soir-là – dix-huit couples, six célibataires – semblaient s'être rassemblés entre les murs de pin noueux de la salle à manger, décorés comme dans les campagnes du Maine : poissons de taille record dans des cadres, cinq têtes de cerfs aux bois impressionnants et, accroché très haut, un caribou à la ramure extravagante qui, de ses yeux de verre, contemplait le comptoir, une longue plaque de chêne large d'un mètre, dont le luisant était le fruit de plus de soixante-quinze ans de polissage à l'huile de lin. Des bouteilles étincelantes, de plus de deux cents variétés d'alcool, étaient disposées sur quatre étagères devant un grand miroir faisant toute la longueur du bar.

Parmi les têtes d'animaux et les poissons, des dizaines de photos en noir et blanc étaient encadrées. Plusieurs, prises juste avant la Deuxième Guerre mondiale, montraient les clients du lodge brandissant les énormes black-bass ou les truites brunes qu'ils avaient pêchés, tandis que beaucoup d'autres remontaient aux années 1880 : le père de Gene les avait achetées en même temps que la bâtisse lorsqu'il s'était porté acquéreur de l'Abenaki Sporting Club en 1926. Sur ces clichés anciens, des hommes posaient avec leur canne à mouche, habillés comme à leur époque : veste en tweed, gilet et cravate, chapeau à large bord et bottes lacées jusqu'au genou. Dans toute la Nouvelle-Angleterre, après la guerre de Sécession, de riches oisifs – au bon vieux temps, la pêche était un passe-temps pour l'élite – avaient créé des confréries de pêcheurs et de chasseurs, puis érigé dans l'intérêt de leurs membres des bâtiments impressionnants dans les zones sauvages. Après l'instauration de l'impôt sur le revenu en 1913, leur richesse avait décliné et les lodges avaient commencé à fermer ; la plupart avaient été transformés en hôtels ou, comme l'Abenaki, en complexes touristiques, cependant que d'autres étaient purement et simplement laissés à l'abandon.

La pièce de résistance de la salle à manger était un magnifique exemple de l'art du taxidermiste : un grizzly de trois mètres, bras et griffes tendus pour attaquer, mâchoires grandes ouvertes, les crocs dehors, qui occupait l'angle sud-est, près des vitres donnant sur le grand hangar à bateaux et les bois au-delà. Enfin, quand ces vitres étaient ouvertes, car les volets étaient alors mis pour protéger le lodge.

— Mon père a abattu ce grand salopard en 1933, quand je n'étais encore qu'un petit chérubin rose âgé d'un an…

si vous pouvez imaginer une chose pareille en me voyant maintenant.

Des gloussements approbateurs se firent entendre ici et là.

“C’était un sacré chasseur, je peux vous le dire, poursuivit Gene, employant sa voix de Capitaine Achab pour remplir la salle à manger. En ce temps-là, la région était bien plus primitive et isolée, et les ours étaient constamment source d’emmerdes. Pire que les jet-skieurs aujourd’hui, mais de peu.

Cette plaisanterie suscita l’hilarité ; les cow-boys du lac rugissant sur leurs jet-skis étaient partout une plaie pour les pêcheurs.

“Et sans la moindre modestie, mesdames et messieurs, rugit Gene en riant de sa propre immodestie, je vous dirai que je suis exactement comme Big Jim Seldon, une adepte aguerrie du grand air du lever au coucher du soleil. Ça vaut aussi pour tous les membres de ma famille, qui vivent ici à Cedar Lodge. Voilà ce qui rend Cedar Lodge unique, et je ne crois pas que vous en trouverez l’équivalent dans tout le Maine.

Des applaudissements, quelques sifflets et des cris de ravissement répondirent à ces derniers mots de Gene, mais ils furent soudain réduits au silence par de puissants coups de tonnerre répétés qui secouèrent les murs. Des éclairs clignotèrent à la limite des fenêtres barricadées.

Quand le vacarme finit par retomber, Gene cria :

“À votre avis, c’était un commentaire positif ou négatif ?

Les rires fusèrent de nouveau.

“Allez, tout le monde ! beugla-t-elle. Cul sec ! On ne sait pas combien de temps va durer cet orage. Passez vos commandes auprès d’Armand.

Armand, un pêcheur local, était l’un des deux barmen que Gene employait. C’était un grand gaillard chaleureux, vêtu d’une chemise de bûcheron et d’un pantalon en velours, avec un couteau de chasse fixé à son ceinturon. Un large sourire brillait éternellement sous son épaisse moustache. Ayant mémorisé ce que la plupart des clients buvaient, il avait déjà préparé des verres et resservait avant que les premières commandes soient passées.

À l'extrémité est du bar, Six et Alicia sirotaient leur bourbon dilué à côté de Gene et Bob. Pour la famille Seldon, demain, dimanche, était le jour du règlement de compte à O.K. Corral. Une fois ce fâcheux événement derrière eux, ils s'empresseraient de regagner Winsokkett Pond pour voir si l'orage avait fait des dégâts dans leur camp bien-aimé.

— Il n'y a personne de la famille ici ce soir, Gene, dit Six.

— Je ne m'attendais pas à les voir ici. Brad doit être saoul, en train de pisser dans son froc à chaque coup de tonnerre, Merrill fait sûrement la bête à deux dos avec Bruno, et je suis sûre que Kipper est dans la cuisine, la main fourrée dans le cul de Jean-Pierre.

Six jeta un coup d'œil en direction de Bob, qui n'avait plus dit un mot depuis qu'ils s'étaient mis à l'abri. Il le vit accoudé au bar, se voilant la face après avoir entendu les charmants propos que venait de proférer sa chère et tendre. Riant sous cape, Six se rappela une chanson tirée de sa comédie musicale préférée, *Little Mary Sunshine* : "Les demoiselles du Pensionnat d'Eastchester sont toujours si parfaitement bien élevées…" Six trouvait que Robertson Weller donnait l'impression d'avoir été "si parfaitement bien élevé". Il allait devoir prendre sur lui s'il avait l'intention de partager ses jours avec une princesse de la cambrousse comme Gene.

De l'autre côté de Six, Renee Seldon, née Ranger, dévorée par l'anxiété, descendait un scotch après l'autre pour se donner le courage de faire ses débuts dans le crime. Il lui semblait avoir un petit animal dans le ventre. Je risque de dégueuler, pensait-elle ; je risque de projeter du vomi par-dessus le comptoir, sur la chemise à carreaux d'Armand. Les pêcheurs qui braillaient autour d'elle rendaient l'épreuve plus pénible encore. À Bar Harbor, elle fréquentait plutôt le genre de boîte de nuit où des drogués vautrés autour d'un piano à queue écoutaient une fille braire. Depuis une demi-heure, elle se rapprochait lentement de Gene ; il ne restait plus que Six et Alicia comme obstacle. Renee serra les dents en les écoutant cirer les pompes de Gene ; putain qu'ils étaient énervants, tous ces vieux cons minables. Elle fouilla dans son sac à main et mit le doigt sur son poudrier en argent qui contenait l'Elavil ; elle avait broyé les cachets en une fine poudre, prête à être mélangée au verre de Gene. Et puis… bingo. La fin des haricots. Un souci pénétra soudain dans l'esprit de Renee : elle ne savait pas si le médicament agissait aussitôt ou à retardement. Elle espérait que ce ne serait pas immédiat ; si Gene s'écroulait au comptoir, cela paraîtrait suspect, à coup sûr. Elle serait obligée de dégager en vitesse.

Elle tressaillit de peur et se retourna très vite quand quelqu'un lui toucha le coude. Nelson lui souriait, le regard luisant de désir charnel. Ah merde. Pas maintenant.

— Beau temps, dit Nelson. Un temps parfait pour…

— Tiens, Nelson, l'interrompit Renee en se composant un visage exprimant la joie délirante. Où as-tu donc passé toute cette journée ?

— Je suis allé à Bangor. Je n'étais pas sûr de pouvoir revenir.

— Bangor… Ah bon, c'est intéressant. (Gene commanda un autre verre et Renee lui lança un coup d'œil nerveux.) Et… pourquoi, euh… Pourquoi es-tu, euh… allé là-bas ?

— Pour le boulot. Tory et moi, on est sur une transaction.

À cet instant, après de nouveaux coups de tonnerre, les lumières vacillèrent, s'éteignirent pendant quelques secondes, clignotèrent deux ou trois fois, puis restèrent éteintes, faisant taire toutes les conversations. Armand alluma quelques lampes de poche. D'autres suivirent, remplissant la pièce de faisceaux dansants. Quelques minutes plus tard, l'électricité revint.

Gene se tourna vers Six et Alicia :

— Vous avez votre lampe-torche ?

— Juste là, répondit Alicia en pivotant sur son tabouret et en désignant le sol entre ses pieds. Nous sommes prêts pour l'action.

— Il risque d'y en avoir, et vite, lui dit Gene. Si nous avons une coupure de courant, il faudra que j'aille voir le groupe électrogène. Je suis la seule en qui j'aie confiance pour le faire fonctionner. L'été dernier, un de mes connards de neveux a failli foutre le truc en l'air en appuyant sur le mauvais bouton. (Elle vit Nelson qui la regardait avec un grand sourire.) Eh, bonsoir, monsieur Bolston. Ça vous plaît, ce beau temps ?

— J'en suis enchanté. Mais je pense que je ferais bien de m'habituer au climat du Maine.

— Ah ? Vous prévoyez de rester un moment ?

— Pour tout vous dire, on pense à acheter un grand camp de pêche près de Bangor, Tory et moi. C'est là que j'étais aujourd'hui.

Le sourire de Gene s'évanouit. Elle considérait les Bolston comme des investisseurs potentiels pour la ligne de vêtements de pêche qu'elle avait imaginée avec Kipper. Apprendre qu'ils seraient en fait des concurrents pour Cedar Lodge était une surprise exaspérante.

— J'espère que vous savez ce que vous faites, dit-elle avant de détourner le regard.

Tory s'approcha alors du groupe, distribuant ses sourires à tous.

— J'ai adoré vos anecdotes, Gene. J'aimerais en entendre d'autres.

— Restez ici, j'en connais près d'une centaine.

Pitié, non, gémit intérieurement Six. Ne l'encouragez surtout pas.

Maintenant je sais que je vais vomir, pensa Renee. Elle avait en horreur les cruches du genre de Tory qui en faisaient des tonnes.

— Ce serait super, gazouilla Tory, mais là, il faut que je vous enlève mon frère pour une petite conférence de travail.

Elle attrapa Nelson par le bras, éclata d'un rire musical et les salua en agitant les doigts. Renee eut envie de la baffer, mais au moins, Tory les avait débarrassés de Nelson. La dernière chose dont Renee avait besoin, c'était un grand mâle tumescent alors qu'elle tentait de commettre un meurtre. Une nouvelle occasion se présenta alors.

— Bob, aboya Gene, surveille mon verre. Je vais aux chiottes.

En chien fidèle, Amos suivit lentement sa maîtresse hors de la salle à manger.

9

Le cerveau paniqué de Renee se mit à lui crier : Maintenant ! Trouve un truc, trouve… Aaah. Bob Weller la regarda soudain en souriant. Il semblait ivre, et pas étonnant, songea Renee, pour affronter son mariage avec le dragon. Le pauvre vieux devait être désespérément à court d'argent. De la main droite, elle sortit le poudrier en argent et le serra entre ses doigts. Se précipitant à la place inoccupée près de Bob, tournant le dos à Six et Alicia qui gloussaient ensemble, elle appuya le bras gauche au bar et disposa la manche flottante de son chemisier en soie par-dessus le verre de Gene.

— Monsieur Weller…

— Je vous en prie, appelez-moi Bob, répondit-il d'une voix pâteuse.

La main de Renee se déplaça discrètement à la surface du comptoir et sous sa manche.

— Eh bien, Bob, dit-elle avec un sourire exquis et en baissant la voix, je n'ai pas pu m'empêcher de me demander, en vous regardant… Vous avez déjà été mannequin ?

— Oh, y a des années, des années… Calalogue Boucebozer.

— Pardon ?

L'ongle du pouce glissé sous le couvercle, elle ouvrit le poudrier.

— Bourre… Brousse…

— Ah, Brooks Brothers ! (Avec un rire généreux, Renee rejeta la tête en arrière et secoua sa longue chevelure brune d'une manière qui ne manquait jamais d'attirer les regards masculins. La poudre tomba dans le verre.) Je le savais ! Vous en avez la silhouette et l'allure.

Bob eut un sourire stupide et tenta de répondre, mais le seul son qu'il réussit à émettre ressemblait à "Strèmeti".

Quand Renee vit Gene débouler dans la salle à manger, elle dit :

— Voici votre... promise... Je ferais mieux de partir. Ravie d'avoir pu vous parler.

— Brisèlejeume.

Renee n'osa même pas lancer un regard vers Gene lorsqu'elle la croisa. Pourtant, sur le pas de la porte de la salle à manger, elle se retourna et eut la joie de voir le Duce vider tout son verre de scotch.

À l'instant où Renee quittait les lieux à pas pressés, et alors que Gene contemplait son verre vide, sourcils froncés, en se demandant quelle cochonnerie elle venait d'avaler (certainement pas son whisky préféré), un martèlement soudain et terrible percuta les murs du lodge, comme une canonnade rapide, imposant le silence aux buveurs, sous le choc. Renee se recula contre un mur et murmura :

— Oh non, pas une tornade. Oh s'il vous plaît, Seigneur, non. (Renee devenait croyante dans ses moments de panique.)

Au bar, Six renversa son verre.

— Seigneur Dieu, que se passe-t-il ? s'exclama Alicia.

— Des grêlons, lui dit Six. Ils doivent être énormes.

Une fois de plus, Gene exprima son mécontentement envers la nature.

— Bordel de Dieu ! (Tout le monde se tourna vers elle.) La grêle ! rugit-elle. Maintenant c'est la grêle qui nous tombe dessus, les amis.

— Des grêlons gros comme des balles de tennis, à mon avis, glissa Six.

Gene poursuivit sa harangue :

— Ça pourrait nous priver d'électricité ! Gardez vos lampes de poche à portée de main. (Elle s'interrompit, sa bouche s'élargissant en un sourire lascif.) Et pas de mains baladeuses dans le noir.

Tout en écoutant les rires que cette dernière remarque suscita dans la salle à manger, Renee plaqua la tête contre le mur et poussa un soupir de soulagement. Il faut que je sorte d'ici avant que Gene tombe raide morte. Elle monta l'escalier quatre à quatre.

Des voix s'élevèrent par-dessus le tintamarre de la grêle, mais celle de Gene, qui héla Armand, les dominait sans peine. Il s'approcha à pas lourds.

— Oui, m'dame ?

— Armand, mon dernier verre avait un goût de merde de poisson. T'es sûr que tu t'es pas trompé ?

— Oui, sûr et certain, dit-il en souriant et en caressant les pointes de sa moustache. Je ne vous ferais jamais un coup pareil, moi. C'était du Glenmorangie. Vous avez dû boire dans le verre de quelqu'un d'autre.

— Mouais. Peut-être bien. Ressers-moi. Merci, Armand.

Gene, qui n'avait jamais laissé son âge la freiner en quoi que ce soit, se sentait fatiguée. Bon, se dit-elle, c'est logique, j'ai eu une journée d'enfer. Elle se tourna vers Bob.

— Putain, Bobby, tout va bien ?

— Scamrodine, répondit Bob, ses yeux vitreux roulant alors qu'il tentait de se focaliser sur son environnement immédiat.

— Eh merde. (Gene s'adressa ensuite à Six et Alicia.) Je vais devoir monter l'étalon dans son lit. S'il y a une coupure de courant pendant que je serai là-haut, vous pourriez continuer à faire rire tout le monde jusqu'à ce que je redescende et que j'aille mettre en marche le groupe électrogène ?

— Je ne sais pas si j'ai très envie de me retrouver ici dans le noir avec toutes ces femmes ivres et en rut, répondit Six.

— Six, tu veux bien surveiller ton langage ? le réprimanda Alicia avec un regard noir. Tu as bu plus de verres que je n'en ai compté ?

— Dans le noir, la civilisation s'écroule. Les instincts primaires reprennent du poil de la bête, si je puis m'exprimer ainsi.

— Tu n'as rien d'une bête primaire.

Six plongea son regard dans les yeux gris-vert d'Alicia.

— Je pourrais en devenir une. Si on me le demandait.

— Vraiment ? Eh bien, maintenant que tu en parles, je pensais justement que peut-être...

Les lumières s'éteignirent, interrompant les préliminaires verbaux des Godwin. Six émit un grognement.

— La bête surgit des sombres profondeurs.

Il se colla à Alicia et l'embrassa dans le cou.

— Hmm. Pas mal. Mais la bête devrait faire attention. Les lumières vont sans doute se rallumer d'un instant à l'autre.

Cette fois, pourtant, l'obscurité persista, et le bruit des grêlons n'en parut que plus violent et plus menaçant. Les faisceaux des torches se remirent à danser dans la pièce. D'une belle voix de baryton, un homme entonna *Dancing in the Dark*, suscitant rires et applaudissements.

— Je vais devoir attendre que la grêle s'arrête avant de pouvoir aller voir le groupe électrogène, dit Gene. Et maintenant je ne peux plus monter Bob jusqu'à la chambre. Comment tu vas, beau gosse ? (Elle se rapprocha de lui et le trouva la tête sur le comptoir.) Il a perdu connaissance. C'est sans doute mieux comme ça. Pas envie qu'il se balade dans le noir.

— Tu veux que je le porte ? proposa Six.

— S'il est inconscient, on devra s'y mettre à deux, répondit Gene. Il est costaud. Attends que je revienne. La grêle commence à tomber moins fort, donc je vais m'habiller pour aller dehors. À plus.

Elle alluma sa lampe de poche et se faufila entre les tables, balançant le faisceau d'avant en arrière. Lorsqu'elle fut arrivée dans son bureau et se mit à enfiler ses bottes en caoutchouc, elle se rendit compte qu'elle se sentait vraiment très fatiguée. Ses gestes devenaient plus lents. Bordel de Dieu, se dit-elle, il n'est pas question que je me laisse bouffer par la vieillesse. Je suis toujours aussi forte. Cette lassitude n'était que l'effet de la tension ininterrompue d'une journée abominable.

Dans le couloir, elle entendit Amos s'exciter sur quelque chose, chouiner et grogner. L'orage lui tape sur les nerfs, pensa-t-elle. Elle revêtit son ciré jaune à capuche et s'avança vers le vestibule, mais Amos n'y était pas. "Amos ?" cria-t-elle. Pas d'Amos. Il devait vraiment avoir la trouille. Elle suivit le faisceau de sa lampe dans le couloir, puis tourna à gauche vers la cuisine et franchit les portes battantes. Elle promena le faisceau lumineux à travers la pièce, illuminant les surfaces d'acier luisant des fours et des cuisinières, les rangées de couteaux et les longs plans de travail au-dessus desquels étaient suspendus les ustensiles.

— Il y a quelqu'un ?

Pas de réponse. La cuisine déserte avait quelque chose d'inquiétant, de menaçant. Gene se dirigea à pas lents vers la porte donnant sur le porche arrière. En l'ouvrant, elle détecta un petit bruit derrière elle. Une sorte de couinement. Elle pivota sur les talons et braqua la torche vers les portes battantes, puis éclaira la pièce. Rien. On se calme, la vieille, se gronda-t-elle. Depuis quand tu as peur du noir ?

— Amos ? C'est toi, mon garçon ?

Rien. Où était-il allé se fourrer ? Bizarre. Lui qui ne voulait jamais rien manquer et qui ne la lâchait pas d'une semelle. Elle baissa la lampe vers le sol et appela de nouveau.

— Amos ? Où es-tu, mon petit gars ?

Ah, tant pis, au travail, se dit-elle. Sous le porche, elle vit les stores arrachés et comprit que les bourrasques avaient dû être redoutables, même si elles se réduisaient désormais à une brise, le tonnerre persistant néanmoins. Elle poussa la porte grillagée et s'avança entre les voitures. Un éclair brilla et frappa tout près, mais Gene continua à marcher en direction du groupe électrogène, malgré ses jambes étrangement lourdes et sa respiration difficile. Merde merde merde, pensa-t-elle, mais qu'est-ce qui m'arrive ? Le sol semblait basculer et elle tomba sur le côté, atterrissant douloureusement sur son bras gauche. Elle tenta de se mettre à quatre pattes, des élancements dans l'articulation de son épaule, les muscles comme vidés de toute force. "Bordel de Dieu !" réussit-elle à articuler. Se levant tant bien que mal, elle tituba en avant, luttant pour garder l'équilibre. La cabane n'était plus qu'à quelques mètres lorsqu'une douleur ardente lui déchira la tête et lui parcourut tout le corps. Elle hurla et s'écroula au sol, perdant connaissance, absorbée par une spirale qui l'entraînait dans les ténèbres absolues.

10

ALICIA donna une tape sur la main de Six et persifla :

— Six, veux-tu arrêter !

— Je croyais que ça te plaisait.

— Ça me plaît, mais les lumières pourraient se rallumer à tout instant. Je n'ai aucune intention d'être surprise en public dans une posture indécente.

— Ooooh. Une posture indécente. Te voilà bien puritaine, tout à coup.

— Je n'ai simplement pas envie que ta main soit là où elle est maintenant quand la lumière reviendra.

Six retira sa main vagabonde.

— Qui le remarquerait ici ? Tout le monde se concentre sur le concert.

Six et Alicia étaient revenus sur leur décision initiale de ne boire qu'un verre chacun, et Six, du moins, était d'humeur folâtre. Alicia se sentait toute folâtre elle aussi, mais elle préférait de loin folâtrer dans l'intimité de leur chambre. De son point de vue, Six et elle étaient bien trop vieux pour étaler leur vie privée devant tout le monde. Et elle était certaine que Six s'était laissé aller et avait bu un ou deux verres de plus quand elle regardait ailleurs.

Dans l'obscurité, la salle à manger s'était transformée en théâtre d'un spectacle son et lumière mêlant rires et conversations animées parmi les faisceaux lumineux qui dansaient et clignotaient. Le pêcheur étant d'un naturel joyeux, il avait tendance à devenir plus joyeux encore dès qu'on l'y encourageait un peu ; on s'était mis à chanter, différentes personnes se relayant pour brailler de vieux standards, rejoints par ceux qui se rappelaient les paroles. Un ténor qui maîtrisait de très, très vieux airs était en train d'interpréter un tube des années 1930, *Night Wind* de Tommy et Jimmy Dorsey.

Love was blown away by the night wind
*And the dreams we shared fell apart**...

— En voilà une chanson appropriée aux circonstances, dit Six. Tu t'en souviens ? Moi je n'y arrive pas.

— Eh bien, oui, je m'en souviens... vaguement. Tu sais, mes parents adoraient ces airs romantiques de l'entre-deux-guerres, donc je les ai beaucoup entendus, tous ces vieux machins.

— À propos de vieux machin, comment va Bob ?

Alicia alluma sa lampe et éclaira la silhouette endormie de Robertson Weller. Il sursauta et dit "Mmpf" lorsqu'elle braqua le faisceau sur son visage.

— Comment peut-on dormir sur une chaise et vautré sur un bar ?

— Quant on est suffisamment ivre, c'est toujours mieux que par terre.

Alors que les grommellements de l'orage persistaient derrière les murs, un chœur de trois ou quatre voix masculines entonna *Thunder Road.*

And there was thunder, thunder
Over Thunder Road
Thunder was his engine
*And white lightning was his load***...

D'autres se joignirent peu à peu à eux, jusqu'à donner l'impression que tout le monde chantait dans la salle à manger.

---

* "L'amour a été emporté par le vent de la nuit, et les rêves que nous partagions se sont effondrés."

** "Et il y avait du tonnerre, du tonnerre, au-dessus de Thunder Road, le tonnerre était son moteur et l'éclair blanc son chargement."

Alicia se pencha pour murmurer à l'oreille de son mari.

— Six, je pense qu'il y a un problème.

— Qu'est-ce que tu dis ?

— Il y a un problème ! Les lumières restent éteintes !

— Pas la peine de crier.

— Six, écoute-moi. Ça fait un bout de temps que Gene est partie.

Six alluma leur lampe de poche et consulta sa montre.

— Mon Dieu, tu as raison. Presque trois quarts d'heure. Je ferais mieux d'aller voir où elle en est.

Il pivota sur son tabouret, en descendit et tourna le faisceau lumineux vers la porte.

— Je t'accompagne, dit Alicia, le suivant.

— Attends. Et Bob ? Il pourrait tomber de sa chaise. Tu ferais mieux de rester avec lui.

Entre son inquiétude pour Six qui allait s'aventurer seul en plein orage et la possibilité que Bob Weller se blesse grièvement, Alicia n'avait pas le choix. Six et elle auraient l'air de fieffés imbéciles et Gene serait furieuse.

— Ah zut, tu as raison. Je reste avec le vieux Bobby.

— À plus, lui dit Six en s'éloignant.

— Six ! Couvre-toi. J'ai vu des vêtements de pluie dans la petite pièce derrière la réception.

Six trouva suspendue derrière l'accueil une vieille et lourde veste à capuche en Gore-Tex ; elle était trop grande de quelques tailles, mais il l'enfila tout de même et s'engagea dans le couloir, du côté ouest de l'imposante cheminée ; s'il avait bonne mémoire, il suffisait de tourner au bout à gauche pour arriver à la cuisine. Ah oui, il apercevait les portes battantes. Six les franchit et fit briller sa lampe sur les murs dallés de blanc, les placards et plans de travail en acier brossé. Il songea que la modernisation de la cuisine avait dû exiger une somme rondelette ; tout semblait neuf et coûteux. L'opération s'était néanmoins avérée payante, il le savait. Cedar Lodge était depuis des lustres un quatre étoiles en matière de chasse et de pêche ; désormais, c'était également le cas de son restaurant.

— Gene ? héla Six.

Il ne s'attendait pas vraiment à la trouver dans la cuisine, mais savait-on jamais ; et puis, elle pouvait être sous le porche ou à portée de voix.

— Gene ? cria-t-il.

Il traversa la pièce et sortit par la porte du fond. Une fois sur le parking, il se dirigea vers la forêt, entre deux des trois rangées de 4 x 4 chers aux amateurs de nature – des Rover, des Jeep Wrangler, des Suburban, etc., et de gros pick-up quatre portes – balayant tout le paysage avec sa torche et hurlant "Gene ! Gene !" Il aperçut dans son faisceau l'abri du groupe électrogène et s'avança. En s'approchant, il vit quelque chose de jaune, quelqu'un qui était étendu à côté d'un arbre abattu, à quelques mètres de la cabane.

— Oh non, cria-t-il, sûr que c'était elle. Gene ! appela-t-il de nouveau. Gene, Gene !

Il s'était passé quelque chose de terrible : au moins la moitié du ciré jaune était noirci, et il en montait de la fumée, rapidement dispersée par la brise. Oh non, Seigneur Dieu, la foudre. Il courut jusqu'au corps couché face contre terre et se saisit du bras gauche pour le retourner.

Et il fit un bond en arrière en hurlant.

11

C'ÉTAIT Gene, ou du moins ce qu'il en restait. On la reconnaissait à ses cheveux gris coupés court et à la pointe de ce qui avait été son nez. Son visage avait été brûlé jusqu'à l'os et ses mains n'étaient plus que des griffes ratatinées et noircies. Accablé par l'odeur de chair calcinée, Six tomba à la renverse ; il se releva en titubant et voulut s'enfuir loin de ce spectacle atroce, mais il vomit sur sa veste et son pantalon, puis s'effondra à quatre pattes et lâcha sa lampe de poche.

Parcouru de violents tremblements, il avait peine à respirer et la nausée lui soulevait l'estomac. Il finit par retrouver son souffle et roula sur le côté, en position assise, la tête entre les mains. Il sentait que le vertige l'empêcherait de se remettre debout.

— À l'aide ! cria-t-il en ramassant sa lampe et en agitant le faisceau d'avant en arrière. Au secours ! Par ici !

Mais qui allait bien pouvoir l'entendre ?

Curieusement, une voix répondit :

— Qui est là ? Qui est là ?

— Ici, ici ! Près de la cabane !

Une silhouette recroquevillée contourna les voitures à l'extrémité est du parking et s'avança en luttant contre la pluie qui fouettait :

— Qu'est-ce qui se passe ?

À mesure que la silhouette s'approchait, Six reconnut Brad. Le chien de Gene, Amos, était avec lui. Six tenta de se lever, mais comme son corps tremblant en était incapable, il agita la main droite et hurla, d'une voix rauque, cassée :

— Brad ! Non !
— Six ? Qu'est-ce qui ne va pas ?
— Reste où tu es, Brad, ne...
— Je viens t'aider.
— Oh, merde.

Six commença à hoqueter. Il crut qu'il allait s'évanouir. Brad arriva devant lui et se baissa pour le prendre dans ses bras, mais Six hurla :

— Non ! Bon Dieu, ne me touche pas. Je n'arrête pas de vomir.

Brad s'immobilisa mais se pencha plus près de Six pour l'examiner.

— Mais enfin, Six, qu'est-ce qui t'arrive ?

Six posa la tête sur le sol et gémit. Brad se redressa.

— Écoute, Six, je ne peux pas te laisser... Merde ! C'est qui, ça ?

Brad avait repéré le corps et se dirigeait vers lui.

— Non, n'y va pas, ne...

Six s'écroula et roula sur le dos. Quelques secondes plus tard, Brad passa devant lui en courant et cria :

— Je vais chercher de l'aide !

Sans bouger, Six absorba un peu d'air. Le vent avait soudain cessé de souffler et il ne tombait plus qu'une petite bruine. Cette pluie semblait bienfaisante. Seigneur, je veux rester étendu ici, pensa-t-il. Je veux simplement rester étendu ici.

Amos, terrorisé, s'avança à moins de deux mètres du corps de Gene, et recula d'un bond en flairant l'odeur âpre. Il couina, puis se mit à courir frénétiquement autour de sa maîtresse, avec force aboiements et glapissements. Finalement, il s'arrêta et ses terribles cris d'angoisse résonnèrent dans la forêt trempée par la pluie.

Six entendit des gens parler. Combien de temps s'était-il écoulé ? À peine quelques minutes, sûrement, mais cela lui avait paru bien davantage. En levant la tête il aperçut deux personnes qui venaient vers lui, encapuchonnées dans leur manteau de pluie. Lorsqu'elles furent plus près, il reconnut

Kipper et Armand le barman. Kipper le dévisagea, visiblement épouvanté, puis jeta un regard en direction du corps de Gene et détourna les yeux. Armand s'accroupit à côté de Six.

— Tout va bien, professeur Godwin ?

— Ça va, haleta Six. J'ai juste envie de vomir.

— Six, oh, Six ! (Alicia arriva en courant alors qu'Armand se dirigeait vers le corps carbonisé de Gene. Elle ne s'était pas souciée de prendre un manteau, et ses vêtements et ses cheveux étaient trempés.) Oh, mon chéri, sanglota-t-elle en se laissant tomber auprès de lui pour accueillir sa tête sur ses genoux. Brad est entré dans le bar, l'air catastrophé, et a dit que Gene avait été tuée. J'ai eu peur qu'il te soit arrivé quelque chose à toi aussi, que tu aies été tué ou blessé.

— Je ne suis pas blessé, Alicia. J'ai juste la nausée, je n'arrête pas de vomir. Gene est là-bas, complètement brûlée. La foudre a dû lui tomber dessus.

— Oh mon Dieu, fit Alicia. C'est horrible.

— N'y va pas, Alicia. Je t'en supplie, n'y va pas. Tu n'as pas besoin de voir une chose pareille. (Il leva les yeux vers Kipper, qui frissonnait et regardait dans le vide.) Ne va pas voir, Kipper.

Kipper s'ébroua, comme s'il émergeait d'une crise d'épilepsie.

— Quoi ?

— Ne va pas voir le corps de Gene.

Il fit non de la tête mais ne dit rien.

— Je ne peux pas le croire, dit Alicia en fondant en larmes. On lui parlait il y a à peine quelques minutes.

— C'est terrible, Alicia. Une mort atroce. Je ne savais pas que la foudre pouvait causer autant de ravages.

Il y eut une brusque agitation près du lodge.

— J'entends des gens, là-bas, dit Six en se redressant sur son séant.

— Brad était dans tous ses états quand il est venu chercher Armand, expliqua Alicia. Au bar, les gens ont entendu ce qu'il disait. Il n'a rien dissimulé. Je parie qu'ils viennent ici.

— Les gens sortent du porche arrière, ajouta Kipper.

— Oh, bon sang, Kipper, ne les laisse pas arriver jusqu'ici ! Va chercher Armand. Il faut les empêcher d'avancer. (Six s'appuya aux épaules d'Alicia et parvint à se lever mais faillit retomber. Alicia bondit sur ses pieds pour le soutenir.) Armand ! hurla Six. Venez ici, vite !

Armand courut jusqu'à eux et, d'une voix étouffée, répondit :

— J'ai jamais rien vu de pire, bon Dieu.

— Armand, je vous en prie, ne laissez pas tous ces gens venir ici. Kipper, aide-le. Retenez-les. Alicia, tu peux aller chercher Sam, l'employé de Gene, et Brad ? On a besoin d'eux ici. Bruno aussi. Il faut qu'on prenne la situation en mains.

— Ça va aller, mon chéri ?

— Je t'en prie, ne t'en fais pas pour moi. Va plutôt… S'il te plaît, mon petit cœur.

Tandis qu'Alicia s'en allait, Armand et Kipper s'avancèrent à travers les voitures garées, les bras dressés, criant à tout le monde de reculer.

— Il y a eu un accident très grave, messieurs-dames ! beugla Armand. La police sera bientôt ici.

Malgré la nausée persistante et ses jambes en coton, Six prit son téléphone, ouvrit la liste de contacts et la fit défiler jusqu'à "Shérif". Il n'avait jamais eu l'occasion d'appeler le shérif, mais il lui avait paru raisonnable d'avoir le numéro sous la main, puisque c'est au bureau du shérif qu'il fallait s'adresser en cas d'urgence sur les lacs.

— Bureau du shérif du comté de Somerbec, répondit une voix de femme qui n'avait pas de temps à perdre.

Six s'efforça de faire bref.

— Je m'appelle Six Godwin. Je suis à Cedar Lodge, près de Rome, à Willow Pond. La propriétaire du lodge, Iphigene Seldon, a été tuée… par la foudre, semble-t-il. Nous avons besoin d'aide.

— Veuillez épeler votre nom et m'indiquer votre numéro de téléphone.

Six s'exécuta.

— Les secours vont arriver. Je vous envoie une voiture tout de suite.

Après avoir raccroché, Six se dirigea vers l'abri du groupe électrogène pour essayer de remettre l'électricité en marche. Luttant contre les vagues de nausée, il ramassa sa lampe torche et marcha d'un pas mal assuré vers la cabane, en décrivant un grand cercle autour de la dépouille sinistre de ce qui avait été sa cousine Iphigene. Elle qui lui semblait jusque-là une force vive immuable, elle avait été détruite, défigurée, en un instant, par l'une des puissances meurtrières les plus imprévisibles de la nature.

Six entra dans la cabane. Le groupe électrogène proprement dit était une sorte d'énorme caisson percé d'aérations ; au sommet, un gros cylindre à l'horizontale. Six promena le faisceau dans l'abri jusqu'au moment où il localisa sur un mur le boîtier en bois et ses trois interrupteurs. Trois tuyaux qui devaient contenir des câbles électriques descendaient du boîtier directement vers le sol de ciment. Pas moyen de dire lequel était relié au générateur. Qu'avait dit Gene ? À propos de… Ah oui, il s'en souvenait maintenant. Elle avait dit que l'été précédent, un neveu avait failli faire sauter le système en appuyant sur le mauvais interrupteur. Il y en avait trois, dont sûrcment plus d'un connectés au groupe électrogène ; ils l'étaient peut-être tous les trois. Il fallait donc appuyer dessus dans un certain ordre. Six soupira et s'adossa au mur. Et maintenant ? Rien. Il ne pouvait courir le risque de faire tout sauter.

Il se traîna jusqu'à la porte et ressortit. Le silence régnait tout autour. Ni tonnerre, ni vent, ni même brise. La pluie brumeuse avait cessé. Six leva les yeux et découvrit un ciel clair piqué d'étoiles. Le contraste avec la violence de l'orage récent et avec le lamentable cadavre noirci qu'il avait laissé sur son passage était étonnant.

Dans le lointain, un gémissement brisa le silence. Des sirènes. Le shérif, songea Six. Le shérif arrive.

12

Le shérif Benson Doucette filait dans la nuit d'encre sur la route 225, juste au nord de Great Pond, aussi vite qu'il l'osait avec la sirène de son véhicule qui hurlait et la lumière du gyrophare qui se détachait, rouge, bleue et blanche, contre les bois épais empiétant presque sur le macadam. Étroite, à deux voies, la route 225 était déjà assez risquée à midi en plein soleil ; à 10 heures du soir, elle était potentiellement mortelle à n'importe quel endroit de ses douze kilomètres qui serpentaient à travers une série de collines et de vallées. Les maisons étaient rares, à part dans le hameau de Rome, et les voitures plus rares encore, donc les automobilistes qui connaissaient la route avaient tendance à foncer à quatre-vingt-dix ou cent au lieu des soixante kilomètres/heure recommandés. Et puis dans le Maine, il y avait toujours, absolument toujours le risque de voir soudain débouler d'entre les arbres un animal rôdant la nuit : un cerf, un renard, un dindon sauvage ou, surtout, perspective terrifiante…

Un caribou, pensa Benson au moment où il traversait en cahotant un petit pont en béton pour prendre ensuite un virage en épingle à cheveux. Il ne manquerait plus que ça, un putain de caribou qui arrive au galop. Tous les ans, des gens se tuaient en percutant un caribou sur l'autoroute, même sur l'I-95, pourtant si large. À l'auto-école KMD de Waterville, la première leçon consistait toujours à expliquer aux apprentis conducteurs quelle attitude adopter si un caribou apparaissait devant eux. Et ces instructions n'étaient pas très rassurantes : il fallait appuyer aussi fort que possible sur les freins, puis les relâcher au moment où la voiture entrait en collision avec l'animal de sorte que l'avant du véhicule se soulève et que le caribou passe au-dessus et non à travers le pare-brise – car cela pouvait évidemment entraîner assez vite le trépas du conducteur.

— Bordel de merde ! cria Benson en enfonçant la pédale de frein.

Le véhicule de police zigzagua et se retrouva en travers de la route dans un crissement de pneus qui laissa sur la chaussée des traces de caoutchouc brûlé. Un petit arbre, qui ne se trouvait plus qu'à quelques mètres de la voiture, était tombé en travers de la route. Benson posa le front sur le volant.

— Ouh là. C'était moins une.

À côté de lui, son adjoint, Caleb Cobb, homme à la carrure imposante que rien ne semblait jamais déconcerter, dit simplement :

— Ah oui. Pour une surprise…

Benson coupa la sirène mais laissa le gyrophare allumé tandis que Caleb et lui sortaient du véhicule et s'approchaient de l'arbre.

— Putain, mais qu'est-ce qui se passe ici ? grogna Benson.

— Regardez autour de vous, shérif. (Caleb détacha une lampe-torche de sa ceinture et promena le faisceau lumineux des deux côtés de la route.) Les arbres ont pris un sacré coup. Ça doit être la grêle.

— Merde. Tu as raison. On aurait peut-être intérêt à rouler un peu moins vite.

L'arbre avait beau n'être qu'un jeune érable, il était assez lourd. Mais la force immense de Caleb permit aux deux hommes de le soulever sans trop de mal. L'année d'avant, Caleb avait sauvé la vie d'un couple et de deux enfants en arrachant la portière de leur 4 x 4 renversé et en les tirant du véhicule en flammes, qui avait explosé cinq minutes plus tard. Le nom de Caleb était légendaire dans la ville de Skerridgewock pour les deux descentes qu'il avait faites dans un bar mal famé, Bob's Good Time Tavern, lors de bagarres armées. Des témoins juraient avoir vu les ivrognes voler dans les airs quand Caleb les avait projetés par la porte du bar vers l'équipe de policiers de Skerridgewock venus en renfort. Benson Doucette tenait ce grand costaud en très haute estime et tentait toujours de l'avoir comme partenaire lorsque la situation était grave.

Benson et Caleb hissèrent l'arbre sur l'étroit accotement de terre. Dès qu'ils eurent rattaché leur ceinture, Benson décida de ne pas remettre la sirène en marche, mais laissa le gyrophare lorsqu'ils repartirent vers l'ouest à une vitesse plus raisonnable.

D'ailleurs, pourquoi se presser ? se dit Benson. C'était une mort accidentelle. Causée par la foudre, lui avait indiqué la standardiste. Iphigene Seldon foudroyée, exactement comme son frère et sa belle-sœur il y a bien des années. Il s'étonnait de cette incroyable coïncidence ; la foudre tuait beaucoup moins dans le Maine que dans le Sud ou dans le Midwest, et dernièrement, l'État ne déplorait que deux morts, en 2008. La femme la plus aguerrie à la vie au grand air avait été frappée en terrain découvert, au beau milieu d'un orage dangereux. Enfin, cela s'était certainement produit en terrain découvert, imaginait-il. Il ne voyait pas d'autre scénario possible.

Gene Seldon morte subitement. Benson pouvait à peine y croire. Une vraie force de la nature dans le corps d'une femme âgée. Elle était connue dans la région, et il savait que Cedar Lodge jouissait d'une réputation internationale. Brad et Merrill, qu'il avait connus adolescents, s'étaient aussi taillé une sérieuse réputation : en matière de pêche en eau douce, personne dans le Maine ne pouvait les surpasser.

Tandis que la voiture de police descendait une colline, Benson aperçut devant eux les phares d'un autre véhicule et ne fut pas étonné de le voir s'arrêter sur le côté. Dans les confins de la région des lacs, les sirènes et les gyrophares étaient rares, et les gens avaient tendance à réagir vite en les apercevant. Benson savait qu'une sirène dans la nuit susciterait les commentaires de tous ceux qui l'entendraient, soit en leur for intérieur, soit à l'adresse d'un voisin. Une sirène perçant le silence profond du Maine rural pouvait être effrayante.

Ils laissèrent derrière eux la voiture à l'arrêt et poursuivirent vers l'ouest en direction de la route 27, roulant sur les branches et les feuilles éparses mais, par chance, sans rencontrer d'autres arbres abattus.

— Qui nous a appelés, du lodge ? demanda Caleb.

Benson tira un petit carnet de la poche de sa chemise et alluma le plafonnier.

— Un dénommé Six Godwin. Pas courant, comme nom.

Le visage de Caleb s'illumina.

— Pas courant, comme bonhomme.

— Ah bon ? Tu connais le personnage ?

— Eh ouais. Personnage, c'est le bon terme. Il est prof à l'université.

Benson regarda Caleb d'un air amusé.

— Il est prof à l'université et donc, c'est un personnage ?

— Euh, non, j'ai pas dit ça. Y a sûrement des tas de profs qui sont chiants comme la pluie. Celui-là, c'est un personnage. Et sa femme aussi. Elle est prof comme lui.

— J'aurais dû deviner.

— Des gens charmants. Et rudement intelligents.

— Eh bien, monsieur connaît du beau monde. Comment tu les as rencontrés ?

— L'an dernier, ils ont trouvé pour moi le coupable de plusieurs cambriolages.

— Pardon ?

— Oui. Vous vous rappelez pas tous les appels qu'on a eus à l'automne, pour des cambriolages dans des camps de pêcheurs autour de Winsokkett Pond ?

— Si, je m'en souviens vaguement.

— Quand je suis arrivé dans celui de McCorkle, Six et Alicia – c'est le prénom de sa femme – avaient interrogé tous leurs voisins qui avaient été visités, et ils avaient téléphoné à des amis qui avaient eu les mêmes ennuis de l'autre côté du lac. Et puis ils se sont assis au bout de leur ponton et ils ont résolu toute l'énigme.

— Tu plaisantes ?

— Je vous jure, shérif. Je me suis garé devant chez eux, je les ai rejoints sur leur ponton. Six fumait la pipe en lançant des leurres dans les hautes herbes. Il avait tout compris.

— Et merde. Sherlock Holmes.

Caleb pouffa.

— À part la pipe, y a pas grande ressemblance. Apparemment, avec sa femme, ils avaient découvert qu'aucun objet n'avait été volé nulle part. On avait dévalisé les frigos, mangé des boîtes de saumon et de thon, puis fait la vaisselle et mis les assiettes à sécher. Les profs en ont déduit – j'adore le mot, pas vous ? – que ça devait être le vieil ermite qui vit dans les marais, près de la rivière serpentine entre Winsokkett et Great Pond. Il n'avait rien dérobé, il avait juste faim.

— Et c'était bien lui ?

— Affirmatif. J'ai pris un de nos bateaux, je suis allé là-bas avec Billy et on a vu qu'il s'était construit un genre de camp. Quand on est arrivés, ça lui a foutu la trouille et on n'a pas eu à insister beaucoup pour qu'il avoue tout. Un vieux dingue, tout crade, avec des cheveux jusque-là. Il a un canot qu'il range dans son abri. Il se glissait le long du rivage, la nuit, cherchait un camp vide et entrait pour casser la croûte.

— Ah ! Alors qu'est-ce que vous avez fait ?

— On lui a dit d'arrêter parce qu'il faisait peur aux gens et que la prison serait horrible pour un type comme lui. J'ai cru qu'il allait tomber dans les pommes. Donc on a conclu un marché. Une fois par semaine, les gens des camps déposeraient un peu de bouffe au bout de leur ponton et le vieux Fred – l'ermite a prétendu s'appeler comme ça – pourrait venir la récupérer au clair de lune.

Benson contempla le sergent avec une surprise totale. Ce grand gaillard, bâti comme un des culturistes épouvantables qu'on voit à la télé, était toujours animé de tendres sentiments pour l'humanité en général. Benson savait qu'avec ses diplômes, Caleb aurait voulu devenir biologiste ou quelque chose dans ce goût-là. Pourquoi il était entré dans la police, il n'en savait rien, mais il devait avouer qu'entre son grand cœur et le reste, l'homme y était tout à fait à sa place.

— Caleb, tu es quelqu'un de bien. Je ne veux pas te mettre mal à l'aise… (Benson avait vu Caleb devenir écarlate chaque fois qu'on lui adressait un compliment.)… mais merde, c'est la vérité.

Caleb sentit la chaleur monter dans son cou et gagner son visage, mais il songea que Benson n'en verrait rien dans la pénombre de la voiture.

— Oh, je ne sais pas, murmura-t-il. Ça paraissait logique, voilà tout. Ça évitait des tas d'ennuis à tout le monde, nous inclus.

Benson sourit et décida de ne rien dire de plus.

Pour sa part, Caleb repensait au jour où il avait fait la connaissance de Six et Alicia Godwin. Ayant appris qu'il s'agissait de professeurs d'université à la retraite qui géraient un commerce de livres, il s'était attendu à deux intellos en tweed léger et chapeau de paille s'occupant dans leur jardin. Au lieu de cela, il s'était retrouvé face à deux pêcheurs étonnamment grands, en forme physique exceptionnelle et à la peau tannée comme du cuir. Et ils pêchaient comme si leur survie économique en dépendait. Leurs vêtements incroyablement miteux et leurs sourires chaleureux avaient rassuré Caleb, car avant de les rencontrer, il avait redouté que d'anciens universitaires passant l'été au bord d'un lac soient des snobs venus de la grande ville, qui traitaient les habitants du Maine avec une bienveillance condescendante. Caleb n'avait pas encore digéré l'humiliation infligée par un vieux pédant qui enseignait la littérature anglaise à l'université du Maine : l'individu en question s'était moqué de l'accent du jeune étudiant qu'il était alors quand il avait tenté de lire à haute voix des vers de Keats, et lui avait suggéré d'investir dans une thérapie de réduction des particularismes régionaux.

Comme Caleb l'apprit très vite, les Godwin habitaient le Maine depuis plusieurs générations et, malgré le doctorat dont ils étaient titulaires dans leurs disciplines respectives, ils n'avaient jamais cherché à atténuer leur accent natal. De plus, ils comptaient parmi les gens les plus ouverts d'esprit qu'il ait connus.

Depuis l'époque où ils avaient tous collaboré pour résoudre le Mystère de l'ermite de Winsokkett, comme Caleb désignait cette affaire dans sa tête, il conservait une certaine affection pour les Godwin, même si ses horaires très lourds ne lui laissaient guère le temps de leur rendre visite. Mais voilà qu'ils refaisaient leur entrée en scène.

Benson s'arrêta à la jonction de la 225 et de la 27, puis tourna en direction du nord ; au bout de huit kilomètres, il bifurqua dans Red Fox Lane, chemin de terre qui partait au sud de Willow Pond. Après environ deux kilomètres, les phares éclairèrent un grand panneau planté sur la gauche, où des lettres d'or peintes sur un fond vert forêt annonçaient "Cedar Lodge, Willow Pond". La route du camp, qui traversait une forêt de pins et de chênes immenses, avait été aplanie et refaite, minimisant les cahots lorsqu'ils s'avancèrent lentement jusqu'au lac. Ils remarquèrent pourtant que l'orage y avait creusé quelques grandes rigoles.

— Les lampes sont éteintes en haut des poteaux, dit Caleb.

— Les éclairs ou le vent ont peut-être coupé le courant.

— Ils doivent avoir un groupe électrogène.

— Bien sûr, mais la foudre l'a peut-être frappé aussi.

La route s'incurvait deux fois avant de s'élargir peu à peu et de rejoindre la clairière entourant Cedar Lodge. Seuls les phares jaunes de l'ambulance des urgences que Caleb avait appelée venaient troubler l'obscurité.

— Waouh, fit Benson. Ils ont sorti le grand jeu.

Il laissa tourner le gyrophare lorsqu'il sortit de la voiture. Il alluma le projecteur monté sur une portière et en balaya le parking. Beaucoup de gens se tenaient sous le porche à l'arrière du lodge ; un plus petit groupe, incluant deux ambulanciers, s'affairait à l'autre bout du parking, près de ce que Benson devina être la cabane abritant le groupe électrogène.

Dans le faisceau du projecteur, deux grandes silhouettes marchaient vers eux, semblables à des cow-boys dégingandés.

Benson et Caleb s'avancèrent à leur rencontre et, quand ils furent plus près, l'homme s'écria :

— Caleb ! C'est tout bonnement affreux.

— Je suis navré, dit Caleb en prenant la main que lui tendait Six. Je vous présente le shérif Doucette. Shérif... Six et Alicia Godwin.

Avec son mètre quatre-vingt et ses épaules larges, Benson était un homme solidement bâti, mais il eut l'impression d'être un nain en levant les yeux vers le couple. Le pantalon de toile blanche et la veste bleue de Six étaient mouillés et boueux ; la robe rayée en seersucker d'Alicia était également maculée de taches. Les bras et les jambes longs et bronzés qui sortaient de sa robe évoquaient aux yeux de Benson une adolescente qui aurait grandi trop vite pour ses vêtements. Ils lui serrèrent la main en silence et Benson put constater qu'ils avaient pleuré tous les deux. Six tenta de parler, s'étouffa et secoua la tête.

— Monsieur Godwin, dit doucement Benson, il s'agit de Gene Seldon, n'est-ce pas ? Je suis vraiment désolé. Je la connaissais.

Six hocha vigoureusement la tête, puis réussit à croasser :

— Oui. Gene. Brûlée. Horrible.

Benson et Caleb échangèrent un regard. Policiers depuis plusieurs années, ils avaient vu des dizaines de spectacles atroces – des chasseurs dont la tête avait explosé, des corps déchiquetés par des accidents de la route –, mais ils ne s'y étaient toujours pas habitués. Contrairement au mythe populaire, les flics ne s'endurcissaient jamais, ils faisaient semblant, pour ne pas s'écrouler. Le regard qu'ils échangèrent signifiait, en substance : Cette fois, c'est pas du joli. Du cran. Benson ferma les yeux, inspira profondément et dit :

— On ferait mieux d'y aller tout de suite.

— Toutes les lumières sont éteintes, fit remarquer Caleb. La foudre a dû frapper un transfo.

Alicia parut intriguée.

— Euh... Vous voulez dire toutes les lumières dans les environs ?

— Non. L'électricité marche partout ailleurs, précisa Caleb. Il y a juste eu une coupure très courte à Oakland. Regardez de l'autre côté du lac, on voit les autres camps.

Six et Alicia se tournèrent vers le lac et s'aperçurent pour la première fois que les camps de la rive ouest clignotaient dans la nuit.

— Vous avez raison, marmonna Six en contemplant le lac sans ajouter un mot.

— Nous allons voir l'ambulance, monsieur Godwin, dit Benson. Inutile que vous nous accompagniez, Mme Godwin et vous, mais j'aurai besoin de vous parler ultérieurement.

Comme Six ne répondait pas et ne faisait pas mine de partir, Benson haussa les épaules.

— Finissons-en, dit-il à Caleb.

En s'approchant du véhicule des urgences, ils virent deux ambulanciers accroupis à côté d'une silhouette étendue à terre; l'un d'eux tenait un gros projecteur à la lumière particulièrement intense. Les ambulanciers se levèrent et se tournèrent vers le shérif et son adjoint, et furent imités par trois autres personnes qui se tenaient au même endroit. Dans ce trio, Benson reconnut Armand Dupuis et Kipper Seldon; le troisième était un homme grand au visage buriné qui portait une chemise à carreaux et un pantalon kaki.

— Shérif, Caleb, les salua Armand.

Benson et Caleb répondirent par un hochement de tête. Kipper n'ouvrit pas la bouche et se contenta de fixer le sol.

Les deux ambulanciers étaient Warren Cobb, le cousin de Caleb, et Johnny Bolduc. Après des années au service des urgences médicales du comté, dont d'innombrables accidents de voiture, ils connaissaient tous ceux qui travaillaient pour le bureau du shérif et dans les forces de police de six villes.

— Les gars, c'est pas beau à voir, leur déclara Warren. J'ai jamais vu une horreur pareille. Je veux dire, on s'est déjà occupés de gens frappés par la foudre, mais, là… putain, c'est bizarre.

— Qu'est-ce qu'il y a de bizarre, Warren ?

— Eh bien, vu l'orage carabiné qu'on vient d'avoir, ça ressemble bien à la foudre et… Enfin, y a un arbre abattu avec des marques de brûlure dessus, mais…

— Mais quoi ? interrompit Benson, sans poser les yeux sur le cadavre.

— À mon avis, c'est pas la foudre qui l'a tuée.

13

— Ne me touche pas, Bruno ! hurla Merrill en reculant à travers la pièce.

Elle cherchait une arme ; n'en voyant aucune, elle serra fermement son poing droit et plia le coude, prête à frapper Bruno.

Choqué, celui-ci s'arrêta et contempla, incrédule, les beaux yeux qui, quelques heures auparavant, avaient brillé d'adoration rien qu'en le voyant. Merrill n'avait que son poing, mais Bruno ne doutait pas qu'elle savait probablement très bien s'en servir : c'était une forte femme, endurcie par une vie de plein air et d'exercice physique quotidien. Elle ne se droguait pas depuis assez longtemps pour que la coke ait déjà affaibli son corps et, jusque-là, seule une petite partie de son cerveau avait été atteinte.

Bien sûr, Bruno pourrait la maîtriser, mais ce n'était pas le problème. Pourquoi l'aurait-il voulu ? Pourquoi voudrait-il brutaliser Merrill ? Immobile, il examinait son visage, à vif à force de pleurer, pour y trouver un indice qui l'aiderait à comprendre ce qui pouvait bien se passer. Était-elle devenue folle ? Était-ce un délire engendré par la cocaïne ?

— Merrill, dit-il sans élever la voix. Je t'en prie. Qu'est-ce qui ne va pas ?

— Qu'est-ce qui ne va pas ? Qui ne va pas ? rugit-elle. Espèce de dingue, comment oses-tu me demander une chose pareille ?

Bruno avait désormais la certitude que l'un d'eux au moins était complètement fou. Rêvait-il ? Non. Je ne rêve pas, se dit-il. Merrill vient d'entrer dans la pièce en hurlant et m'a réveillé. La coke. Elle a trop forcé la dose et pète un câble. C'est forcément ça. Il battit des paupières et ouvrit la bouche pour parler mais resta muet. C'était effrayant. Les yeux de Merrill bougeaient frénétiquement dans tous les sens.

— Tu l'as brûlée ! Tu l'as réduite en cendres, bon Dieu, comment as-tu pu faire une chose pareille, espèce de sauvage ?

— *Quoi* ? Mais enfin, qu'est-ce que tu racontes ?

La voix de Bruno monta dans les aigus et devint plus forte. Il perdait son sang-froid… et peut-être aussi la tête. Cet affrontement n'avait aucun sens. Prudence, se rappela-t-il. Prudence. Les faits d'abord.

Cependant, Merrill continuait à hurler.

— Comment oses-tu me demander ça ? Putain, tu sais bien de quoi je parle !

— C'est Gene ? demanda Bruno.

Un sentiment horrible que quelque chose de très étrange se déroulait dans ce lodge commença à s'insinuer dans son esprit. Après avoir tenté de mettre en scène la mort accidentelle de Gene près de l'abri du groupe électrogène, il avait pris peur en voyant l'autre silhouette surgir de la cabane et filer à travers le parking. Il était donc remonté dans sa chambre, avait avalé trois verres de whisky pour se calmer et s'était jeté dans son lit. Depuis, il dormait profondément. Il consulta sa montre : c'était une heure et demie auparavant.

— Gene a été tuée ?

— Gene a été… (Le regard de Merrill devint plus hagard et elle recula un peu plus vers la porte.) Mon Dieu, MON DIEU ! brailla-t-elle, d'une voix brisée. Espèce de monstre… Mais merde, oui, elle est morte, sale fils de pute ! Tu avais simplement parlé d'un arbre qui lui tomberait dessus… Rien qu'un ARBRE, putain, et moi j'ai dit… j'ai dit d'accord, mais toi, toi…

Elle se mit à sangloter par bouffées bruyantes, hoquetant et haletant. Le sentiment de culpabilité la rendait hystérique. Elle était complice du meurtre de Gene, mais jamais elle n'avait imaginé que Bruno commettrait un acte aussi affreux. Ce bel homme auquel elle s'était donnée corps et âme avait incinéré sa tante comme on l'aurait fait dans un camp de la mort.

Bruno resta pétrifié, dans l'attente. L'hystérie allait sûrement se calmer et il pourrait alors essayer de se faire entendre. Les sanglots de Merrill s'apaisèrent peu à peu et elle se mit à inspirer profondément; elle laissa ses mains retomber sur le côté et dévisagea Bruno, apparemment épuisée. Après encore quelques minutes de confrontation silencieuse, Bruno tenta sa chance et prit calmement la parole:

— Merrill, il faut que tu m'écoutes. (Elle écarquilla les yeux et Bruno craignit qu'elle n'explose à nouveau.) Écoute-moi, je t'en supplie.

— Tu l'as brûlée.

La voix de Merrill semblait étrange – monocorde et râpeuse. Elle avait les yeux et les lèvres enflés.

— Non. Je n'ai pas tué Gene.

Merrill répondit sans colère, presque en transe.

— Brad m'a raconté. Il est au bar, dans le noir. Il m'a dit à quoi elle ressemblait.

— Attends. Écoute-moi. Il y avait quelqu'un...

— Il faut que je sorte d'ici.

— Écoute! Il y avait quelqu'un d'autre. (Bruno parlait très vite.) Quelqu'un est sorti de la cabane pendant que je traînais l'arbre brûlé. Je me suis caché. Je ne sais pas qui c'était mais j'ai paniqué, je suis rentré ici et je me suis couché.

— Tu es immonde.

Les yeux brûlants de rage et de peur, Merrill recula vers la porte, l'ouvrit brusquement et s'enfuit en courant dans le couloir.

Bruno resta immobile et tenta de se calmer. Maintenant, il avait peur, lui aussi. Pendant qu'il dormait, quelqu'un avait tué Gene Seldon par le feu. Cette silhouette encapuchonnée venue de l'abri du groupe électrogène. Un individu d'une violence terrifiante. Il avait tué cette vieille salope avant de la brûler. Bruno frémit.

Puis une nouvelle pensée effrayante chassa les autres de son esprit : ce salaud m'a-t-il vu ?

RENEE se tenait sous le porche du premier étage et contemplait le spectacle en contrebas, fascinée par les lumières multicolores des véhicules des urgences qui projetaient sur la forêt environnante une lumière stroboscopique de discothèque d'un genre macabre. Le ruban jaune entourant la scène de crime et les lumières lui rappelaient *New York, police judiciaire* ou *Les Experts*, deux de ses séries télé préférées.

Mais là, c'était la réalité, et il n'y avait pas de quoi rire. Elle s'agrippa à la balustrade pour essayer d'empêcher ses bras de trembler. Ses genoux se dérobaient sous elle et s'entrechoquaient. Elle ne voulait pas regarder le lugubre corps en ciré jaune étendu sur le parking, mais la tentation était irrésistible. Lentement, très lentement, son regard alla de la voiture du shérif aux trois silhouettes dessinées par les phares, puis vers la cabane du groupe électrogène, vers l'ambulance avec son gyrophare jaune, et enfin... Oh mon Dieu. Elle se retourna aussitôt, la main sur la bouche, sentant qu'elle allait vomir : la tête carbonisée sous les cheveux blancs hérissés était clairement visible sous la lumière crue du projecteur des urgences. C'était horrible, horrible. Qu'est-ce que je vais faire ? Un meurtre en dehors des pages d'un thriller situé dans un manoir anglais – un meurtre bien réel – n'avait rien d'exaltant. C'était terrifiant. Comment avait-elle pu s'imaginer qu'elle aurait le courage de tuer de sang-froid ? À présent, elle était épouvantée à la simple idée d'imiter ces assassins fictifs, des aristocrates nonchalants arborant une grimace dédaigneuse quand des flics lourdauds leur passaient les menottes. Ils ne pourraient jamais lui faire une chose pareille. Pas à elle, Renee Ranger, la belle, la désirable Renee Ranger.

Oh, Seigneur, je vous en prie, faites que cela ne m'arrive pas. (Et voilà que Dieu revenait sur le tapis, s'immisçant une fois encore dans son esprit fébrile qui lui adressait une nouvelle prière.) Tirez-moi de cet endroit. En ce moment, je devrais être sur la côte, dans le bar d'un yacht entouré de gens sublimes, ou… N'importe où sur la côte, n'importe où sauf au bord de ce lac abominable. Il faut que je m'en aille d'ici. Mais, minute, comment allait-elle faire ? Sa voiture était garée là-bas, au cœur de l'action. D'autres flics allaient arriver. Piégée. Elle était piégée à Cedar Lodge avec tous les autres.

Elle tenta de se rappeler ce qu'elle avait appris sur les autopsies dans les nombreux polars qu'elle avait lus. Après toute mort suspecte, l'autopsie était automatique. Non ? Elle était sûre que si. Et on faisait des tests pour savoir ce qu'il y avait dans l'estomac et dans le sang de la victime. Allaient-ils détecter l'Elavil ? Serait-il encore décelable dans un corps calciné ? Le médecin qui lui avait donné le médicament avait signalé qu'un ou deux comprimés de vingt milligrammes mélangés à de l'alcool l'assommeraient pour plusieurs heures et entraîneraient une méchante gueule de bois. Renee se rappela qu'elle avait réduit en poudre quinze comprimés – quinze ! – dans l'espoir de porter le coup fatal.

Elle longea lentement le porche, tourna au coin du bâtiment et se rendit à l'avant du lodge, déployant un effort surhumain pour maîtriser ses nerfs. OK, voilà ce que tu vas faire : tu vas dans ta chambre, tu te déshabilles, tu te couches et tu ne sors pas. Quand viendra fatalement le moment où on frappera à ta porte, tu feindras l'hébétude du sommeil et tu affirmeras être restée au lit depuis que tu as quitté la salle à manger après avoir parlé à Bob Weller. Pas de panique.

Renee monta l'escalier extérieur, arriva sous le porche du deuxième étage et entra dans sa chambre, dont les fenêtres donnaient sur les pontons et sur les lacs. À tâtons, elle trouva le minibar et se versa un cognac, qu'elle avala d'une traite, puis s'en servit un autre. Comme il faisait une chaleur étouffante dans la pièce, elle alla ouvrir une fenêtre devant laquelle elle sirota son cognac en contemplant le lac, stupéfaite de voir, si peu de temps après un terrible orage, le clair de lune scintiller sur l'eau que surplombait un ciel moucheté d'étoiles. Des points lumineux venus d'autres camps clignotaient aussi dans l'obscurité, mais les réflexions de Renee étaient alors si chaotiques qu'elle ne remarqua même pas que Cedar Lodge était le seul camp à souffrir d'une coupure d'électricité.

Elle commença à se déshabiller. Il était temps de se coucher pour jouer à la princesse endormie jusqu'à... Ah! Qu'y a-t-il là-bas? Un mouvement dans le clair de lune. Elle colla son visage à la moustiquaire. Il y avait quelqu'un en bas, au bord de l'eau. Une silhouette, à peine visible, debout au bout de l'un des pontons. Immobile, maintenant. Planté là sans bouger. Effrayant.

— Bippity, hoppity, hooley gazam,
Rastabangus blamity slam.

Cette enfilade de syllabes dénuées de sens qu'il venait d'inventer fit pouffer Brad, qui prit une rasade de bourbon dans une cannette.

— Wistelfarcus himmitybuck,
Boligojingus nominysuck.

C'était marrant, pensa-t-il. Il faisait nuit noire dans la salle à manger. La seule chose visible était le contour de la fenêtre souligné par le clair de lune. Chaque fois que la vision de la tête calcinée de Gene lui revenait à l'esprit, il se mettait à improviser de nouvelles paroles absurdes ou à chanter une vieille chanson des Beach Boys.

L'obscurité était réconfortante, et il resterait là parce que c'était plus fun. *Fun, fun, fun till her daddy takes the T-Bird away**. Eh eh. Les Beach Boys. De vieux croulants à présent, mais ils chantaient encore, ils s'amusaient encore, ils étaient encore fun, fun, fun. Tout à coup, une image de son enfance

* "Et elle s'amusera jusqu'à ce que son père reprenne la Ford Thunderbird", paroles de la chanson *Fun, fun, fun* des Beach Boys (1964).

– pourquoi le cerveau faisait-il surgir ces choses de nulle part ? – apparut devant lui. Il s'agissait d'une publicité touristique. Une plage baignée de soleil, un auvent à rayures, une belle fille en bikini en équilibre sur un pied qui tenait à deux mains un énorme ballon rouge au-dessus de sa tête. L'inscription FUN & SUN ! se détachait sur le ciel bleu. La bouche de la femme était ouverte en une mimique joyeuse et dévoilait une dentition parfaite. Ses yeux pétillaient d'enthousiasme. Brad voyait parfaitement l'image de ses yeux d'enfant de dix ans, et il se rappelait s'être demandé comment un gros ballon rouge pouvait susciter une extase pareille.

La bouche et les dents de la femme se transformèrent soudain en cavité béante sur un crâne macabre en train de fondre. Brad se mit à beugler :

— Bippity, boppity, hooley… Nom de Dieu !

Il bondit en l'air lorsqu'un meuble se renversa à l'autre bout de la pièce.

— À l'aide ! cria une voix d'homme. Merde, qu'est-ce qui se passe ?

Encore un bruit lourd, puis des verres se brisant à terre.

— Qui est là ? lança Brad.

— Bob ! Bob Weller. À l'aide.

— OK, ne bougez pas. Faut que je trouve une lampe de poche.

Les bras tendus, il s'avança tel le monstre de Frankenstein, à tout petits pas vers – espérait-il – le bar. Aïe ! Merde. Une table. Plus à gauche. OK, maintenant il distinguait les contours du comptoir. Il savait qu'il y avait des lampes de ce côté-là parce qu'il en avait utilisé une pour trouver une bouteille et un verre. Une fois au bar, il tâtonna lentement, de la main gauche. Ah ! En voilà une. Il l'alluma et promena le faisceau à travers la pièce.

— Ici ! cria Bob. Au bout du comptoir.

Brad braqua la lumière dans la direction indiquée et vit des tabourets renversés. Il les releva et découvrit Robertson Weller étendu de tout son long, accroché à la barre métallique.

Ses cheveux étaient en désordre, ses vêtements froissés et, à ce moment précis, il ressemblait plus à un clochard dans un caniveau qu'à un vieux beau.

— Qu'est-ce qui s'est passé ?

— Vous êtes saoul.

— Je sais, merci. Mais pourquoi il fait noir et où sont tous les autres ? Quelle heure est-il ?

— Je ne peux pas vous donner l'heure, répondit Brad, mais le courant a été coupé il y a quelques heures, et… Eh bien, euh, tout le monde est dehors, je crois.

— Où est Gene ?

Brad se pencha et plaça les mains sous les aisselles de Bob pour le remettre debout.

— D'abord, je vais vous aider à vous lever.

Une fois debout, Bob n'était pas trop stable, aussi Brad le hissa-t-il sur une chaise.

— Vous voulez boire quelque chose ?

— Mon Dieu, non. Où est Gene ?

— Ah. C'est le problème. C'est exactement pour ça que tout le monde est sorti d'ici. J'ai une très mauvaise nouvelle pour vous, Bob.

Dans la cuisine plongée dans l'obscurité, Jean-Pierre Lemaire était perché sur un tabouret au milieu de ses chers plans de travail en acier, parmi ses casseroles, ses poêles et ses couteaux. Traumatisé par la peur, il regardait, à travers le porche détruit, l'étrange tableau que constituaient toutes ces têtes illuminées par des éclairs bleus, rouges, blancs et jaunes. Quelqu'un lui avait dit ce qui s'était passé, et il ne voulait pas s'approcher de cette atrocité. Kipper était là-bas, mais il n'avait pas envie de le voir. N'importe qui mais pas Kipper. Les derniers mots que lui avait dit son amant en début de soirée l'emplissaient maintenant de terreur.

HUNTLEY Beauchamp, vêtu d'un simple caleçon et assis devant une fenêtre ouverte dans l'espoir d'être rafraîchi par la brise, leva un verre de bordeaux pour trinquer à sa propre santé tout en contemplant Willow Pond au clair de lune. Je bois à la mienne, se dit-il. À mon intelligence. Au travail bien fait.

Il poussa un profond soupir de soulagement et de satisfaction. Cette horreur de vieille salope est morte, et je suis libre. Ces deux derniers jours, son ancien moi, le rapace et vénal Jack Spurling, inhumé depuis tant d'années sous une masse de documents donnant naissance à Huntley Beauchamp, avait ressuscité dans l'esprit de ce dernier comme une sorte de Jean Valjean épouvanté aux yeux de rat. Mais à présent… ah ah, le maître de l'univers, cet homme sûr de lui et épris de lui-même, avait repris le contrôle et tout allait bien. Refoulant le souvenir de la terreur qui lui avait vidé les intestins, Huntley murmura :

— Je savais que tout s'arrangerait. Bien joué, Beauchamp, mon ami. Bien joué.

Il posa le verre de vin sur le rebord de la fenêtre, alluma sa lampe de poche et examina une fois de plus les papiers étalés sur ses genoux. Ils avaient été déposés environ une heure auparavant, dans une enveloppe brune glissée sous sa porte. Un léger frou-frou en avait signalé l'arrivée. Ces papiers étaient un chef-d'œuvre : des bilans et des rapports qui dissimulaient toutes les empreintes traîtresses qu'il avait laissées dans le portefeuille d'investissement de Cedar Lodge Enterprises.

Souriant amoureusement aux diverses sociétés-écrans qui avaient été munies d'une histoire détaillée et de courbes des bénéfices, il ricana une fois encore en admirant sa préférée – Bearscat Industries, fabricant de matériel de chasse qui incluait un mélange irrésistible pour les ours, à base de donuts et de sirop. Ah ah, très spirituel. Très intelligent, superbe. Rien ne menait jusqu'à lui. Rien. Il en était certain. Maintenant, il n'avait plus qu'à attendre. Néanmoins… néanmoins, quand tout serait calmé, qu'il aurait obtenu son divorce de Merrill, il avait bien l'intention de s'enfuir afin qu'une nouvelle vie commence à Toronto pour ce cher Huntley Beauchamp, toujours débonnaire et plein de ressources. Ah ah.

14

Accroupis à côté de Warren Cobb, Benson et Caleb procédèrent à leur premier examen du cadavre carbonisé de Gene Seldon. Le shérif était un homme psychologiquement stable, un flic endurci qui avait vu beaucoup de corps mutilés, parfois littéralement déchiquetés par des tragédies de la route ou par la sauvagerie d'autres humains. Dès ses premières années dans la police, il avait intériorisé ces souvenirs affreux, dont certains revenaient parfois le hanter dans des rêves terribles ; pourtant, il avait fini par surmonter la peur d'affronter le lot de massacres qu'apportait inévitablement chaque année. Le spectacle qui s'offrait maintenant à ses yeux se situait néanmoins dans une catégorie à part. Il connaissait Iphigene Seldon, il était allé à la pêche avec elle. Ce ne pouvait pas être elle. Gene Seldon, vigoureuse et truculente adepte de la pêche et de la chasse, avait été réduite à un amas de chair calcinée.

Benson se plaqua un mouchoir sur la bouche pour lutter contre l'odeur suffocante qui émanait de la dépouille pathétique de Gene. Ses yeux s'emplirent de larmes, et il ne se sentait pas en état de parler, préférant attendre l'analyse de Warren. Caleb avait également appliqué un chiffon sur son nez et sa bouche ; il avait envie de hurler. Ce robuste gaillard, tellement admiré pour son courage inébranlable, aurait souvent voulu crier et rager contre le destin impitoyable. La mort violente le bouleversait toujours, et les meurtres d'enfants lui inspiraient une souffrance aiguë, comme s'il avait été le père des victimes. Ces émotions étaient ses secrets ; pour survivre dans les forces de l'ordre, il avait astreint son moi à tout garder pour lui. Au moment où ils s'étaient accroupis, il avait émis un discret "Bon Dieu !" que Benson avait forcément entendu, mais il n'avait pas eu d'autre exclamation ; ses cris étaient ensuite restés muets.

Warren se tourna vers son assistant debout derrière lui.

— Johnny, rapproche un peu la lampe. (Il s'adressa au shérif en agitant ses mains gantées de caoutchouc.) Eh bien, Benson, il y a plusieurs choses qui sont vraiment étonnantes. Premièrement, je ne savais pas que la foudre pouvait faire ce genre de dégâts. J'ai travaillé sur deux morts causées par la foudre – la dernière remonte à il y a trois ans, du côté de Rocky Pond. Dieu sait que les blessures n'étaient pas belles à voir, mais on était très loin de ça. Deuxièmement, euh... attention, je n'affirme rien... il y a ces vêtements, en particulier le ciré. Je veux dire, quand Johnny et moi nous sommes arrivés ici, les vêtements étaient encore fumants, et... regardez, ils sont presque entièrement consumés. Bon, je ne sais pas, je ne suis pas spécialiste, mais depuis quand la foudre brûle les vêtements ?

— Je l'ignore, Warren, répondit Benson, la voix étouffée par le mouchoir. Mais ça ne paraît pas invraisemblable. Je sais que la foudre peut déclencher des feux de forêt.

Warren se tut pendant quelques instants.

— Oui, c'est vrai, bien sûr. Mais il est sacrément épais, ce ciré. (Il lâcha une longue expiration.) Bon, enfin, troisièmement, regardez-moi ça. (Insérant ses doigts gantés sous le corps, il le souleva d'environ dix centimètres. La chair flasque, intacte, pendait mollement. Benson ferma les yeux et inspira profondément. Caleb poussa un petit grognement, sentant monter un haut-le-cœur.) Là-dessous, ni la chair ni les vêtements ne sont brûlés, signala Warren. La foudre peut faire ça ? Juste brûler un côté du corps ? J'imagine que oui, mais ça paraît quand même bizarre. Comme j'ai dit, je ne suis pas spécialiste de ces trucs-là. (Un silence.) Ici, juste à côté d'elle, il y a un arbre brûlé, dont je dirais qu'il a visiblement été fendu en deux par la foudre, ce qui signifie bien qu'un éclair a frappé ici.

Il se leva, imité par Benson et Caleb.

— Mais c'est là que ça coince à nouveau, Benson. Quand on est sortis de l'ambulance, je vous jure que j'ai senti une odeur d'essence. Elle a disparu maintenant, mais je suis sûr de moi. Elle a dû s'évaporer. Vous l'avez sentie, vous autres ?

— Non, pas moi. Caleb ?

— Non plus.

Ils s'éloignèrent du corps et Benson prit la parole.

— Bon travail, Warren. Tu es ambulancier, infirmier et médecin légiste à toi tout seul.

— Ouais. Enfin, pas vraiment. J'ai juste formulé ce qui me semblait évident, au cas où vous voudriez faire venir votre équipe.

— Après ce que tu m'as dit, ça ne fait pas un pli. Je vais traiter cet endroit comme une scène de crime potentielle. Caleb, appelle le poste et demande à Tom Barclay de réunir ses hommes aussi vite que possible. Il faudra aussi appeler la légiste.

— Bien, chef, je m'en occupe.

Caleb se tourna vers la voiture pour aller passer les appels radio. Les téléphones portables captaient mal dans certaines parties du comté.

— Et puis, Caleb…, ajouta Benson.

— Chef?

— Appelle Central Maine et dis-leur qu'il me faut des projecteurs. Vite.

Benson se dirigea vers Armand, Kipper et l'autre homme.

— Je suis désolé, Kipper, vraiment désolé. C'est tout simplement abominable. (Kipper regarda le shérif, sans réagir. Il semblait abasourdi, les yeux emplis d'une sérénité vide.) Armand ?

— Shérif?

— C'est toi que je dois remercier ? (Il désigna la masse de gens restés près du porche arrière du lodge.) Comment tu as fait pour les retenir là-bas ?

— Oh, j'ai sorti mon numéro de trappeur fort en gueule, mais j'ai aussi été aidé par ce monsieur, répondit le barman en désignant l'homme en chemise à carreaux que Benson avait remarqué en arrivant. Quand on l'entend, on a envie de rester assis bien droit sans broncher.

L'individu s'avança et tendit la main.

— Bonjour, shérif. Colin Trimble.

Un Anglais, devina Benson. Une rareté, dans la région des lacs. Il serra la main de l'homme et se présenta à son tour.

— Benson Doucette. Vous êtes client au lodge ?

— Oui, et ma femme est ici avec moi. J'ai bien peur de m'être immiscé dans cette affaire sans avoir été sollicité, shérif Doucette.

— Je suis drôlement content d'avoir été aidé, moi, protesta Armand. Monsieur Godwin était dans tous ses états, il criait que personne ne devait regarder Gene.

— Je suis un ancien de la Royal Navy, expliqua Colin. J'ai eu l'occasion de crier après les malheureux qui nettoyaient le pont, je suppose. (Il jeta un coup d'œil en direction du cadavre.) Atroce. Choquant.

Sans un mot, Kipper se détourna et s'en alla, non pas vers le porche, mais vers le mur ouest du lodge, comme s'il partait en direction du lac. Armand tira sur les pointes de son épaisse moustache.

— Kipper a apporté sa contribution aussi, en criant et en faisant de grands gestes. Au début, on a cru qu'il pétait les plombs, il avait l'air de pleurer. Ensuite, il l'a bouclée. Et depuis, il a plus ouvert la bouche.

— Shérif !

Tous sursautèrent au son de la voix de Six Godwin, qu'ils virent surgir des ténèbres avec Alicia, près de la route, à l'ouest. Six semblait tout excité, et il avait retrouvé sa voix.

— Shérif, l'électricité n'a pas sauté. La ligne qui vient de la route a délibérément été coupée. Ainsi que celle qui part du générateur.

Benson ferma les yeux une seconde et inspira profondément.

— Oh putain. C'est mauvais, ça. Mais qu'est-ce qui se passe ici ?

Six passa une main dans ses cheveux blancs frisés et baissa les yeux comme si une réponse utile se trouvait inscrite dans la terre.

— Oui. Ça fait peur.

— Caleb, dit Benson, il faudra commencer à rassembler les gens dès que le courant aura été rétabli. On a des interrogatoires à faire.

— C'est toujours ce que je préfère.

— Et puis, Caleb…

— Chef ?

— On cherche quelqu'un d'assez malin et d'assez fort pour avoir coupé un câble électrique. (Benson se tourna vers Six et Alicia.) Vous savez où sont rangés les outils ?

Six désigna l'extrémité ouest du lodge.

— Dans le grand hangar, là, devant. Il y a une pièce pour les outils.

— On ira voir tout à l'heure, quand la lumière sera rétablie.

Benson et les Godwin se dirigèrent en silence vers le lodge. Qu'est-ce que je me disais encore l'autre jour ? se demanda Benson. Ah oui. Je me disais que le mois de juillet avait été bien calme. Pas de noyade, une seule bagarre au couteau, deux bateaux volés et quelques accidents de voiture, dont aucun mortel.

Ne te fais plus jamais ce genre de réflexion, s'ordonna Benson. Les dieux du chaos adorent ça quand, au bout de quelques jours de soleil et de tranquillité, les hommes regardent autour d'eux et se disent : On n'est pas bien, là ?

15

Après avoir dressé une tente blanche au-dessus du corps de Gene, le lieutenant Tom Barclay, l'équipe de la police scientifique et la légiste du comté avaient enfilé des combinaisons anticontamination jetables et examinaient le cadavre et la zone environnante. Ils collectaient des échantillons de tout ce qui était susceptible d'avoir un rapport avec le crime. À la demande de Benson, deux agents étaient arrivés au volant d'une autre voiture de police pour garder la route, au cas où l'un des clients du lodge ou un membre du personnel serait pris d'une malencontreuse envie de s'enfuir. Et comme une équipe de la compagnie d'électricité Central Maine Power était venue avec un camion à grue pour poser de nouveaux câbles, la lumière était revenue à Cedar Lodge.

Une fois ce problème résolu, Benson put commencer à se soucier de tout le reste – ce qui incluait l'éventualité d'un journaliste. Pire : d'un journaliste et d'un photographe. Pire encore, de plusieurs journalistes et de plusieurs photographes. Certes, on était en rase campagne et, certes, il n'était pour l'instant question que d'un décès causé par la foudre, mais de nos jours, garder un événement confidentiel n'était plus possible, même de façon temporaire. À l'époque où les téléphones cellulaires et les ordinateurs portables n'existaient pas, Benson était en mesure de préserver le secret d'une enquête pour meurtre dans un endroit aussi reculé que celui-ci durant la première nuit et toute la journée suivante avant qu'un fouille-merde aille étudier les registres du commissariat ou soit averti par quelqu'un sur place.

Désormais, songeait Benson, chacun des trente-six clients du lodge avait un putain de téléphone portable, et sans doute un ordinateur par-dessus le marché. Soucieux de proposer des services à la hauteur de sa réputation, Cedar Lodge offrait un accès Internet dans toutes ses chambres. Aujourd'hui, plus personne ne se séparait de ses gadgets – enfin, plus personne à part quelques grincheux hostiles au progrès technologique. Quand le corps de Gene avait été découvert, tous les clients avaient dû accourir par le porche arrière jusqu'au moment où Armand, Kipper et l'Anglais à la voix de stentor avaient mis le holà. À présent, ils savaient tous ce qui s'était passé et des récits relatant un meurtre à Willow Pond circulaient sans doute déjà à travers l'atmosphère au moment même où Caleb et lui, aidés d'Armand et de Colin Trimble, tentaient de rassembler les clients munis de leurs portables. Une demi-heure plus tard, ils étaient parqués dans le vestibule.

Benson se tenait devant la grande cheminée de pierre.

— Mesdames, messieurs, je suis Benson Doucette, shérif du comté de Somerbec, et voici le sergent Cobb. Une tragédie vient de se produire ici, comme vous le savez, et nous nous efforçons de... (Il passa sa main dans ses cheveux auburn frisés, dont quelques mèches se redressèrent.) Eh bien, pour être tout à fait franc, certaines choses clochent.

Cette déclaration suscita un bourdonnement de commentaires parmi le petit groupe ; il entendit deux ou trois personnes s'exclamer : Je vous l'avais bien dit !

— Nous allons avoir besoin de votre aide, poursuivit-il. Je vous demande donc...

— Une mort suspecte, shérif ? cria une femme.

Oh bordel. Cela dit, à quoi s'était-il attendu ?

— Eh bien, pour être honnête... oui.

Quand le murmure se fit plus sonore, Benson leva la main et haussa la voix.

— S'il vous plaît. Je ne peux pas en dire plus, mais je suis obligé de vous demander votre aide. Mes adjoints et moi-même, nous devons parler à la famille et aux gens qui travaillent ici. Ça va prendre un certain temps. Puis-je vous demander, s'il vous plaît, de me retrouver demain matin dans la salle à manger, vers… euh, disons, onze heures ? Cela vous va ? Personne ne prévoit de partir ?

— Je ne crois pas que quiconque s'en aille tout de suite, dit Colin. (Il regarda les autres clients.) Tout le monde passe la nuit ici ?

Un chœur de réponses affirmatives lui répondit.

— Onze heures, ça convient à tout le monde ? demanda Colin.

Personne ne dit non. Benson reprit alors la parole.

— Quand nous vous aurons interrogés demain, vous pourrez probablement tous partir, si vous le souhaitez, sauf événement extraordinaire. La situation risque d'être un peu perturbée et je ne sais pas si les Seldon pourront assurer le fonctionnement du lodge demain. D'ici lundi, tout sera peut-être revenu à la normale. Il faudra leur poser la question. En attendant, essayez s'il vous plaît de vous rappeler tout ce que nous pourrions avoir besoin de savoir, même le détail le plus insignifiant en apparence. Merci de tout nous signaler.

Un peu plus tard, dans la cuisine du lodge, sous les spots puissants d'un plafonnier, Benson et Caleb étaient attablés avec Six et Alicia. Les Seldon, leurs conjoints et les autres responsables de Cedar Lodge allaient arriver d'une minute à l'autre, comme cela leur avait été vigoureusement suggéré.

— Shérif, demanda Alicia, sommes-nous considérés comme des suspects ?

Benson la regarda, examina ses grands yeux bruns et son sourire aimable, et se rendit compte qu'elle lui rappelait sa prof d'anglais.

— Eh bien, madame Godwin…

— Oh, je vous en prie, appelez-moi Alicia.

— Ah, OK… Alicia. Personne n'est considéré comme suspect pour le moment, parce que nous ne parlons pas de meurtre. (Tandis qu'Alicia le dévisageait en silence, Benson se sentait mal à l'aise. Il s'éclaircit la gorge.) Pas encore.

— Mais ça va venir, non ? dit Six. Comment la foudre aurait-elle pu causer des dégâts aussi effroyables sur le corps de Gene ?

Benson se pencha au-dessus du plan de travail en acier, croisa les mains sous son menton et réfléchit à sa réponse. Après un long silence, il prit une décision, soupira et dit :

— Il est possible qu'un éclair ayant frappé directement Mlle Seldon ait pu mettre le feu à ses vêtements, qui auraient ensuite continué à brûler. Mais... (Il s'interrompit de nouveau.) Mais je n'y crois pas. Et les ambulanciers non plus. Malgré tout, j'attends que cela soit confirmé ou démenti par le lieutenant Barclay et les types de la police scientifique. En attendant... eh bien, en attendant, madame... euh, Alicia... Je ne crois vraiment pas que votre mari et vous soyez des suspects. Le sergent Caleb m'a dit le plus grand bien de vous et, je vois à quel point vous êtes affectés par... euh... cette mort.

— Merci, shérif, dit Alicia en lui souriant.

— Nous aimions beaucoup Gene, dit Six. Nous ne lui aurions jamais fait le moindre mal. Et puis, nous sommes parents.

Benson haussa un sourcil.

— Ah bon ?

— Oui. Cousins. En fait, nous sommes cousins avec beaucoup de gens dans le Maine.

— Oui, oh, je connais ça, dit Benson. Quand on a comme moi des ancêtres canadiens-français, on est parent avec la moitié de l'État.

— Shérif, il y a une chose que vous devez savoir, dit Alicia. Gene avait prévu une importante réunion familiale demain pour annoncer une modification de son testament et pour examiner les investissements. Le notaire devait venir, ainsi que le comptable. Elle nous avait annoncé, à Six et à moi, qu'elle s'attendait à une très grosse dispute, et que ce serait elle contre tous les autres. C'est pour cela qu'elle avait tenu à nous avoir à ses côtés.

— Et puis, glissa Six, elle a reçu hier une menace de mort dans son courrier. À coup sûr rédigée sur ordinateur. Le message est particulièrement sinistre.

— Vous en avez une copie ?

— Gene nous l'a montré dans son bureau. Vous l'y trouverez sans doute.

— Très bien, nous le chercherons tout à l'heure.

Benson était abasourdi par ce qui venait de lui tomber sur la tête. Une dispute familiale autour d'un héritage, une menace de mort et un meurtre terrifiant. Il fallait qu'il réfléchisse à tout cela très attentivement, et il devait impérativement s'assurer de parer à toute éventualité à Cedar Lodge et dans la zone environnante. Il était heureux d'avoir Tom Barclay et Caleb Cobb sous la main, car la nuit allait sans doute s'avérer éprouvante pour ses nerfs.

Bon, se rappela-t-il, c'est toi qui as voulu devenir shérif.

Il contempla ce couple invraisemblable, Six et Alicia, qui le fixaient solennellement de leurs grands yeux, et il prit une décision fondée sur son instinct. Ces gens lui paraissaient bons et intelligents.

— Professeurs, lança-t-il avec un sourire encourageant, que diriez-vous d'être flics intérimaires ?

Étonnés, Six et Alicia échangèrent un regard, puis se tournèrent de nouveau vers Benson.

— Vous nous proposez d'être vos adjoints ? demanda Six.

Benson gloussa.

— Euh, non, pour que vous soyez mes adjoints, il faudrait que je vous envoie d'abord à l'école de police. Et je ne pense pas que ça vous plairait.

— Sans doute pas. On ne pourrait plus aller à la pêche.

— Ce que je voudrais, c'est que tous les deux vous m'aidiez sans en informer les autres. Vous connaissez toute la famille, tous les petits secrets, et vous êtes probablement au fait de nombreuses tensions, puisque vous étiez censés assister à la réunion familiale de dimanche.

— Nous savons beaucoup de choses, shérif Doucette, admit Alicia. Et Gene nous en avait raconté plus encore hier lorsqu'elle nous avait fait venir dans son bureau.

— Nous serions ravis de vous aider autant que possible, déclara Six à Benson, avant de se tourner très vite vers Alicia. N'est-ce pas, mon petit cœur ?

— Bien sûr.

Benson se donna une claque sur les genoux.

— Formidable. Maintenant, pour ce premier interrogatoire, j'aimerais que vous soyez assis avec les autres, face au sergent et à moi... comme si vous étiez vraiment des suspects.

À ce moment-là, les grandes portes battantes s'ouvrirent et Brad fit une entrée titubante, dégageant la même odeur qu'une distillerie du Tennessee. Il s'arrêta et concentra son regard d'ivrogne sur les quatre personnes qui l'observaient.

— Ah, shérif ! Sergent ! Les Godwin ! *Bonsoir, comment ça va*, et tout le merdier, dit-il.

— *Très bien*, Bradley, répondit Alicia sans hésiter. *Et vous ?*

Brad sourit.

— Alicia, vous êtes extra.

Puis il se dirigea vers un tabouret et se laissa tomber dessus. Six et Alicia se levèrent, se mirent du même côté du plan de travail que Brad et s'assirent près de lui.

Kipper franchit à son tour les portes, immédiatement suivi par Merrill. Kipper gardait les yeux baissés, évitant de croiser le regard de quiconque. Échevelée, l'air ailleurs, Merrill jeta un coup d'œil vers Benson et les autres, tenta de sourire, puis prit un siège et se mit à contempler ses mains. Était-ce le chagrin ? se demanda Alicia. Elle et Gene s'étaient battues comme deux carcajous, mais elle avait les yeux rouges et bouffis.

Les autres affluèrent. Benson ne savait pas trop qui était qui, mais il savait qu'il finirait par les identifier. Il connaissait

Armand, bien sûr; le jeune homme qui l'accompagnait devait être l'employé chargé des bateaux.

On avait dû porter Robertson Weller jusqu'à sa chambre, non sans que Benson ait demandé au préalable à Warren Cobb de l'examiner au cas où il se trouverait en état de choc. Il titubait, saoul comme un cochon. Benson ignorait son existence et il avait été stupéfait quand Brad le lui avait présenté comme le fiancé de Gene. On en apprend à tout âge, songea Benson.

— Il y a bien ici tous les gens qui ont un lien avec le lodge? héla Caleb.

Kipper leva la tête, mais son regard se fixa au-dessus de Benson et de Caleb:

— Comme… (Il semblait étouffer, mais s'éclaircit la gorge et continua.) Comme l'orage approchait, j'ai renvoyé chez eux tous les membres du personnel: le sous-chef, deux cuisiniers, les serveurs, les filles qui font le ménage dans les chambres. On a servi de la viande froide et de la salade au dîner.

Benson contempla cette troupe morose et frémit. Cela serait un meurtre, décida-t-il. Enfin, en réalité, c'était déjà un meurtre, non? Il consulta la liste de noms que Caleb lui tendit et comprit qu'il allait avoir besoin de l'aide de Barclay, le meilleur élément du bureau du shérif en matière d'interrogatoire. Il avait fallu se démener pour traquer tous ces gens dans le lodge, et, maintenant qu'ils étaient tous rassemblés dans la cuisine, Benson était résolu à les y garder un bon moment. Jusqu'à ce qu'il découvre quelque chose, n'importe quoi, qui indiquerait – juste un début de piste, pour l'amour du Ciel – ce qui avait bien pu se passer dans cette maison.

La mort choquante d'Iphigene Seldon s'était produite dans son secteur. Il était le shérif du comté, et disposait de neuf adjoints, de deux sergents, d'un inspecteur, et d'un laboratoire médico-légal de pointe avec deux techniciens. Incontestablement, son service était en jeu. Cette idée le déprima. Lorsqu'il avait des bandits en cavale, il pouvait compter sur l'aide de la police de l'État et de celles d'autres villes et de comtés. Mais sur ce coup-ci, il était seul. Il jeta un œil à la tente blanche à travers la fenêtre, espérant voir bientôt Tom Barclay se diriger vers la cuisine.

Benson se leva et déclara :

— Beaucoup d'entre vous me connaissent, mais pour ceux que je n'ai jamais rencontrés, je suis Benson Doucette, shérif du comté de Somerbec, et voici le sergent Caleb Cobb. D'abord, permettez-moi de vous dire que je suis choqué et attristé. Je connais Gene Seldon depuis pas mal d'années. Nous sommes intervenus pour ce que nous pensions être un décès causé par la foudre, ce que confirmera peut-être une enquête approfondie. Cependant... (Benson remarqua de petits mouvements durant la pause qu'il fit alors.) Cependant, nous traitons maintenant cette affaire comme pouvant être – et je dis bien pouvant être – un homicide.

Il y eut quelques hoquets de stupeur, quelques menues protestations et beaucoup de regards échangés parmi les membres de l'auditoire. Benson désigna la tente blanche.

— Comme vous pouvez voir, nous avons entrepris un examen intensif du lieu du décès. C'est tout ce que je peux vous dire pour le moment. Nous venons de commencer et nous ne formulons aucune hypothèse sur qui est susceptible d'avoir été impliqué dans cette tragédie. (Il fit une nouvelle pause et se prépara à scruter les visages lorsqu'il annonça la suite.) Mademoiselle Iphigene Seldon a été victime de brûlures qui rendent son corps méconnaissable.

Cette phrase brutale provoqua de nouveaux commentaires étouffés, mais les visages que Benson étudia lui apprirent ce qu'il soupçonnait : tout le monde connaissait déjà la nature du trépas abominable de Gene.

— Bien entendu, je vais devoir vous poser à tous quelques questions. Je vous demande de bien vouloir être patients et de rester ensemble ici, dans la cuisine, en attendant que j'aie terminé. Si je vous autorise à vous disperser, nous perdrons beaucoup de temps à vous retrouver pour chaque entretien individuel. Si vous avez besoin de quitter la pièce pour des raisons personnelles, vous avez le droit, bien sûr. Mais vous êtes priés de revenir au plus vite. Bien. Est-ce que cela vous convient à tous ?

Silence.

— Tous d'accord ? Merci.

Les visages montrèrent à Benson que cela ne “convenait” pas du tout, mais évidemment, tout le monde se soumettait.

OK, se dit-il, c'est l'heure d'aller à la pêche. D'attraper le poisson et de le relâcher. Et on va d'abord tirer de l'eau les plus petits. Il consulta la liste des noms, regarda Sam – musclé, blond et bronzé, comme presque tous les jeunes employés des lodges – et dit :

— Jeune homme, vous vous appelez Sam Wiley ?

— Oui, shérif.

— Et vous passez l'été au lodge ?

— Oui, shérif. C'est mon deuxième été. Shérif !

Soit il est nerveux, soit il a suivi un entraînement militaire, songea Benson.

— Et vous faites vos études à…

— Colby, shérif.

— Sam, où étiez-vous ce soir pendant l'orage et la panne d'électricité ?

— Je dormais, shérif. Après avoir remonté tous les bateaux et attaché le matériel, j'étais crevé. Mlle Seldon m'a ordonné d'arrêter et d'aller me reposer. J'étais couché quand j'ai entendu l'orage frapper, mais ça ne m'a pas empêché de dormir. Pour la panne de courant, je n'ai su qu'au moment où M. Seldon m'a réveillé, il y a environ… (Il regarda sa montre.) Il y a environ une heure et demie.

— Quel M. Seldon ? demanda Caleb.

— Ah, euh, c'était M. Kipper Seldon, sergent.

— Et qu'est-ce qu'il vous a dit ? poursuivit Caleb.

— Que sa tante avait été tuée par la foudre.

Benson fixa le visage inquiet de Sam. Il savait qu'aucun jeune en âge d'aller à l'université n'était vierge de toute dissimulation, mais ce garçon avait l'air aussi honnête que faire se peut pour quelqu'un de sa génération.

— OK, Sam. Vous pouvez partir. Merci.

— Bien, shérif. Merci à vous. Shérif!

Il s'en alla et, alors que les portes de la cuisine battaient encore, Benson se tourna vers le barman.

— Armand?

— Benson? Euh... Shérif?

— C'est bon, tu peux m'appeler Benson. Ça fait un moment qu'on se connaît. Bien. Pendant l'orage et la panne, tu étais au bar?

— Ouais. Enfin, je suis sorti pisser. (Armand eut l'air tout penaud et se reprit aussitôt.) Pardon, je suis allé au petit coin. Avant que les lumières s'éteignent, heureusement.

— Tu es revenu tout de suite?

— Dans mon cas, une absence prolongée aurait provoqué une émeute, shér... Benson. Entre l'orage, les chansons et la panique générale, les clients avaient accepté en masse l'offre de tournée gratuite de Mlle Seldon.

— Et pendant tout ce temps, Gene était là?

— Juste au bout du comptoir avec M. Weller, répondit Armand.

— Et quand l'électricité a été coupée?

Armand gloussa.

— Alors là, aucune idée. Tout ce que j'ai vu, c'est des lampes de poche qui s'agitaient dans tous les sens.

— Ah? fit Caleb. Tout le monde avait sa lampe?

— Non, pas tout le monde, mais Mlle Seldon en avait distribué une caisse entière. Les gens se sont mis à déconner, à faire des grimaces, ce genre de truc, et après, ils se sont mis à chanter.

Six leva la main et, ayant obtenu de Benson un hochement de tête approbateur, dit:

— Je peux vous raconter ce qui s'est passé. Avant la panne, Gene est allée très vite aux toilettes, et en revenant, elle nous a demandé, à Alicia et moi, de l'aider à porter M. Weller jusqu'à sa chambre.

— M. Weller était malade?

— Eh bien, euh, disons qu'il s'était servi un peu trop généreusement au bar, répondit Six. Peu après, les lumières se sont éteintes pour de bon, donc on a pensé qu'il serait dangereux de monter les escaliers dans le noir avec Bob entre nous. Il n'est pas précisément fluet.

— Il n'est pas quoi ? demanda Caleb.

— Ce n'est pas un gringalet.

— Ah. C'est chouette, comme mot.

Benson roula des yeux.

— Et après ?

— Gene a attendu que la grêle s'arrête, puis elle est partie avec une lampe de poche en disant qu'elle allait voir le groupe électrogène.

Alicia prit alors la parole.

— L'absence de Gene s'est prolongée, mais nous ne l'avons pas remarqué parce que… eh bien, d'abord parce qu'il n'y avait plus de lumière donc nous n'avons pas fait attention au temps qui passait, et ensuite parce qu'entre les chants et les plaisanteries, nous nous sommes laissés prendre au jeu. Finalement, quand j'ai eu l'idée de braquer une lampe de poche sur ma montre, j'ai sursauté en voyant l'heure qu'il était. Elle nous avait dit qu'il lui faudrait quinze minutes maximum, mais il s'était écoulé près d'une heure. J'ai dit à Six que ça me tracassait, alors il est allé la chercher. Et après… enfin… (Elle prit la main gauche de Six et la tint entre les siennes.) Après, comme Six ne revenait pas, je me suis beaucoup inquiétée et j'allais partir à sa recherche quand Brad a surgi au bar juste à côté de moi. Il a expliqué à Armand que Gene avait été frappée par la foudre et lui a demandé de le suivre au plus vite…

Le lieutenant Tom Barclay, en jean, chemisette et chaussures de chantier, apparut à la porte de la cuisine. Ses yeux d'un bleu pénétrant balayèrent lentement les visages alarmés avant de s'arrêter sur Benson et Caleb.

— *Compadres*, dit-elle à voix basse et cependant audible de tous dans le silence de la cuisine, il s'agit d'un meurtre.

Cette nouvelle fut d'abord accueillie par un profond silence, puis Merrill s'effondra sur le plan de travail et se mit à sangloter.

Le lieutenant Barclay se pencha et chuchota :

— Benson, il y a aussi un homme et une femme de *The Sentinel*, le journal de Waterville, près du barrage routier.

Benson inspira profondément puis expira bruyamment.

— Merde. Maintenant tout le monde va pouvoir s'amuser.

16

Contrairement aux autres clients, Colin et Daphne Trimble n'étaient pas remontés dans leur chambre. Ils avaient récupéré deux fauteuils du porche et les avaient portés jusqu'au bout du ponton central, au-delà du dernier fanal, où ils sirotaient le scotch single malt hors de prix qu'ils avaient apporté dans leurs bagages. Ils avaient tourné leurs sièges face à Cedar Lodge. Pas question que quelqu'un s'approche d'eux à pas de loups pendant leur conversation. Hors de question. Le couple n'avait aucune envie que l'on entende ce dont ils discutaient en privé et, inversement, il serait potentiellement très dangereux pour quiconque de s'approcher de Colin et Daphne à leur insu. Très dangereux.

— Quelle charmante soirée, dit Colin. Tout compte fait.

— Hum, oui, tout compte fait, répondit Daphne.

L'air était chaud et tranquille, l'orage semblait avoir provisoirement chassé les moustiques. Les huards s'interpellaient et bavardaient entre eux sur le lac.

— Alors, qu'allons-nous faire ? demanda Colin. La situation a considérablement évolué.

— Oui, je sais. Je pense que nous devons faire comme si de rien n'était et continuer à jouer les amateurs de pêche.

— Même maintenant que la vieille est morte ?

— Oui, confirma Daphne. Je veux jouer le jeu jusqu'au bout. Pas toi ?

Colin soupira lourdement.

— Oh, si, j'en ai envie. D'autant plus que nous n'avons pas touché nos honoraires. Mais il va falloir être très prudent.

— Très prudent, en effet. Que penses-tu de Doucette et de son équipe ?

— Trop tôt pour le dire. L'expérience passée nous conseille de ne jamais sous-estimer les étalons locaux en uniforme.

Daphne désigna la silhouette qui s'avançait à l'autre bout du ponton.

— Le voilà qui arrive. On reprend notre accent prout-prout.

— Ça commence à m'amuser. On s'était déjà fait passer pour des Anglais ?

Daphne réfléchit un moment.

— Oui. Absolument. Tu te rappelles, ce coup à Miami, en 99 ? Eduardo, le tueur brésilien ?

— Ah oui, dit Colin en souriant, comme si un bon souvenir lui revenait en mémoire. Sa mort n'était pas très belle à voir, je me trompe ?

— Tu as raison.

— Salut, vieille branche, dit Colin lorsque Sam fut près d'eux.

— Bonsoir.

Visiblement nerveux, Sam regarda dans la direction d'où il venait puis examina les deux autres pontons.

— Du calme, mon garçon, lui dit Colin. Toutes les écoutilles sont couvertes.

Sam garda le silence. Il ne comprenait jamais complètement ce que lui racontait cet homme.

— Tu as quelque chose pour nous ? demanda Daphne.

— Non, m'dame. J'ai essayé, genre, dix fois d'entrer dans sa chambre, mais c'est toujours fermé à clef. Ils font pas tous ça, à Cedar Lodge, mais lui, toujours. Et puis je l'ai observé, comme vous m'avez demandé, mais je l'ai rien vu faire de zarb.

— De zarb ? s'étonna Colin. Doux Jésus, que signifie ?

— Pardon, lâcha Sam. C'est une expression qu'on utilise à l'université. Ça veut dire bizarre, ou idiot. Zarb.

— Très bien. Maintenant, écoute, mon garçon. Tu nous as assuré que tu avais les compétences requises pour ce genre de travail.

Sam fut épouvanté par le brusque changement de ton.

— Je l'ai déjà fait, bafouilla-t-il. Plein de fois, m'sieur.

— Doucement. Parle plus bas.

— Bien, m'sieur. J'ai essayé le vieux tour de la carte de crédit et de l'épingle à cheveux. Ça marchait dans mon internat.

— Vraiment ? glapit Colin. J'imagine, jeune Sam, que Cedar Lodge a un système de sécurité plus sophistiqué que ton internat.

— Tout va bien, Sam, roucoula Daphne. Tu as essayé de ton mieux d'accomplir une mission importante ; comme nous te l'avons dit, nous travaillons pour le gouvernement. Ne s'est-il pas montré zélé, Colin ? (La voix sucrée de Daphne effrayait Sam autant que la soudaine colère de Colin.) Bon, Colin et moi, nous reprenons la main. Voilà pour toi.

Daphne tendit une enveloppe que Sam accepta à contrecœur et qu'il plia pour la glisser dans son short.

— M-Merci, m'dame, bégaya-t-il.

— Et qu'est-ce que tu ne vas pas faire, Sam chéri ?

— M'dame ?

— Tu ne parleras de tout ça à personne, absolument personne. N'est-ce pas ?

— Bien sûr !

— Les gens peuvent s'attirer de très gros ennuis lorsqu'ils trahissent les secrets, pas vrai, Colin ?

Colin fronça les sourcils en direction de Sam.

— Tout à fait. De très gros ennuis, en effet.

— Je-je-je dirai rien, je vous le jure.

— Parfait, Sam, ronronna Daphne. File, maintenant !

Sam pivota sur ses talons et remonta le ponton sans se retourner. Ils le virent gravir avec précaution les marches du porche et entrer dans le lodge.

— Il faut qu'on mette la main sur cet ordinateur, dit Colin. Ce soir.

— Je suis d'accord. Il le faut à tout prix. (Daphne se renfonça dans sa chaise longue et étendit les jambes.) Puisque notre petit gars n'en est pas capable, alors... ?

— Bien sûr, dit Colin pour la rassurer. Bien sûr. Nécessité fait loi.

Plusieurs années auparavant, après avoir eu l'immense désagrément d'être surpris par deux fois en flagrant délit de cambriolage, Colin et Daphne avaient décidé que, même s'ils avaient des doigts magiques face aux portes verrouillées, ils se fieraient aussi souvent que possible à la vénalité des petits délinquants pour perpétrer de petits délits. Et ils aimaient beaucoup jouer avec les autres lorsqu'ils étaient, comme ils disaient, "sur le terrain", en mission pour des clients. Cela les amusait de voir à quel point ils pouvaient refiler le sale boulot à d'autres tandis qu'ils admiraient le spectacle depuis leur siège. Ils commençaient à être blasés, Colin et Daphne, et les risques qu'ils prenaient souvent en embauchant des pigeons sur le terrain leur offraient une dose de frissons supplémentaire. Comme ils maîtrisaient l'art de la disparition, ils devenaient introuvables en un clin d'œil, dès qu'un "embarras" survenait – pour employer une autre de leurs expressions favorites. Leur véritable identité était depuis longtemps tombée dans quelque oubliette bureaucratique. Les clients potentiels devaient les contacter à travers une double couche "d'agences employeuses" qui communiquaient exclusivement par le biais de lettres dactylographiées envoyées à des boîtes postales commerciales.

— Nous n'allons pas faire du mal à Sam, si ? demanda Daphne.

— Ce n'est pas vraiment indispensable. Il pisse déjà dans son froc. Pardon, dit-il en reprenant ses intonations oxfordiennes, il mouille sa culotte. Le temps de capturer notre proie, nous serons déjà d'autres personnes sous d'autres cieux.

Daphne resta muette un moment, balançant la jambe et écoutant les bruits de la nuit.

— Oh, et cette autre... question ?

— L'autre question ? Ah... Ah oui. Bien sûr. J'avais raison. C'est le même individu abject. Sous un nom différent, cette fois, naturellement. Un très mauvais client.

— Il va falloir être prudent.

— C'est aussi mon avis, très chère, dit Colin avec un flegme tout britannique. J'y veillerai.

DANS sa petite chambre du deuxième étage, face à la forêt, Sam Wiley buvait une bière froide et tâchait de calmer ses nerfs. Il décida que sa brève carrière de voleur prenait fin sur-le-champ, à partir de cet instant. En se remémorant ce semestre de printemps, il se demanda quelle force l'avait poussé à s'introduire dans la chambre d'autres étudiants pour y dérober des choses. Rien de ce qu'il avait subtilisé n'avait de valeur. Mais ce genre d'aventure lui avait procuré une poussée d'adrénaline ; il avait l'art de déjouer les portes verrouillées et sans jamais laisser de trace. Quelle sensation de puissance ! Il s'imaginait comme ce mec super-cool dans *FBI: Duo très spécial*, le voleur de bijoux, le beau gosse qui rendait les nanas folles rien qu'en les regardant.

Mais le personnage stylé qu'il voyait sur l'écran de son cerveau n'avait pas tardé à céder la place à un jeune homme de dix-neuf ans en proie à la terreur face à Colin et Daphne, deux individus mielleux mais menaçants qui étaient bien réels. Il croyait que les Anglais ressemblaient à David Niven et Audrey Hepburn dans les vieux films qu'il regardait sur Turner Classics. Mais ces Anglais-ci étaient des gens froids et durs. Au début, il avait même fantasmé sur la femme, alors qu'elle était beaucoup plus âgée que lui : elle l'avait fasciné par sa sexualité assumée, surtout lorsque Colin et elle l'avaient embauché.

En buvant un verre avec lui, ils avaient découvert avec habileté et circonspection que, oui, il s'était fait un peu d'argent à l'université et qu'il aimerait en gagner plus. Ils l'avaient persuadé qu'ils étaient des agents du gouvernement britannique travaillant dans le plus grand secret et que leur "proie", comme ils l'appelaient, blanchissait de l'argent pour une fondation islamique qui aidait des terroristes cherchant à frapper des cibles civiles aux États-Unis. En plus de lui rapporter trois cents dollars en liquide pour quelques minutes d'efforts, son acte aurait une valeur patriotique. Avait-il les clefs des différentes chambres ? avait demandé Daphne, en croisant et recroisant ses jambes pour lui montrer ses cuisses bronzées sans l'obstacle de sa jupe courte.

À peine capable de remuer la langue, il leur avait répondu que Gene Seldon gardait les clefs aussi jalousement qu'un aigle son nid et les remettait aux femmes de ménage chaque matin. Mais se sentant soudain très expérimenté en présence de personnalités aussi excitantes, il leur avait affirmé qu'ils n'avaient pas à s'inquiéter – il ouvrait les portes aussi facilement que Houdini.

Une fois leur accord conclu, Daphne avait donné à Sam cent dollars d'avance, en susurrant : "Tu es un bon garçon, Sammie. Bienvenue à bord." Dévoré par le désir adolescent, Sam n'avait pas pu fermer l'œil cette nuit-là. Il ne savait pas qu'une femme de l'âge de Daphne pouvait être sexy. Elle devait être au moins aussi vieille que sa mère. Cette idée le tourmentait : est-ce que quelque chose ne tournait pas rond dans sa tête ?

À présent, étendu sur son lit, il était dévoré par la certitude d'être un sacré blaireau. Jamais, plus jamais. Désormais, il ferait en sorte d'être bête et discipliné.

17

THOMASINA Barclay, inspectrice, docteur en psychologie criminelle et professeur invité de criminologie à l'université du Maine, était "Tom" pour tous ceux qui la connaissaient ; dans le Maine rural, personne ne s'embarrasserait d'un prénom comme Thomasina, à commencer par Thomasina elle-même. Sa mère avait été indûment charmée par un dessin animé de Walt Disney sur une petite chatte en cavale et avait donné à son aînée le nom de la star féline.

Femme robuste et séduisante, dotée de courbes généreuses, Tom avait un visage rond et agréable sous d'épais cheveux brun coupés au carré. Lorsqu'ils croisaient les vôtres, ses grands yeux très bleus semblaient vous pénétrer l'âme ; cela faisait d'elle une excellente interrogatrice. Comme le lieutenant Barclay l'avouait elle-même, c'étaient les hasards de la nature qui lui avaient donné ce regard à mille watts qui troublait instantanément les gens n'ayant pas la conscience tranquille. Lorsqu'elle menait un interrogatoire, elle se contentait d'écouter attentivement pour tenter d'évaluer la sincérité de son interlocuteur. Elle avait appris à adopter une apparence totalement neutre. "Je prends un air inexpressif et je pose des questions polies, avait-elle un jour expliqué à Benson. Même quand ils me sortent des mensonges à hurler de rire, je ne réagis pas, je continue à les regarder droit dans les yeux en hochant la tête. Bizarrement, ça met la plupart des gens très mal à l'aise."

À présent, Benson et elle parlaient avec la journaliste, tandis que le photographe se servait d'un appareil numérique à flash aussi discret que possible.

— Mlle Iphigene Seldon, propriétaire de Cedar Lodge, a été tuée ce soir entre neuf et dix heures, leur déclara Benson. Un premier examen indique qu'elle a été frappée par la foudre pendant l'orage. Nous menons l'enquête, mais il n'y a rien d'autre…

— Ce n'est pas ce qu'on nous a dit, l'interrompit Jennifer Libby, une jeune femme prête à tout pour quitter Waterville au plus vite afin de rejoindre le journal d'une grande ville. D'après des appels téléphoniques et des courriels que nous avons reçus de personnes se trouvant à l'intérieur du lodge, quelqu'un pense qu'il pourrait s'agir d'un meurtre.

Jennifer dissimulait son instinct carnassier sous un charmant minois et un éternel sourire radieux.

— Ah oui ? Et qui est ce quelqu'un ?

Benson avait déjà rencontré cette journaliste. Elle était fichûment têtue, se rappelait-il, mais beaucoup moins grossière que d'autres.

— Je ne peux pas vous donner de noms, dit Jennifer. On m'a demandé de ne pas le faire. Ils disent qu'une tente de scène de crime a été dressée et que la police scientifique est sur place.

— Procédure standard, répondit Benson.

Jennifer désigna le parking, où les deux techniciens repliaient la tente blanche.

— Shérif, niez-vous mener une enquête pour meurtre ?

Par chance, songea Benson, le corps de Gene avait déjà été placé dans un sac mortuaire noir et déposé dans la camionnette de l'équipe médico-légale. Cela aurait pu donner lieu à quelques photos gênantes.

— Comme je vous l'ai dit, c'est la procédure standard. Maintenant, je vous prierai de nous excuser. Nous sommes vraiment très occupés.

Alors qu'il repartait vers le lodge avec Tom, Benson sourit.

— Ces deux mots, "procédure standard", lui suffiront pour développer tout un thriller en une de son canard sans que je lui aie révélé quoi que ce soit.

À la porte de la cuisine, Benson se pencha à l'intérieur et fit signe à Caleb et aux Godwin de sortir. Une fois réunis dehors, il dit :

— OK, Tom, expose-nous d'abord les faits sinistres.

— La légiste dit que la foudre ne semble pas être une cause probable, mais elle ne peut pas être catégorique tant que l'autopsie n'aura pas eu lieu. Je pense qu'on peut définitivement exclure la foudre. À mon avis, seul un accélérateur d'incendie peut avoir fait persister les flammes et brûler la chair jusqu'à l'os par endroits. J'ai flairé le sol, les autres aussi, mais je n'ai pas pu détecter d'essence.

— Et si c'était un de ces produits que les gens utilisent pour les barbecues ? proposa Six.

— Ouais, possible, répondit Tom, ça pourrait être n'importe quel truc dans ce goût-là. Mais le feu a dû éliminer l'odeur.

Elle était surprise que Benson ait inclus les deux professeurs dans leur discussion, mais c'était peut-être une bonne idée, après tout. Qui sait ? Elle n'était pas de ces policiers rigides qui ne jurent que par les règles, et c'est pour cela qu'elle formait un bon trio avec Benson et Caleb, qui fonctionnaient au bon sens et étaient ouverts à toutes les suggestions.

— Et que dit le labo ? demanda Benson.

— Naturellement, j'espère qu'ils découvriront des traces d'accélérateur d'incendie sur les vêtements, enfin, ce qui en reste, mais j'en doute. Malgré la destruction importante du corps, une autopsie devrait pouvoir révéler tout ce qu'il pourrait y avoir d'anormal à l'intérieur et nous dire si la victime a subi des coups et blessures avant le feu.

— Pourra-t-on vraiment savoir si Gene était morte ou en vie lorsqu'on lui a mis le feu ? demanda Six.

Tom exhala bruyamment.

— Sans doute pas.

Six tressaillit et Alicia ferma les yeux.

— Putain, marmonna Caleb.

Dans sa tête, il poussa un cri silencieux.

— Il y a autre chose, dit Tom.

— Ah ? fit Benson.

— L'arbre qui était près de son corps a été frappé par la foudre, OK, mais pas à cet endroit-là. Il a été traîné depuis un point tout proche, où il y avait une souche. Il se trouvait assez près pour que la foudre ait pu le frapper, rebondir et la frapper, elle, mais j'ai vraiment de gros doutes. Je pense que l'arbre a été déplacé après avoir été atteint par la foudre. Je pense qu'il était déjà à terre quand la victime a été tuée, et que l'assassin l'a rapproché pour faire croire à une mort causée par la foudre.

— Ça, c'est mauvais, non ? dit Caleb.

— Oui, Caleb, répondit Tom. Oui, c'est mauvais. Bon, et maintenant ?

D'un signe de tête, Benson désigna la cuisine.

— On a un poulailler plein de volailles. Il faut qu'on s'en occupe vite, tout de suite. Ça te dit de faire le renard ?

— Absolument.

— Quand tu es arrivée, je t'ai parlé de la série d'événements survenus avant la découverte du corps. Tu as besoin de savoir autre chose ? À quoi ressemblent tous ces gens ?

— Non, merci. Tu sais que j'aime bien démarrer à froid. Ça m'aide à me concentrer sur le visage et les réponses. (Elle se tourna vers la porte, mais s'arrêta.) Il y en a que je connais, là-dedans ?

— Eh bien, tu connais Armand.

— C'est vrai.

— Tu connaissais Gene, ou ses neveux et sa nièce ?

— Ça fait des années que j'entends parler de Gene Seldon. Je ne l'ai jamais rencontrée, et les autres non plus.

Benson énuméra rapidement les autres noms et quand il eut terminé, Tom dit :

— Gabreau. Je connais Bruno Gabreau.

Ah merde, pensa Benson. Autant qu'il sache, Tom Barclay n'avait jamais rien dit de sa vie privée à quiconque dans son service, mais il avait le sentiment qu'elle aimait les hommes (il fallait être prudent avec ces sujets-là, de nos jours). Et ce Gabreau était un vrai paquet de muscles. En termes d'éducation, Tom se situait à des années-lumière de ce type, mais en matière de sexe, pensait-il, la nuit, tous les mecs étaient des surdiplômés en puissance. Benson tenta de garder un ton le plus désinvolte possible.

— Ah bon ? Tu le connais ?

— Oui. Je l'ai embauché l'été dernier comme guide de pêche à Winsokkett Pond.

— Il est bon ?

— Excellent. Mais il est pauvre comme le dindon de Job. Il a deux vieux bateaux et il loue une cabane.

Caleb ricana.

— Eh bien, depuis pas longtemps, il fait la bête à deux dos avec Merrill, la nièce de Gene Seldon. (Il regarda Benson, qui lui fit les gros yeux.) Hum, enfin, c'est ce qu'on nous a laissé entendre.

— Tiens donc ? (Tom sourit.) Alors il ira sûrement bientôt s'acheter un nouveau bateau chez Mid-Maine Marine. OK, allons donc faire voler quelques plumes.

Tout en suivant les autres avec Alicia, Six se baissa pour ne pas se cogner au chambranle de la porte et murmura à sa femme :

— C'est un peu bizarre, non ?

— Oui, je sais. Il n'y a pas d'âge pour découvrir un nouveau métier, répondit Alicia en chuchotant.

La première chose que le lieutenant remarqua en rentrant dans la cuisine et en parcourant de nouveau la pièce du regard était que chacun s'était assis à l'écart des autres. Ils ne se regardaient pas et personne ne parlait. Enfin, personne sauf Armand, qui sourit et lui adressa un petit signe de la main. Tendu, se dit-elle. Il y a quelque chose qui cloche dans ce groupe. Après les tragédies, surtout quand ils sont parents, amants ou juste amis, les gens ont tendance à se blottir les uns contre les autres pour trouver un soutien affectif. Enfin… Ouvrons la porte de la cave et voyons ce qui en sort.

— Je me présente, je suis le lieutenant Thomasina Barclay, du bureau du shérif, et j'aimerais poser quelques questions à chacun d'entre vous. Nous ferons en sorte de vous libérer le plus vite possible.

— Bippity boppity boopy.

Conservant le visage inexpressif pour lequel elle était célèbre, Tom se tourna vers celui qui avait parlé, un bel homme très bronzé portant une chemise de pêche kaki froissée. Il avait l'air agressif et ivre. Un vrai personnage à la Hemingway, se dit-elle.

— Et vous êtes, monsieur ?

— Bippity boppity boopy.

Sans trahir la moindre émotion, Tom commenta :

— C'est un nom curieux, monsieur.

Puis elle le dévisagea d'un air placide jusqu'à ce que Brad roule des yeux, inspire une grande bouffée d'air qu'il expira bruyamment et dise :

— Je suis Bradley Winship Seldon. À partir de ce soir, je possède un tiers de cette cabane de pêcheur.

Tom entendit d'un côté un grognement, de l'autre un hoquet de surprise, mais elle ne put attribuer ces bruits à personne en particulier.

— Je suis également saoul. Vous aimez la poésie, Thomasina ?

— Beaucoup, monsieur Seldon. Nous en parlerons plus tard.

Brad postillonna de rire, mais Tom se contenta de le regarder, impassible.

— Alors vous êtes le neveu de la femme qui a été tuée ici ce soir ? Mlle Iphigene Seldon, c'est bien ça ?

— Bon travail, Thomasina.

— Lieutenant, si vous voulez bien.

— Lieutenant, si vous voulez bien, riposta Brad.

Un gloussement affecté jaillit de la femme à la tignasse volumineuse qui, vêtue d'une chemise à moitié déboutonnée, montrait ses seins. Eh merde, pensa Tom, ça commence fort. Il va de soi que cette réaction ne se traduisit pas même par un battement de paupière sur le visage serein de l'inspecteur. Pendant dix secondes, elle fixa la femme, qui finit par agiter ses cheveux et retrousser la lèvre supérieure.

— Et vous êtes, madame ?

— Renee Ranger… Seldon. Future ex-femme du comique.

Elle se pencha et lança à Brad un clin d'œil exagéré à l'autre bout du plan de travail.

Le couple parfait, pensa Tom.

— Monsieur Seldon, pourriez-vous me dire où vous étiez pendant l'orage et la coupure d'électricité qui a suivi ?

— Je jouais avec mes instruments.

Renee pouffa de nouveau. Personne d'autre, remarqua Tom, ne semblait trouver drôle la réponse de Bradley. À deux sièges de lui, la femme qui avait pleuré fixait le plan de travail d'un air désespéré, et l'homme roux assis de l'autre côté de Bradley gardait les yeux fermés et les bras croisés sur la poitrine.

D'une voix neutre et sans hausser le ton, Tom demanda :

— Pouvez-vous être plus clair, monsieur Seldon ?

— Mes instruments métélo… météorologiques. Dans ma chambre. Je les étudiais tout en… buvant des cocktails. L'orage a frappé à l'heure du cocktail et je voulais, euh, hum, surveiller… oui, surveiller son avancée.

— N'auriez-vous pas pu regarder par la fenêtre ?

— Bon sang, lieutenant Thomasina, les volets étaient fermés. Vous êtes ici depuis quand ?

Tom ignora cette remarque et se mit à dévisager Renee pendant environ quinze secondes. Refusant de jouer à qui battrait des paupières la première, Renee préféra contempler le plafond.

— Madame… Ranger ? Seldon ?

— Ranger, c'est très bien.

— Pourriez-vous me dire où vous étiez pendant l'orage et la coupure d'électricité ?

La tête sur le côté, un doigt sur la joue et les yeux au ciel, Renee exécuta un petit numéro parodique de jolie pom-pom girl.

— Hmmmm. Oh OUI, bien sûr. Maintenant je me souviens. J'ai passé des heures au bar, à boire avec… Oh, je ne sais plus qui. Et puis je suis partie parce que je m'ennuyais.

Tous ces pêcheurs qui se battaient pour savoir qui avait la plus grosse… (Elle regarda Tom en minaudant) prise ! Vous savez comment ils sont.

Les grands yeux bleus de Tom examinèrent quelques instants Renee, qui en faisait des tonnes dans le rôle de la femme libérée. Puis, sans moduler sa voix qui restait poliment uniforme, elle répondit :

— Oui, je sais, madame Ranger. Je pratique moi-même la pêche et j'aime aussi me vanter d'en avoir une grosse.

Après avoir éclaté de rire, Armand se détourna rapidement et se plaqua une main sur la bouche. Comment aurait-il pu s'en empêcher ? La forte poitrine de Tom était un détail qu'on voyait juste après ou juste avant ses yeux stupéfiants. Benson se mordit la lèvre et Caleb se passionna pour le plafond, songeant une fois de plus que c'était un bonheur de voir Tom au travail. Renee admira ses ongles rouge vif en feignant un total manque d'intérêt. Tom remarqua que sa réponse avait fait rire le grand type à l'arrière, aux allures de sénateur.

— Avez-vous quitté le bar avant la panne d'électricité, madame Ranger ?

— Eh bien oui, tout à fait. J'étais dans ma chambre quand les lumières se sont éteintes.

— Très bien. Avez-vous vu la défunte au bar avant la coupure de courant ? Lui avez-vous parlé ?

— Non, je ne lui ai pas parlé, mais je suis sûre de l'avoir entendue. En fait, on l'aurait entendue même au dernier étage.

— Elle criait ?

Renee eut une grimace affectée.

— Sa voix aurait pu effrayer un caribou mort.

— Votre description m'intrigue, madame Ranger.

— Elle se vantait d'avoir tué un ours et tous les ivrognes buvaient ses paroles. Comme j'ai dit, je m'ennuyais alors je suis remontée dans ma chambre.

— Êtes-vous allée ailleurs qu'au bar et dans votre chambre pendant l'orage et la panne ?

— Non, je ne suis allée nulle part ailleurs. Pourquoi serais-je allée ailleurs ? glapit Renee, qui en avait marre d'être harcelée par cette salope à la face de lune.

Seule Merrill savait que Renee mentait, mais dans son état, elle se foutait éperdument de ce que disait Renee, ou de ce que n'importe qui pouvait dire à propos de quoi que ce soit. Quelle différence ? Bruno avait tué Gene, et elle était terrorisée. Elle était complice du meurtre de sa propre tante, et elle n'allait sûrement pas parler de sa rencontre avec Renee sous le porche arrière pendant que Bruno installait l'arbre brûlé. Et maintenant cette horrible femme flic allait la scruter de ces yeux bizarres et accusateurs. Elle savait que Bruno était assis derrière elle, elle avait pris soin de choisir un endroit d'où elle n'aurait pas à le regarder. Elle ne pouvait pas le regarder ; elle ne voulait plus jamais le regarder.

Merrill avait cordialement détesté sa tante, elle avait souhaité sa mort, avait prié pour que Gene meure. Mais à présent, oh Seigneur, à présent, elle voyait avec effroi le grand abyme séparant l'envie de tuer et le meurtre réel, un abyme sans pont qui permette de revenir en arrière – le cadavre calciné qu'on emportait alors au Thayer Medical Center de Waterville était une réalité impitoyable.

Il y avait pourtant une petite consolation, du moins pour l'instant : la cocaïne qu'elle avait absorbée avant de descendre à la cuisine – et elle en avait pris une bonne dose – était à ce moment précis en train d'anesthésier son esprit fébrile. Ahh, oui. Oui. Tellement mieux. Pour la première fois depuis qu'elle s'était assise, Merrill leva les yeux du plan de travail et les promena dans la cuisine. Soudain, elle vit les choses telles qu'elles étaient vraiment : elle n'avait pas tué Gene, elle n'avait pas brûlé son corps. Le temps guérirait sa conscience ; Gene avait toujours été malfaisante. En attendant, jamais le shérif ni son espèce d'adjointe ne découvriraient que Bruno était l'assassin. Je ne vais sûrement pas trahir quoi que ce soit, je me sens bien maintenant, je me sens super. Et Bruno… il se contentera de soutenir avec ses yeux noirs le regard de cette femme. Elle détestait désormais Bruno, mais elle savait qu'il ne craquerait jamais. C'était un dur à cuire.

Tom remarqua que la femme en pleurs avait maintenant les yeux secs et observait la pièce. Elle avait des cheveux tirant sur le roux, des taches de son comme Bradley, et la structure de leur visage était identique. Ça devait être la sœur. Elle consulta la liste : Merrill. En l'examinant, elle se rendit compte que Merrill était une belle femme, sans artifice, sans maquillage, sans aucune des cochonneries habituelles qu'employait une femme comme Renee. Une vraie beauté naturelle. Elle avait l'air de vivre sur l'eau. Bien sûr, se rappela tout à coup Tom : pendant cette partie de pêche avec Bruno Gabreau l'été précédent, il avait parlé de ces deux guides, un frère et une sœur, qui habitaient à Willow Pond. Merrill était guide de pêche, et des meilleurs, avait dit Gabreau. Avait-il commencé à coucher avec elle ? se demanda Tom. Et s'ils étaient amants, pourquoi n'était-il pas assis à côté d'elle ?

Oh oh. Il y avait un problème. À présent, c'était elle, Tom, que Merrill regardait fixement, avec un sourire ravi. Elle était soit dingue, soit droguée.

— Vous êtes Merrill Beauchamp ? demanda Tom, fixant à son tour Merrill.

— Hmmm ?

— Vous êtes Merrill Beauchamp ?

— Oh oui, répondit-elle d'une voix rêveuse et traînante. Oui, c'est moi.

Défoncée jusqu'aux sourcils, conclut Tom. Elle devait avoir pris une dose avant de venir. De la coke, sans doute. Peut-être de l'herbe, mais l'odeur âcre de la marijuana avait tendance à persister même quand le fumeur se laissait fouetter par le vent. Tom pouvait flairer à cent mètres un joint allumé, et elle ne détectait ici aucune odeur familière.

— Vous avez peut-être entendu la question que j'ai posée à votre frère et à Mme Ranger. Où étiez-vous pendant l'orage et la coupure d'électricité ?

— Où étais-je ? (La tête de Merrill roula sur le côté et son sourire s'élargit.) Oh, je ne sais pas, je n'étais à aucun endroit dont je me souvienne. (Elle gloussa tout bas.) Voilà, je n'étais à aucun endroit.

Ça promet, songea Tom. On n'en tirera rien.

— Merci, madame Beauchamp.

Le numéro de Merrill amusa Renee et Huntley qui rirent et grimacèrent tous deux dans sa direction. Qui était donc ce grand costaud ? se demanda Tom, en relisant la liste des noms qu'elle avait à la main. Elle pointa les trois noms d'homme et se pencha vers Benson pour murmurer à son oreille.

— C'est qui, sa seigneurie, là-bas ?

Benson l'attira vers lui et désigna le nom de Huntley.

— Le mari de Merrill. Ils sont séparés. Robertson Weller est en piteux état. On lui parlera demain, et Jean-Pierre, c'est le petit bonhomme en noir.

Tom se redressa et prit Huntley dans sa ligne de mire.

— À vous, monsieur. Vous êtes… Huntley Beauchamp ?

Tom prononça ce nom à la française, ce dont Huntley fut enchanté. Il émit un grognement de fausse modestie. Avec le ton courtois mais clairement condescendant qu'il réservait aux subordonnés, il répondit :

— Ça se prononce Bi-tcheum, ma chère. Bi-tcheum. Ah ah. À l'anglaise.

Il espérait une réaction, mais fut contrarié de voir que cette flic rondouillarde se contentait de le dévisager, sans qu'une ombre d'émotion passe sur son visage implacable.

Pour sa part, Tom avait été insultée d'au moins cent manières différentes au cours de sa carrière dans les forces de l'ordre. Les humiliations glissaient sur elle telle la pluie sur les plumes d'un canard. Elle étudia Huntley comme s'il s'agissait d'une espèce jusque-là non cataloguée : cheveux poivre et sel ondulés, peau tannée mais avec tendance aux bajoues, pantalon blanc, mocassins sans chaussettes, pull en coton drapé sur les épaules. Par pitié, pensa Tom. Il fait une chaleur à crever. Elle dut néanmoins reconnaître que ce grand gaillard au torse avantageux avait sans doute été canon dans sa jeunesse.

— Parfait, Bi-tcheum. Merci. Êtes-vous client du lodge ?

Le rire amusé de Huntley fut répercuté par les surfaces métalliques.

— Oh, non, cher lieutenant Barclay… (Enfin, réfléchit Tom, au moins il m'appelle par mon grade.) Je suis, selon une définition assez souple, vous comprenez, membre de la famille. Je suis conseiller en investissement pour Cedar Lodge Enterprises et je suis, hum, marié à Mlle Seldon… euh, Merrill. Nous avons découvert que nous… ne sommes, euh, ah ah, plus compatibles.

Ah, pour l'amour de Dieu, se dit Tom. Elle jeta un coup d'œil à Merrill, qui regardait autour d'elle comme Alice au pays des merveilles.

— Nous sommes, ah ah, légalement séparés, voyez-vous.

— Donc vous ne vivez pas ici, au lodge ?

— Oh, non, non, en aucune façon, ah ah. Je suis venu ce week-end conseiller Iphigene sur des questions financières. Cependant, maintenant qu'elle, euh… Hum, la situation a bien sûr tragiquement changé. (Huntley afficha son expression la plus choquée et affligée.) Je suis terriblement choqué et affligé, lieutenant Barclay. J'aimais beaucoup Mlle Seldon dans le cadre de nos relations professionnelles… et, euh, mmm, bien sûr, en tant que, comment dire… belle-mère.

Quel connard hypocrite, pensa Brad. Menteur, pauvre type, murmura Kipper entre ses dents. Quant à Merrill, elle n'entendait rien.

— Voyons, monsieur Beauchamp, où étiez-vous pendant l'orage et la coupure d'électricité ?

— Ah, oui, eh bien. (Huntley croisa les jambes puis les recroisa, en remontant avec soin son pantalon par le pli.) J'ai passé toute la durée de l'orage à trinquer au bar avec les autres. Il n'y avait réellement pas grand-chose de mieux à faire. J'étais là quand les lumières ont fini par s'éteindre pour de bon, mais je suis resté et j'ai participé aux chants, du moins ceux que je connaissais, auquel je pouvais offrir une belle voix de baryton, même si ce n'est pas à moi de le dire, ah ah. (Nouveau mensonge. À ce moment de la soirée, Huntley était encore furieux et terrorisé, alors qu'il épiait prudemment Colin et Daphne dans l'espoir qu'ils se révéleraient être ses mystérieux sauveurs. Il aurait été incapable d'émettre une seule note.) J'étais encore là quand Brad est venu annoncer que Gene avait été frappée par la foudre.

Avançons, se dit Tom. Elle se tourna brusquement vers Jean-Pierre, qui tressaillit visiblement sous son regard. Quel improbable petit bonhomme, pensa Tom. Presque une poupée. Il aurait suffi de lui mettre une robe et on aurait obtenu une femme.

— Jean-Pierre Lemaire ?

— *Oui !* répondit-il.

Tom enchaîna dans la même langue.

— *Vous êtes le chef de cuisine ?*

Les yeux bruns mouillés de Jean-Pierre s'écarquillèrent de surprise.

— *Oui, lieutenant !*

Benson et Caleb admirèrent Tom, ébahis. Cette femme était pleine de petites surprises.

— *Est-ce que vous aimiez Iphigene Seldon ?*

Inquiet, Jean-Pierre se tourna vers Kipper avec un regard suppliant. Kipper secoua imperceptiblement la tête. Il maîtrisait assez le français pour savoir que Tom venait de demander à Jean-Pierre ce qu'il pensait de Gene. Que mijotait cette putain de flic ? Tom remarqua l'échange entre les deux hommes et en prit note mentalement.

— *Madame... Lieutenant... Je ne sais pas.*

Tom repassa à l'anglais :

— Pas de problème, monsieur Lemaire. Mon français scolaire s'épuise déjà. (Elle s'interrompit et adressa à Jean-Pierre un minuscule sourire.) Depuis combien de temps êtes-vous chef ?

— Quatre ans.

— Voyez-vous une raison pour laquelle quelqu'un aurait pu vouloir tuer Iphigene Seldon ?

— Ah non, non, madame. Je suis choqué.

Tom dirigea très vite les yeux vers Kipper :

— Monsieur… Kipling Seldon ? C'est bien ça ?

— Oui. Kipper.

Alors qu'il refusait de s'exposer au terrible regard de Tom, celle-ci l'examina : des cheveux roux dépourvus des nuances auburn de son frère et de sa sœur, et un saupoudrage de taches de son bien plus généreux que les leurs. Un visage sympathique plutôt que séduisant. Pourtant, à cet instant précis, le visage de Kipper était morose, comme on pouvait le comprendre.

— Monsieur Seldon, avez-vous parlé à votre tante pendant l'orage et la coupure de courant ?

— Non. Jean… M. Lemaire et moi, nous avons servi aux clients de la viande froide et de la salade. J'avais autorisé les cuisiniers et les serveurs à partir de bonne heure, avant l'arrivée de l'orage. J'ai vu tante Gene au dîner mais je ne lui ai pas parlé. Après ça, je n'avais aucune envie de passer la soirée avec une bande de pêcheurs saouls, donc j'ai travaillé sur mon ordinateur dans ma chambre. Tant qu'il y a eu de l'électricité, bien sûr.

— Et vous, voyez-vous une raison pour laquelle on aurait voulu tuer votre tante ?

La légère hésitation de Kipper fut suffisante pour retenir l'attention de Tom.

— Non ! Bien sûr que non.

— Bien… Voyons voir… (Tom contempla quelques secondes les spots du plafond, puis baissa lentement son regard vers Bruno.) Monsieur Gabreau. (Silence.) Vous êtes client du lodge ?

Bruno entra dans le jeu de Tom. Il croisa les bras sur la poitrine et la fixa sans répondre, sans aucune émotion visible sur son visage sombre. Il se rappelait avoir été le guide de Tom l'été précédent, mais il ignorait alors qu'elle était dans la police. À présent, elle les soumettait à la question comme un flic dur à cuire dans *New York, police judiciaire*. Ça le dégoûtait. Pour Bruno, les femmes dans la police étaient quelque chose de contre nature.

— Monsieur Gabreau ?

— J'ai été invité ici.

— Par ?

— Merrill Seldon.

Bon, pensa Tom, au moins, il ne tourne pas autour du pot. Elle jeta un coup d'œil vers Merrill, mais celle-ci ne prêtait aucune attention : elle était encore en train d'admirer quelque chose que personne d'autre ne voyait.

— Je vais vous poser la même question qu'aux autres : où étiez-vous pendant…

— Je me bourrais la gueule.

— Et avez-vous…

— Non, je n'ai pas parlé à Gene et non, je ne sais pas qui l'a tuée.

— Vous êtes très catégorique, monsieur Gabreau.

— Eh oui. Toujours.

Tom se détourna brusquement et braqua son regard sur Brad.

— Monsieur Bradley Seldon, voyez-vous qui aurait pu vouloir tuer votre tante ?

Brad éclata de rire.

— Si je vois qui… Waouh, lieutenant Thomasina, vous voulez combien de noms ? Quatre, cinq, six ?

Tom fut prise au dépourvu et elle sentit que son visage normalement impassible exprimait la surprise. Merde. Et maintenant ?

— Et quels sont ces noms ? demanda-t-elle, en s'assurant que sa voix ne trahissait pas sa stupeur.

— À vous de trouver. Nous sommes tous ici, dans cette pièce.

18

— Je n'ai jamais rien vu d'aussi bizarre, dit Tom. Il a accusé tous les autres de vouloir la mort de Gene Seldon, et ensuite il s'est déclaré premier de la liste.

— Et a aussitôt nié avoir commis le crime.

— Naturellement.

Après l'étonnante déclaration de Brad, une cacophonie de démentis furieux avait éclaté, émanant de Renee, Kipper, Jean-Pierre, Bruno et Huntley, tandis que Brad les regardait s'énerver avec un rire d'ivrogne. Merrill avait posé sur lui un regard vide, s'efforçant de comprendre la cause de ce vacarme. Armand avait simplement froncé les sourcils et tordu rageusement sa moustache.

— Ah, non, mon cher lieutenant-si-vous-voulez-bien, avait dit Brad, il y a une grande différence entre fantasmer sur un meurtre et le commettre réellement, non ?

— Mais vous admettez avoir voulu la mort de votre tante ? avait demandé Tom.

— L'admettre ? Si je l'admets ? Allons, Thomasina, je ne me suis pas subitement effondré durant votre interrogatoire intimidant. J'ai volontairement exprimé mes pensées coupables, non ?

À ce moment-là, Kipper, écarlate et tremblant, avait lâché :

— Oui, et tu nous as volontairement mis dedans, espèce de salaud… Non ? ajouta-t-il en imitant Brad.

Mais Brad avait continué à vociférer.

— Gene détestait notre père et notre mère, elle nous détestait, et elle était cruelle. Elle nous avait tous enchaînés à cet endroit.

Et Kipper avait hurlé :

— Ta gueule, Brad ! Je n'ai pas tué Gene, et Merrill non plus ! C'est toi qui devrais tomber raide mort !

Le cri de rage de Kipper avait arraché Merrill à sa torpeur, et elle s'était remise à pleurer. Tom avait remarqué que, curieusement, Jean-Pierre s'était également mis à pleurer, les deux mains sur le visage.

Au bout de trois quarts d'heure, alors que la famille était plongée dans les pires tourments et que Tom n'avait toujours pas avancé car tout le monde, sauf Armand, niait obstinément avoir approché Gene, Benson mit un terme à l'interrogatoire.

Il était resté dans la cuisine avec Tom, Caleb et les Godwin.

— Brad est un sacré fils de pute. Il est toujours comme ça ? demanda Tom.

— Il est toujours ivre, répondit Six.

— Je pense qu'il est un peu dérangé, précisa Alicia. Et Genc nous avait dit que Merrill prenait de la cocaïne.

— Ah oui, ça paraît incontestable, dit Tom. Elle avait l'air de flotter dans une autre atmosphère. Mais pourquoi pensez-vous que Brad est dérangé ?

Alicia parut songeuse.

— Eh bien, "dérangé" est peut-être un mot trop fort. Il est en général assez acerbe et déplaisant à cause de l'alcool, mais je pensais à sa peur obsessionnelle des orages. C'est ce que Gene nous a raconté. Elle a dit qu'il ne sortait jamais lorsqu'il y avait un orage, et que sa chambre est pleine d'instruments météorologiques : il veut toujours savoir si un orage se prépare.

— Mon Dieu, s'exclama Tom. Cet étalon a peur des orages ? Quel choc !

— Oui, je sais que ça paraît ridicule, intervint Six, mais il y a une raison. Brad, Merrill, Kipper, ils adoraient leurs parents, Reg et Annice. Nous les connaissions. Des gens charmants, exquis. Il y a près de vingt ans, ils ont été tués ensemble par la foudre alors qu'ils se trouvaient dans leur bateau amarré au ponton. Brad est arrivé le premier sur les lieux, puis il a obligé son frère et sa sœur à rentrer dans la maison avant qu'ils aient pu voir les corps. D'après ce que Gene nous a confié, Reg et Annice étaient sérieusement brûlés. Apparemment, Brad a été tellement affecté par ce spectacle qu'il s'est ensuite tourné vers la bouteille, et il ne s'est jamais arrêté de boire. Il a une peur bleue des orages. Il ne mettrait jamais le nez dehors lorsqu'il y en a un.

Tom était intriguée.

— C'est incroyable. Enfin, si on pense à ce qui s'est passé ce soir…

Six commença à fouiller ses différentes poches pour trouver sa pipe et sa blague à tabac, qui n'étaient jamais dans la même poche, constata-t-il une fois de plus avec étonnement ; la pipe, la blague et le briquet étaient souvent dans trois poches distinctes. Enfin. Alors qu'il bourrait sa pipe de tabac, il s'aperçut que les autres l'observaient attentivement. Il parut gêné.

— Oh, désolé. Ça gêne quelqu'un ?

Comme ça ne gênait personne, Benson dit :

— Je crois que je vais faire comme vous. (Il plongea la main dans les poches intérieures de sa veste et localisa deux cigares.) Ça vous tente ? demanda-t-il en les agitant.

Personne n'étant tenté, il se contenta d'en allumer un pendant que Six tirait de sa pipe un impressionnant nimbus de fumée.

— Reg et Annice n'avaient pas fait de testament, poursuivit Six dès qu'il eut assez bourré sa pipe. À leur mort, Gene a hérité de tout. Les trois enfants n'avaient jamais aimé Gene, mais lorsqu'elle a obtenu ce qu'ils pensaient leur appartenir de droit – on ne peut pas vraiment le leur reprocher, je crois –, ils se sont mis à la haïr. Ils avaient grandi à Cedar Lodge, ils n'avaient jamais connu d'autre vie qu'ici, et ils n'avaient jamais su faire autre chose que pêcher. Donc ils étaient piégés. Gene leur versait un gros salaire, et ils étaient employés dans leur propre maison, en quelque sorte. Elle les avait avertis qu'elle déshériterait celui qui quitterait Cedar Lodge. Ils ne pouvaient pas lâcher un héritage qui devait leur rapporter plus de dix millions de dollars chacun.

— Je n'ai jamais souffert de ce problème, dit Tom. Donc ils restaient là en attendant qu'elle meure ?

— Oui. Sauf que Gene était solide comme un caribou et espérait vivre encore longtemps.

— Ils ont fait des études ?

— Oh, ils sont allés à l'université, hein, Six ? dit Benson.

Six chassa la fumée qui s'enroulait autour de sa tête.

— Ouais. Brad et Merrill sont allés à Colby. Alicia et moi, on se rappelle l'époque où ils étaient étudiants. Ils aimaient tellement leurs parents et le lodge qu'ils n'avaient pas envie de partir à l'université. Kipper était en première année quand ses parents sont morts. Il a tout plaqué et il a sombré dans la drogue.

— Mais visiblement, il a réussi à sortir du trou à un moment.

— Eh bien, ça, c'est très curieux. D'après Gene, c'est elle qui l'a sauvé, qui l'a désintoxiqué, qui l'a renvoyé à Colby, et qui lui a ensuite appris à gérer le lodge. Elle nous a dit qu'elle avait essayé de l'aimer comme un fils et qu'elle était devenue folle de rage lorsqu'il avait réclamé sa part d'héritage afin d'aller à New York ouvrir un nouveau restaurant pour Jean-Pierre.

— Vous savez, réfléchit Tom à voix haute, j'ai un très mauvais pressentiment à ce sujet. Vous avez peut-être eu la même idée.

— Vas-y, dit Benson.

— Eh bien, la foudre a tué les parents et les brûlures les ont défigurés. Ce soir, Gene Seldon a été tuée et son corps est brûlé. Si ce n'est pas la foudre – ce dont nous sommes presque certains – alors il semble bien que quelqu'un ait voulu signer sa vengeance.

— Quel genre d'âme noire aurait pu faire ça ?

— Ni la langue ni le cœur ne peuvent le nommer ! dit Alicia.

— Pardon ? dit Benson.

— Oh. C'est dans *Macbeth*. (Alicia parut gênée d'avoir étalé son érudition.) Excusez-moi.

— Il n'y a pas de quoi, dit Tom. La citation était tout à fait appropriée.

Alicia tira soudain Six par le bras.

— Six ! Tout ça me rappelle quelque chose. J'avais oublié, et toi aussi. Quand tu as appelé à l'aide, juste après avoir découvert Gene, c'est Brad qui a accouru.

Six grimaça et ferma les yeux.

— Mon Dieu, oui. Comment ai-je pu oublier ?

Alicia se tourna vers Tom.

— C'est Brad qui est arrivé au bar dans le noir et qui a dit à Armand de le suivre dehors, derrière le lodge. Il est venu tout près de moi, j'ai bien senti qu'il était mouillé. Brad était sorti sous l'orage en entendant Six crier.

— Mais il était peut-être sous le porche quand il a entendu Six pousser des cris, suggéra Benson.

— Non, non… Attendez une minute. Je me souviens, maintenant. J'appelais au secours et j'ai entendu une voix répondre : “Qui est là ? Qui est là ?” Et je l'ai vu – au début, je ne savais pas que c'était Brad – qui arrivait de l'extrémité est du parking, derrière les voitures.

— J'imagine que nous aurons quelques questions à lui poser demain matin, risqua Caleb.

Six frappa sa pipe sur le talon de sa chaussure pour évacuer les cendres.

— On dirait bien.

Benson conduisait, Tom à ses côtés et Caleb à l'arrière. Il était 1 heure et demie du matin et ils roulaient vers l'est sur la 225. Les yeux qu'on voyait parfois briller dans les phares indiquaient que les animaux nocturnes étaient de sortie.

Tom se tourna sur son siège autant que la ceinture le lui permettait, afin de voir les deux hommes quand elle leur parlait.

— Expliquez-moi une chose. Si Brad Seldon est toujours saoul, alors comment peut-il bien être l'un des meilleurs guides de pêche de l'État, comme le disent les pubs ?

— Ça paraît invraisemblable, hein ? répondit Benson. Je ne sais pas comment il se débrouille. Et je me demande si Merrill se drogue lorsqu'elle emmène des gens sur le lac.

— Quelle bande de lascars !

— Et tu as vu comment Brad a réussi à se mettre tout le monde à dos ?

— Vous savez, dit Caleb, il pourrait avoir causé tout ce scandale pour détourner de lui les soupçons.

Tom le regarda.

— Très bien vu, Caleb. C'était peut-être exactement ce qu'il essayait de faire. Sacrément bien vu.

Ses paroles flattèrent Caleb bien plus qu'elle ne l'imaginait. Depuis des années, Caleb désirait en secret le lieutenant Barclay, mais il était terrorisé à l'idée de lui parler. Elle était sa supérieure, inspectrice – et rudement futée, en plus –, professeur de criminologie, et… Enfin, Dieu sait ce qu'elle était d'autre. Pourtant, c'était plus fort que lui. Pour Caleb, c'était une femme à couper le souffle ; elle était solidement bâtie, et lui aussi, et il cherchait une partenaire à sa taille. Ce devait être de l'amour, songcait-il souvent, mais il n'allait certainement pas faire quelque chose de stupide, comme par exemple aller cracher le morceau à Tom. Adepte de l'autodiscipline, Caleb garderait ses sentiments dans sa poche avec son mouchoir par-dessus jusqu'à… eh bien, jusqu'à l'incident magique ou non qui la ferait entrer dans sa vie. L'espoir fait vivre, se dit-il, expression qui le chatouillait depuis qu'il avait vu une allégorie de l'espoir, représenté par une femme gambadant dans une vaste prairie.

— Un cerf ! hurla Tom.

Benson écrasa les freins. Le cerf surgit des arbres et s'arrêta sur l'accotement droit de la route. La bête tourna la tête vers la voiture, ses yeux brillèrent dans les phares, puis elle repartit dans les bois.

Tom resta un moment plongée dans ses pensées alors que Benson reprenait de la vitesse.

— Je me suis mal débrouillée avec eux.

— Tu as très bien su les gérer, lui dit Benson. Je ne vois pas comment tu aurais pu faire mieux, mais…

— Mais je n'ai absolument rien tiré d'eux, termina Tom. Personne n'a rien vu, personne n'a rien dit, personne n'a parlé à Gene Seldon pendant l'orage et la panne de courant, et personne n'aurait osé la toucher. Merde !

De l'arrière, Caleb ricana.

— Tu sais qu'ils ont tous dit un ou plusieurs mensonges.

— C'est une vraie serre, là-dedans, répondit Tom. Trop de gens séduisants rassemblés dans une situation explosive. Ça ne m'aurait pas dérangé qu'il y en ait deux ou trois moches.

— Oh, Armand est grand mais il n'est pas beau, dit Caleb.

— Il est très bien, mais je ne le mettais pas vraiment dans le même sac. Enfin, on le connaît depuis des années, vous le voyez tuer quelqu'un en lui mettant le feu ?

— Ça défie le sens commun, j'avoue, admit Benson.

— Il a participé à plusieurs bagarres assez violentes, il y a quelques années, proposa Caleb, et un jour j'ai même dû l'arrêter à cause de ça. Mais honnêtement, je ne le vois pas commettre un meurtre. (Il repensa à toute cette soirée.) On est sur le grill, pour cette affaire, non ?

— Oui, dit Benson. C'est la pire affaire que j'aie eu à traiter depuis que je suis devenu adjoint du shérif. C'est notre affaire, et nous allons devoir trouver un coupable. On n'en sortira pas autrement. (Il soupira profondément.) Je me demande parfois pourquoi j'ai renoncé à devenir garde-chasse et garde-pêche.

— Pour vous en mettre plein les poches ? suggéra Caleb.

— Ah ouais. Ouais, j'avais oublié. Les fonctionnaires du comté roulent sur l'or, c'est bien connu ! (Il garda le silence une minute.) Vous vous rendez compte ? Nous avions un tueur parmi nous, dans cette cuisine. Et une belle ordure, en plus. C'est forcément l'un d'eux, vous ne pensez pas ?

— Ça en a tout l'air, mais la prudence exige que nous envisagions aussi l'éventualité que ce soit un client du lodge. Je n'y crois pas, mais… enfin, on ne sait jamais.

— Tu as raison, Tom. C'est exactement ce que nous devons faire. Quand j'imagine tous ces gens qui faisaient les cons pendant l'orage et qui ont pu se faufiler n'importe où pendant la panne de courant, ça me rend dingue. J'espère juste limiter le nombre de suspects. Demain matin, nous leur parlerons en groupe, puis nous recueillerons toutes les informations nécessaires pour les contacter. Ça pourrait être quelqu'un qui a connu Gene autrefois, une vieille rancœur qui s'est envenimée.

— Ou un partenaire commercial, dit Caleb. Pourquoi pas ? M. Godwin a bien dit que Cedar Lodge valait quarante-huit millions ?

— Sacrément bien vu, Caleb, dit Tom en lui souriant. Et il faut qu'on reparle avec Huntley Bi-tcheum. Un sacré numéro. Je ne savais pas qu'il y avait des gens qui parlaient comme ça dans la vraie vie.

— Un vrai casse-couilles, Tom, lui dit Caleb.

Le sujet l'échauffait et, en son for intérieur, il pensait que si Tom lui adressait encore un compliment, il allait avoir une érection.

— Nous avons aussi l'avocat qui devait venir pour la réunion familiale, dit Benson. Nous devons obtenir confirmation que Gene voulait changer son testament. Selon Six et Alicia, elle allait céder à Kipper une part majoritaire, cinquante-cinq pour cent mais j'aimerais voir tous les détails.

Benson ralentit et arrêta la voiture à l'intersection des routes 11 et 8.

— Regardez ! s'écria Tom.

Sur la droite, à peine visible au clair de lune, deux renards se glissaient dans les herbes longeant une clôture en bois.

Benson se rappela tout à coup une chanson qu'il aimait beaucoup quand il était enfant. À la surprise de Tom et de Caleb, il se mit à chanter :

Oh, the fox went out on a chilly night,
He prayed for the moon to give him light[*]*...*

[*] "Le renard s'en allait par une nuit glacée, espérant que la lune l'éclairerait assez."

— Jésus Marie Joseph, s'exclama Six.

Après avoir roulé en boule ses chaussettes qu'il venait d'enlever, il les lança quelque part. Peu importe où elles tombent, se dit-il. Il était d'une humeur de chien. La vision de la tête affreusement brûlée de Gene hantait constamment son esprit. Assis sur le bord du lit, épuisé et hébété, l'âme (le côté agnostique de son cerveau – lequel était-ce, le gauche ou le droit ? – se demandait souvent si l'âme existait, mais l'autre affirmait que oui) alourdie par cette confrontation avec la barbarie inhumaine, il se rappela le coup de fil que Gene lui avait passé seulement quelques jours auparavant et eut l'impression d'être Agamemnon recevant un appel de Cassandre. Cela semblait appartenir à un passé vraiment lointain.

Il était en sous-vêtements et prêt à se coucher, mais malgré son épuisement, il craignait que le sommeil ne vienne pas. Dieu merci il avait Alicia, son port d'amour dans toutes les tempêtes. Il la regarda se déshabiller et se dit qu'elle était encore superbe malgré les ravages physiques du temps. S'il s'était agi d'un week-end normal, d'une nuit normale loin de chez eux, qui inspirait ordinairement une énergie sexuelle renouvelée à la plupart des couples, ils se seraient adonnés à leurs vieux tours ; dans les circonstances présentes, songer au plaisir semblait indécent.

Alicia vint s'asseoir à côté de lui.

— Oh, Six, c'est vraiment la chose la plus affreuse qui soit, la plus affreuse. (Les yeux remplis de larmes, elle posa la tête sur son épaule.) Qui aurait pu imaginer qu'il existe des êtres aussi malfaisants ? J'ai encore du mal à le croire. Nous avons passé une bonne partie de la soirée avec elle, à côté d'elle, et il a suffi qu'elle sorte pour être assassinée – anéantie – de manière aussi atroce, c'est tellement… Oh, mon Dieu.

— Oui, j'ai du mal à le digérer, moi aussi.

— Et tu es le premier à l'avoir vue. Mon pauvre amour, c'est terrible.

— Je ne veux plus jamais rien voir de pareil.

— Qu'allons-nous faire demain ?

— Benson m'a expliqué que si nous n'étions pas pressés de rentrer chez nous, il nous serait reconnaissant de rester avec les autres clients du lodge quand Tom, Caleb et lui les interrogeront. Il pense que nous pourrons peut-être voir ou entendre quelque chose. Ou simplement ajouter notre grain de sel aux questions-réponses. Qu'est-ce que tu en dis ?

— Oui, bien sûr, nous devons aider si nous le pouvons, répondit Alicia. Nous sommes encore flics ?

— J'ai l'impression. Nous pourrons rentrer chez nous demain après-midi ou demain soir. (Ils gardèrent le silence pendant quelques minutes.) Tu sais, mon petit cœur, il y a déjà un truc qui me turlupine. Quelque chose… oh, je ne sais pas. C'est comme si j'avais oublié quelque chose d'important que j'aurais dû dire à Benson. Peut-être un truc que j'ai vu ou entendu. Avec l'âge, mes synapses commencent à patiner.

— Ça va te revenir, mon petit papy. Je vais te dire quelque chose.

— Quoi ?

— J'ai la désagréable sensation qu'on va avoir un sacré choc quand le tueur sera démasqué. Ce sera affreux, je le sais. Et il est ici, Six, quelque part dans ce lodge.

— Ouais, forcément. Benson a placé deux adjoints pour barrer la route et tous les bateaux ont été rentrés, donc à moins que l'assassin soit désespéré au point de s'enfuir dans les bois, il est encore ici, dans le poulailler, comme a dit Benson.

APRÈS l'interrogatoire par le lieutenant Barclay, et bien qu'encore défoncée, Merrill s'était ressaisie. Elle était sortie de la cuisine à tâtons et avait monté l'escalier aussi vite qu'elle le pouvait. Quand Bruno, soucieux, arriva à la porte de leur chambre, il trouva celle-ci fermée à clef, et sa valise et ses vêtements dans le couloir. Il frappa.

— Merrill. Merrill. Ouvre, s'il te plaît. Il faut que je te parle.

Il attendit. Silence. Quelle garce, pensa-t-il. Ça devenait sérieux. Dans son état, elle risquait d'aller tout raconter au shérif et à la flic.

— Merrill ! (Il frappa de nouveau, plus fort.) Merrill, pour l'amour du Ciel, laisse-moi te parler !

Une porte s'ouvrit dans le couloir et le visage large d'un pêcheur agacé lui lança un regard noir. Bruno ramassa ses affaires et partit en quête d'un endroit où se coucher.

Assis sur le bord d'une chaise, Jean-Pierre tremblait, les joues ruisselant de larmes, les mains serrées devant lui. Il observait Kipper, qui buvait du gin et que cela mettait d'assez méchante humeur. Comme Kipper buvait rarement, le gin avait sur lui un effet très fort.

— Tu me fais peur, mon chéri.

Kipper émit un grognement de dégoût.

— Oh, fous-moi la paix.

— Tu n'es plus le même. Tu as l'air… fou.

— Je suis fou de rage contre mon putain de frère, pas contre toi, mon chaton. J'ai envie le tuer, ce connard prétentieux.

— Non, non, non. Je t'en prie, ne dis pas de choses pareilles. J'ai peur que tu aies tué Gene.

— Mais merde, Jean-Pierre ! On en a déjà parlé. Je te le répète pour la énième fois : je n'ai pas tué cette vieille…

Sa voix s'éteignit et il but une nouvelle rasade de gin.

— Mais je t'ai entendu dire que tu allais faire en sorte de nous libérer.

— JE. NE. L'AI. PAS. TUÉE ! (Voyant Jean-Pierre sursauter, Kipper radoucit son visage.) Écoute, mon petit Frenchie adoré, je t'aime et maintenant nous sommes libres. La vieille sorcière est morte. Nous sommes libres de faire tout ce que nous voulons.

Jean-Pierre se laissa aller contre le dossier de sa chaise et ferma les yeux, mais sans cesser de trembler.

❧

HUNTLEY redevenait nerveux. Les graphiques "créatifs" des sociétés-écrans avaient été habilement intégrés aux rapports financiers de Cedar Lodge Enterprises, Iphigene Seldon avait choisi le moment idéal pour mourir et la réunion familiale de dimanche était évidemment suspendue, mais Huntley n'en ressentait pas moins un vif désir de prendre ses distances par rapport à Cedar Lodge. Le vieux salaud d'avocat fouineur de Gene allait fourrer son nez partout. S'il cherchait assez longtemps et assez profond, la situation risquait de devenir très tendue pour la société Beauchamp Portfolio Investments Inc. Et il y avait maintenant cette putain de flic au gros cul qui se croyait dans *Les Experts : Miami*. Elle mettait Huntley très clairement mal à l'aise. La scène dans la cuisine avait été une vilaine surprise. Il pensait que le Maine rural ne pouvait rien produire de plus intimidant qu'un shérif au cerveau ramolli sous son grand chapeau. Au lieu de quoi la police du comté de Somerbec ressemblait plus à un groupe d'hommes d'affaires portant le revolver à la ceinture, au milieu desquels avait surgi cette inspectrice. Bon Dieu, une inspectrice ! Il ne savait pas que les shérifs employaient ce genre d'enquêteur. Et il n'aimait pas du tout la façon dont le lieutenant Thomasina Barclay l'avait regardé. Ces yeux… Quand elle avait fixé ces yeux impitoyables sur les siens, Huntley Beauchamp avait senti Jack Spurling gigoter en lui. Il ne manquerait plus que l'avocat *et* l'inspectrice se mettent à flairer partout pour retrouver la trace de l'argent disparu.

Le Canada redevenait une destination attirante dans l'esprit de Huntley. Il ne redoutait pourtant rien dans l'immédiat. Pour le moment, il avait couvert ses arrières. Certes, il devait encore sept cent cinquante mille dollars à "l'homme d'affaires discret", mais il se les procurerait sans peine en vendant son appartement et son bateau. Non, il n'y avait aucune menace immédiate, et personne ne viendrait lui tirer dans les rotules ou lui infliger quelque autre torture en vogue parmi les gangsters pour le recouvrement des dettes. Il voulait simplement s'accorder de petites vacances, le temps que l'enquête se calme. Il était à la tête d'une centaine de milliers de dollars et il pouvait gérer Beauchamp Portolio depuis son ordinateur portable. Une fois que les choses seraient rentrées dans l'ordre à Cedar Lodge et ses environs, il pourrait accorder le divorce à Merrill et obtenir sa récompense d'un million de dollars et demi. Après ça… une autre ville, un autre nouveau départ pour le beau-parleur professionnel qu'il était.

INCAPABLE de dormir, Renee arpentait le porche sur lequel ouvrait sa chambre. Elle était tiraillée entre l'angoisse, incarnée par le bureau du shérif et sa putain d'inspectrice qui foutait la trouille, et l'enthousiasme à l'idée de sa future carrière internationale de riche croqueuse d'hommes. Les craintes inspirées par l'Elavil qu'elle avait donné à Gene furent apaisées lorsqu'elle se persuada que même si le médicament était découvert lors de l'autopsie, qui saurait que c'était elle qui l'avait versé dans le verre de Gene ? Le vieux était ivre mort, elle tournait le dos à Six Godwin, et grâce à sa manche, ni Armand ni les autres clients du bar n'avaient pu la voir vider son poudrier.

Souriant toute seule, elle se mit à préparer son itinéraire. Dès que Brad lui aurait offert deux millions de dollars en échange du divorce qu'elle lui accordait, le premier arrêt serait le Monténégro. Rien qu'à s'imaginer se pavanant dans le casino, habillée comme Eva Green dans *Casino Royale* avec Daniel Craig, un vague désir commença à l'échauffer. (Le lendemain, Nelson Bolston serait peut-être partant pour une nouvelle heure de gymnastique en chambre, pensa-t-elle.) Les films de James Bond ! Voilà la vie dont elle rêvait, et le genre d'hommes et de femmes qu'elle souhaitait côtoyer. Le fantasme cinématographique et la réalité commençaient à fusionner dans son imagination enfiévrée mais alimentée par un QI modeste. Renee avait l'intention de visiter tous les endroits glamours qu'on voyait dans les *James Bond*. Après le

Monténégro, Londres. Puis la Jamaïque. Ensuite Miami, à cause de *Goldfinger*. Puis Venise, Genève, Le Caire, Istanbul, la liste continuait ainsi délicieusement, et à chaque nouvelle destination, elle aurait…

Renee était tellement en transe que la silhouette solitaire qu'elle voyait au bout du ponton central ne s'imprima pas réellement dans sa conscience.

— ENFIN libre ! Enfin libre ! Merci, Dieu tout-puissant, je suis enfin libre !

Debout sur le ponton, Brad adressait cette déclaration au clair de lune qui coulait comme une rivière au milieu des eaux immobiles de Willow Pond. Oui, il le savait, il était ridicule d'appliquer à sa petite vie minable le cri élégiaque de Martin Luther King, mais ce qu'il ressentait n'en était pas moins authentique. Il était enfin libre, mais était-il trop tard, peut-être, pour en tirer une joie durable ? N'était-il enfin libre que pour charrier à jamais la culpabilité et le remords ?

Il avait souhaité la mort de Gene presque tous les jours. Il avait prié Dieu de la faire mourir. Mais finalement, Dieu n'avait pas été nécessaire, juste la main meurtrière d'un individu poussé à bout par le contrôle sans merci qu'elle exerçait sur tout le monde et sur toute chose autour d'elle. Et maintenant qu'elle était bel et bien morte, il avait envie de pleurer. Trouver le bonheur grâce à la mort d'un autre être humain semblait à présent la chose la plus triste au monde. Ce sentiment se dissipera avec le temps, se disait-il, il se dissipera sûrement.

Je partirai d'ici. Kipper et Merrill pourront gérer Cedar Lodge, décida-t-il. Se casser le cul tous les jours à gérer Cedar Lodge était bien la dernière chose à laquelle il avait envie de consacrer sa vie. S'ils ne le voulaient pas, alors tant pis, on vendrait. Il souhaitait toucher tout de suite sa part. Puis, avec ses millions, bénis soient-ils, le restant de ses jours se passerait comme une paisible croisière. Il y aurait d'autres femmes, différentes de cette vipère de Renee, des femmes merveilleuses au tempérament chaud. Et il y aurait d'autres poissons dans les eaux chaudes des mers tropicales. Il y jetterait sa ligne, puis boirait à l'ombre des porches. Il savait qu'il ne pourrait jamais s'arrêter de boire. Il ne voulait pas s'arrêter de boire. Le bourbon couleur d'or domptait son cœur sauvage et lui apportait du bonheur. Si l'alcool abrégeait sa vie, quelle importance ? Qui cela pourrait-il gêner ? Une existence prolongée par une morne sobriété qui lui écraserait l'âme ne l'attirait absolument pas.

Il se retourna et partit lentement vers le lodge, sentant que le sommeil allait enfin venir. Les jours qui arrivaient seraient une épreuve pour ses nerfs. Il fallait qu'il survive au shérif et à son inspectrice aux yeux glacés.

ARMAND emprunta la route 27 en direction du sud et roulait vers son humble camp, sur Long Pond, à la sortie du village de Belgrade Lakes. Au cours de ses cinquante-sept années de vie, il en avait vu et subi de toutes sortes, mais il ne pouvait penser à rien de pire que ce qui venait de se passer ce soir-là. Sa patronne, une femme qu'il connaissait depuis quinze ans, bien avant de devenir barman au lodge, avait été brûlée comme un animal rôti sur le feu d'un chasseur. Il lui avait servi à boire, les lumières s'étaient éteintes et elle était partie à la rencontre d'une mort douloureuse et cauchemardesque. Peut-être n'était-elle déjà plus en vie lorsqu'elle avait été calcinée. Il l'espérait de tout son cœur. Peut-être avait-elle d'abord été tuée par un coup à la tête ou par une balle.

En attendant, Armand avait un problème. Il sentait qu'il devait dire au shérif Doucette ce qu'il avait vu, mais il n'était pas du tout sûr que cela ait un rapport avec la mort de Gene. Il adorait Cedar Lodge, il avait de la sympathie pour Gene Seldon, toute vieille carne qu'elle était, et il aimait bien Merrill, Kipper et Brad – surtout Brad. C'était un type hilarant, et le pêcheur le plus étonnant qui soit ; il traitait Armand avec affection, comme un camarade. La femme de Brad, en revanche, il s'en serait bien passé. Qu'un homme comme Brad ait pu se laisser embobiner par une peste comme Renee, voilà qui dépassait l'entendement.

Le problème concernait Renee.

Il avait vu cette satanée bonne femme faire un truc bizarre au bout du comptoir. Quand Gene avait quitté la pièce, il avait vu Renee venir s'asseoir très vite à sa place, à côté de Bob Weller, s'agiter et lui sourire, remuer sa chevelure, se livrer à son numéro de vamp. Armand avait beau se complaire dans le rôle du grand bûcheron rieur, c'était un homme à l'esprit vif, habitué à lire les mille signes naturels qui indiquaient la différence entre une bonne et une mauvaise journée pour la pêche ou la chasse. Et cette perspicacité d'amateur de plein air, il l'appliquait à son travail de barman à mi-temps, emploi qu'il en était venu à beaucoup apprécier. Il était assez fier d'être capable de presque tout embrasser d'un regard, de saisir le mouvement constant dont étaient animés les clients du bar, de sorte qu'il prévoyait en général quand un buveur allait lever sa main en un geste familier invitant le barman à le lui remplir à nouveau.

Voilà pourquoi il avait repéré les mouvements anormaux de Renee lorsqu'elle s'était approchée de Weller. Elle avait déployé son bras gauche, secouant le tissu de sa manche volumineuse, puis s'était bizarrement penchée au-dessus du comptoir, si bien que sa manche enveloppait le verre de whisky de Gene. Était-ce simplement une attitude théâtrale visant à attirer l'attention du vieux ? Armand n'y croyait pas.

Quand Gene était réapparue à l'entrée de la pièce, Renee avait déguerpi. Et ensuite… Cet instant était gravé dans sa mémoire… Gene avait avalé le whisky et dit qu'il avait "un goût de merde de poisson".

Armand savait ce qu'il avait vu. Cela ne lui inspirait rien de bon. Plus il y pensait, plus il était convaincu que la femme de Brad, cette salope, avait mis quelque chose dans le whisky.

Robertson Weller se réveilla aux premières heures de la matinée, tourmenté par une abominable gueule de bois et par cette prise de conscience horrible : Gene avait été assassinée. Seigneur Dieu, comment cela pouvait-il être possible ? Comment ? Partant de ses globes oculaires, la douleur lui transperçait le cerveau. Son gosier était desséché et ses lèvres étaient comme cuites ensemble. Il ouvrit la bouche avec un claquement, inspira et gémit. Il lui fallait de l'eau. De l'eau ! Il se redressa sur son lit avec d'infinies précautions, mais ce seul mouvement lent fut cause de vertige et de nausée. Il fit pivoter ses jambes vers le sol, l'une après l'autre, et rassembla tout son courage pour se mettre debout. La pièce vacilla et il eut un haut-le-cœur lorsque, poussé par un besoin désespéré, il tituba vers la salle de bain et avala trois verres d'eau. Il se plia en deux quand son estomac se crispa, mais il s'accrocha au lavabo jusqu'à ce que la douleur s'estompe. Puis il avala quatre gros cachets d'aspirine avec un autre verre d'eau et repartit à tâtons vers le lit. Il s'allongea avec précaution et inspira profondément pendant cinq minutes, jusqu'à ce que la sensation de tourbillon s'atténue et que la migraine se dissipe.

Il s'en voulait d'avoir bu autant en s'apitoyant sur son propre sort. Quand Gene avait été tuée, il était ivre, bon à rien, écroulé sur le bar comme un vulgaire voyou. Il aurait pu la protéger, il aurait pu lui sauver la vie. Mais au bar, la veille au soir, il n'avait été bon qu'à évoquer sa chute de play-boy pathétique devenu vieux, la fortune héritée de ses parents qu'il avait follement dilapidée pour deux épouses célèbres pour leur beauté et leur narcissisme, en Ferrari et en Maserati Gran-Turismo, en bateaux de course, en avions et en maisons sur des îles, qui n'étaient plus aujourd'hui que des souvenirs brumeux.

Ce visage fantomatique qu'il venait de voir dans le miroir de la salle de bains, aux bajoues couvertes de poils blancs, avec ses poches sous les yeux et ses beaux cheveux devenus gris, était-ce le visage de l'homme qui avait franchi la ligne d'arrivée à Sebring et lors du Grand Prix de Monaco ? L'homme qui avait tenu quatre chukkas dans un match de polo contre les meilleurs joueurs argentins ? Le champion de tennis du country club ? Et le golden boy d'Andover et de Yale, qu'était-il devenu ? Ils avaient disparu, ces hommes-là, ne laissant derrière eux qu'un vieillard cabossé qui avait juste de quoi payer son loyer et s'acheter à manger et à boire pour six mois environ. Comme il n'avait jamais travaillé, la Sécurité sociale n'avait pas lancé de bouée de sauvetage au vieux plaisancier. Son assurance santé ne couvrait même pas les frais d'hospitalisation.

Robertson Lowell Weller vivait de son charme, de son allure de vieux beau, d'une garde-robe vieillissante composée de vestes, pantalons et chemises sur mesure, et d'une rangée entière de chaussures faites main profondément craquelées. Soit il épousait une femme riche, soit il sortait le revolver rangé dans un tiroir de son bureau. Sauf que le bureau se trouvait dans une pièce de la maison appartenant à sa seconde femme. Enfin, il avait encore le revolver.

Et puis l'an dernier, il était venu à Cedar Lodge, attiré par les publicités promettant une pêche excellente, des repas succulents et… du repos. Oh, il en avait grand besoin, de repos, après avoir fait une cour humiliante et vaine à une femme épuisante, à la fortune immense, qui l'avait présenté à ses amis lors d'une fête dans son manoir au bord de l'océan comme "l'étalon que je m'achète pour mes vieux jours". Arrivé à Willow Pond avec le sentiment qu'un camp de pêche au bord d'un lac du Maine ne présenterait aucune tentation pour un gigolo, il avait néanmoins eu la surprise, à sa grande joie, de tomber sur une mine d'or.

Dieu sait que Gene n'avait rien d'une beauté, mais il s'amusait tant avec elle, déplorait maintenant Bob. Oui, elle était odieuse à bien des égards, mais elle était une excellente sportive, qualité que Bob avait toujours admirée chez les femmes. Et elle était robuste – elle avait le corps le plus ferme qu'il ait vu chez une vieille peau. Et au lit, elle était remarquablement frétillante. Elle était aussi d'une honnêteté et d'une sincérité hors du commun. Il n'était absolument pas question d'amour, tous deux étaient tombés d'accord là-dessus. Gene lui avait dit qu'elle voulait un compagnon jovial, séduisant et plein d'humour, qui ne lui raconterait pas de conneries. S'il était ce qu'elle cherchait, alors elle lui donnerait tout ce qu'il voudrait, étant bien entendu que tout coup de canif dans le contrat était exclu. Bob lui avait dit qu'il ne voulait rien, qu'il avait déjà tout eu, qu'il était fatigué – surtout du marivaudage –, et que tout ce qu'il voulait, c'était quelqu'un qui prendrait soin de lui.

Maintenant, tout cela avait disparu, en un éclair de violence meurtrière. Un abominable assassin l'avait tuée et brûlée. Nom de Dieu, pensa-t-il, comment, COMMENT quelqu'un pouvait-il faire une chose pareille ? La malfaisance effroyable de cet acte dépassait son entendement.

C'était la fin, se dit Bob. Il avait la gueule de bois, il était angoissé, et il prenait conscience d'une réalité brutale le concernant : je suis trop vieux pour continuer comme ça. Il savait qu'il ne supporterait plus de flirter avec des beautés fanées, dégoulinant de diamants et de perles. Il se rendait compte qu'il était épuisé, tant sur le plan physique qu'existentiel. J'ai vécu jusqu'à cet âge avancé, après une vie sacrément aventureuse, et je refuse de connaître l'humiliation de la pauvreté.

J'ai encore le courage d'accomplir une ultime grande chose, se dit-il avec assurance en se levant du lit pour aller reprendre de l'eau et apaiser sa soif affolante. Je tuerai la brute qui a tué Gene. Et après je mourrai.

19

KIPPER se réveilla dimanche matin à 5 heures et demie, juste au moment où la douceur bleutée précédant l'aube s'éclaircissait pour céder sa place à la lumière du jour. Il se sentait mal fichu et un peu malade d'avoir bu trop de gin et si peu dormi. Après leur dispute, Jean-Pierre s'était glissé hors de la pièce, et Kipper s'était tourné et retourné dans son lit alors que les terribles scènes de cette soirée revenaient hanter son esprit perturbé. Finalement, vers 3 heures, il avait sombré dans un sommeil profond, dont il venait d'être tiré, comme d'habitude, par son horloge interne, sans espoir de se rendormir. Il savait qu'une journée sinistre et pénible l'attendait sans doute.

Par la fenêtre ouverte entrait la symphonie de la nature au lever du jour, annonciatrice d'une belle journée ensoleillée. Sur le lac, les huards jacassaient et les mouettes criaient, tandis que dans les arbres voisins, les pinsons, les fauvettes et les mésanges gazouillaient gaiement.

Pourtant, Kipper n'y trouva aucun réconfort. La semaine à venir serait forcément agitée. Et Jean-Pierre l'inquiétait. Son petit amant était bouleversé, effrayé, mais il finirait sûrement par reprendre ses esprits. À présent, songeait-il, notre rêve peut se réaliser. Nous pouvons partir pour New York. Une fois la succession réglée, nous pourrons commencer une nouvelle vie ensemble, loin de Willow Pond, loin à jamais. J'ai été enchaîné ici toute ma vie. Maintenant je suis libre.

Maintenant j'ai la gueule de bois et je me sens comme une merde, pensa-t-il. Il était temps de faire un effort pour se lever, descendre à la cuisine et de s'envoyer un café doté d'une puissance atomique.

Il se doucha, se rasa, enfila un short kaki et un polo propres, puis mit ses chaussures bateau. Ces vêtements frais produisirent sur lui une légère stimulation psychologique, mais il avait mal au crâne. Il redoutait les heures interminables de l'enquête policière, parallèlement à l'inévitable nécessité de continuer à gérer le lodge et de veiller aux besoins des clients.

Il s'approcha de la fenêtre et baissa les yeux vers les pontons pour voir si quelqu'un d'autre que lui était déjà debout. Ah, brave garçon, se dit-il : sur le ponton ouest, Sam entraînait dans l'eau un de leurs plus grands bateaux, comme Kipper lui en avait donné l'ordre la veille au soir. Un autre était déjà amarré au ponton. Dans ces circonstances lugubres, personne ne voudrait sans doute faire un tour sur le lac, mais il souhaitait qu'il y ait au moins deux bateaux sur l'eau parce que… parce que quoi ? se demanda-t-il. Parce qu'il ne semblait pas convenable qu'il n'y en ait aucun attaché aux pontons, prêt à servir, car ç'aurait été contraire aux instructions de Gene. Elle le leur avait répété quantité de fois : tous les bateaux devaient toujours être prêts à l'usage, avec la clef dans le contact. Il faisait un beau soleil, une brise légère formait des vaguelettes à la surface de l'eau. Tout irait bien, se rassura-t-il ; il suffisait d'aller au bout de cette journée et tout irait bien.

La grêle avait abattu de jeunes arbres autour du lac ; Kipper vit que beaucoup d'entre eux étaient tombés dans l'eau. Il n'y en avait pas dans la zone située autour des pontons, mais l'eau était jonchée de débris laissés par l'orage, surtout des branches et de petits îlots de brindilles, sans oublier ce qui ressemblait à la dépouille d'une malheureuse mouette. Tout cela serait assez facile à nettoyer car il n'y avait apparemment aucun rondin flottant. Attendez une minute : il y avait un objet assez volumineux près du rivage, de l'autre côté du ponton est. Quelque chose de sombre… c'était… quelqu'un. Un amoureux de la nature s'était-il risqué dans l'eau glacée au petit matin ? Et habillé en noir ? Habillé en noir. Oh mon Dieu ! Kipper eut le souffle coupé : ce n'était pas un nageur, il le voyait bien à présent. C'était un corps étendu sur le dos. Son cœur se glaça. Jean-Pierre !

Kipper poussa un hurlement de terreur et se précipita vers l'escalier, qu'il descendit quatre à quatre en criant, "Non, non !" Parvenu au premier étage, il courut vers la deuxième volée de marches. Il allait tellement vite qu'il trébucha à mi-chemin, se tordit la cheville droite et s'écroula à terre dans le vestibule, où il se tortilla en gémissant : Jean-Pierre ! Oh, Seigneur, non, par pitié, non ! Il se traîna jusqu'au poteau terminant la rambarde et s'en aida pour se relever. Lorsqu'il se remit à marcher, une douleur cuisante lui parcourut la cheville ; il hurla et s'effondra de nouveau. Rampant vers la porte principale, il cria de toutes ses forces :

— À l'aide ! S'il vous plaît, aidez-moi !

Sam monta en hâte les marches du porche et apparut sur le seuil, choqué de voir Kipper ramper et gémir.

— Sam ! hoqueta Kipper en tendant la main vers l'est. Le ponton, le dernier ponton, là-bas ! (Sam regarda dans cette direction, et comme il hésitait, Kipper hurla de plus belle.) Vite, Sam, vas-y, je t'en prie !

Sam se précipita vers le ponton est et finit par voir le corps tout au bout. Il s'arrêta net, bouche bée, les jambes coupées par le spectacle. Il se retourna vers la porte du lodge. Kipper, à genoux, criait :

— Aide-le, Sam ! Aide-le !

Sam inspira profondément, s'avança vers le corps et contempla les yeux noirs et aveugles de Bruno Gabreau.

— Oh putain, putain de merde, grommela Benson.

Caleb conduisait et, avec Tom Barclay assise à l'arrière, ils filaient sur ce tronçon désormais trop familier de la 225 vers la 27 Nord, sirène en marche et gyrophare allumé. Caleb adorait foncer à travers la campagne au volant d'une voiture de police mugissante. Cela satisfaisait son besoin occasionnel d'aventures palpitantes. Bien sûr, songea-t-il, les palpitations risquaient fort d'être à l'ordre du jour, à en juger d'après l'appel angoissé qu'ils avaient reçu à 6 h 27 ce matin-là.

— Ça pue, poursuivit Benson, putain, ça pue vraiment. Va falloir faire venir la police d'État ? Mais qu'est-ce qui se passe là-bas ?

— Ouais, dit Caleb, c'est l'horreur totale. Bruno Gabreau mort dans l'eau.

Benson tordit le cou vers Tom.

— T'en penses quoi, Tom ? Un suicide, peut-être ? Il a tué Gene et puis s'en est voulu ?

— Ça se pourrait. Pourtant, je n'aurais pas jugé Gabreau capable d'éprouver un sentiment comme la culpabilité. À mon avis, c'est... c'était un type dur et froid. Enfin, pour autant que je puisse en juger d'après deux jours de pêche avec lui l'an dernier et pour l'avoir revu hier soir. S'il a été tué, ce qui est plus vraisemblable – quel genre d'accident aurait-il pu avoir ? –, alors on peut supposer que c'est la même personne qui a tué Gene Seldon qui l'a tué lui. La question, c'est... pourquoi ?

— Il a vu le tueur en action, dit Caleb.

— Exactement, confirma Tom.

— Si c'est vrai, dit Benson, pourquoi ne nous en a-t-il pas parlé ?

— Il avait peut-être peur. Même s'il n'avait pas l'air du genre à se laisser facilement intimider. (Tom réfléchit.) Tentative de chantage ?

Devant eux roulait un pêcheur matinal qui tirait son bateau derrière son pick-up. Caleb ajouta à la sirène le klaxon assourdissant et le véhicule se rangea sur l'accotement, non sans quelques embardées de la remorque.

— OK, dit Benson, voyons où nous en sommes, et ensuite on trouvera un plan. L'équipe médico-légale et l'ambulance arrivent, et on a appelé la légiste. Nos deux gars sur la route disent que personne n'a essayé de quitter le camp. Bon. La mort de Gabreau change la situation par rapport aux clients du lodge. Je ne sais pas dans quel état d'esprit ils sont maintenant… ça n'est sans doute pas la panique, connaissant les pêcheurs… mais il faut vite s'en occuper. Et puis la famille, dans laquelle j'inclus Beauchamp et le chef cuisinier. Kipper et Lemaire sont bien en couple ?

— Oui, affirma Caleb. C'est ce que disent les profs. Chacun trouve l'amour où il peut, je suppose.

Depuis la banquette arrière, Tom dit :

— Caleb, tu n'as rien contre les gays, j'espère ?

Le visage de Caleb vira rose vif.

— Certainement pas. (Il s'éclaircit la gorge de manière significative.) Je suis un homme moderne.

Benson se tourna aussitôt vers la vitre et réprima un rire, tandis que Tom pouffait.

Caleb serra le volant, découragé par la pensée soudaine et affreuse que Tom était peut-être lesbienne. Oui, il était un homme moderne, se répéta-t-il. Il n'avait absolument rien contre les homosexuels, hommes ou femmes. Simplement, il n'avait pas envie que la femme qu'il désirait se révèle aussi fondamentalement inaccessible.

— Kipper a eu une méga-engueulade avec Gene lorsqu'il a réclamé sa part d'héritage pour que Lemaire et lui puissent s'installer à New York. Ça contribue encore plus à faire de lui un suspect – ce qui vaut pour Lemaire aussi, j'imagine.

— Ouais, dit Benson, et Merrill voulait aussi sa part pour divorcer de Beauchamp.

— Ça peut se comprendre, marmonna Tom.

— … et Brad voulait lâcher sa femme.

— Ça peut se comprendre aussi.

— Comme tu disais, quelle bande de lascars.

L'AMBULANCE était déjà là quand Benson et les autres pénétrèrent dans l'enceinte de Cedar Lodge. En s'approchant du véhicule, ils découvrirent Merrill qui se balançait d'avant en arrière, hystérique, tandis que Warren Cobb tentait de lui faire une piqûre de sédatif dans l'un de ses bras, lesquels étaient agités de secousses spasmodiques. Ses pupilles dilatées regardaient droit devant, dans le vide, apparemment.

— Oh mon Dieu, non, susurrait-elle. Oh, Seigneur, non, oh s'il vous plaît, oh non, qu'est-ce que je vais devenir ? Il ne l'a pas tuée, il ne l'a pas tuée. Je croyais qu'il l'avait tuée.

Avec un murmure apaisant, Warren réussit enfin à enfoncer la seringue dans le bras de Merrill et appuya sur le piston. Merrill continua à se balancer pendant qu'il fixait un morceau de gaze sur son bras. Il se tourna ensuite vers Benson, Tom et Caleb :

— Trauma. Grave. Totalement déboussolée. C'est sur le ponton le plus éloigné que ça se passe. Johnny est là-bas.

Alors que le trio s'éloignait, Caleb s'exclama :

— Merde, elle croyait que Bruno avait tué sa tante.

— Ouais. Super, dit Benson.

Au ton acerbe et à la mâchoire serrée du shérif, Caleb comprit que son chef était furieux et inquiet. Caleb s'inquiétait lui aussi, et lorsqu'il croisa le regard de Tom, celle-ci remua légèrement la tête de droite à gauche, pour lui faire signe de ne pas ajouter un mot. En chemin, Caleb avait été alerté par les jurons anxieux de Benson et par son allusion à la police d'État. Il admirait Benson pour son calme habituel, surtout en cas d'urgence, et pour son bon sens et sa considération envers ses subordonnés. Autrement dit, Caleb en aurait témoigné à la seconde, un excellent shérif.

Mais la situation à Cedar Lodge ne ressemblait à rien de ce que l'équipe de Somerbec avait jamais eu à affronter. Les petites villes du centre du Maine rural n'étaient ni New York ni Los Angeles. Ici, la violence n'avait rien de quotidien, et les meurtres pervers et mystérieux qui troublaient à présent les eaux paisibles de Willow Pond étaient heureusement très rares.

Lorsqu'ils passèrent devant le long porche de la façade, plusieurs habitants du lodge les regardèrent dans un silence fasciné. Six et Alicia, Brad, les deux adjoints et Johnny Bolduc les attendaient solennellement, et s'écartèrent pour les laisser voir le corps. Couché dans quelques centimètres d'eau, Bruno Gabreau était pieds nus, vêtu d'un jean noir et d'un T-shirt de la même couleur. Son visage était enflé et couvert de taches ; il avait les yeux ouverts.

— Noyade ? demande Benson.

— Ça y ressemble, dit Johnny, mais je ne veux pas l'examiner avant que la légiste soit là.

— Bien sûr. Elle est en route. (Benson leva les yeux.) Six, Brad. Ça va ?

— Moi, ça va, répondit Brad. Merrill est dans tous ses états. Elle a pété un câble, elle s'est mise à hurler comme une folle et s'est jetée sur son cadavre. Je l'ai tirée de là de force et j'ai dû la maîtriser pendant qu'elle criait et donnait des coups. Et puis elle est devenue toute molle et elle s'est laissée tomber par terre. Elle n'a plus voulu bouger.

— Ouais, on vient de la voir. Warren lui a donné un sédatif.

— C'est vous qui avez trouvé le corps ? demanda Tom.

Elle avait remarqué que Brad semblait confus. Buvait-il vraiment de si bonne heure ?

Sous ses sourcils épais, les yeux de Brad contemplèrent Tom quelques secondes.

— Thomasina, dit-il d'une voix quasi inaudible avant de marquer une pause et de hausser les épaules. Lieutenant. Non, ce n'est pas moi. Kipper l'a vu depuis sa chambre. Il croyait que c'était Jean-Pierre. Il s'est tordu la cheville en dévalant les escaliers, il a appelé Sam, qui mettait les bateaux à l'eau. Sam est parti voir, puis il est venu me chercher. Je l'ai envoyé trouver vos deux agents qui montent la garde sur la route, et je suis venu ici.

— Où est Kipper à présent ?

— Sur le canapé, dans l'entrée, dit Johnny. Il faut que je lui bande la cheville, il ne peut plus marcher.

Six regardait fixement les galets du rivage comme s'ils exprimaient une formule mathématique.

— Six ? fit Benson. Vous avez quelque chose pour moi ?

— Oui, répondit Six en relevant les yeux. Je crois bien. Merrill et Bruno faisaient chambre commune… mais pas hier soir.

— Ah bon ?

— Un des clients dont la chambre est au même étage a entendu Bruno marteler la porte en suppliant Merrill de le laisser entrer. Ce type, le pêcheur, raconte qu'il a passé la tête dans le couloir pour voir d'où venait le boucan et que Bruno est alors parti avec ses vêtements et une valise.

— Et maintenant Merril fait une crise d'hystérie dans l'ambulance, elle crie qu'elle croyait que Bruno avait tué Mlle Seldon, lui dit Benson avant de regarder Brad. Quand elle était ici, ajouta-t-il en désignant le corps de Bruno, a-t-elle dit quoi que ce soit allant dans ce sens ?

Brad avait les yeux fermés. Benson haussa la voix.

— Monsieur Seldon !

Brad battit des paupières, comme tiré de son sommeil.

— Ouais ?

— Votre sœur, quand elle était ici, quand elle s'est jetée sur le cadavre de Gabreau, pour vous citer, a-t-elle dit quoi que ce soit ?

— Ouais. Elle n'arrêtait pas de hurler : “Il ne l'a pas tuée, il ne l'a pas tuée.” Je n'arrivais pas à la maîtriser… Elle est musclée. L'ambulancier m'a aidé.

Benson regarda vers l'ambulance.

— Je ne sais pas si nous pourrons tirer quelque chose d'elle.

— Peut-être pas. Mais il vaudrait mieux essayer, dit Tom.

— Oui. T'as sans doute raison. Caleb, tu peux prendre un des gars (il fit un signe de tête en direction des agents) et voir si tu peux retrouver la valise et les vêtements de Gabreau ? Il faut qu'on sache où il a passé la nuit. Quand tu les auras trouvés, ne touche à rien. On mettra nos limiers de l'équipe médico-légale sur le coup.

— OK.

Caleb s'avança vers les deux jeunes gens, recrues de l'année précédente, tout impressionnés d'être au milieu d'une affaire aussi terrible que ce qu'ils avaient pu voir à la télé. Comme Benson, ils avaient travaillé plusieurs années pour le Département des pêcheries et de la vie sauvage du Maine, et le pire qu'ils aient affronté, c'était une bagarre pour passer les menottes à deux types ivres qui avaient tué un daim en dehors de la saison de la chasse et une course-poursuite pour rattraper des pêcheurs de black-bass dont les prises dépassaient les limites réglementaires. Caleb s'adressa au plus petit :

— Billy, tu viens avec moi. Il faut qu'on fouille le lodge. Eric, tu restes à côté du corps en attendant la légiste.

Six marcha jusqu'au bout du ponton, laissant Eric seul avec ce terrifiant cadavre aux yeux fixes, et contempla l'immensité de Willow Pond, dont les eaux scintillaient sous le soleil. C'était une journée sans nuages. Certains pêcheurs qualifiaient de "jour d'oiseau bleu" ce genre de temps calme et beau qui vient souvent le lendemain d'une chute des températures ou d'un orage, quand les poissons, pour des motivations biologiques qu'on ignore, refusent de mordre à l'appât.

Au fil des ans, Six et Alicia avaient souvent pêché sur Willow Pond. Parfois, ils remorquaient leur bateau jusqu'à un quai public sur la rive ouest, non loin de Cedar Lodge. Parfois, ils venaient ici, au lodge, et louaient un des superbes bateaux des Seldon, une embarcation longue de six mètres et équipée de moteurs 75 HP qui fendait l'eau et vous emmenait en quinze minutes à l'extrémité nord du lac. Le plus souvent, ils partaient seuls, sans Brad ni Merrill, afin de privilégier leurs propres méthodes excentriques pour capturer de grosses prises et profiter du plaisir de découvrir eux-mêmes les bons "spots".

Six aurait tant aimé être sur le lac maintenant, juste lui et son petit cœur, tous deux jetant leurs lignes dans une eau claire, dans un monde où les horreurs de la veille et de ce matin n'avaient jamais eu lieu.

Le souvenir du visage brûlé de Gene le hantait, et voici qu'une nouvelle tragédie s'était déroulée à l'autre bout du ponton. Il ne connaissait pas Bruno Gabreau, son voisin de Winsokkett Pond, sauf de réputation, et à en croire Gene, cet homme avait bel et bien été un chasseur de fortunes calculateur. Mais il avait aussi été un beau jeune homme plein de vie, et maintenant ce n'était plus qu'un cadavre froid et lamentable. Si le plus grand péché de Bruno avait été de vouloir épouser une femme riche, cela ne justifiait certainement pas son assassinat.

La possibilité horrible que le meurtrier de Gene, en maquillant sa mort comme si elle avait été causée par la foudre, ait envoyé un message sinistre concernant le décès de Reg et Annice tant d'années auparavant, amena Six à une conclusion inévitable : si le meurtre était un "message", alors logiquement, le criminel était un membre de la famille – conjoints et amants inclus. Dans ce cas-là, qu'est-ce que cela signifiait pour Bruno ? Comment sa mort s'intégrait-elle dans un tel schéma ? Il avait dû voir ou savoir quelque chose, non ? Ou bien… Six était stupéfait par son propre raisonnement tortueux… Si Bruno avait tué Gene, comme Merrill semblait l'avoir cru, peut-être avait-il été tué par vengeance. Mais qui aurait cherché à se venger ? Comme on l'avait découvert – et pour présenter la situation de façon abrupte –, d'un point de vue financier, Gene était un obstacle pour eux tous. Alors qui…

Bien sûr, se rappela soudain Six. Robertson Weller. Ils l'avaient oublié, personne ne se souciait du fiancé d'Iphigene Seldon.

Benson et Tom revenaient vers l'ambulance.

— Tom, parle-lui, d'accord ? Moi, je risque de lui faire peur.

— Ah ouais ? Et moi pas ?

— Une douce voix féminine, Tom, une douce voix féminine.

— D'accord. J'essaierai d'en imiter une.

Merrill avait cessé de se balancer.

— Le sédatif l'a calmée, dit Warren Cobb, mais je pense qu'il vaudrait mieux la conduire aux urgences de l'hôpital Thayer.

Tom monta dans l'ambulance et s'assit à côté de Warren. Elle garda le silence quelques minutes, estimant qu'il valait mieux laisser Merrill s'habituer à sa présence.

— Merrill ? Merrill ? finit-elle par dire tout bas, sans obtenir de réaction. Merrill, je suis désolée pour ce qui vient d'arriver.

Tom regardait deux yeux vitreux qui commencèrent à se remplir de larmes.

— C'est pas lui, murmura Merrill. C'est pas lui.

Tom jeta un coup d'œil vers Benson.

— Merrill, pouvez-vous…

— C'est pas lui qui l'a tuée. (Merrill se remit à se balancer.) Il ne l'a pas tuée. Oh non. Oh non. J'ai cru qu'il l'avait tuée. (Elle se plia en deux, plaqua ses mains sur son visage et gémit.) Oh mon Dieu, qu'est-ce que je vais faire. Je veux mourir. Laissez-moi mourir.

— Lieutenant…, fit Warren.

— Oui, je sais. Je m'en vais.

— Je lui ai donné une dose de cheval et pourtant elle est encore comme ça. Je vais rester avec elle jusqu'à ce qu'on puisse démarrer. Une autre ambulance va venir chercher le corps. Que fait Johnny ?

— Il bande la cheville de Kipper Seldon. Apparemment, il ne s'est pas raté.

— Vous voudrez bien lui dire qu'il faut qu'on file dès qu'il aura fini.

Alors qu'ils regagnaient le porche, Benson dit à Tom :

— Bon sang, elle croyait que Bruno avait tué Gene. C'est bien ça ? Elle parlait forcément de ça.

— C'est sans doute pour ça qu'ils se sont disputés. Mais pourquoi le croyait-elle ? Ce serait bien de le savoir, mais je ne veux pas insister et la rendre encore plus hystérique.

Une fois sous le porche, Benson tourna la tête à droite, puis à gauche avant de hausser la voix :

— Mesdames, messieurs, je suis vraiment désolé, mais pouvez-vous venir ici pour qu'on se parle ? (Tout le monde se dirigea avec docilité vers Benson et Tom. Quand ils furent tous réunis, Benson regarda Colin). Rebonjour, monsieur Trimble.

— Shérif, répondit Colin. Voilà une bien mauvaise affaire.

— Oui. Ça fait froid dans le dos. Je ne sais vraiment pas ce qui se passe, mais il faut à tout prix qu'on tire cette affaire au clair.

— Ah oui, euh, shérif… Je vous présente mon épouse, Daphne.

Benson hocha la tête.

— Madame.

— Nous ferons tout notre possible pour vous aider, shérif, dit Daphne.

Benson regarda les autres.

— Comme vous voyez, la situation a changé… pour le pire. Tant que la légiste ne sera pas arrivée ici, nous ne saurons pas s'il s'agit d'un deuxième meurtre. (Choquées, plusieurs personnes murmurèrent.) Je vais avoir besoin de l'aide de vous tous. Je constate que vous êtes environ… ah… (Il fit un rapide calcul.) Vous êtes vingt et un ici et je pense qu'il y a au total trente-six clients au lodge. Quand vous aurez pris votre café, votre petit déjeuner, il faudra que je parle à chacun d'entre vous. Vous voudrez bien nous indiquer vos numéros de chambre, et nous rencontrerons les autres clients en bas.

Alors que tout le groupe entrait dans le lodge, Benson arrêta Colin et sa femme.

— Monsieur Trimble, vous m'avez bien aidé hier soir… Je peux vous demander une faveur ?

— Je vous en prie.

— Si votre épouse et vous pouviez simplement canaliser les gens, veiller à ce qu'ils ne s'éloignent pas trop et… enfin, ça ne me dérangerait pas si vous leur annonciez qu'on va probablement prendre leurs empreintes et prélever des échantillons d'ADN. En réalité, nous allons le faire, c'est sûr, je veux juste savoir si certains réagissent de façon virulente.

— C'est comme si c'était fait.

Colin adressa à Benson une esquisse de salut militaire et suivit les autres clients.

— Ce type est impressionnant, dit Benson à Tom. Il raconte qu'il était dans la marine britannique. Il devait être capitaine.

Benson et Tom trouvèrent Kipper assis sur un des grands canapés en cuir du vestibule, où Johnny Bolduc lui bandait la cheville.

— Il faudra montrer ça à un médecin, lui dit Johnny. Il y a peut-être une fracture. En attendant, vous vous servirez d'une canne.

— Monsieur Seldon, dit Benson, je suis désolé pour votre foulure.

— La seule chose qui compte à présent, c'est que Jean-Pierre soit en vie.

— On nous a dit que vous êtes le premier à avoir vu le corps de Bruno Gabreau.

— De ma fenêtre. Oh, mon Dieu, j'ai cru que c'était Jean-Pierre. (Kipper fut étouffé par les sanglots.) Excusez-moi, c'est plus fort que moi. (Les larmes coulèrent sur ses joues couvertes de taches de rousseur.) J'aime Jean-Pierre.

— Eh bien, oui, je, euh... pourquoi avez-vous pensé que le corps était celui de M. Lemaire ?

— Il était en noir. La dernière fois que j'ai vu Jean-Pierre, à une heure du matin, il portait un pantalon noir et une chemise en lin noir que je lui ai achetée à Boston.

— Je comprends. Où est-il maintenant ?

— Il prépare le petit déjeuner des clients. Ses deux cuisiniers viennent d'arriver. En général, j'aide en faisant le service. À présent je ne peux plus marcher. Je vais demander aux femmes de ménage de me remplacer.

Johnny remballa sa trousse de premiers secours.

— Il faut que j'y aille, shérif.

Et il fila vers la porte. Kipper se laissa retomber sur le canapé et contempla le plafond.

— Merrill est devenue folle et Brad ne nous sera d'aucun secours. Il doit déjà être sous le porche à côté de son pot de fleurs préféré. C'est là qu'il trouve son soutien spirituel. Il appelle ça comme ça. Comme c'est joliment dit !

— Il tire un soutien spirituel d'un pot de fleurs ? demanda Tom.

— Non, pas du tout. Je parle de sa bouteille, il ne peut pas vivre sans sa bouteille. Il cache son bourbon dans le pot et tout le monde fait semblant de ne pas le savoir.

— Vous pensez qu'il est en train de boire (Tom consulta sa montre) à 9 h 06 du matin ?

Kipper se redressa, le regard avivé par la colère.

— Oh, oui, il est en effet un peu tôt, n'est-ce pas ? Honnêtement, d'habitude, il est rare qu'il s'y mette avant dix heures.

Tom haussa un sourcil et se tourna vers Benson, qui roula des yeux. Kipper n'avait pas terminé.

— Et Merrill. Elle, elle est défoncée 24 heures sur 24. Comment peut-on être défoncée non-stop ? Pas étonnant qu'elle ait pété les plombs.

— Monsieur Seldon, votre sœur vient de connaître un choc terrible.

Kipper poussa un profond soupir et se rejeta de nouveau contre le dossier du canapé.

— Pardonnez-moi. Je n'ai pratiquement pas fermé l'œil de la nuit et je suis une épave. Je suis désolé que cet homme soit mort. Merrill dit qu'elle l'aimait, mais pour tout vous avouer, il me foutait les jetons. Je regrette de dire une chose pareille, et pourtant je ne peux pas m'en empêcher. Et je sais pertinemment pourquoi il voulait l'épouser : il voulait son argent et il voulait Cedar Lodge.

— Avez-vous vu ou entendu quoi que ce soit hier soir ou ce matin qui pourrait nous aider à découvrir comment Gabreau est mort… ou pourquoi ? demanda Benson.

— Comment il est mort ? Je pensais qu'il avait été tué !

— Nous ne le savons pas encore de façon certaine. Il pourrait s'être noyé. La légiste nous l'apprendra tout à l'heure. À moins qu'il faille attendre l'autopsie.

Kipper les dévisagea.

— Monsieur Seldon, dit Tom, hier soir, votre frère a déclaré que tous les trois, lui, Merrill et vous, vous aviez une raison de vouloir la mort de Gene Seldon.

Kipper réagit si subitement qu'il se cogna le pied droit à terre et glapit de douleur.

— Je n'ai pas tué ma tante, hoqueta-t-il.

— Ce n'était pas ma question, monsieur Seldon. Gene Seldon était-elle un obstacle pour vous ? Souhaitiez-vous qu'elle meure ?

— Je vous demande pardon ? C'est infâme ! éructa Kipper. Comment osez-vous ?

— Gene Seldon a raconté aux Godwin que vous avez eu une violente querelle lorsque vous lui avez demandé votre part d'héritage.

Kipper subit une remarquable transformation : son visage prit une inquiétante teinte écarlate, qui fit presque disparaître ses taches de rousseur, et ses yeux verts se dilatèrent sous l'effet de la fureur.

— Je les emmerde, ces putain de Godwin ! C'est absolument intolérable. Cet endroit m'appartient. Vous ne pouvez pas me harceler comme ça. Foutez-moi le camp !

— Nous ne vous harcelons pas, et nous ne partirons pas, monsieur Seldon, répliqua Benson. Nous enquêtons sur un meurtre. Nous devrons vous parler quand vous aurez retrouvé votre calme.

Plusieurs clients passèrent la tête par la porte de la salle à manger et la retirèrent aussitôt en voyant Benson et Tom se diriger vers l'entrée principale. Dans sa rage, Kipper oublia son état : il se leva, hurla de douleur et retomba sur le canapé.

— Foutez-moi le camp ! répéta-t-il en martelant du poing les coussins en cuir.

Une fois sous le porche, hors de la vue de Kipper, Tom dit à Benson :

— Il n'a peut-être pas tué sa tante, mais il y a un truc qui le tracasse, ça ne fait pas un pli. Sa réaction était disproportionnée.

— Mouais. Peut-être. Ou bien il a juste besoin de sommeil.

— Oh, regardez. C'est exactement comme il nous a dit: Brad est à côté du pot de fleurs.

Ils s'avancèrent jusqu'à lui et s'assirent sur une causeuse en osier à côté du fauteuil de Brad. Dans sa main droite, celui-ci serrait un petit verre de whisky; il regardait fixement le policier et le malheureux corps au bord du lac.

— Monsieur Seldon ? dit Tom.

Brad se tourna vers elle.

— Lieutenant Thomasina. Je peux vous offrir un cocktail ?

Les yeux bleus du lieutenant s'enfonçaient en lui comme une vrille, mais Brad décida que peu importait, au diable, qu'elle l'observe si cela lui plaisait.

— C'est un peu trop tôt pour moi, répondit Tom.

— Shérif? proposa Brad en agitant la bouteille.

— Une autre fois.

Brad vida la bouteille dans son verre.

— Ch'est vous qui voyez. Vous permettez que je m'en serve encore un ?

— Faites comme chez vous, dit Tom.

Brad gloussa.

— C'est marrant... Faites comme chez vous. C'est exactement ce que Renee... (Brad se retourna vers Tom.) Vous connaissez Renee, non, la... N'importe. (Tom hocha la tête.) Elle mange un plat de testicules au petit déjeuner.

— C'est riche en cholestérol.

Brad éclata de rire.

— Bordel, Thomasina ! Vous avez bien raison. Vous voulez venir dans ma chambre ?

— Pas tout de suite.

Brad émit un rugissement de rire, puis finit par s'étouffer. Il toussa et s'effondra sur sa chaise, apparemment épuisé.

— Oh là là... Waouh. Où en étais-je ? Ah oui. Y a seulement deux jours (il plissa le front)... C'était bien deux? Non, trois. Y a seulement trois jours, Renee a dit: Fais comme chez toi. On était assis ici et j'ai dit… Oh, peu importe, c'est sans intérêt.

— Monsieur Seldon, vous nous avez dit hier soir que vous détestiez votre tante.

Brad se retourna et adressa à Tom un sourire tordu.

— Appelez-moi Brad, Thomasina. On est intimes, maintenant que je vous ai proposé qu'on couche ensemble.

— OK… Brad. Donc, vous détestiez votre tante ?

Brad resta muet si longtemps, les yeux fixés sur le lac, que Tom finit par dire :

— Monsieur… Brad ?

— Notre grand-père a fondé Cedar Lodge. Les pêcheurs et les chasseurs aimaient cet endroit. Mais ce sont nos parents qui ont fait de ce lieu ce qu'il est aujourd'hui. Vous comprenez ? Ils ont fait Cedar Lodge… Et ils nous aimaient, Merril, Kipper et moi, et ils… (La voix de Brad s'éteignit.) Ils nous aimaient, murmura-t-il.

— Je suis désolée, Brad.

— Gene détestait nos parents et elle nous détestait. Le Duce… Le Duce nous détestait.

— Attendez une minute, Brad. On nous a dit…

— Mais oui, mais oui, je sais ce que vous allez répliquer. J'ai tort, j'ai tort. (Brad sourit et leva son verre de whisky.) Je m'embrouille, vous voyez. J'ai oublié. C'est Merrill et moi que le Duce détestait. Kipper, elle l'a-do-rait. Son Kiperounet, elle l'a-do-rait. Lui et sa petite fée Clochette en cuisine.

— Pourtant, hier soir, vous l'avez inclus dans la liste de ceux qui, selon vous, voulaient la mort de Gene.

— Oh oui. Oh oui, oui, lieutenant, ma chère. Voyez-vous, Kiperounet n'aimait pas Gene en retour. C'était du pipeau, bordel. Il lui disait toujours : Oui, Gene chérie. Ou : Bien sûr, Gene chérie. Elle buvait ça comme du petit lait, tellement elle était égocentrique. Elle croyait toujours tout savoir mieux que tout le monde. Mais le petit Kiperounet l'a roulée dans la farine. Il ne la supportait pas.

— Vous pensez qu'il aurait pu la tuer ?

— S'il aurait pu ? Voilà une passionnante question philosophique, Thomachi… Thoma*si*na. J'ai du mal à articuler votre nom. Je suis un peu patraque, voyez-vous. Oui, Kipper aurait pu, c'est une vraie possibilité. Il devient très méchant quand on le pousse à bout. Mais la tuer et brûler le cadavre ? Non. Je ne le vois absolument pas faire ça. Et le vieux Bruno qui dore au soleil, là-bas ? Pourquoi Kipper l'aurait tué, lui ? Ça doit être la même personne qui a tué Gene et Bruno, non ?

— Gabreau a peut-être été noyé par le tueur, ou… il peut s'être noyé par accident.

Brad était sceptique :

— Se noyer, ce type-là ? Il vivait sur l'eau. Dans l'eau et sur l'eau. Et qu'est-ce qu'il pouvait bien foutre sur le lac en pleine nuit ? Allons donc, Thomasina. Prenez un verre, ça vous éclaircira les idées.

— Si Gabreau a été tué, ce doit être parce qu'il avait vu le meurtrier de Gene en action.

Benson crut entendre des véhicules se garer et des portières claquer, impression qui fut confirmée lorsque la légiste du comté, Noreen Crepeau, passa devant le porche, suivie par un technicien. Elle adressa un vague salut à Benson et Tom et alla s'agenouiller à côté du corps de Bruno.

Benson se racla la gorge et prit la parole.

— Brad, vous êtes sorti sous l'orage hier soir.

L'homme se tourna vers lui et fronça les sourcils.

— Ah bon ?

— M. Godwin nous l'a dit.

— Ah. Oui. C'est vrai.

— Il paraît que vous ne sortez jamais quand il y a un orage.

Brad regarda ailleurs, en silence.

— Brad. Monsieur Seldon. Nous savons de source sûre que vous avez peur des orages… des éclairs. C'est vrai ?

— Bon Dieu, shérif. Je n'aime pas les éclairs, soit. Vous les aimez, vous ? Je ne parle pas de rester enfermé avec un petit cognac quand un orage arrive. Je vous demande si vous aimez sortir au beau milieu des éclairs pour connaître le grand frisson ? Et vous, Thomasina ?

— Êtes-vous sorti pendant l'orage, Brad ? insista Benson. M. Godwin dit qu'il s'est mis à appeler au secours quand il a découvert le corps de Mlle Seldon et que vous avez accouru quelques minutes plus tard.

— D'accord, bordel de merde. Je suis sorti pendant ce putain d'orage.

— Ça signifie que vous étiez peut-être dehors au moment où Mlle Seldon a été tuée.

— Je ne l'ai pas tuée. J'aurais bien aimé. (Brad se mit face aux deux policiers.) Vous n'avez jamais eu envie de tuer quelqu'un ? Non ? Vous voulez pas le dire ? Eh bien, moi, j'ai essayé plein de fois de me représenter ce que ça ferait de prendre un flingue pour la descendre… la descendre… au moment où elle me cassait les couilles. (Il eut à nouveau un sourire tordu pour Tom.) Lieutenant, on m'a souvent castré, mais ça repousse toujours.

Six était revenu au pied du ponton et il regardait travailler la légiste, Noreen Crepeau, lorsque Benson et Tom s'approchèrent. Elle se leva pour leur parler.

— Pas noyé, dit-elle en enlevant ses gants en latex. (C'était une femme mince, aux cheveux gris, qui ne souriait jamais et qui essayait toujours de communiquer en employant le moins de mots possible.) Poignardé. Ici. (Elle désigna un point situé à la base de son crâne.) Plaie minuscule. Alène ? Aiguille à coudre les voiles ? (Elle se tut et étudia le sol à travers ses verres à triple foyer cerclés de fer.) Aiguille à tricoter ?

— Mort depuis quand ? demanda Benson.

Le style télégraphique de la légiste semblait toujours déteindre sur lui quand il travaillait avec elle.

— Pas sûre. Dans l'eau. Sept, huit heures ? Faudrait une autopsie.

— Autre chose ?

— Corps de la femme. Coup à la tête, fragments de crâne dans le cerveau. Tuée, et brûlée ensuite.

— Le feu ?

Benson savait qu'elle comprendrait.

— Ah. Accélérateur. Mais lequel ? Pas de l'essence. (Elle se baissa pour ramasser son sac à pièces à conviction, se redressa, puis regarda Benson en silence pendant quelques secondes.) Mais… (Elle regarda vers Willow Pond.) Autre chose. Quelque chose de puissant a démarré le feu.

— Merci, docteur Crepeau.

— Oui, grommela-t-elle.

Puis elle fila vers sa voiture, croisant deux hommes de la morgue qui portaient un sac mortuaire en plastique noir.

— Elle a fini par faire une phrase complète, dit Tom.

— Sacrée oratrice ! riposta Six.

20

Huntley se réveilla l'esprit troublé. Il faut que je m'en aille d'ici, se disait-il. Comment vais-je bien pouvoir partir ? Ce putain de shérif Foufoune, ses inspecteurs et ses connards d'adjoints traînent partout. Ils vont m'interroger. Il faut que je reste calme, que je manifeste le courage des Beauchamp et que je les prie de me libérer pour une réunion urgente à Boston afin d'éviter l'effondrement financier d'un nouveau client. Huntley sourit, car c'était vrai, en un sens. Le nouveau client, c'était lui-même.

Oui, il avait des copies des graphiques des sociétés-écrans créées par les employés de "l'homme d'affaires discret" (il était toujours convaincu qu'il s'agissait de ces deux snobs d'Angliches) et la veille, il les avait diligemment intégrés au rapport financier de Cedar Lodge Enterprises. Mais la bête à abattre, ce serait l'avocat de Gene, Adrian Bucksaddle. Mon Dieu, quel nom. M. Selle de Daim ! Où les gens allaient-ils chercher ça ? se demandait Huntley, oubliant que son propre patronyme avait été fabriqué de manière fort imaginative. L'avocat de Gene apporterait des rapports plus anciens, où les détournements perpétrés par Huntley seraient visibles sur diverses lignes budgétaires mineures. Huntley les avait attribués à des motifs vagues, "investissement dans une start-up" ou "obligations dans la technologie verte". Au prix d'une étude attentive, un esprit affûté remarquerait sans doute des caractéristiques communes à toutes ces formules. Huntley savait que le redoutable Bucksaddle avait des yeux de lynx. Le plan était simple : si Bucksaddle se mettait à remarquer les lignes budgétaires floues, Huntley introduirait les nouveaux graphiques des sociétés-écrans, en expliquant à qui voudrait l'entendre qu'il n'avait simplement pas pris le temps d'inscrire ces entrées dans les registres et que si lui, Bucksaddle (ou d'autres), se donnait le mal d'examiner le tout récent rapport trimestriel de Cedar Lodge sur l'ordinateur, il verrait que tout allait bien.

Huntley n'avait guère envie d'affronter l'avocat, mais il était sûr d'avoir verrouillé tous les détails qui auraient pu faire sourciller ce vieil enculeur de mouches. Gene Seldon était morte et Adrian Bucksaddle ne pouvait absolument rien prouver. De toute façon, comme la réunion consacrée à son nouveau testament était annulée, le vieux ne se pointerait sûrement pas ce jour-là.

Néanmoins, pensait-il, la meilleure solution pour préserver sa tranquillité d'esprit était d'éviter les soucis potentiels en laissant Cedar Lodge et Willow Pond loin derrière lui. Et vite. Demain ? Certainement d'ici le surlendemain.

Bon. Il était temps de se lever, de se rafraîchir et de choisir une de ces élégantes tenues décontractées qu'il avait apportées. Laquelle serait-ce, aujourd'hui ? Sa préférence allait pour le pantalon en gabardine gris pâle avec les chaussures blanches, mais celles-ci pourraient sembler d'une gaieté choquante sur les lieux d'un meurtre et d'une enquête policière. Très bien, alors le pantalon gris pâle et les mocassins fauves à franges, le tout surmonté d'un polo vert émeraude. C'était une règle Beauchamp que de ne jamais, au grand jamais, sortir de chez soi sans être impeccablement vêtu. Se montrer en public en habits froissés, sans s'être lavé et rasé, était la marque d'un loser, il l'avait décidé des années auparavant.

Décidé à ignorer de façon virile son inquiétude face aux avocats et aux forces de l'ordre, il s'avança vers la douche en laissant son regard se poser fortuitement sur la grande table basse, une rondelle de chêne dont les curieux anneaux de croissance luisaient sous les couches de vernis. Ce qu'il vit sur la table – ou, plus précisément, ce qu'il ne vit pas – l'intrigua.

La veille au soir, il avait posé son ordinateur sur la table basse pour travailler, ajoutant avec zèle de nouvelles ramifications à l'arborescence de ses larcins. Mais le portable n'était pas là. Bizarre. Il ne se rappelait pas l'avoir transporté ailleurs. Avec une pointe d'anxiété, il repartit dans la chambre. Il était distrait ; sans doute avait-il travaillé au lit. Mais non. L'appareil mince et noir qui contenait toutes les données non seulement de la société Beauchamp Portfolio Investments Inc., mais aussi l'intégralité de l'immense fichier de contacts professionnels et mondains de Huntley, sans oublier un nombre incalculable de courriels – professionnels et mondains, honnêtes ou malhonnêtes –, l'ordinateur que personne ne devait jamais voir, n'était ni sur la table de chevet, ni sur le bureau, ni sur la coiffeuse. Soudain asphyxié par la peur, il arracha les draps et regarda sous le lit ; d'une main tremblante, il ouvrit grand les portes de l'armoire de cèdre, en éjecta ses chaussures, secoua d'avant en arrière ses vêtements rangés sur des cintres, fouilla frénétiquement l'étagère du dessus où il n'y avait que des brosses et des vieux magazines, sortit tous les tiroirs du bureau et de la coiffeuse, puis vida le contenu de ses deux valises par terre.

Laissant échapper un geignement de panique, il courut vers le salon, chercha sous le canapé, puis se jeta sur les tiroirs du bureau et des petites tables décoratives. La salle de bains. Oh, Seigneur, faites que l'ordinateur y soit, quelque part. Mais le portable avait disparu. Debout au milieu de sa chambre sens dessus dessous, Huntley tremblait, les yeux hagards et exorbités. L'animal pourchassé surpris à découvert. Comment était-ce possible, comment ? La porte était fermée à clef – il la verrouillait toujours. C'était impossible. C'était…

Une pensée terrifiante lui coupa les jambes, et la douleur lui transperça la poitrine. Ces Angliches abjects. C'est eux qui avaient frappé ; ils allaient le dénicher, le dénoncer à… qui ? Pourquoi voulaient-ils le démasquer ? Ces salopards, c'est eux qui lui avaient volé son ordinateur. C'étaient des criminels, après tout, alors quelle protection offrait une porte verrouillée face à des escrocs patentés ? Mais pourquoi avaient-ils fait ça ?

Pourquoi ? Pourquoi auraient-ils préparé toutes ces affabulations complexes sur les graphiques glissés sous sa porte, pour ensuite faire volte-face et l'anéantir ? La conscience d'avoir dormi pendant un cambriolage susceptible d'annihiler l'individu appelé Huntley Wooster Beauchamp lui donna soudain la nausée, et il courut vers la salle de bain, non sans vomir sur ses jambes avant d'avoir pu atteindre le lavabo.

Un peu plus d'un quart d'heure après, Jennifer Libby avançait cahin-caha en compagnie de son photographe sur la route de Cedar Lodge dans sa Honda pourrie, lorsqu'un énorme 4 x 4 noir fonça droit sur eux. Jennifer fit une embardée à droite et atterrit dans le fossé d'irrigation, heureusement peu profond, mais à cause de l'impact, l'appareil photo échappa des mains de son collègue, Chris Winslow. Quand le 4 x 4 passa, elle aperçut au volant un grand type à la tignasse ébouriffée.

— Ton truc est pas cassé ? demanda Jennifer.

Chris ramassa son appareil sur le plancher de la voiture, prit une photo par la fenêtre et vérifia dans le minuscule écran.

— Pas de dégâts, répondit-il.

Jennifer engagea le levier de vitesse en marche arrière et appuya lentement sur la pédale d'accélérateur. Les pneus tournèrent dans le vide. Elle continua jusqu'à ce que le moteur rugisse ; les pneus patinaient et couinaient, projetant des cailloux et de la terre. Après un troisième essai, elle posa le front contre le volant, émit un “Merde !” rageur et ouvrit sa portière.

— Viens, Chris. On va devoir marcher.

Tous deux avançaient péniblement sur le bord de la route lorsque le camion de télé d'une chaîne d'Augusta passa à leur hauteur. En les dépassant, les deux hommes à l'intérieur leur firent signe avec des sourires joyeux.

— Bande de connards. Merci beaucoup, marmonna Jennifer.

— Y avait écrit ACTION NEWS à l'arrière.

— Merci pour l'info, Chris.

Moins d'une demi-heure plus tard, sur la I-95, un véhicule noir du genre de ceux qu'apprécient les officiels de tous les pays, depuis les démocraties occidentales jusqu'aux dictatures communistes et fascistes, fonçait à cent trente, cent quarante kilomètres/heure en direction du nord. Le siège conducteur était occupé par un personnage que, dans certains quartiers opulents de Boston, on aurait reconnu comme étant "Hunt" Beauchamp – mais celui qui conduisait réellement, d'un point de vue psychologique, celui dont les yeux dilatés par la terreur tentaient de se concentrer sur la chaussée qui défilait entre les pneus gémissants de sa voiture, était un individu nommé Jack Spurling, lequel pensait alors, non sans raison, que le monde qu'il arnaquait depuis tant d'années était en train de se refermer sur lui. Et de toute évidence, il n'avait pas respecté le précepte personnel Beauchamp : il n'était pas rasé, semblait s'être coiffé avec un pétard et son corps empestait la sueur. Ses vêtements coûteux avaient été entassés comme du linge sale dans ses valises. Craignant de voir à tout instant les phares d'une voiture de police et d'entendre sa redoutable sirène, Beauchamp/Spurling scrutait la route devant lui et jetait constamment des regards dans le rétroviseur.

Il devrait bientôt prendre l'autoroute, allumer son GPS et trouver une route dans l'arrière-pays pour gagner le Canada. Impossible de déterminer dans combien de temps on découvrirait sa fuite et on se lancerait à sa poursuite. L'attaché-case posé à côté de lui sur le siège passager contenait toutes ses références, dont son passeport et ses cartes bancaires, mais les douaniers canadiens ne verraient pas ces documents particuliers. Une poche de l'attaché-case, munie d'une fermeture Éclair et d'un cadenas, contenait un passeport, un permis de conduire et des cartes bancaires au nom d'un certain Brent Overmeyer, identité de repli que Huntley avait créée il y a bien des années. La fabrication de papiers pour ce personnage fictif, confiée à un autre "homme d'affaires discret" avait coûté un prix exorbitant, mais Huntley avait alors estimé que cela le valait bien. Comme il avait eu raison, songeait-il maintenant. Deux comptes chèques avaient été ouverts pour M. Overmeyer, qui contenaient chacun environ vingt mille dollars. Une fois de l'autre côté de la frontière, Huntley Beauchamp pourrait s'enfoncer sous terre et resurgir sous les traits rutilants de Brent Overmeyer, analyste de systèmes.

Comme Huntley s'agrippait farouchement au volant et tâchait de résister à l'envie d'écraser ce foutu champignon pour atteindre les cent soixante-dix, il n'aperçut pas les panneaux routiers jaunes, en forme de losange, sur lesquels était dessinée en noir la silhouette d'un caribou. Ces pancartes indiquaient des chiffres – sur vingt kilomètres ou trente kilomètres –, dont les touristes s'amusaient la première fois, pensant que l'État signalait généreusement aux automobilistes la possibilité charmante de voir le plus célèbre mammifère du Maine. Les gens du coin et les voyageurs expérimentés, en revanche, savaient que l'État les mettait en garde : sur la distance indiquée, un animal énorme, intrépide et têtu, qui ne tolérait aucune limite à ses pérégrinations, pouvait soudain sortir de l'épaisse forêt et débouler sur l'autoroute.

Même s'il avait repéré ces panneaux familiers, Huntley n'en aurait pas tenu compte : il y avait un risque infinitésimal qu'une voiture croise un caribou. Néanmoins, même un risque infinitésimal n'est pas égal à zéro, ce qui confirme que même les incidents les plus improbables finissent par avoir lieu.

À environ trente kilomètres au sud de Bangor, Huntley Beauchamp cassa sa pipe à cause d'un risque infinitésimal.

La mort imminente se manifesta d'abord sous l'aspect d'une grande tache brune, floue, qui surgit tout à coup des arbres, à droite de la route. Quelques secondes plus tard, un caribou de trois cent soixante kilos (selon les chiffres communiqués sur l'accident par la police d'État du Maine) surmonté de ramures héroïques arriva comme un éclair sur la chaussée, juste devant le 4 x 4 de Huntley. Un cri de terreur primale déchira la gorge de Huntley tandis qu'il écrasait la pédale de frein. Bien que rapide, cette réaction survint bien trop tard pour changer quoi que ce soit. Le malheureux caribou émit un beuglement lamentable quand la voiture lui brisa les muscles et les os ; son corps bascula sur le capot et passa à travers le pare-brise, projetant le tableau de bord, le volant, l'airbag et des éclats de verre dans la poitrine et la tête de Huntley. La voiture tournoya, fit trois tonneaux, éjectant le corps du caribou et dispersant sur la route des fragments d'acier, de verre et de plastique, puis atterrit les roues en l'air dans la bande médiane boisée, où elle prit feu. Huntley ne sentit rien ; il était déjà mort.

Suivi par l'adjoint prénommé Billy, Caleb descendit les marches du porche pour rejoindre Benson et Tom.

— J'ai cru qu'on ne retrouverait jamais ses affaires, dit Caleb. On a fini par découvrir un petit placard dans la pièce derrière la réception. Les vêtements et la valise de Gabreau étaient dedans. Je n'ai aucune idée d'où il a dormi. On n'a trouvé ni draps ni sac de couchage dans tout le lodge.

Tom semblait songeuse.

— La nuit était chaude, il aura peut-être dormi sous le porche du premier ou du deuxième étage. Il avait l'air d'un homme capable de coucher à la dure.

— On a vérifié les porches en faisant tout le tour du bâtiment.

— Il a peut-être dormi sur un des pontons.

— Shérif, on a de la compagnie, dit Billy.

Deux hommes s'avançaient vers eux à grands pas, l'un portant ce qui était de toute évidence une petite caméra de télévision, l'autre tenant un câble et un micro.

— Oh, oh ! Piégés. J'ai une tête de shérif, c'est ça ?

— Oui, grommela Caleb. Difficile de pas le voir.

— Merde. Bon, il va falloir que je leur dise trois mots.

— Pardon, monsieur, vous êtes le shérif Benson Doucette ? demanda l'homme au micro.

— Exact.

— Nous travaillons pour WCCB, à Augusta, et on nous a signalé qu'il y a eu deux meurtres ici, hier soir et ce matin. Vous confirmez ?

L'autre homme avait mis sa caméra sur son épaule. Comprenant que son visage accablé serait bientôt visible sur tous les écrans du Maine, Benson résolut de ne pas avoir l'air accablé. Il afficherait une assurance souveraine et en livrerait le moins possible.

— Pas tout à fait.

— Que voulez-vous dire, shérif?

— Je peux confirmer que cet endroit a été le théâtre d'un homicide hier soir, mais...

— J'ai tout entendu! hurla Jennifer Libby alors que Chris Winslow et elle arrivaient, hors d'haleine.

Le reporter de la télé lui lança un regard plein d'une aigreur hostile.

— Si vous permettez, je suis en pleine...

Jennifer était indifférente à la rancœur des autres journalistes.

— Vous admettez maintenant qu'Iphigene Seldon a été assassinée?

— Oui.

Le reporter de la télé fit un pas en avant et tendit son micro vers Benson, tentant de barrer le passage à Jennifer.

— Shérif, avez-vous procédé à une arrestation?

— Non.

Jennifer contourna l'homme de WCCB.

— Y a-t-il des suspects?

— Oui. Je ne peux pas les nommer.

Quand Jennifer et le reporter de la télé braillèrent simultanément, l'une "Qui a été retrouvé...", et l'autre "Est-il vrai que...", Benson gueula:

— Ho! Je vais faire une déclaration, je ne la répéterai pas et je ne répondrai à aucune question. Je suis bien trop occupé. Prêts?

Les journalistes hochèrent la tête et se préparèrent à des détails qu'ils espéraient croustillants.

— Mlle Iphigene Seldon, âgée de soixante-dix-sept ans, propriétaire de Cedar Lodge, a été tuée hier soir entre neuf et dix heures par un coup à la tête. (Quand ses deux interlocuteurs ouvrirent la bouche pour parler, Benson leva la main et les foudroya du regard.) Nous attendons les informations complémentaires qu'apporteront le rapport d'autopsie et l'examen médico-légal de la scène de crime. Un second corps a été découvert ce matin près des pontons. Nous ne pouvons pas encore confirmer la cause de la mort – il pourrait s'agir d'une noyade – et non, nous ne pouvons fournir l'identité de la victime tant que la famille proche n'a pas été prévenue. Merci.

Benson les salua d'un signe de tête et se dirigea vers le porche.

Kipper, qui boitillait sur une canne en noyer blanc, apparut à la porte principale, s'adossa au chambranle et pointa vers les quatre journalistes, qui s'apprêtaient à partir bien à contrecœur.

— Ouste ! cria-t-il. Foutez-moi le camp ! Shérif, c'est une propriété privée. Foutez-moi dehors tous ces gens-là !

Remarquant que le caméraman remettait sa caméra sur son épaule, Benson glapit :

— Stop, vous là-bas ! Si vous le filmez, vous n'obtiendrez plus une seule info de moi. (Tandis que l'homme baissait sa caméra, Benson poursuivit.) OK, tout le monde dehors. De toute façon il n'y a rien à voir ici.

Au passage, Jennifer s'arrêta et dit :

— Chris et moi, nous ne pouvons pas partir. Ma voiture est restée dans le fossé sur le bord de la route.

— Dehors ! Dehors !

Les cris de Kipper devenaient de plus en plus perçants. Benson s'éloigna et fit signe à Jennifer et Chris de le suivre :

— Je vous emmène ailleurs. Mieux vaut qu'il ne vous voie plus.

D'une voix épouvantée, Jennifer demanda :

— C'est qui, ce dingue ?

— Un membre de la famille. Qu'est-ce qui s'est passé ? Pourquoi vous vous êtes retrouvée dans le fossé ?

— Un sale fils de pute dans un gros 4 x 4 noir – un Escalade, je crois – a foncé droit sur nous. J'ai dû braquer très vite et ma bagnole est partie dans le fossé. J'ai essayé d'en sortir mais les roues étaient enlisées.

En entendant cette nouvelle alarmante, Benson s'efforça de ne trahir aucune émotion et maudit silencieusement sa propre négligence. Il avait fait venir Billy et Eric, qui ne surveillaient plus l'accès au camp depuis près de trois heures. Quelqu'un avait dû s'enfuir. Il pouvait y avoir une explication innocente, bien sûr, mais Benson en doutait. Une grosse voiture qui fonce sur la route et qui pousse les autres véhicules dans le fossé, ça ressemblait fort à une tentative de fuite. La situation pouvait mal tourner. Soucieux de masquer son inquiétude devant cette fouine de journaliste, il parla d'une voix calme, sans hâte.

— Très bien, mademoiselle, mes deux agents vont vous tirer de là. Ils ont quatre roues motrices. Retournez à votre voiture et attendez.

— Merci, shérif. C'est très aimable à vous.

— Ouais. (Benson repartit à pas mesurés vers le lodge. Billy et Eric se tenaient sur le perron.) Les gars, vous allez devoir tirer d'un fossé une représentante du quatrième pouvoir. (Les agents le dévisagèrent sans comprendre.) La journaliste, Jennifer, a basculé dans le fossé avec sa voiture en croisant quelqu'un qui arrivait à toute vitesse sur la route du camp.

— Quelqu'un s'est enfui quand on n'était pas là ? demanda Billy, alarmé.

— C'est pas ta faute, petit. C'est la mienne. J'aurais dû renvoyer l'un de vous deux sur la route. Quand vous aurez tiré Jennifer du fossé, restez là-bas et ne laissez personne sortir… ni entrer. Sauf notre équipe médico-légale, bien sûr. Ils ne devraient pas tarder. Si quelqu'un d'autre arrive, appelez-moi et je vérifierai.

— Bien, chef.

Billy et Eric partirent en courant vers leur voiture.

Tom et Caleb étaient dans le vestibule.

— Putain, encore des emmerdes, s'exclama Benson. Quelqu'un a filé d'ici.

— On sait qui ? demanda Caleb.

— Non, et c'est l'autre problème. Vous avez les numéros de chambre de tous les clients qui sont descendus ?

— Oui. Et il y en a plein d'autres qui sont déjà en bas. Il ne reste plus que quatre chambres à faire.

— Bien. Faites-les descendre aussi vite que possible pour qu'on les compte. La poule Ranger… pardon, Tom… Renee Ranger est au bar ?

— Oui. Elle a l'air drôlement nerveuse. Si c'était un chat, elle remuerait la queue.

— Et Bob Weller ? Vous l'avez vu ?

— Il vient de descendre. Il est sous le porche.

Tandis que Caleb s'éloignait, Tom dit :

— Vous n'avez pas à vous excuser devant moi pour votre allusion insultante à Mme Ranger. Elle attire les remarques grossières par son comportement.

— Merci, Tom. À propos, toi, tu n'as rien d'une poule.

Tom ricana.

— Ravie de l'apprendre.

— Allons voir qui est encore à l'intérieur. Brad est devant la maison, sa femme est dans la salle à manger, Bob Weller est sous le porche, Kipper est ici, Jean-Pierre est pieds nus dans la cuisine, Merrill est à l'hôpital.

— Il manque Huntley Bi-tcheum.

— Trouve-moi son numéro de chambre.

Benson jeta un rapide coup d'œil dans la salle à manger et au bar. Pas de Huntley. Les clients qui prenaient leur petit déjeuner, déjà très calmes, se turent, aux aguets, lorsqu'il parcourut la pièce. Quand il revint à la réception, Tom lui dit :

— La numéro 14.

Une fois devant la porte de la 14, ils frappèrent, n'obtinrent aucune réponse, tournèrent la poignée et la porte s'ouvrit, révélant la pagaille que Huntley avait laissée derrière lui. Ils traversèrent les deux petites pièces.

— Merde, c'est lui, dit Benson en se dirigeant vers la porte. Il faut faire diffuser un appel à toutes les polices. Voyons s'il avait donné son numéro d'immatriculation en arrivant au lodge.

— Je l'ai. (Tom lui remit un morceau de papier.) Sans doute une voiture de location.

— Bravo, mon gars ! Euh, pardon, je voulais dire…

Tom éclata de rire tandis que Benson ouvrait son téléphone, composait le numéro du commissariat et demandait que l'alerte soit donnée dans tout l'État, concernant un suspect en fuite au volant d'un gros 4 x 4 noir immatriculé dans le Massachusetts, numéro FP1843.

— Je n'aime pas ce salaud prétentieux, mais je ne pense pas que ce soit lui le meurtrier, avoua Tom.

— Moi non plus. En plus, il n'a aucun enjeu dans la bagarre pour le lodge.

— Si, en un sens. Six et Alicia ont dit que Merrill voulait à tout prix divorcer mais qu'il exigeait deux millions. Est-ce que ça aurait suffi pour qu'il précipite les choses en tuant Gene ?

Benson inspira profondément et émit un soupir doublé d'un gémissement.

— Tu sais, Tom, tu dis que tu n'aimes pas Beauchamp. Je vais te dire une chose : dans toute la bande, il n'y en a aucun que j'aime.

Les deux techniciens de l'équipe médico-légale occupaient chacun une table de la salle à manger – une pour les empreintes, l'autre pour les échantillons ADN. Debout près de la porte, Benson harangua la foule.

— Les amis, j'espère que vous avez tous compris la nécessité de cette intrusion dans votre vie privée. Je suis désolé, mais vous savez de quoi il s'agit : nous avons confirmé le meurtre hier soir d'Iphigene Seldon, que vous connaissiez tous, et ce matin, on a retrouvé sur la berge le corps de Bruno Gabreau, un ami de la famille Seldon. La plupart d'entre vous ne connaissaient sans doute pas M. Gabreau. Nous pensons qu'il a lui aussi été tué, et nous vous le confirmerons plus tard. (Cette information suscita dans la pièce un bourdonnement de conversations.) Autre chose, les amis, et j'espère que je ne m'adresse pas à vous en vain. Nous vous demandons, s'il vous plaît, dans l'intérêt de notre enquête et… enfin, uniquement dans l'intérêt de garder le contrôle de la situation, de ne prendre aucun contact avec les médias.

— Excusez-moi, shérif, lança une voix.

Un homme basané, visiblement habitué à la vie au grand air – mais bon, ils avaient tous cette allure-là, songea Benson – s'était levé au fond.

— Monsieur ?

— Avez-vous un suspect ?

— Nous en avons plusieurs.

Une femme aux cheveux gris leva la main. Vêtue d'une chemise à carreaux bleus et d'un short kaki, elle respirait la richesse malgré sa tenue très simple (d'ailleurs, ils ont tous l'air riches, conclut Benson).

— Madame ?

La femme sourit et s'exprima avec un accent qui pour Benson venait du Midwest :

— Shérif, si vous nous demandez à tous nos empreintes et nos échantillons ADN – et croyez-moi, ça n'est pas un souci pour moi –, cela signifie-t-il que le suspect se trouve parmi nous, les clients du lodge ? (Elle regarda autour d'elle les autres personnes présentes.) Nous tous qui sommes réunis ici dans cette pièce ?

Cette interrogation retint l'attention générale.

J'ai intérêt à être prudent, se rappela Benson. Il réfléchit rapidement.

— C'est une bonne question, madame. Voici notre point de vue. Le tueur connaissait probablement depuis longtemps la victime, Mlle Seldon. C'est ce que nous pensons, mais… Mais nous n'en avons pas la certitude. Donc… Je pense que vous comprenez notre position… nous ne pouvons prendre aucun risque.

Devant, un jeune homme – cheveux noirs frisés, lunettes teintées et l'inévitable bronzage – se leva et demanda :

— Ça pourrait être un tueur en série ?

Benson fut pris au dépourvu. Cette idée ne l'avait pas effleuré.

— Eh bien, monsieur… ce genre de chose est toujours possible, je veux dire que les tueurs en série existent bel et bien, et que…

Benson sentit qu'on le tirait par la manche. C'était Tom.

— Oui, lieutenant ?

Tom se leva pour répondre à l'homme qui avait posé la question.

— Les meurtres en série sont l'un des domaines que j'ai étudiés, monsieur. Je ne suis pas spécialiste, mais j'ai appris que les tueurs en série frappent en général à différents lieux plutôt que de rechercher toutes leurs victimes au même endroit, comme dans ce lodge. Pour le moment, rien n'indique qu'un tueur en série soit à l'œuvre ici. Néanmoins, comme l'a dit le shérif Doucette, c'est une possibilité que nous n'excluons pas. Et c'est une raison supplémentaire pour vous soumettre tous à ces tests et à ces interrogatoires.

L'homme aux cheveux frisés remercia Tom et se rassit ; Benson remarqua le regard qu'il lui jeta, et dut se rendre à l'évidence : si les femmes fortes suscitaient le désir de certains, le lieutenant Barclay était incontestablement de celles qu'ils jugent appétissantes.

Tory et Nelson Bolston, assis au bar, semblaient bouleversés.

— Nous sommes en danger aussi, nous autres ? demanda-t-elle.

— Vous allez nous protéger ? renchérit Nelson.

— Croyez-moi, répondit Benson, votre sécurité à tous est notre priorité. Tous les cinq, nous allons passer la journée ici à réaliser des entretiens et à inspecter le bâtiment et la propriété ; deux agents gardent la route du camp. Pour la nuit, je placerai deux agents au lodge et un sur la route.

Un grand barbu en veste safari leva la main.

— Certains d'entre nous vont bientôt devoir s'en aller, shérif. Ce n'est pas que j'aie peur, mais je prévoyais de partir aujourd'hui et j'ai des engagements.

— Quand nous aurons recueilli vos empreintes et procédé aux prélèvements ADN, nous devrons vous interroger rapidement, prendre votre adresse et vos coordonnées. Ceux d'entre vous qui souhaitent partir cet après-midi ou ce soir peuvent demander à passer en premier.

La femme aux cheveux argentés prit à nouveau la parole.

— Je connais mal la… hum… la "dynamique" de Cedar Lodge, c'est mon premier séjour ici, mais j'ai, enfin, beaucoup d'entre nous ont entendu des choses. C'était inévitable, il me semble. N'est-il pas vrai que les suspects les plus vraisemblables se trouvent parmi les membres de la famille et, euh, parmi les amis et le personnel ?

Benson lui sourit.

— Vous avez tout à fait raison, madame.

21

FIDÈLES aux consignes, Six et Alicia se présentèrent pour qu'on prenne leurs empreintes digitales et leur échantillon d'ADN. Benson dit que cela n'avait aucun sens, mais Six insista :

— La famille et le personnel savent désormais que nous sommes les larbins de la police. (Il gloussa et tira de sa pipe deux bouffées de fumée.) Mais il vaudrait peut-être mieux que tous les autres pensent que nous sommes des clients ordinaires.

— Oui, ça ne peut pas faire de mal.

— Et puis il y a autre chose. J'ai un peu réfléchi.

— Oh, oh !

— Oui, je sais, ça m'inquiète aussi. Ce qui m'est venu n'est vraiment qu'une hypothèse.

— Allez-y.

— Et si Bruno avait été tué pour venger la mort de Gene ? Quelqu'un savait qu'il était l'assassin et donc...

— Mais tout monde est censé avoir souhaité que Gene...

— Ah. Je sais ce que vous allez dire. Non, pas tout le monde. Bob Weller. Il allait l'épouser. J'ai l'impression qu'elle avait promis de lui offrir le train de vie auquel il semblait avoir été habitué. (Six fronça les sourcils.) Si ma phrase tient debout.

Le shérif se mordit la lèvre et chercha un cigare dans la poche de sa chemise, réflexe quelque peu pavlovien chaque fois que Six remplissait sa cheminée à bois, comme Benson appelait la chose à tige incurvée et à large fourneau qui pendait à présent sous sa mâchoire.

— Eh bien, dit-il en coupant le bout du cigare et en tâchant de trouver son briquet, voilà une idée fichtrement intéressante, Six... Eh, attendez une minute. Weller était ivre mort pendant toute cette histoire.

— Oui, je sais. Il était affalé juste à côté d'Alicia et de moi. Cependant, réfléchissez. Hier soir, quand tout le monde était réuni dans la cuisine, il était debout et conscient, mais il avait l'air tellement patraque que vous l'avez laissé remonter dans sa chambre. Nous savons dans quel état est Merrill aujourd'hui, et nous savons qu'elle a refusé de laisser Bruno entrer dans leur chambre hier soir. La chambre de Weller est à côté de la sienne. Brad, Kipper et Merrill ont chacun leur suite au dernier étage, face au lac. Gene avait mis Weller dans une petite chambre à côté de Merrill. Et si Weller, ne dormant pas, avait entendu Merrill et Bruno se disputer ? Et s'il avait entendu Merrill accuser Bruno d'avoir tué Gene ?

Benson aspira une bonne bouffée de fumée, la relâcha et donna son avis.

— C'est une théorie qui nc me plaît pas beaucoup. Trop de "et si", trop de hasards.

— Elle ne me plaît pas non plus, à dire vrai. Mais ça reste de l'ordre du possible.

— Oui. Il faut tenir compte de toutes les possibilités, même les moins vraisemblables. Mais il vient de se passer autre chose qui pourrait condamner toutes nos théories et mettre très vite un terme à cette enquête. Hors de question d'en parler à quiconque, OK ?

— Dois-je continuer à trembler ou vous allez tout me dire ?

— Huntley Beauchamp s'est enfui d'ici à grand fracas il y a trois quarts d'heure. Il est sorti du camp tellement vite qu'il a envoyé valdinguer dans le fossé la journaliste de Waterville. À cause de moi, personne ne surveillait la route, nom de Dieu !

Six parut éberlué.

— Ouh là, ça, c'est... Je ne sais pas quoi en dire. Vous croyez qu'il aurait commis les deux meurtres ?

— C'est la dernière personne à qui j'aurais pensé.
— Moi aussi. Qu'allez-vous faire ?
— J'ai diffusé un appel à toutes les patrouilles. La police locale et celle de l'État vont ouvrir l'œil. C'est le mieux que je puisse faire. Je ne peux pas partir moi-même à sa recherche.
Tout en parlant, Six et Benson s'étaient avancés jusque sous le porche pour échapper aux nuages dont ils avaient enfumé le vestibule. De la poche poitrine gauche de sa chemise fatiguée, Six tira un morceau de papier; la poche elle-même se détachait du vêtement à mesure que la couture s'effilochait, mais elle était encore assez attachée au tissu pour retenir la lettre que Six tendit au shérif.
— J'ai trouvé ça dans le bureau de Gene. Tom m'a donné la permission d'y mettre mon nez.
— Pas de problème de mon côté, dit Benson en dépliant la feuille. Et il s'agit de… Oh. C'est bizarre.
— Oui. C'est la menace de mort. Les caractères sont les mêmes que ceux des faire-part de décès dans les journaux. Tapée sur ordinateur ? J'ai trouvé cette police parmi les fonctions de mon portable.
— Impossible à identifier. Au bon vieux temps… Oh, bon sang, pourquoi je répète toujours ça ? Ça ne sert absolument à rien.
— Non. Mais je comprends. Dites-moi quand même.
— ABVT – c'est-à-dire Au Bon Vieux Temps – on aurait pu retrouver la machine à écrire grâce aux particularités des touches.
Six ne put s'empêcher de ricaner.
— La dernière fois que je suis allé au magasin d'électronique de Waterville, les deux jeunes qui tiennent la boutique m'ont dit qu'ils n'avaient jamais vu de machine à écrire. À part dans les films.
— Parfois je pense que je devrais me contenter de rester assis sous mon porche jusqu'à la fin de mes jours. Ah, enfin. Merci pour ça. (En empochant le message, il aperçut Bob Weller dans un fauteuil d'osier, à l'extrémité ouest du porche.) On dirait que c'est Bob Weller, là-bas, au bout. Vous voudriez

bien lui parler ? J'ai trop de choses en tête, et il faut qu'on s'occupe des clients.

— D'accord. Avec plaisir.

— Voyez ce que vous pouvez tirer de lui. Si c'est vous, ça ressemblera moins à un interrogatoire.

— D'accord. À plus.

Six s'avança vers le bout du porche en laissant un sillage de fumée à l'odeur de miel.

ALICIA sourit à Tory et Nelson qui, comme elle, attendaient de livrer leurs empreintes et leur ADN. S'asseyant sur un tabouret de bar à côté d'eux, elle dit :

— Vous partez bientôt ?

Tory semblait soucieuse et n'arborait pas son habituel grand sourire.

— Nous espérons pouvoir partir dans la matinée. Toute cette histoire est tragique. La pauvre Gene Seldon assassinée comme ça et… et maintenant le meurtre de ce matin. Ce M.… Gabeau ?

— Gabreau, rectifia Alice. Avec un R.

— C'est vraiment terrifiant. C'était le petit ami de Merrill, non ?

— Oui. Oui, c'est vrai. Merrill est sous le choc et ils l'ont emmenée à l'hôpital.

— La pauvre.

— Il paraît que son mari est ici aussi, dit Nelson.

— Eh bien, oui, mais ce n'est pas aussi… hum… étrange que ça en a l'air. Huntley ne vit pas ici, il habite Boston, en fait, et Merrill et lui sont légalement séparés.

Tory, qui jusque-là étudiait ses ongles, leva les yeux.

— Huntley ? C'est son mari ? Le grand type qui ressemble au président du country club ?

Alicia éclata de rire.

— C'est une assez bonne description. Tout à fait, c'est bien lui. Huntley Beauchamp. Pourquoi, vous l'avez rencontré ?

Tory avait retrouvé le sourire.

— Oh oui. Il m'a draguée hier après-midi. Pas du tout mon genre. (Son sourire s'évanouit très vite.) Après tout ce qui s'est passé, la journée d'hier semble si loin.

— C'est difficile à croire, n'est-ce pas ? ajouta Nelson en se levant. Vous m'excusez ? Je vais, euh… Eh bien, je vois Renee là-bas et je…

— Bien sûr.

Tandis qu'il s'éloignait, Tory dit :

— La femme de Brad Seldon plaît à mon frère. Ils sont séparés, eux aussi.

— Et vous, c'est l'autre moitié du couple qui vous plaît… Brad.

— Oh ! C'est si évident que ça ?

— Pas vraiment. Gene parlait hier de toutes les… les amitiés qui se forgeaient au lodge, y compris la sienne.

— C'est tellement triste. Ce pauvre vieux monsieur. (Tory garda le silence plusieurs minutes, les yeux rivés au sol.) Pour vous dire la vérité, madame… Godwin, c'est bien ça ?

— Oui.

— Nelson, mon frère, et moi, nous sommes venus ici chercher l'amour autant que la pêche. Ça vous paraît étrange ? Un frère et une sœur ?

— Pas du tout. Chacun est libre de chercher l'amour comme il l'entend. Enfin, Six et moi sommes un couple très uni, s'empressa-t-elle d'ajouter. Nous vivons une longue histoire d'amour, tous les deux.

— Nelson et moi, nous avons tous les deux divorcé il n'y a pas longtemps. Oh, je vous l'ai déjà raconté. Et, oui, Brad me plaît beaucoup. Mais à présent, ces meurtres et… enfin, on ne sait pas qui est le coupable… et pour être sincère, ça… eh bien, ça pourrait être un membre de la famille. (Tory toucha le bras d'Alicia.) Et je suis désolée de dire ça, mais… vous comprenez, non ?

— Bien sûr que je comprends.

Tory soupira et regarda le lac par la fenêtre.

— Tout avait si bien commencé.

Colin et Daphne vinrent à leur rencontre.

— Cette histoire a de quoi laisser baba, n'est-ce pas ? dit Colin. C'est absolument atroce. Et difficile à croire, surtout dans un paradis comme celui-ci.

— La plupart des gens veulent filer dès que possible. Je suppose que nous aussi, nous partirons dans la matinée. Aller pêcher et prendre du bon temps paraîtrait déplacé, même si le lodge reste ouvert. J'espère que l'établissement survivra à cette affaire.

— Je crois que oui. Les Seldon ont survécu à d'autres tragédies.

— Où est le professeur ? demanda Colin. Oh, pardon. Je suis désolé, vous aussi, vous êtes professeur.

Cette bourde amusa Alicia.

— Nous *étions* professeurs. Maintenant, nous sommes pêcheurs.

Colin eut un sourire en coin.

— Hum, c'est ce que je vois.

Alicia portait encore ses vêtements de pêche, un des deux ensembles qui lui auraient valu l'aumône de passants compatissants si elle s'était trouvée à un carrefour dans Boston.

— Six et moi, nous avons l'habitude de toujours porter les mêmes habits pour pêcher, et nous avons horreur de nous en séparer. Pourtant, il vient un jour… Cette chemise et ce jean, par exemple, sont venus en remplacer d'autres qui ont fini par se désintégrer.

— Ah ! Et c'était…

Alicia fit un rapide calcul.

— Il y a vingt-huit ans. Mes chaussures sont beaucoup plus vieilles, des L.L. Bean de 1974.

Colin était fasciné. Haussant un sourcil, il demanda :

— Serait-ce une tradition du Maine ?

— Si c'en était une, L.L. Bean aurait déjà fait faillite.

— Nous sommes allés chez L.L. Bean. Absolument extraordinaire.

Alicia plongea une main dans la poche avant de son jean et en tira un portefeuille si usé qu'il aurait pu contenir des dépêches pendant les guerres napoléoniennes.

— Six et moi nous gérons aussi une petite entreprise.

Elle tendit des cartes de visite aux Trimble et à Tory.

— Ah, voilà qui tombe à merveille, dit Colin. Winsokkett Antiquarian Books. Nous sommes un peu collectionneurs. Et Winsokkett est un…

— Un lac. Winsokkett Pond. Six et moi y avons une maison. C'est le lac le plus proche à l'est de Willow. Enfin, en réalité, il y en a un petit, Rocky Pond, entre les deux, qui est relié à Winsokkett.

Colin rangea la carte de visite dans sa poche.

— Daph et moi avons déjà fait nos preuves en criminologie. J'avais envie de dire un mot au… à l'autre professeur.

Alicia lui sourit.

— Vous le trouverez peut-être dans le vestibule avec le shérif, ou là où se trouve le shérif.

Daphne regarda Alicia et Tory :

— On se voit au déjeuner ?

— Oui. Nous y serons. À tout à l'heure.

KIPPER était reparti vers la cuisine en boitillant et en jurant. Appuyé à un tabouret, il admirait avec tendresse Jean-Pierre qui préparait le déjeuner des clients. Tandis que son regard suivait le petit homme s'affairant entre les plans de travail, les plaques chauffantes et les fours, Kipper eut les larmes aux yeux lorsqu'il se rappela les horribles moments de cette matinée où il avait cru que Jean-Pierre s'était noyé dans le lac.

Il ne pouvait pas vivre sans Jean-Pierre. S'il meurt, pensa Kipper, je mourrai aussi. Comment pourrais-je supporter un pareil chagrin ? J'ai voulu mourir quand papa et maman sont morts, mais je n'ai pas eu le courage de mettre fin à mon existence. Mais aujourd'hui, aujourd'hui je suis vraiment heureux d'avoir vécu. Jean-Pierre chéri et moi nous devrons vivre longtemps. Et ce sera sûrement le cas. Nous méritons notre bonheur.

De son côté, Jean-Pierre accélérait inutilement le rythme, courait à droite et à gauche, se penchait au-dessus des casseroles de ses assistants, s'activait, s'activait, s'activait pour éviter de regarder Kipper, pour éviter de voir une fois encore ces grands yeux pleins de soumission sexuelle. Jean-Pierre voulait être aimé et admiré, mais il ne voulait pas faire l'objet d'une adoration aussi féroce. Cela le mettait très mal à l'aise. Il n'était pas un petit toutou qu'on câline, qu'on étreint, qu'on caresse constamment et… qu'on possède. C'était là sa crainte. Aller à New York et être entièrement financé par l'argent de Kipper tout en étant enveloppé par l'amour intense et possessif de Kipper: voilà une recette de tragédie.

Une confrontation terrible allait avoir lieu. Jean-Pierre savait que, même s'il redoutait ce moment, il devrait faire part de son inquiétude à son amant émotif. Si Kipper et lui voulaient vivre heureux, il devait établir dans l'esprit de Kipper ce fait incontestable: lui, Jean-Pierre Lemaire, était un homme intelligent, suprêmement talentueux (selon lui), aux ambitions fortes et claires. Il ne pouvait pas se laisser étouffer. Oui, il avait besoin de Kipper et de son argent pour réaliser son rêve, ce restaurant à New York, où les meilleurs chefs devenaient des célébrités. Et, oui, il éprouvait une certaine dose d'amour véritable pour son bienfaiteur. Mais si la relation devenait trop pesante, trop pénible pour son confort spirituel, Jean-Pierre était certain qu'il n'aurait qu'à se baisser pour trouver un autre Kipper dans une ville comme New York.

Kipper n'arrivait pas à croiser le regard de Jean-Pierre. Le chef était très occupé, certes, pensait-il, mais sûrement pas au point de ne pouvoir jeter un œil dans ma direction de temps en temps. Puis il pensa: je le perturbe trop. S'il me regarde, ses émotions viendront troubler sa cuisine. Et il est sans doute encore bouleversé de m'avoir vu entrer dans sa chambre comme une furie et le serrer dans mes bras en pleurant. Je dois lui avoir fait peur en lui racontant que j'avais cru que le cadavre qui flottait dans l'eau, c'était lui. Je ne dois pas l'effrayer. Je ferais mieux de m'en aller.

Mon Dieu, quel soulagement de ne plus subir Gene qui surveillait tout le monde comme un garde-chiourme ! Il savait qu'il aurait dû ressentir du chagrin, mais il en était incapable ; il n'avait jamais vraiment aimé le vieux tyran malgré la tendresse qu'elle avait pour lui. Cette affection le dégoûtait, en fait : comment aurait-elle pu croire qu'elle pourrait se substituer à sa mère, cette femme superbe ? Mais il avait dissimulé ses sentiments pour des raisons évidentes : cela rendait sa vie plus agréable et lui donnait un avantage sur son frère et sa sœur, qui le méprisaient tous deux et n'avaient pour lui que des insultes mordantes. Quand il était enfant, il idolâtrait les deux aînés, ces adolescents splendides et si pleins de vie.

Et puis tout avait changé. La foudre brandie par un Dieu barbare avait détruit le paradis en un instant terrible.

— Monsieur Seldon.

La voix de Sam fit sursauter Kipper.

— Oui ?

— Trois bateaux de pêche ont été mis à l'eau, monsieur Seldon. Vous voulez que j'en mette d'autres ? Je voulais demander à votre frère mais il est, euh, endormi sous le porche.

Kipper émit un reniflement dégoûté.

— Oh, je suis bien certain qu'il a grand besoin d'une sieste. Il a trop… trop mangé au petit déjeuner.

— Oui, monsieur.

— Je pense que tout le monde partira probablement demain, Sam. Pas la peine de mettre d'autres bateaux à l'eau. Nous allons fermer un moment. (Voyant la mine de Sam, Kipper poursuivit.) Ne t'inquiète pas, Sam. Il y aura beaucoup de travail pour toi. Nous devrons rouvrir. Sans doute la semaine prochaine. On compte sur toi jusqu'à la fin de l'été.

— Merci, monsieur. Y a-t-il autre chose que je puisse faire maintenant ?

— Eh bien, oui, Sam. Je sais que ça n'est jamais entré dans tes attributions, mais s'il te plaît, pourrais-tu aider Jean-Pierre à servir les clients à table ? En général, c'est moi qui m'en charge. Je vais t'envoyer une des femmes de ménage pour prêter main-forte.

— Bien sûr. Je reste ici, comme ça je serai prêt quand il le sera.

— Brave garçon. (Kipper descendit du tabouret et saisit sa canne.) Il faut que j'aille dans mon bureau pour m'occuper des formalités. Il va y avoir une telle masse de travail pour organiser les obsèques de ma tante, faire modifier les documents officiels, gérer… Oh, excuse-moi, Sam, ce n'est pas ton problème. Je suis trop bavard. Le manque de sommeil.

Sam dit à Jean-Pierre qu'il servirait à table, puis se posa sur un tabouret. Alors qu'il se félicitait d'avoir bien su faire de la lèche auprès de son patron, Sam tressaillit en comprenant qu'il allait sans doute se retrouver face aux sinistres rosbifs, Colin et Daphne, à l'heure du déjeuner. Il craignait qu'ils ne le dévisagent avec un sourire lourd de sous-entendus lorsqu'il apporterait leurs assiettes. Il s'imagina renversant de l'eau ou de la nourriture sur eux, l'horreur. Ce qui le tracassait aussi, maintenant qu'il pensait à eux, c'était que son cerveau d'adolescent pas trop subtil avait engendré une pensée subtile : et s'ils n'étaient pas des agents spéciaux britanniques, comme ils le prétendaient, mais des criminels doucereux, des criminels vraiment dangereux ? Et s'ils étaient des tueurs à gages ? Toute la journée de la veille, Sam avait été prudent. Il avait fermé sa porte à clef la veille au soir, chose qu'il n'avait jamais pris la peine de faire auparavant, et il avait poussé un bureau contre sa porte. Aujourd'hui, il était allé au hangar à bateaux où, en plus de tout le matériel nautique du lodge, il y avait une pièce contenant des centaines d'outils et d'articles de quincaillerie pour l'entretien de l'établissement. Il avait choisi un gros verrou à chaîne et l'avait installé sur sa porte.

Kipper avait dit que tous les clients partiraient probablement le lendemain. Sam pria pour que Colin et Daphne soient du nombre.

22

Six s'installa dans un fauteuil d'osier à côté de Bob Weller, lui dit bonjour – sur quoi Bob se retourna et hocha la tête –, frappa sa pipe contre la balustrade pour vider les cendres avant de la rallumer. Il fumait en général deux fois de suite, puis laissait passer une heure. Inutile de créer des habitudes malsaines, affirmait-il. Il remplit à nouveau le fourneau, tassa le tabac, y glissa la flamme du briquet et exhala avec satisfaction les premières bouffées de fumée. Oups, j'oublie mes bonnes manières, se dit-il.

— La fumée vous dérange ? demanda-t-il.

— Non. Pas du tout.

— Vous avez envie de parler ?

Bob était recroquevillé dans son fauteuil, la tête reposant contre le dossier. Il décroisa puis recroisa les jambes et soupira.

— Je suis incapable de lancer une conversation pour le moment, mais je ne vous dis pas cela par impolitesse. Je suis content que vous vous soyez approché.

— Je suis sincère quand je dis que je suis désolé, Bob. Gene était ma cousine et sa mort me bouleverse énormément, moi aussi.

Bob resta muet si longtemps que Six eut l'impression qu'il en resterait là. Il finit par parler, la voix lourde de fatigue.

— Le problème, ce n'est pas que je n'ai pas envie de parler : il n'y a rien que j'aie envie de faire. Je suis assis, je vois, je respire, mais c'est à peu près tout ce dont je suis capable. Si respirer n'était pas automatique, je ne m'en donnerais probablement pas le mal.

— Le choc a quelque chose de dévastateur.

— En un sens, c'est pire qu'un simple choc. Je suis tellement sonné, Six, que je... oh, je ne sais pas... J'ai l'impression d'être unicellulaire. Je réagis aux stimuli. Par exemple, si j'ai assez faim, je vais dans la salle à manger et, comme une amibe, j'absorbe des nutriments. En dehors de ça, je pourrais parfaitement rester ici pendant un temps infini, sans bouger tant qu'on ne m'encourage pas à le faire.

— Vous voulez que je vous laisse seul ?

Là encore, Six se demanda s'il allait obtenir une réponse. Bob continua à fixer le lac sans rien dire. Au bout de quelques minutes, alors que Six s'apprêtait à prendre congé, Bob prit la parole.

— Non, j'aimerais que vous restiez, Six. J'ai changé d'avis. Maintenant j'ai envie de parler, et c'est parce que c'est vous, je pense. Je n'ai envie de parler à personne d'autre, même si je sais que je nc pourrai pas éviter de parler au shérif.

Six jugea préférable de ne pas relever.

— Je ne vous connais pas très bien, mais vous me plaisez. Et... oh, nous avons... enfin, nous sommes de la même tranche d'âge, même si j'ai quinze ou vingt années de plus.

Six fumait paisiblement, en silence. Il possédait cette qualité de tranquillité, art rarement pratiqué de nos jours, pensait-il. Alicia aussi avait cette sérénité. Tous deux pouvaient passer des heures sans échanger un mot – mais ils étaient depuis longtemps habitués l'un à l'autre. Cet art de la tranquillité est plus difficile à pratiquer en société, en présence de gens avec qui l'on n'est pas intime, car la plupart des individus sont gênés par les périodes prolongées pendant lesquelles on ne dit absolument rien à ses compagnons immédiats. Plus long est le mutisme, plus aigu est le malaise, jusqu'au moment où ces victimes du silence finissent par être si embarrassées qu'elles se sentent obligées de bafouiller n'importe quoi. Même le bavardage oiseux rompt la tension. Six ignorait cette tension et il savait juger, selon l'humeur des autres, quand il valait mieux se taire.

C'était un bon moment pour se taire, et il se mit à méditer sur le mystère des leurres – pourquoi les black-bass se jettent un été sur les vers en plastique violet alors qu'ils les dédaignent l'année suivante, préférant désormais les verts à pois noirs. Il en était venu à se demander si les hameçons rouges étaient vraiment meilleurs que les ordinaires pour susciter les ardeurs de ces poissons quand Bob dit :

— Je n'ai jamais travaillé.

Six forma un petit cumulonimbus.

— Il y a des gens que ça choque. Je ne le leur reproche pas. Je suis le genre de fils de pute que la plupart des Américains détestent. J'ai hérité d'une fortune, j'ai tout claqué – en courses, en femmes, en jeu –, et maintenant je suis confronté à la pauvreté. (Les lèvres retroussées en un léger sourire mélancolique, il se tourna vers Six.) Personne ne considère que je mérite la moindre pitié... et c'est bien normal.

Six se contenta d'un hochement de tête compréhensif.

— Je ne mérite rien, d'ailleurs. Mais, à moins de me suicider, il faut que je trouve quelqu'un qui aide la vieille peau que je suis à ne pas tomber dans le ruisseau. Par conséquent, je me suis lancé depuis peu dans une campagne intéressée de flirt avec des femmes âgées et riches. (Il inspira profondément puis exhala un long soupir sifflant.) Et ce sont de sacrées emmerdeuses.

— Je n'en doute pas.

— Il est passablement niais de jouer l'homme-objet à plus de soixante-dix ans, mais... comme je l'ai dit, pas de pitié. Comme on fait son lit on se couche.

— Certes.

— Puis, quand j'en ai eu tellement marre que j'envisageais de me faire voleur de bijoux, gentleman cambrioleur, bien sûr... voleur mondain... peu après m'être réellement procuré plusieurs paires de gants blancs, je suis venu ici. Pas pour pêcher, même si j'aime beaucoup la pêche, mais uniquement pour me reposer. Je suis venu ici et voilà qu'a surgi ce ridicule garçon manqué de soixante-dix-sept ans, qui jurait comme un charretier et qui avait une voix de marchande de poisson. Elle m'a eu par surprise parce qu'elle m'a plu instantanément, au début je ne savais pas trop pourquoi, mais j'ai vite compris : elle était l'antithèse de tout ce que je m'étais mis à mépriser. Les bijoux, les robes de grand couturier, la chirurgie esthétique, l'impitoyable série d'intérieurs élégants, les fêtes interminables… Oh mon Dieu, ces p… de fêtes, les cocktails, les bavardages, les repas qui vous bouchent les artères, le braiment incessant des classes supérieures.

— Je crois que j'aurais implosé au bout de deux semaines.

— Il m'a fallu un moment. Je suivais depuis toujours un entraînement olympique aux Saturnales.

Bob poussa un autre immense soupir, puis redevint silencieux. Six fuma en regardant un balbuzard tournoyer au-dessus de l'eau, à la recherche de poissons insouciants qui nageaient près de la surface. Le balbuzard descendit soudain et s'immobilisa. Six se pencha en avant, enthousiasmé par le spectacle, même si un mètre de plus ou de moins n'allait pas changer grand-chose pour lui. Tout à coup, l'oiseau piqua, repliant ses rémiges primaires, acquérant une vitesse impressionnante, puis redressa la tête, percuta le lac avec ses pattes et plongea au milieu d'une gerbe d'eau. Dans un battement d'ailes, il remonta avec un poisson entre les serres.

— Waouh ! s'exclama Six. (Songeant que ce cri étonnerait peut-être son infortuné compagnon, il s'expliqua.) Un balbuzard a plongé et a capturé un poisson.

N'entendant pas même un grommellement en guise de réponse, Six se tourna vers Bob qui, apparemment, contemplait son propre paysage désolé et n'avait ni vu le balbuzard ni entendu Six. Ah, soit. Son esprit est accaparé par un tas de choses, se dit Six, qui en vint à se demander ce que pouvait ressentir un animal comme le balbuzard, soumis à la nécessité de chasser constamment pour se nourrir. Mais n'est-ce pas une vision typiquement humaine ? se dit-il. Comment s'occuperait un oiseau s'il avait des loisirs ?

— Ce n'était pas de l'amour, vous savez.

Six renonça à ses méditations et tendit l'oreille.

— C'était hors de question. Non, simplement, chacun appréciait énormément la compagnie de l'autre... Même si certaines de ses remarques grossières me faisaient parfois frémir. Au moins, elle était franche. Égocentrique, certes, mais bon, nous le sommes tous plus ou moins. Cependant, il n'y avait en elle aucune hypocrisie. Et Dieu, qu'elle était drôle ! Elle pouvait être hilarante, la vieille, et elle allait... (Bob hésita, puis s'éclaircit la gorge.) Elle allait s'occuper de moi. Je suis trop fatigué pour la chasse, Six. C'est fini pour moi. Je raccroche mon vieux jockstrap.

Six attendit, certain qu'il allait y avoir une suite.

— Gene a perdu cette vie qu'elle savourait tant, et j'ai perdu tout ce qui allait m'assurer une vieillesse confortable. Ça suffit amplement à justifier un homicide, vous ne trouvez pas ?

BENSON interrogeait un couple de robustes amateurs de plein air venus du Wisconsin quand Six vint se glisser à côté de lui.

— Benson, il faut que je vous parle. Semi-urgent.

— Je finis juste avec ces personnes charmantes, répondit Benson en souriant à ces quadragénaires blonds qui étaient au lodge avec leurs enfants également blonds. On se retrouve devant la cheminée.

Six attendait calmement devant l'âtre quand Benson s'approcha, mais depuis que Robertson Weller avait formulé son ultime déclaration, son calme intérieur l'avait déserté.

— Eh bien ? demanda Benson.

— Je pense que Bob Weller pourrait – et je souligne le conditionnel – m'avoir laissé entendre qu'il a tué Gabreau.

— Je suis tout ouïe.

Quand Six eut résumé toute sa conversation avec Bob et conclu en répétant aussi textuellement que possible la dernière phrase, Benson réagit :

— Merde. Vous en pensez quoi ?

— Je pense qu'il a pu entendre Merrill accuser Bruno, et ensuite décider de le tuer. Weller est dans une situation de confusion mentale absolue.

— Je suis du même avis.

— Qu'est-ce qu'on fait ?

— Il est encore sous le porche ?

— Oui. Il a laissé entendre qu'il rentrerait déjeuner.

— Vous pensez qu'il pourrait nous jouer le même coup que Huntley ?

— Il dit être si déprimé qu'il n'a même pas le courage de bouger.

Benson réfléchit une minute.

— On ne peut pas se permettre de prendre le moindre risque. Caleb le surveillera. Le barrage routier a été rétabli, mais je n'ai plus confiance en personne. Il faut que je voie Weller seul ou que je l'emmène au commissariat. En attendant, il faut que je termine avec les clients avant le déjeuner. (Il allait repartir quand il s'arrêta.) Merci, à propos. Vous prévoyez quoi, maintenant ?

— J'ai une autre idée.

Benson sourit.

— Allez-y doucement.

— Je ne vous en parle pas tant que je ne serais pas allé un peu à la pêche aux infos. Une fois que j'aurai...

— Shérif ! (La voix de stentor d'Armand les fit sursauter tous deux.) J'ai un truc à vous dire.

— J'ai déjà entendu ça quelque part.

Vêtu de sa tenue habituelle – chemise à carreaux, jean, chaussures de marche et large ceinturon de cuir avec un étui pour son couteau de chasse –, Arnaud traversa le vestibule à pas lourds pour rejoindre Benson et Six.

— J'ai d'abord pensé que ça n'était pas si important, mais ça m'a tracassé hier pendant toute la soirée, et je crois que je ferais mieux de tout vous raconter. J'arrive à l'instant.

— Raconte-moi tout, dit Benson.

— C'est à propos de la femme de Brad... Renee.

Étant par nature avare de paroles, Armand s'efforça d'employer le moins de mots possibles pour décrire les gestes bizarres de Renee au bar la veille au soir, pendant qu'elle bavardait avec Bob Weller. Benson comprenait où il voulait en venir – d'après ce que racontait le barman, Renee avait eu en effet un comportement un peu étrange –, mais il n'était pas persuadé que cela soit essentiel. Il ne rejeta pourtant pas l'information, car Armand était un homme calme et intelligent, pas un type en quête de frissons qui se met à voir des assassins partout.

— Merci, Armand. Tu as bien fait. Tu viens travailler ?

— Oui. En général, je suis là au déjeuner et au dîner.

— Je vais te dire une chose. Renee Ranger est encore dans la salle à manger, pour les empreintes et l'ADN. Si elle reste ce midi, ou si elle traîne au bar, essaye de garder un œil sur elle. De toute façon, il fallait absolument que je lui parle, donc ce que tu viens de dire m'aidera.

— Bon. Compris. Je serai au bar.

Tandis qu'Armand s'éloignait, le portable de Benson, accroché à sa ceinture, émit une sonnerie stridente. Benson regarda le numéro qui s'affichait : celui du standard.

— Allô ?

— Shérif, on vient d'avoir un appel du lieutenant Rene Pelletier, de la police d'État. Il dit qu'il a retrouvé le fuyard. Il veut vous parler au plus vite. Voici son numéro.

Benson prit son carnet, nota le numéro, referma le téléphone et regarda Six.

— Cette cheminée doit dégager des ondes spéciales. La police d'État. Ils disent qu'ils tiennent Beauchamp.

Il composa le numéro. On décrocha au bout de trois sonneries.

— Lieutenant Pelletier.

— Benson Doucette, lieutenant.

— Ça fait plaisir de vous entendre, shérif. Nous avons votre véhicule immatriculé dans le Massachusetts, FP1843. Une Cadillac Escalade, c'est bien ça ?

— Oui ! Et Huntley Beauchamp, vous l'avez aussi ?

— Ce qu'il en reste, c'est-à-dire pas grand-chose, est parti chez le coroner du comté de Penobscot. La pire épave que j'aie vue depuis des années. La voiture a percuté un caribou, s'est retournée et a explosé. La plaque minéralogique à l'arrière est un des rares trucs qui n'aient pas brûlé.

— Oh… merde. Ça s'est passé où ?

— Sur la I-95, à vingt-sept kilomètres au sud de Bangor. L'homme est recherché ?

— Soupçonné de meurtre. Je suis dans un sacré pétrin, lieutenant. Deux meurtres.

Benson plaqua le téléphone contre sa chemise et murmura à Six :

— Beauchamp a été tué.

— Oh là, s'exclama le lieutenant Pelletier, ça n'a pas l'air simple. Il faut que je fasse un rapport. Vous avez des infos sur l'homme en question ?

— Quelques-unes, mais je peux en trouver plus. Il habite Boston, il est conseiller financier de Cedar Lodge, et je crois… Vous connaissez Cedar Lodge ? Willow Pond ? C'est là que nous sommes en ce moment.

— Ça me dit quelque chose. Il a de la famille sur place ?

— Euh, oui, on peut dire ça. Sa femme – ils sont séparés – est à l'hôpital, sous calmants. Et l'amant de sa femme est l'une des deux victimes.

— Ils étaient tous là en même temps ?

— C'est compliqué, lieutenant.

— Qui d'autre a été tué ?

— Une femme du nom d'Iphigene Seldon, propriétaire de Cedar Lodge.

— Vous vous en sortez ?

— Pour être tout à fait franc avec vous, lieutenant Pelletier, je n'en suis pas sûr. On a envisagé le problème sous tous les angles, notre équipe médico-légale est sur le coup, on a interrogé tous les suspects. Tout a été fait dans les règles. Mais j'ai d'autres missions à accomplir pour le comté, et je ne peux pas les négliger.

— La police d'État pourrait sans doute vous aider, shérif. Vous voulez que je fasse une demande ?

— Eh bien… (Benson se concentra pendant quinze secondes avant de répondre.) Voici comment nous allons procéder. Beaucoup de clients du lodge ont déjà été interrogés, certains partent ce soir, d'autres demain matin. J'ai leur ADN et leurs empreintes, leurs coordonnées, tout. Deux agents garderont le lodge cette nuit, et un autre la route. Si je ne trouve aucune piste, pas la moindre, d'ici demain midi, je demanderai du renfort. C'est possible, pour vous, de préparer une demande préliminaire ? Juste au cas où ?

— Oui, je peux faire ça. Il vous faudra les gars de l'équipe C, à Skowhegan. Moi je suis bien plus au nord.

— J'ai déjà travaillé avec l'équipe C.

— Je vais les prévenir que vous risquez d'appeler. En attendant, trouvez-moi un complément d'info sur ce Beauchamp.

— Ça marche. Les membres de la famille de Gene Seldon sont ici, je vais leur demander.

— Parfait. Terminé.

Benson rattacha son téléphone à sa ceinture.

— Beauchamp a percuté un caribou sur l'I-95 au sud de Bangor. La voiture a explosé et a pris feu. Vous imaginez le résultat.

— Quelle horreur.

Six tressaillit en visualisant le carnage.

— Quand un lieutenant de la police d'État dit que c'est la pire chose qu'il ait vue depuis longtemps, je sais que je suis content d'avoir raté ça. Ce qu'on a vu ici, c'est déjà pas mal.

Six se rapprocha de la cheminée, vida sa pipe et la rangea dans la poche de son jean.

— Benson, ça devient agaçant. Tout à coup, nous avons une avalanche de peut-être. Huntley a peut-être tué Gene et Bruno ; Bob a peut-être tué Bruno parce qu'il le prenait pour le meurtrier de Gene, et d'ailleurs il avait peut-être raison ; et Renee a peut-être versé quelque chose dans le verre de Gene afin de la rendre faible et vulnérable et de pouvoir la frapper sur la tête.

— Et lui mettre ensuite le feu ? je sais que beaucoup de gens pensent que c'est une garce, mais vous la croyez capable d'une chose pareille ?

— J'avoue que non.

Sam sortit de la salle à manger, se dirigea vers la cloche suspendue à droite de la cheminée et tira sur la chaîne une demi-douzaine de fois, remplissant le vestibule et l'escalier d'échos retentissants. Puis il alla sous le porche sonner l'autre cloche.

— C'est l'heure du déjeuner, dit Six. Vous venez partager notre auge ?

— Oui. Je n'ai avalé que trois cafés et un donut. Tom et moi, il faut qu'on cuisine Weller et Renee. Il me faut une bonne dose de calories.

Alors qu'ils marchaient vers la porte de la salle à manger, Benson saisit son téléphone qui s'était mis à sonner.

— Allô ? Doucette à l'appareil.

C'était la légiste.

— Noreen, Benson. Corps d'homme. Pointe de quinze centimètres, entrée par la base du crâne jusqu'au cerveau. Très mince. Alène. Peut-être aiguille à tricoter. Pas d'autres marques.

— Heure du décès ?

— Entre minuit et trois heures.

— Merci, Noreen.

— De rien. À plus.

Et elle raccrocha.

— Comme je disais, il y a des ondes, ici. Allons déjeuner avant que ce fichu portable sonne à nouveau.

En attendant que Bob Weller émerge de la salle à manger, Caleb fit signe à Sam de venir dans le vestibule.

— Je sais que tu dois finir le service, petit, mais après ça, j'aurai besoin de ton aide.

— Bien sûr, répondit aussitôt Sam, trop nerveux pour en dire davantage.

— J'imagine que tu connais bien le hangar et la pièce où on range les outils, hein ?

— Oui, sergent !

— Ce qu'on cherche, c'est une alène, ou une aiguille qui y ressemble beaucoup, longue de quinze centimètres. On pense qu'un instrument de ce genre-là aurait pu disparaître de la pièce à outils. Tu peux vérifier ça pour moi ?

— Oui, sergent.

— Et surtout, si tu trouves quelque chose, tu n'en parles à personne d'autre que le shérif ou moi. À personne, tu m'entends ?

— Non, sergent. Enfin, non, à personne !

— Détends-toi. Tout ira bien.

Quelque chose rend ce gamin nerveux, pensa Caleb en voyant Sam repartir vers la salle à manger. Ce serait peut-être bien de lui reparler un peu plus tard. Puis il aperçut Robertson Weller qui s'en allait.

Même s'il s'était rasé et avait belle allure avec son pantalon kaki et sa chemise blanche, et même s'il se tenait très droit, Bob dérivait lentement à travers le vestibule, comme sous hypnose, comme si ses yeux ne remarquaient rien de ce qui l'entourait. Il passa près de Caleb comme si le sergent n'était pas là, alors que Calcb Cobb était d'une carrure telle qu'il était difficile à manquer.

Caleb le suivit sous le porche, vit Bob reprendre sa place sur son fauteuil à l'extrémité ouest, puis il continua vers les pontons, où il pensait pouvoir s'attarder tout en ayant Bob à l'œil. Examiner les environs, surtout l'endroit où le corps de Bruno avait été découvert, ne pourrait pas faire de mal. Qui sait ce qu'on pourrait y trouver.

Tandis qu'il s'approchait du bord de l'eau, Caleb observa un escadron de cinq cormorans qui volaient très bas. Sans doute venus d'un autre lac, ils se posèrent sur de gros rochers qui affleuraient, à une centaine de mètres du rivage, vers l'est. Le cormoran était, avec le huard, l'un des oiseaux les plus doués pour le plongeon, et il se perchait en général au-dessus de l'eau sur le premier objet venu en attendant avec une patience infinie l'occasion d'aller harponner un poisson sous la surface.

Plus loin, il y avait six ou sept bateaux de pêche, dont l'un filait d'est en ouest en projetant d'énormes éclaboussures, juste devant la première île. Quelle journée magnifique, songea Caleb, en regrettant de ne pas être dans l'un de ces bateaux, une canne à la main. Et quel terrible contraste entre le cadre enchanteur de Willow Pond et les meurtres sinistres qui s'y étaient produits. Tout cela passerait, il le savait, et le temps panserait les plaies. Que les Seldon en restent ou non propriétaires, Cedar Lodge survivrait, présence immuable dans ce paysage sylvestre de lacs scintillants et de sombres forêts.

Caleb n'écrivait ni vers ni prose, mais il possédait sans le savoir le cœur et l'âme d'un romantique. Il était allé à l'université dans le but d'étudier la botanique, en vue d'une carrière qui lui aurait permis de se promener constamment dans ses chers bois. En ce temps-là, la biologie et l'histoire naturelle étaient ses passions. En ce temps-là, il avait... À quoi bon, se dit-il. À quoi bon ressasser tout cela à présent ? En deuxième année, il avait appris qu'il était possible de s'assurer un emploi stable dans les forces de l'ordre, dans un État où les métiers bien payés étaient difficiles à trouver (surtout pour les botanistes, avait-il supposé). Partout, la police et les shérifs faisaient appel à des diplômés. Il avait donc changé de discipline et, quinze ans après, il en était là : un flic modèle, soit dit sans fausse modestie, et fier de son travail. Le seul problème, c'est qu'il se faisait vieux et qu'il lui fallait une femme modèle.

Cette idée rouvrit dans son esprit une voie très fréquentée, où apparut le lieutenant Thomasina Barclay. Bon Dieu, comme elle lui plaisait. Il imaginait à quoi ressemblerait un avenir où ses fantasmes seraient devenus réalité : *Incapable de contenir le débordement de son cœur, il révèle enfin à Tom sa passion secrète pour elle et, chose incroyable, elle lui rend la pareille, lui dévoile ses propres désirs secrets, et ils reviennent ici, à Cedar Lodge, alors que les meurtres ne sont plus qu'un lointain souvenir. Ensemble dans leur chambre, alors qu'ils vont connaître leur première nuit d'amour, elle ôte sa chemise de nuit et s'avance lentement vers lui. Nu, excité, il attend qu'elle l'enlace.*

Ses seins merveilleux frôlent sa poitrine et il caresse ses hanches larges tandis qu'elle place ses lèvres contre son oreille et dit :

— Je m'en vais voir au hangar à bateaux !

Ses visions du paradis conjugal volèrent en éclats. Caleb pivota sur les talons et vit Sam qui lui faisait signe en se dirigeant vers le hangar. Caleb inspira profondément et émit un soupir plaintif. Ouh là ! Bob Weller ! Momentanément alarmé, ne sachant combien de temps il avait passé à bâtir des châteaux en Espagne, il leva très vite les yeux et fut soulagé de voir que Bob était toujours au même endroit, pétrifié, en train de construire ses propres édifices imaginaires. À l'autre bout du porche, Brad dormait encore, la tête roulant sur le dossier de son fauteuil, les bras retombant de part et d'autre.

Reste vigilant, espèce de couillon, s'admonesta Caleb. Il pouvait arriver ici n'importe quoi à n'importe quel moment. Un meurtre de plus, et ce serait le tiercé de l'horreur.

Sur le pas de la porte principale, Six Godwin sortit de l'ombre. Il traversa le porche, s'interrompit au milieu des marches et resta immobile, fixant la rive ouest d'un air absent. Et zut, pensa Caleb, un troisième rêveur. Six ne vit même pas Renee Ranger, munie d'une chaise pliante en toile, descendre le perron à côté de lui. Une fois en bas, Renee s'arrêta, secoua sa chevelure noire pour la dégager de quelque contrainte imaginaire, tira de son sac ses lunettes de soleil, puis marcha vers le troisième ponton, déplia son siège, s'assit et ouvrit un livre de poche. Si Caleb avait été plus près d'elle, il aurait pu voir sur la couverture l'image sinistre d'un cadavre pendu à un grand escalier, et le titre dégoulinant de sang, *Vengeance à Gorham Castle.*

De son côté, toujours à demi envoûté, Six partit vers l'extrémité est du lodge, fit le tour du bâtiment, longea le parking et s'avança vers l'orée du bois près de l'abri du groupe électrogène. Il était si assujetti à ses propres ruminations qu'il ne se rappelait plus rien depuis qu'il avait quitté la table du petit déjeuner, et pourtant il était ici, montant sur la souche d'arbre qui était exactement sa destination prévue. Le cerveau humain est décidément une machine formidable, songea-t-il. En consultant sa montre, il vit que deux bonnes heures s'étaient écoulées depuis sa dernière pipe, et après avoir dûment fouillé ses différentes poches, il localisa ledit accessoire et son tabac pour en remplir le fourneau. Il se remit à fouiller – où peut bien être ce satané briquet ? Ah, la poche arrière. Bizarre. Pourquoi diable l'avoir rangé dans sa poche arrière ?

Un tamia passa avec la nervosité propre à son espèce : zip, stop, je regarde tout autour ; zip, stop, je regarde tout autour. Les écureuils bavardaient dans les arbres, et les mésanges, les pinsons, les fauvettes et les carouges à épaulettes chantaient une symphonie contrapuntique. Très loin, les corbeaux croassaient d'une voix rauque. Ici, la veille, il y avait un cadavre pitoyable, des projecteurs aveuglants, la peur et le traumatisme. À présent, il n'y avait plus que la tranquillité trompeuse de la nature.

C'est ainsi qu'Alicia le trouva, assis sur la souche, entouré de fumée et, comme Merlin dans sa tour, fasciné par le bouillonnement des alambics, cornues et chaudrons de son esprit. Elle s'approcha à pas feutrés, s'assit près de lui et, dans un silence affectueux, attendit l'inévitable eurêka.

Six plissa les yeux à travers la fumée, pour saisir une ombre insaisissable de pensée qui ne cessait d'entrer et sortir de son cerveau depuis… Depuis quand ? se demanda-t-il. Hier soir ? Ce matin ? Au cours des quelque dix-sept dernières heures depuis le meurtre de Gene, quelqu'un – qui, quand, ou quoi ? – avait dit quelque chose qui, sur le moment, l'avait clairement intrigué. Mais le souvenir exact était hors de portée ; chaque fois qu'il essayait de le ranimer, il se dissipait dans la brume cérébrale. Il était maintenant certain que cela avait un lien avec le lieu même où Gene avait été atrocement tuée et brûlée. Tiens-toi tranquille, s'ordonna-t-il. Tiens-toi très tranquille et pense à…

Brûlée. C'est ça… non ? Qu'est-ce qui brûlait… Ah ah ! Oui ! Noreen Crepeau, la légiste, elle s'était levée après avoir examiné le corps de Bruno Gabreau… Je me tenais juste là… et elle a dit… quelque chose de puissant a démarré…

Six se leva brusquement et annonça à l'air autour de lui :

— Trouvé !

— C'est merveilleux, mon chéri, dit Alicia.

Six sursauta et hurla de frayeur.

— Nom de Dieu ! Je ne savais pas que tu m'espionnais !

— Six, je ne t'espionnais pas. Je me suis approchée au grand jour et ça fait cinq minutes que je suis près de toi.

— Oh, pardon. Je pêchais en eaux inconnues.

— Tu as pris quelque chose ?

— Oui. Viens, je vais te raconter tout ça pendant qu'on cherche Benson.

23

La dernière publicité, qui vantait les joies de se faire installer un nouveau pot d'échappement, se terminait. Benson et Tom étaient assis devant le grand écran fixé au mur du bureau de Gene, s'attendant au pire, dans un silence lugubre.

Une musique discordante, frénétique, s'estompa peu à peu tandis qu'une voix mâle braillait avec enthousiasme : "Des studios de WCCB, à Augusta, le journal de 2 heures !" Une blonde au sourire exalté, dévoilant une dentition parfaite, apparut à l'écran et annonça avec transports qu'elle s'appelait Joann Jernigan. Joann afficha une mine sérieuse et dit :

— Deux personnes ont été retrouvées mortes au cours des dernières vingt-quatre heures dans une station de pêche et de chasse connue à l'échelle nationale, dans le district de Belgrade Lakes. Le bureau du shérif du comté de Somerbec a confirmé que la mort d'Iphigene Seldon, propriétaire de Cedar Lodge, situé sur la rive sud de Willow Pond, près de Rome, était bien un homicide. Son corps a été trouvé derrière le lodge, hier soir, alors qu'elle venait de bavarder avec les clients dans la salle à manger de son camp de pêche très apprécié. Selon des sources internes à Cedar Lodge, son corps a été brûlé, même si cette information n'a pas été officiellement confirmée.

— Bordel de merde, grommela Benson.

— Ce matin de bonne heure, le corps d'un homme a été découvert dans une eau peu profonde, près des pontons du lodge. Le bureau du shérif a refusé de divulguer le nom de l'homme tant que celui-ci n'aurait pas été identifié par sa famille, mais là encore, nos sources internes à Cedar Lodge indiquent que la victime est un guide de pêche local, Bruno Gabreau, résident à Winsokkett Pond, non loin de là.

— Bordel de merde.

— Voici ce que Benson Doucette, shérif du comté de Somerbec, a déclaré à notre reporter…

Benson tressaillit en voyant ses cheveux bouclés et ses yeux inquiets surgir à l'écran. Il fut soulagé de constater qu'il semblait calme et intelligent alors qu'il faisait sa déclaration face à la caméra.

Il appuya sur la télécommande et l'image s'évanouit.

— Ç'aurait pu être pire.

— Oui, dit Tom. Impossible d'empêcher les clients de contacter les médias.

— Ouais, je sais. Mais ça m'énerve. Au bon vieux temps…

Tom se leva et tapota l'épaule de Benson :

— Je sais… ABVT…

— Demain matin, il y aura l'article de Jennifer dans le *Sentinel.*

La porte du bureau s'entrouvrit et la tête de Six apparut.

— Chalumeau, leur dit-il.

— C'est quoi, un mot de passe ? demanda Benson.

— Gene a été brûlée au chalumeau. (Six entra dans la pièce, aussitôt suivi par Alicia.) Forcément. Vous vous rappelez ce qu'a dit le docteur Crepeau ? "Quelque chose de puissant a démarré le feu." Il y a des chalumeaux qui fonctionnent avec du carburant ou un genre d'accélérateur, ce qui expliquerait l'odeur que nous avons remarquée hier soir, et ces saletés fonctionnent même quand il pleut des cordes. Les gros sont puissants.

Sam s'approcha à grands pas de Caleb, en criant :

— Sergent Cobb ! Je crois que j'ai trouvé !

— Vous avez trouvé ?

— Oui, sergent !

— Trouvé quoi ?

Sam parut surpris.

— L'alène, sergent. Vous m'avez demandé de chercher une alène.

— Ah. Bien sûr. Excuse-moi, Sam, j'avais la tête ailleurs.

— Oui, sergent.

— Donc l'alène n'avait pas disparu ?

— Elle a... pardon ?

Sam avait l'air d'avoir du mal à digérer des informations peu familières. Patience, se dit Caleb. Patience.

— L'alène hypothétique dont nous pensions, le shérif et moi, qu'elle pouvait avoir disparu de la pièce à outils n'a pas disparu. Tu l'as trouvée.

Sam devint écarlate.

— Euh... Non ! Non, sergent, c'est, euh, c'est pas ce que je voulais dire.

— Alors qu'est-ce que tu voulais dire ? demanda Caleb, en se demandant brièvement comment Sam s'en sortait à l'université.

— Je voulais dire que l'alène n'est pas là, mais que j'ai trouvé où elle devrait être.

— Bien.

— En fait il y a trois alènes, et elles ont comme des petites lignes blanches peintes tout autour. Sur le mur, il y a des lignes blanches peintes autour de tous les outils, comme pour montrer la forme... pour montrer où il faut les accrocher. Il y a une alène qui est plus longue que les autres... et elle a disparu.

La brume se dissipa.

— Bon travail, Sam, dit Caleb. Il vaudrait mieux que j'aille voir par moi-même.

BENSON et Tom descendirent bruyamment le perron, talonnés par Six et Alicia. Ils cherchaient Caleb et le hasard voulut qu'à cet instant précis, il sorte du hangar avec Sam. Il courut à leur rencontre en agitant la main au-dessus de sa tête. Apparemment, il les cherchait, et eux aussi le cherchaient.

— Shérif, il y a une alène de quinze centimètres qui a disparu de la pièce où l'on range les outils. Exactement le genre d'objet qui, selon le docteur Crepeau, aurait pu être utilisé pour tuer Gabreau.

— Génial. On peut y ajouter le chalumeau.

— Pardon ?

Caleb écarquilla les yeux et haussa les sourcils.

— Six pense qu'un chalumeau a pu être employé pour mettre le feu au corps de Gene.

— Merde. Donc il faut qu'on trouve un chalumeau.

— Eh ouais.

— Et une alène ?

— Bon, répondit Benson, si on y réfléchit, chercher quelque chose comme ça ici est sans doute absurde.

— Ça me rassure de vous l'entendre dire, s'exclama Caleb. Je pensais justement que s'il avait utilisé l'alène, le meurtrier n'avait eu qu'à la jeter dans le lac. On ne la retrouvera jamais.

— Ce qui vaut aussi pour le chalumeau. L'assassin a pu également le jeter dans le lac. (Il s'interrompit et plissa le front.) Non. Attends une minute. Un chalumeau, même petit, a un certain poids. On n'a pas pu le jeter bien loin.

Six prit la parole.

— Et l'herbe du lac est assez clairsemée sur quinze ou vingt mètres.

— Tu en dis quoi, Tom ? demanda Benson en se tournant vers son lieutenant.

— J'en dis qu'il faut s'y mettre. Allons voir.

Benson regarda Caleb.

— Tu connais Steve Libby, d'Oakland ? Il nous a déjà aidés, dans le temps.

— Oui, le plongeur.

— Téléphone-lui et vois si on peut le faire venir tout de suite.

Caleb s'éloigna et appela le standard pour obtenir le numéro de Libby. Benson remarqua que Sam restait à côté d'eux, visiblement fasciné par la conversation.

— Sam, tu as déjà vu un chalumeau au lodge ?

— Non, monsieur. Je ne crois pas qu'on ait besoin d'un truc comme ça ici.

— Tom, je parie que tu as deviné à quoi je pense ?

— Il faut téléphoner aux quincailleries locales, aux supermarchés, et cetera.

— T'as tout compris.

Benson regarda Six et Alicia.

— Mes chers professeurs, c'est là que le rôle de flics intérimaires et clandestins devient vraiment casse-pieds. Ça nous rendrait bien service si vous pouviez passer quelques coups de fil.

— Autant qu'il faudra, répondit Six.

— Excellent. On doit d'abord trouver un ordinateur qu'on puisse utiliser. Je vais demander à Kipper s'il y en a un pour nous au lodge. Il nous faut les numéros de téléphone. Je connais la plupart des quincailleries du comté, mais on va quand même faire une recherche sur Google pour avoir une liste complète. Il faut qu'on trouve qui a acheté un chalumeau récemment.

STEVE Libby était arrivé avec sa tenue de plongée et il s'était gaiement lancé dans une de ses activités favorites : chercher quelque chose au fond d'un lac, un chalumeau, cette fois. Un chalumeau ! Les trucs que les gens jetaient dans l'eau ne cessaient de l'étonner. L'an dernier, entre autres trésors, il avait remonté deux moteurs de hors-bord, un gouvernail, une carabine et une canne à pêche d'une valeur de mille cinq cents dollars. Pourquoi payer si cher une canne à pêche ? C'était le pêcheur, pas la foutue canne, qui attrapait le poisson.

Cette recherche, il le savait – et cette pensée l'excitait – s'inscrivait dans le cadre d'une enquête pour meurtre. Deux personnes avaient été tuées ici. Il avait vu ça au journal télévisé de 14 heures. Il était là, au comptoir du Sunset Grill, à Belgrade Lakes, il avait vu le shérif Doucette parler à un reporter, et là… Quoi ? Trente, trente-cinq minutes plus tard, il était à l'endroit précis où s'étaient trouvées les caméras de la télé. Et il cherchait un chalumeau. On ne sait jamais ce qui peut se passer, songea-t-il. Jamais.

Tandis que Sam se tenait au bout d'un ponton, observant les bulles d'air de Steve qui traçaient des motifs rectangulaires puis des diagonales à la surface de l'eau, plusieurs clients s'approchèrent du rivage pour voir ce qui se passait. Sauf qu'il ne se passait rien. Donc ils repartirent vers le parking, où leurs bagages et leur matériel de pêche avaient déjà été chargés dans leur voiture. Comme la plupart des autres visiteurs payants, ils avaient été interrogés et avaient reçu un laissez-passer signé par le shérif afin de franchir le barrage routier gardé par Billy et Eric, les deux agents.

À l'intérieur du lodge, Caleb fouillait partout à la recherche d'un chalumeau tandis que, à la réception, Six et Alicia appelaient les quincailleries et les magasins de Waterville, Winston, Oakland, Skerridgewock et Belgrade Lakes.

Dans le superbe bureau de Gene, tapissé de pin, Robertson Weller était assis face à Benson et Tom. Tous trois étaient confortablement enfoncés dans d'énormes fauteuils en cuir brun foncé qui auraient été tout à fait à leur place dans un club d'explorateurs, dont les membres à la vaste panse et aux joues rougeaudes revivaient les aventures des hommes jeunes et minces qu'ils avaient été en buvant du cognac et en fumant le cigare. Ces sièges étaient quelque peu incongrus pour une confrontation entre un suspect et ses interrogateurs. Néanmoins, c'est ainsi que l'interrogatoire eut lieu.

— Monsieur Weller, commença Benson, je sais que vous êtes sans doute tout à fait bouleversé, mais nous devons vous poser quelques questions. Vous comprenez ?

Les yeux de Bob semblaient ne refléter absolument aucune émotion, résultat – mais Benson ne pouvait pas le savoir – d'une torpeur existentielle. Pour Benson, l'homme semblait simplement faire preuve d'un calme et d'une maîtrise de soi assez hors du commun. Malgré le chagrin qu'il avait avoué à Six Godwin, Weller n'était-il après tout qu'un chasseur de fortune insensible qui s'était vite consolé de la perte de son trophée assassiné ? Avec ses traits finement ciselés, ses cheveux gris ondulés et sa grosse moustache blanche, il rappelait à Benson le personnage d'un film des années 1940.

— Bien sûr que je comprends, répliqua Bob d'une voix de baryton qui s'accordait bien à l'image en noir et blanc que Benson avait en tête. Veuillez continuer.

— Monsieur Weller, pensiez-vous que Bruno Gabreau avait tué Gene Seldon ?

Benson avait d'avance décidé d'attaquer de front, sans escarmouches verbales. Il fut surpris par la réaction que cela provoqua : les yeux de Bob s'emplirent aussitôt de rage et il se pencha brusquement en avant. Il dévisagea Benson avec une stupeur visible.

— Allons plus loin. Aviez-vous appris, par une source quelconque, que Gabreau avait tué Gene ?

La soudaine transformation de Bob, tiré de sa torpeur indifférente, était frappante. Son visage était rubicond et ses yeux brillants lorsqu'il s'avança jusqu'au bord du fauteuil.

— Ce putain de salaud avait tué Gene ? rugit-il, si fort que Benson sursauta. Nom de Dieu ! Quelqu'un l'a eu avant moi ! Je voulais tuer…

Il s'étrangla et se mit à tousser. Benson leva le menton vers Tom pour lui indiquer qu'elle devait intervenir.

— Monsieur Weller, dit Tom en s'approchant de lui, écoutez-moi, s'il vous plaît. Nous n'avons aucune preuve que Bruno Gabreau ait assassiné Mlle Seldon. Rien n'indique qu'il soit le meurtrier. (Supposant que la réaction de Bob pouvait être l'œuvre d'un acteur très convaincant, elle poursuivit.) Voilà pourquoi nous vous demandons si vous saviez ou soupçonniez que Gabreau était coupable du meurtre.

Bob étudia longuement les grands yeux bleus de Tom, dont le regard de basilic faisait prétendument trembler les menteurs, et il ne broncha pas. Ses yeux à lui, en revanche, exprimaient la fureur. Il parla lentement, en articulant nettement chaque mot.

— Si j'avais su qui était la bête puante qui avait assassiné et brûlé Gene, je l'aurais tué. Je n'ai pas tué Gabreau. Je ne le soupçonnais pas. (Il marqua une pause, son regard oscillant entre Tom et Benson.) Est-il l'assassin ?

— Honnêtement, nous n'en savons rien, répondit Tom.

Avec une extrême lenteur, Bob se renfonça dans les confortables profondeurs de l'énorme fauteuil de cuir. Il reposa la tête sur le dossier, contempla le plafond et dit :

— Alors si c'est quelqu'un d'autre, je le trouverai et je le tuerai.

Tom Barclay et Renee Ranger auraient pu être les représentantes féminines de deux planètes différentes lors d'un congrès intergalactique. Tom, un mètre quatre-vingt-deux, quatre-vingt-cinq kilos, portait sa tenue habituelle de flic : jean ample, chaussures jaunes de chantier, chemise kaki à deux poches avec son insigne agrafé sur son impressionnant sein gauche. Renee, un mètre soixante-douze, soixante-trois kilos, portait un chemisier en soie blanche avec décolleté plongeant et longues manches fendues, une jupe à fleurs tellement courte qu'elle se retroussait jusqu'aux fesses lorsqu'elle s'asseyait, et des chaussures sans brides à talons hauts, ouvertes devant, qui dévoilaient ses ongles rose vif ; les mouvements sensuels agitant son chemisier montraient qu'elle n'avait pas de soutien-gorge, et l'intégralité de ses cuisses bronzées était accessible à qui voulait les admirer.

Les bêtes de sexe comme Renee Ranger ne suscitaient chez Tom Barclay aucune réaction violente, ni négative, ni positive. Ses rapports avec les autres femmes étaient définis par les qualités humaines de celles-ci. Si une femme pour qui elle avait beaucoup d'estime en tant qu'être humain voulait se déguiser en Marie-couche-toi-là, cela lui était égal – les gens avaient le droit de s'habiller comme ils le voulaient. Tom étant hétérosexuelle – le grand cœur de Caleb Cobb aurait été soulevé par un espoir renouvelé s'il avait possédé cette information –, les femmes sexuellement démonstratives ne provoquaient bien sûr aucune excitation en elle, mais elles ne l'indignaient pas non plus, car elle n'éprouvait jamais le besoin d'être en concurrence avec elles. Elle aimait beaucoup les hommes, même s'il n'y en avait aucun dans sa vie à ce moment-là, mais elle avait résolu d'adopter envers eux une attitude totalement naturelle, sans rechercher dans sa tenue ou son comportement le genre d'artifice censé attirer les mâles au sang chaud. Elle était une sorte de garçon manqué – en son for intérieur, ce qualificatif lui plaisait – et si les hommes n'aimaient pas ça, tant pis pour eux. En attendant le prince charmant qui pourrait l'aimer telle qu'elle était, Tom s'était résignée à une existence sans amour.

D'un autre côté, et ce point avait son importance, Tom n'appréciait pas du tout les femmes comme Renee Ranger, qui lui semblaient fausses et cupides, avec des manières affectées et exaspérantes. Pour des raisons qu'elle ne pouvait tout à fait identifier – car Tom essayait d'être aussi dénuée de préjugés que possible dans le cadre de son travail –, ces femmes-là lui tapaient particulièrement sur les nerfs. Elle savait qu'elle allait prendre un grand plaisir à soumettre cette poupée à la torture de l'interrogatoire.

Renee regardait partout dans la pièce sauf là où étaient Tom et Benson. Elle examinait ses ongles, chassait de son chemisier des poussières imaginaires, jetait un œil en direction des photographies accrochées aux murs tapissés de pin, puis, le front plissé, feignait un vif intérêt pour les canards sculptés disposés sur la table à côté de son fauteuil en cuir. Comme elle était malgré elle enfoncée dans son siège, chaque fois qu'elle croisait et recroisait les jambes, elle offrait à Benson et à Tom une vue imprenable sur son entrejambes. Et telle était son intention. Tout ce qui pouvait perturber les "ordures" la ravissait. Elle adorait ce nouveau terme qu'elle venait de trouver en lisant des thrillers anglais contemporains. Les criminels y désignaient les policiers par le mot "ordures", même quand il s'agissait d'inspecteurs de Scotland Yard. Comme c'était drôle ! Penser à ces deux nullards du bureau du shérif comme à deux ordures, cela l'aidait un peu à dissiper son angoisse à peine refoulée: personne n'avait dit qu'on avait découvert de l'Elavil dans le corps de Gene, mais jamais ils n'auraient révélé une telle information, n'est-ce pas? Les flics, ces ordures, étaient des cachottiers.

Elle regarda un instant les deux flics qui lui faisaient face. Bon Dieu, comme ils la dégoûtaient, ils avaient quelque chose de tellement rural, d'ordinaire et d'inintéressant. Tellement différents des hommes intelligents de la police de Londres, du Metropolitan Police Service. Même être arrêtée et jugée coupable serait tellement plus agréable dans une atmosphère aussi civilisée, pensait-elle: le sourire entendu d'un inspecteur en chef portant un costume bien taillé, qui aurait envie de la mettre dans son lit tout en lui lisant ses droits au moment de l'arrestation, le tribunal aux boiseries anciennes, avec ses juges et avocats emperruqués, elle qui se tiendrait fière et ravissante à la barre des accusés, tandis que les hommes (et les femmes, bien sûr) de l'auditoire tomberaient instantanément amoureux d'elle...

— Madame Ranger.

Renee se ressaisit et fixa sur Tom un regard noir. Cette femme était du genre hommasse qu'elle ne supportait pas. Quand il lui arrivait de coucher avec une femme, elle préférait que celle-ci lui ressemble: mince, élégante, avec de longues jambes et des hanches étroites. En tout cas, elle savait que si on la laissait seule dans une pièce avec le lieutenant Barclay, cette grande gaillarde ne tarderait pas à être tout excitée et haletante. Et si c'était avec le shérif? Ah. Aucun intérêt. Les hommes, c'était tellement facile.

Pour sa part, Tom avait décidé de suivre l'exemple de Benson avec Bob Weller: se dispenser des habituelles formules de politesse, du style Désolé, nous faisons simplement notre métier, et lui lancer un grand coup dans les dents avant même la première sonnerie. Néanmoins, elle avait l'intention de tenter une tactique bien plus spectaculaire, et quelque peu risquée. Si elle ne marchait pas, il n'y aurait sans doute pas de mal – elle pourrait reculer et laisser Benson interroger Renee.

S'appuyant sur son expérience et sur ses études de psychologie, Tom devinait que Renee n'était pas très intelligente et qu'elle dissimulait quelque chose d'important – sans doute, si elle se fiait à son intuition, en rapport avec ses gestes bizarres qu'Armand avait remarqués lorsqu'elle parlait à Bob Weller au bar.

— Nous savons ce que vous avait fait, dit Tom calmement, en braquant son regard de flic le plus impitoyable sur le visage épouvanté de Renee.

Cette accusation étonna Benson, mais il se ravisa et n'eut aucune réaction visible.

— Quoi ? glapit Renee, les yeux rivés sur Tom.

Elle déglutit et se tourna très vite vers Benson, qui posait également sur elle un regard froid.

— Nous savons ce que vous avez fait, madame Ranger, articula Tom sur un ton de mauvais augure, avant d'assener un hypothétique crochet droit. Quelqu'un vous a observée en train de verser quelque chose dans le cocktail d'Iphigene Seldon peu de temps avant qu'elle soit assassinée.

La peur frappa Renee comme un défibrillateur. Mais merde, qui a bien pu me voir ? Mens, se dit-elle. Mens sans vergogne, sors de cette pièce et sauve-toi. C'est le souvenir qu'elle avait gardé des innombrables romans policiers qu'elle avait lus : même lorsqu'elles étaient coupables et acculées par Scotland Yard, les belles aristocrates répliquaient avec mépris, en niant dédaigneusement, et avec un cinglant, Comment osez-vous ?

— Comment osez-vous ? s'écria Renee, en s'efforçant de prendre un air impérieux. Je n'ai rien fait de tel.

Et elle toisa Tom par-dessous ses paupières baissées.

Tom soutint impitoyablement son regard. Je me demande si ça va marcher, se demandait-elle.

— Le barman vous a vue, madame Ranger.

Oups. Erreur, comprit Tom. Merde. Je me laisse aller.

Renee avait profité de ces instants précieux pour reprendre le contrôle de son esprit aux abois. À présent, un petit sourire relevait les coins de ses lèvres. Si Armand était celui qui l'avait observée, alors elle savait qu'il n'avait absolument rien vu. Le moment où elle avait versé l'Elavil dans le verre de Gene était gravé dans son esprit parce qu'elle avait eu très peur. Elle revoyait mentalement chaque geste : sa manche gauche tout entière recouvrait le verre et le tissu était opaque. Elle n'était pas sûre de ce qu'avait pu voir Armand, cette sale fouine, mais elle savait bien qu'il n'avait rien pu voir à travers la manche. Bob Weller était tellement bourré qu'il n'aurait même remarqué un Bigfoot dans la pièce, et elle avait la certitude que les Godwin lui tournaient le dos. Personne d'autre ne se trouvait près d'elle.

Tom aperçut son minuscule sourire satisfait et comprit qu'elle n'obtiendrait pas de victoire par K.-O. Poursuivant sa mauvaise imitation de la grande dame outragée, Renee reprit, d'une voix pleine de hauteur :

— Le barman ? (Elle baissa le menton et fronça les sourcils.) Vous voulez parler du grand bûcheron ? Comment s'appelle-t-il, déjà ?

Tom grinça des dents en pensant : Tu le connais, son p... de nom, espèce de pauvre...

— Ah oui, Armand. C'est ça.

Oh, pitié, se dit Tom, maintenant une inexpressivité totale.

Le sourire signifiant "Je t'ai eue, salope" s'élargit sur la bouche de Renee enduite de gloss rose.

— Quelqu'un d'autre m'a vue ?

Tom s'en voulait terriblement. Où avait-elle donc la tête ? En désespoir de cause, elle décida très vite, avant d'accepter sa défaite, de tenter un crochet gauche sous la forme d'un mensonge caractérisé.

— La substance a été retrouvée dans le corps de Mlle Seldon.

Oh le merdier, se dit Renee. Ils ont trouvé ce satané Elavil. Elle déglutit avec peine et tenta de conserver son sourire arrogant, en pensant qu'au point où elle en était, la seule réplique possible était :

— Quelle substance ?

Pour Tom, ce fut la cloche marquant la fin du premier round, dans un match qui n'en comptait qu'un. Elle continua à dévisager Renee pendant environ trente secondes, uniquement pour la rendre nerveuse, puis se tourna pour regarder Benson dans les yeux. Comprenant sa requête silencieuse, Benson dit :

— Madame Ranger, vous pouvez sortir, mais nous aurons besoin de vous parler de nouveau. Veuillez ne pas quitter Cedar Lodge. C'est bien compris ?

Les paupières lourdes, Renee adressa à Benson un regard de feinte indifférence.

— Bien sûr.

Elle se leva, se passa les mains sur le ventre et les fesses en un geste sensuel, pour soi-disant défroisser sa jupe qui n'avait aucun pli, se dirigea d'un pas langoureux vers la porte sans se retourner et disparut.

Tom s'autorisa à imaginer ce que ce coup de poing métaphorique dans les dents aurait eu comme effet s'il n'avait pas été du tout métaphorique.

STEVE Libby était décidé à consacrer tous ses efforts à cette plongée. Après tout, c'était la première fois qu'il participait à une enquête pour meurtre. Il avait apporté trois bouteilles d'oxygène, au cas où. Jusqu'ici, il avait vu beaucoup de leurres – crankbaits, spinnerbaits, vers en plastique et ainsi de suite –, deux cannes cassées, un moulinet incrusté de mousse, une petite ancre champignon, des bûches et des branches tombées au fond de l'eau, et une glacière. Tout à coup, il repéra un objet un peu plus inhabituel, et descendit pour y jeter un œil. Lorsqu'il l'eut en main, il s'aperçut que c'était une alène toute neuve, dont la poignée était peinte et la lame encore brillante. Autant la garder, se dit-il, car elle était parfaitement utilisable.

Tandis que Steve explorait le fond du lac, Caleb avait fouillé méthodiquement chaque placard, armoire, coin et recoin du rez-de-chaussée du lodge ; après quoi il fouilla les chambres des clients déjà partis, puis il chercha dans le hangar, battit les fourrés qui bordaient le niveau inférieur du bâtiment et finit par l'abri du groupe électrogène. Pas de chalumeau. En sortant de la cabane, il regarda la forêt environnante et songea avec une lassitude résignée que, vu les circonstances, une fouille du sous-bois serait inévitable.

Quand il tourna à l'angle nord-est du lodge et se dirigea vers le lac, il vit Steve en combinaison de plongée sur le ponton central qui regardait un petit objet dans sa main ; il avait ôté sa bouteille d'oxygène et ses palmes, et remonté son masque sur son front.

— Eh, Caleb, héla-t-il, tu trouves ?

— Oui, grogna Caleb en s'approchant. Deux mouettes mortes, là-bas.

— Regarde ça, dit Steve. Quelqu'un a jeté à l'eau une alène toute neuve, en parfait état.

Benson se pencha sur l'objet, émerveillé, comme s'il s'agissait d'un joyau provenant d'un trésor maya.

— Alors, ça, c'est vraiment incroyable.

— Ouais, acquiesça Caleb. C'est un miracle.

Steve était intrigué par la fascination que suscitait ce décroche-hameçon très ordinaire.

— Attendez, c'est un truc que vous cherchiez ?

— Oui, répondit Benson. C'est exactement ça. On cherchait une alène qui a disparu du hangar à bateaux. Elle pourrait avoir servi d'arme du crime.

— Impressionnant.

— On pensait que le tueur l'avait peut-être jetée dans le lac, mais on ne vous en avait pas parlé, parce qu'on pensait que vous ne trouveriez jamais un truc aussi petit et léger.

— Moi, je retrouve à peu près tout.

— Donc, on s'était focalisés sur le chalumeau, que vous n'avez pas trouvé ?

— Non, pas de chalumeau. Je peux vous le garantir. J'ai couvert une surface considérable, je suis allé très loin. Personne n'aurait pu lancer un chalumeau aussi loin. (Steve parut songeur.) Bien sûr, on aurait pu le jeter d'un bateau.

— Les bateaux étaient tous hors d'eau hier en fin d'après-midi, avant que l'orage arrive. (Caleb désigna les deux bateaux à coque bleue attachés au ponton voisin.) Ces deux-là ont été mis à l'eau ce matin.

Steve baissa la fermeture Éclair de sa combinaison.

— Je peux faire autre chose, shérif?

— Je ne crois pas. (Il agita l'alène devant le visage de Steve.) C'est formidable d'avoir retrouvé ça. Bon travail, mon ami.

— À votre service, shérif.

Benson regarda la bouteille de plongée.

— Il va vous falloir de l'aide pour remettre ça dans votre voiture?

— Non, merci. J'ai l'habitude de le trimballer.

Benson confia l'alène à Caleb.

— Porte-moi ça au labo aussi vite que possible. Vois si on peut en tirer quelque chose, des empreintes, du sang, ou autre.

Caleb fila et Benson remonta jusqu'au porche, entra dans le lodge et traversa le vestibule en faisant signe à Six et Alicia qui ne chômaient pas avec les téléphones de la réception. Les valises et les sacs des clients étaient rangés près du comptoir. Benson poursuivit son chemin dans la salle à manger, où il trouva Armand qui servait à boire à Colin et Daphne, à deux hommes jeunes en short et polo, et à une robuste vieille dame dont la peau tannée trahissait l'amatrice de plein air.

— Bonjour, shérif, dit Colin. Des bonnes nouvelles?

— Nous avons quelques pistes. (Benson leva aussitôt la main, paume vers l'extérieur.) Je sais, je sais. Les flics racontent toujours ça. Mais nous en avons réellement, et c'est tout ce que je peux vous dire.

— C'est noté.

Armand s'approcha et demanda:

— Je peux vous servir quelque chose, Benson ?

— Un Johnnie Walker sans glaçons… et un verre d'eau.

Daphne éclata de rire.

— À la télé, les policiers expliquent toujours qu'ils ne peuvent pas boire pendant le service.

— Mouais, répondit Benson. C'est bon pour les flics dans les films. Dans la vraie vie, les shérifs ont besoin de calmer leurs nerfs.

— Nous avons observé le plongeur, dit Colin. La curiosité l'a emporté.

Par politesse, il s'était abstenu de poser la question, mais Benson y répondit quand même.

— Nous avons trouvé quelque chose, en effet. Je ne peux pas vous dire quoi, bien sûr. Mais nous avançons.

Benson savait que tous les gens assis en face de lui pourraient dans une minute téléphoner au *Morning Sentinel* de Waterville ou à la chaîne de télévision d'Augusta. Ça ne lui posait aucun problème. Il n'avait révélé aucun détail, et si une fuite dévoilait aux médias cette nouvelle étonnante, il n'aurait peut-être pas besoin de les affronter lui-même.

— Vous partez ce soir ? demanda-t-il au groupe.

— Demain matin, répondit Colin. Notre avion quitte Portland dans la matinée. Nous n'avons aucune raison d'y aller maintenant, pour le plaisir de passer la nuit dans un des hôtels de l'aéroport.

Un des deux jeunes hommes désigna son compagnon et dit :

— Nous sommes ici avec nos copines. Elles veulent s'en aller tout de suite.

La femme tannée parla à son tour :

— Je reste jusqu'à ce que vous attrapiez le salaud qui a fait ça. Je connaissais Gene Seldon depuis des années. Je viens ici depuis 1982. Je n'arrive toujours pas à croire qu'elle soit morte. Elle aurait vécu centenaire. (Elle leva son verre pour indiquer à Armand qu'elle voulait une autre bière.) Je connaissais Bruno aussi. Ces dernières années, je l'avais embauché pour m'emmener à Winsokkett, Rocky Pond… et East Pond. Je l'avais réservé pour Great Pond le mois prochain. (Elle but la moitié de sa bière, puis se passa la main sur la bouche.) Qui voudrait tuer les meilleurs guides de pêche du Maine, bordel ? Quelqu'un du Massachusetts ?

À LA réception, installé devant le PC du lodge, Six tournait le dos à Alicia. Il venait d'appeler le magasin Home Depot de Waterville, où un chef de rayon lui avait confirmé la vente d'un chalumeau quatre jours auparavant, tout en précisant qu'il ne pourrait révéler à qui tant qu'il n'aurait pas reçu de demande officielle émanant du shérif de Somerbec. Sans regarder derrière lui, Six ferma son portable et dit à Alicia :

— Il faut que je le recharge. Est-ce qu'on a pris…

— Chut !

Il vit alors qu'Alicia, qui utilisait le téléphone de la réception, lui faisait signe de se taire.

— Oui, monsieur, je comprends, monsieur Jenkins, dit-elle dans le combiné, tout en griffonnant sur un bloc-notes. Je sais que c'est une information confidentielle. Le shérif Doucette va vous contacter. Merci beaucoup.

Alors qu'elle raccrochait, Benson arriva de la salle à manger. Alicia déchira une page du bloc-notes et la lui tendit.

— La quincaillerie Blake, à Oakland. Ils ont vendu un chalumeau gros modèle il y a deux jours.

— Et moi, annonça Six en agitant une feuille vers Benson, j'ai un chalumeau acheté chez Home Depot. Mais je ne sais pas de quelle taille.

— Formidable ! dit Benson, encouragé de voir que les choses bougeaient, si peu que ce soit. J'envoie tout de suite un de nos hommes dans les deux magasins.

Il venait d'ouvrir son portable quand Tom arriva.

— J'ai appelé l'hôpital. Merrill est consciente et semble saine d'esprit, selon le médecin. Du moins elle est calme. Elle s'est réveillée il y a environ une heure.

— Tu y vas ? J'ai envoyé Caleb porter l'alène au labo, et maintenant il faut que je demande à un agent d'aller vérifier les ventes de chalumeau.

— Bien sûr. (Tom partit vers la porte principale, puis se retourna.) Tout à l'heure, on réessayera de cuisiner Kipper et Brad ?

— Quand tu seras revenue.

— Et peut-être Jean-Pierre ?

— Lui aussi. Il y en aura pour tout le monde.

Six était stupéfait.

— Vous voulez dire que vous avez retrouvé l'alène ? Dans le lac ?

— Eh ouais, répondit Benson. On cherche un chalumeau, on trouve une alène. Si l'assassin de Gene s'est débarrassé de ce foutu instrument en vitesse, il a dû le jeter dans les bois.

Profitant de ce répit entre deux coups de fil, Six se lança dans l'inévitable fouille de ses diverses poches, en quête de son matériel de fumeur.

— On n'y coupera pas, il va falloir fouiller la forêt. (Benson se mit à examiner ses chaussures avec le plus profond intérêt. Quand il releva la tête, il offrit aux Godwin une mine embarrassée.) Professeurs, je… Eh bien, la situation évolue très vite et je manque d'hommes… et de femmes, d'ailleurs. Et je me demandais si…

Alicia termina la phrase pour lui.

— Nous vous aiderions à fouiller la forêt ? Bien sûr que oui.

— Je me repose beaucoup sur vous, je suis désolé.

— Pas de quoi, lui dit Six en allumant un plein fourneau de n° 79. Nous nous impliquerons jusqu'au bout, et nous ferons tout notre possible. Ce qui commence à m'inquiéter, cela étant, c'est que nous cherchons le fruit de mon hypothèse. J'ai inventé ce chalumeau introuvable. Nous n'avons aucune preuve qu'un tel instrument ait été utilisé.

Benson soupira.

— Oui, vous avez raison. Mais pour le moment, cette hypothèse est la meilleure que nous ayons. Si un chalumeau ou un engin de ce genre a bien été employé, je pense qu'il traîne encore quelque part. Après le meurtre de Gene, nous avons installé un cordon de sécurité et personne n'est parti d'ici…

— Sauf Huntley Beauchamp, dirent en même temps Six et Benson.

— Les grands esprits se rencontrent, professeur. Si Beauchamp était bien le meurtrier, il devait avoir le chalumeau avec lui.

— Le très hypothétique chalumeau.

— En effet. Il faut que je contacte le lieutenant Pelletier pour lui demander d'examiner les vestiges de la voiture de Beauchamp.

— Et les gens qui partent cet après-midi ?

— J'ai du mal à croire qu'un des clients, que nous avons tous interrogés brièvement, ait le moindre rapport avec Cedar Lodge ou avec la famille. Environ la moitié d'entre eux étaient déjà venus – beaucoup de visiteurs reviennent chaque année –, mais les seuls qui aient un lien direct avec la famille, c'est vous deux.

— Croyez-vous possible qu'un des clients ait autrefois eu un lien avec Gene ? demanda Alicia. Quelqu'un dont nous ne saurions rien ?

— Eh bien, oui, répondit Benson, nous y avons pensé, mais… Que voulez-vous qu'on fasse réellement ? Il nous faudrait des mois pour tirer tout ça au clair, à supposer que nous ayons l'ombre d'un indice suggérant un lien de ce genre. En comparaison, l'hypothèse du chalumeau ressemble à une certitude avérée.

— Une fouille des bagages des clients qui ne sont pas encore partis ? proposa Six.

Benson gloussa et se passa une main dans les cheveux, emmêlés par la chaleur de l'après-midi.

— Je vais vous dire, Six. On communique par télépathie, vous et moi. Nos cerveaux doivent être reliés ensemble. La même idée vient juste de me traverser l'esprit. Je me demande combien de clients sont encore ici.

— D'après les informations saisies par Kipper sur l'ordinateur, il reste une quinzaine de personnes dans neuf chambres différentes. (Six désigna les bagages entassés à quelques mètres de la réception.) Deux hommes qui sont ici avec leurs copines viennent de déposer leurs affaires avant d'aller au bar.

— Oui, je les ai vus.

— Les Trimble et les Bolston ont dit qu'ils partiraient demain matin. Ça fait donc huit personnes dans quatre chambres.

— Il y a la femme au bar qui dit qu'elle connaissait Gene depuis longtemps. Elle est furieuse et elle est en train de se saouler. Elle prétend vouloir rester jusqu'à ce qu'on tienne le meurtrier.

— Je vois de qui vous parlez. Elle est venue seule, et il y a deux autres célibataires, un homme de Floride et un autre du New Hampshire. La femme au bar habite la région, elle a un camp à Long Pond. (Six jeta un coup d'œil vers l'écran de l'ordinateur.) Et il y a deux couples mariés qui restent encore un peu. Ils disent qu'ils n'ont aucune raison de partir avant demain midi, une histoire de correspondance aérienne.

Benson plaça les deux poings derrière ses reins et se pencha en arrière aussi loin que possible, non sans quelques craquements.

— Oh, ça soulage. (Puis il entrecroisa les doigts et étira les bras derrière la tête.) Bon. J'ai horreur de ça, mais je n'ai pas trop le choix. Je vais procéder immédiatement à une fouille rapide des bagages et des voitures. Je vais demander à Billy ou à Eric de m'aider. C'est pour la forme plus qu'autre chose. Mais, comme dirait l'autre, si ça fait pas de bien, ça peut pas faire de mal.

24

Tom était debout au chevet de Merrill, dans la chambre individuelle qu'elle occupait au Maine General Medical Center de Waterville. Une infirmière était assise sur une chaise de l'autre côté du lit. Les cheveux de Merrill avaient été peignés et, même si sa peau bronzée et mouchetée de taches de rousseur avait une pâleur saine, ses yeux semblaient sans vie. Elle était inerte, les bras le long du corps, étendue comme morte sur le drap.

— Madame Beauchamp ? dit Tom. Merrill ? Vous vous souvenez de moi ?

Merrill tourna lentement la tête vers la gauche et leva les yeux vers Tom.

— Bien sûr. Lieutenant Barclay.

Sa voix était monocorde. Au moins, pas d'hystérie, pensa Tom. Les calmants qu'on lui avait administrés avaient dû être efficaces.

— Je suis désolée de vous importuner maintenant, mais il le faut.

Merrill reprit sa position première et regarda droit devant elle.

— Merrill, vous vous rappelez ce qui s'est passé ? (N'obtenant aucune réponse, Tom répéta, avec plus d'insistance.) Merrill, s'il vous plaît, répondez-moi. Vous rappelez-vous ce qui s'est passé ce matin et hier ?

Toujours rien.

— M. Gabreau, Merrill. Vous vous rappelez ce qui lui est arrivé, n'est-ce pas ?

Trente secondes s'écoulèrent et Tom commençait à craindre qu'entre le trauma et les sédatifs, Merrill soit incapable de répondre à une seule de ses questions.

— Bruno est mort.

Tom adoucit sa voix.

— Je suis désolée, Merrill, je suis sincèrement désolée. Nous essayons de notre mieux de trouver qui l'a tué. Nous espérons que vous savez quelque chose qui pourrait nous aider.

Merrill fixa le mur sans rien dire.

— Connaissez-vous quelqu'un qui aurait pu vouloir la mort de M. Gabreau ? Avait-il des ennemis ?

Merrill tourna à nouveau la tête vers Tom.

— Qui aurait voulu tuer Bruno ?

Quelqu'un, pensa Tom, voulait suffisamment sa mort pour lui enfoncer une aiguille de quinze centimètres dans le crâne.

— C'est ce que nous ignorons, Merrill. Qui aurait voulu tuer Bruno. Vous le savez, vous ?

Silence.

— Avait-il des ennemis, Merrill ?

— Non.

On n'arriverait à rien de cette manière-là.

— Vous vous souvenez de ce que vous avez dit ce matin dans l'ambulance, Merrill ? Il ne l'a pas tuée. Je croyais qu'il l'avait tuée. Que vouliez-vous dire ?

— Je n'ai pas dit ça.

— Merrill, vous le hurliez. Que vouliez-vous dire ? Vous pensiez que Bruno avait tué Gene Seldon ?

— Je ne me rappelle pas avoir dit ça.

— Que vous rappelez-vous, alors ?

— Je me rappelle Bruno étendu dans l'eau. Je l'aimais. Il était mort. Ses yeux étaient ouverts.

— Je suis désolée, Merrill. Je sais que tout ça est très pénible. Vous rappelez-vous quoi que ce soit après... après avoir vu Bruno étendu dans l'eau ?

Merrill ne parlait ni ne bougeait plus. Les secondes s'écoulèrent. L'infirmière gigotait et consulta sa montre.

— Merrill…
— Je ne me rappelle rien.
— Vous êtes catégorique ?
— Je ne me rappelle rien jusqu'au moment où je me suis réveillée ici.

Après que Tom eut renoncé et quitté la pièce, l'infirmière vérifia la tension de Merrill, remplit trois éprouvettes de sang et partit vers un bureau situé dans le couloir afin de programmer un électrocardiogramme.

Merrill trouvait que le sédatif qu'on lui avait donné était merveilleux, vraiment magique. Mieux que la coke. Mieux que l'herbe, à coup sûr. Elle avait l'impression d'être au centre d'un univers de douleur et de désespoir. Et pourtant… et pourtant, bizarrement, très bizarrement, elle ne souffrait ni tourments ni agitation d'aucune sorte, rien qui ressemble le moins du monde à l'hystérie violente qui l'avait poussée à hurler et à griffer les infirmières et les aides-soignants lorsqu'ils l'avaient attachée dans la salle des urgences. À présent, elle se sentait impassible, comme si elle examinait froidement son propre chagrin.

Grâce à ce détachement, Merrill se rappelait tout avec une clarté sereine, abstraite : le plan de Bruno pour tuer Gene, auquel elle avait participé, et le visage de Bruno affreusement déformé par la mort, contemplant le ciel. Elle se rappelait aussi chaque mot qu'elle avait prononcé alors qu'elle criait sa souffrance. Oh, elle se souvenait de tout, mais elle ne dirait rien à ces flics. Jamais. Jamais elle ne dirait à quiconque ce que Bruno avait eu l'intention de faire. Elle emporterait ses secrets dans la tombe, cette tombe où elle irait bientôt, idée qui, dans son état de calme existentiel, ne l'inquiétait pas du tout.

Elle avait aimé Bruno Gabreau d'un amour inconditionnel. Il était la seule personne qu'elle ait vraiment aimée depuis la mort de ses parents. Dans sa quête éperdue de l'amour, elle avait épousé sur un coup de tête Huntley Beauchamp, un homme brillant et séduisant. Désormais, dans sa lucidité médicamenteuse, elle savait que la vie sans Bruno serait insupportable. Dès qu'elle serait sortie de l'hôpital, elle se tuerait. Plus rien n'avait d'importance. Pourquoi ne pas mourir ? Cette décision ne lui réservait aucune crainte : vivre serait subir un chagrin sans fin, mourir serait un "sursis à la douleur", comme l'écrivait Poe.

En revenant de Waterville, Tom vit Benson, Eric et les Godwin en train de battre les bois à divers endroits derrière le lodge, ainsi qu'à l'est et à l'ouest de l'établissement. Il était près de 7 heures, mais la nuit ne tomberait pas avant une heure et demie. Tom trouva Benson derrière la cabane du groupe électrogène, lui raconta l'échec de sa mission et expliqua qu'il était impossible de déterminer si Merrill mentait ou si le trauma avait véritablement effacé sa mémoire après le moment elle s'était jetée en hurlant sur le corps de Bruno.

— Tu penses qu'on devrait retourner la voir demain ?

Tom prit le temps de réfléchir.

— Eh bien, pourquoi pas. Visiblement, ils lui ont donné une forte dose de sédatifs. Même s'il y a trauma, les souvenirs pourraient lui revenir. Si nous savions pourquoi elle pensait que Bruno avait tué Mlle Seldon, nous aurions peut-être l'une des clefs pour comprendre ce qui a bien pu se passer ici.

Le téléphone de Benson sonna.

— Doucette, dit-il en décrochant.

Un accent du Maine, désormais familier, annonça :

— Crepeau à l'appareil. Analyse de sang pour le corps de la femme. Traces d'Elavil. Seule une quantité énorme a pu laisser des traces sur un corps calciné.

— J'en ai entendu parler, Noreen. Rafraîchissez-moi la mémoire.

— Anti-dépresseur très fort. Mélangé à de l'alcool, c'est comme un bon vieux Mickey Finn Special. Assez d'Elavil dans assez d'alcool égale mort. Surtout pour les vieux.

— Bon Dieu. Merci, Nor…

La communication avait déjà été coupée.

— Vous faites une drôle de tête, remarqua Tom.

— Il faut qu'on reparle à quelqu'un que tu adores.

Renee était repartie sur le ponton ouest et lisait, assise sur un fauteuil de réalisateur ; elle était absorbée dans le chapitre le plus palpitant de *Vengeance à Gorham Castle* lorsqu'elle entendit des pas derrière elle. Ils faisaient un bruit sourd sur les planches et une détestable voix féminine l'apostropha.

— Madame Ranger ?

L'ordure. Attaque la première, pensa-t-elle.

— Pourquoi cette question ? Vous savez bien qui je suis.

Deux ombres pointant vers l'est passèrent sur Renee, puis Benson et Tom apparurent devant elle, la dévisageant à travers leurs grosses lunettes de soleil style aviateur. Tom avait jugé que ces lunettes pourraient avoir un effet intimidant. Et puis, comme elle l'avait dit à Benson, les shérifs en portent toujours dans les films.

Cependant, Renee avait elle aussi mis ses lunettes de soleil – d'énormes montures en écaille, un modèle de luxe acheté chez Saks Fifth Avenue. Aucune prunelle ne serait visible durant cette confrontation.

Pour produire plus d'effet, Tom ajusta son Glock dans son étui, posa les mains sur ses hanches généreuses et dit :

— Vous prenez de l'Elavil, madame Ranger ?

Si les yeux de Renee n'avaient pas été masqués par des verres opaques à huit cents dollars, ils auraient trahi le choc et la frayeur. Elle resta parfaitement immobile tandis que sa voix intérieure poussait un hurlement.

Nie tout en bloc. Appelle ton avocat. En attendant, tu es une ravissante meurtrière internationale qui vient de tenter de tuer James Bond et tout ça t'est bien égal. Ces ordures ne méritent que ton mépris.

— De l'Elavil ? C'est un produit d'hygiène féminine ? Jamais entendu parler.

— FOUTEZ-moi le camp, je ne veux plus vous voir ici !

Une béquille coincée sous le bras droit, séparé de Benson et de Tom par un plan de travail, Kipper pointait vers les policiers abasourdis un gros couteau de cuisine. Ils avaient simplement formulé une requête que Benson estimait raisonnable : examiner les relevés de placements du lodge et la comptabilité pour voir s'il pouvait y avoir là un indice possible menant au meurtrier d'Iphigene Seldon.

— Vous nous menacez, monsieur Seldon ? demanda Benson.

Jean-Pierre, terrorisé, s'était aplati contre un énorme réfrigérateur.

Le visage marqué de plaques rouges de Kipper était convulsé de rage. Il plaqua trois fois de suite le couteau sur le plan de travail, puis le chassa du revers de la main ; le couteau tournoya sur lui-même et finit par tomber à terre.

— Là, bordel de merde ! cria-t-il. Je l'ai jeté. Je vous défie de me dire encore une fois que je vous menace ! Je ne vous menace pas ! Je tenais ce putain de couteau parce que j'étais en train de faire la cuisine. Dans ma putain de cuisine. Foutez-moi le camp ! Je veux que vous sortiez d'ici. Vous faites peur à Jean-Pierre.

Benson dirigea à nouveau son regard vers le petit cuisinier. Il tremblait, des larmes coulaient sur ses joues.

— À mon avis, c'est vous qui faites peur.

Le visage de Kipper semblait prêt à exploser en un jaillissement de dents, d'yeux et de cheveux. Il martela le plan de travail avec son poing et sa voix monta dans les aigus jusqu'à devenir perçante.

— Bande de fachos ! Fou-tez-moi-le-camp ! Cet endroit est à moi ! Dégagez, bordel !

Des postillons s'envolèrent de sa bouche.

— Nous pouvons vous arrêter, monsieur Seldon, dit Benson en essayant de parler d'une voix calme.

C'était le genre de situation que tous les flics redoutent. Il regarda Tom : elle écarquillait les yeux et secouait la tête.

— M'arrêter ? M'arrêter ?! Pourquoi ? Parce que je fais la cuisine ? couina Kipper.

— Pour obstruction à notre enquête sur la mort de votre tante.

— Je n'ai pas tué cette vieille… Moi, je ne l'ai pas tuée ! Vous êtes trop con pour comprendre ça ?

— Nous avons besoin d'examiner…

— Non ! Non, non et non ! J'essaye de préparer le dîner, au cas où vous ne l'auriez pas remarqué. J'ai encore des clients, dans ce lodge.

— OK. Nous vous laissons. Mais plus tard, vous nous montrerez vos comptes.

Kipper empoigna sa toque en papier et s'en servit pour frapper le bord du comptoir, encore et encore, la déchirant en lambeaux.

— Non, non, non ! Pas sans mon avocat ! Pas sans mon avocat ! Et foutez-moi le camp, bordel de merde ! (Sa béquille glissa de sous son bras ; Kipper se raccrocha au plan de travail et hurla de douleur quand son pied blessé entra en contact avec le sol. Cela le mit encore plus hors de lui.) Dehors, dehors, dehors !

Benson et Tom sortirent, prirent le couloir et tournèrent pour regagner le vestibule.

— Je vais te dire une chose, Tom. Ce fils de pute hystérique commence à me taper sur le système.

— Oui. À moi aussi. Il est flippant.

— Je n'étais pas trop sûr que les finances de l'établissement aient vraiment une importance. Maintenant, après cette scène peu ragoûtante, j'appelle le juge Brenner demain matin pour voir ce que la loi nous autorise. Je veux voir ces fichus relevés de compte

— Il y a quelque chose d'autre qui le tracasse. Forcément. Ça fait deux grosses crises de nerfs dans la même journée.

Brad était la personne la plus facile à trouver à Cedar Lodge. Puisque la pêche, la voile et toute activité autre que nourrir les derniers clients avaient étaient suspendues à cause des meurtres, il passait tout son temps à boire ou à dormir sous le porche, avec un Amos endeuillé blotti à ses pieds. Il ne se levait que pour aller chercher des sandwiches et de la pâtée pour chien en cuisine ou pour satisfaire des besoins naturels. Amos satisfaisait les siens en lisière de la forêt, du côté est du lodge, moins fréquenté.

— Bien, les voilà, dit Benson en contemplant Brad et Amos. Un couple bien assorti.

— Oui, fit Tom. C'est triste, non ? Je veux dire, ce pauvre vieux chien qui se réfugie auprès de l'autre solitaire du lodge.

Benson la regarda avec étonnement.

— Solitaire ? D'après ce que tout le monde me raconte, les femmes n'arrêtent pas de lui sauter au cou.

— C'est sûr. Vu son physique, c'est pas étonnant. Mais à ce que je comprends, cela ne représente que quelques clientes qui cherchent une amourette d'été. Ce type est vraiment spécial, Benson. Spécial et solitaire. Et à boire à ce rythme-là, dans dix ans, ce sera un solitaire mort.

— Eh bien, tu dois avoir raison. Tant que c'est encore un solitaire en vie, nous ferions mieux de l'interroger à nouveau.

— C'est un personnage intéressant, vous ne trouvez pas, chef ?

Benson adressa à Tom un long regard songeur.

— Tu te laisses attendrir, Tom ?

— En tant que flic, vous voulez dire, ou en tant que femme ? (Sa question la fit ricaner elle-même.) Ne vous inquiétez pas, à mes yeux, il reste un suspect. Mais le bonhomme est sacrément marrant et je dois avouer qu'il a en effet le physique d'un de ces bourreaux des cœurs que j'ai vus dans des vieux films en noir et blanc.

Benson lui sourit.

— Je vais tâcher de résister à ses charmes.

— Mais il est vraiment triste… C'est vraiment un type triste.

Les pieds sur un tabouret en osier, Brad était allongé presque à l'horizontale, la tête sur un oreiller à fleurs reposant contre le dossier du fauteuil. Il avait l'air profondément endormi, mais quand Benson et Tom s'approchèrent, il souleva son panama, ouvrit un œil et dit :

— Je ne l'ai pas tuée.

— Monsieur Seldon, dit Benson, si nous pouvions simplement…

— Et je n'ai pas tué Bruno Gabreau. Bon, maintenant que j'ai répondu à toutes vos questions, qu'est-ce qui reste ?

— Pourquoi étiez-vous dehors sous l'orage au moment où Miss Seldon a été tuée ? demanda Tom. Pardon, ça fait une question de plus.

Brad leva les yeux vers Tom et sourit, soutenant son regard.

— C'est un nouveau rencard, lieutenant Thomasina ?

— Pourquoi étiez-vous dehors sous l'orage ?

— Mon Dieu, pas moyen de vous dérider. Et si vous me demandiez plutôt d'où je viens, ce que j'aime faire dans la vie, quel est mon acteur de cinéma préféré ?

— Mon papa est très sévère et il veut que je sois rentrée à 10 heures.

Brad fut secoué par une éruption de rire et il faillit tomber de son fauteuil. Il se rattrapa alors que son postérieur n'était qu'à quelques centimètres du plancher.

— Thomasina ! s'écria-t-il en s'asseyant. (Amos redressa la tête et ses yeux somnolents contemplèrent les policiers d'un air agacé.) Vous êtes la flic la plus torride de la planète. (Il resta muet quelques instants tout en admirant Tom.) Ah, lieutenant, mon lieutenant. Une autre fois, dans une autre vie. Ça fait des années que je n'ai pas rencontré une femme qui ait vraiment le sens de l'humour. Et ce n'est pas seulement de l'humour, c'est de l'esprit. Vous êtes pleine d'esprit, ma grande.

Brad soupira, tendit la main vers le sol, à côté de son fauteuil, et prit une bouteille de bourbon à moitié vide.

— En début de journée, vous avez refusé le cocktail que je vous proposais. Bien sûr, il était un peu tôt pour ceux qui doivent suivre le droit chemin. (Il agita la bouteille.) Et maintenant ? Le soleil va bientôt se coucher.

Tom resta ébahie quand Benson répondit :

— On va en prendre un doigt.

Le shérif approcha deux fauteuils et fit signe à Tom de s'asseoir. Tom fut plus stupéfaite encore lorsque Brad tendit la main derrière la plante en pot dont les feuilles effleuraient son fauteuil, “sa plante”, celle à côté de laquelle il s’asseyait chaque jour, et en sortit deux petits gobelets.

— J’ai toujours des verres à pied sous la main, au cas où je recevrais de la visite.

Brad versa du bourbon dans chaque verre. Benson et Tom sirotèrent timidement.

— Excellent, votre whisky, monsieur Seldon.

— C’est du George Dickel, le meilleur de tout le Tennessee. Mon père disait toujours… (Brad s’interrompit, les yeux vers le lac.) Oh, peu importe ce qu’il disait.

Après quelques instants de silence, Tom prit la parole.

— Brad, maintenant que nous sommes sortis ensemble et que vous avez rencontré mon père… (Elle désigna Benson, qui la foudroya du regard tandis que Brad souriait et gloussait.) Donc, maintenant que nous sommes sortis ensemble, allons à l’essentiel et dites-moi une bonne fois pour toutes ce que vous fichiez sous l’orage alors que tout le monde sait que vous avez une peur bleue des éclairs. (Elle reprit une gorgée de bourbon.) Désolée, mais ça nous intéresse.

— D’accord, d’accord. Laissez-moi juste quelques instants, merde. (Au bout de deux minutes de silence, pendant lesquelles Benson et Tom jugèrent préférable d’attendre, Brad fit sa déclaration.) Vous allez penser que je raconte des sacrées conneries, mais c’est la vérité, et si vous ne me croyez pas, alors… alors tant pis. Arrêtez-moi. Mais laissez-moi emmener Amos.

Nouveau silence, nouvelle attente.

— Je me suis mis à l’épreuve.

Benson commençait à se lasser de l’amoureux de Tom.

— C’est bien vrai ? demanda-t-il.

— Eh ouais. Tout à fait vrai. J’ai rivé en mon cœur un courage de fer… (Brad se tut et regarda Tom.) Rivé un courage de fer. D’où vient cette expression ? Ça m’est venu tout à coup. Courage de fer.

— C’est dans Shakespeare, répondit Tom. Ne me demandez pas quelle pièce. (Elle jeta un coup d’œil vers Benson et s'aperçut qu'il commençait à perdre patience.) Brad, racontez-nous tout.

— Je suis sorti en courant, en plein orage. J'étais ivre, j'avais peur, et j'engueulais le ciel. Amos, ici présent, était avec moi, mais je ne crois pas qu'il puisse témoigner en ma faveur. (Brad se tut et fronça les sourcils, l'air concentré.) Vous savez, c'est invraisemblable, quelqu'un avait enfermé Amos dans un placard près de la cuisine. Il faisait un potin d'enfer pour qu'on le libère.

— Donc vous étiez dehors, et vous…

— Je suis sorti sous l'orage, Thomasina, et j'ai dansé, j'étais tout simplement fou de joie… puis j'ai entendu Six Godwin crier.

Le soleil d'or sombrait derrière les montagnes, à l'ouest, et ses superbes rayons montaient pour saluer les premières étoiles qui scintillaient faiblement. Le crépuscule fut bref. L'obscurité vint, rapide et profonde, car il n'y avait ni villes ni villages pour y ajouter leur éclairage artificiel. De vastes continents et des rivières d'étoiles brillaient dans la voûte du ciel. Des hirondelles et des chauves-souris tournoyaient dans les airs pour attraper les lucioles, les moustiques et les libellules qui dansaient juste au-dessus de la surface de Willow Pond. Les crapauds-buffles coassaient le long du rivage et, plus loin dans le lac, les huards gémissaient et jacassaient.

Dans ces premières minutes de ce qui, en d'autres circonstances, aurait été une soirée enchanteresse, Benson Doucette, Tom Barclay et les professeurs Godwin étaient assis sous le porche, épuisés et découragés. Chacun était perdu dans ses pensées.

Maintenant qu'ils avaient inévitablement dû s'arrêter pour la journée, Six avait peine à croire que les dernières vingt-quatre heures étaient bien réelles. Était-ce seulement la veille au soir que l'orage s'était déchaîné sur le lodge et qu'Iphigene Seldon avait captivé ses clients en leur racontant ses aventures héroïques ? La veille, à cette même heure, Gene, Bruno Gabreau et Huntley Beauchamp étaient encore en vie. Six trouvait à ces meurtres un caractère de démence qui contrecarrait tous leurs efforts d'enquêteurs.

— Je peux vous dire en toute franchise que je suis complètement crevé, dit Benson en s'étirant et en grognant. Et toi, Tom, ça va ?

— Rien dont un bain chaud et quelques doubles scotchs avec de la glace ne puissent venir à bout.

— Professeurs, vous vous sentez comment ?

— Oh, nous survivrons, répondit Alicia. C'est encore bien difficile à accepter. "Affreuse chose ensanglantée, Comment Iphigene a-t-elle trouvé la mort ?"

Benson fit craquer ses articulations.

— Je vous demande pardon ?

— Désolée, dit Alicia. J'ai inséré le nom de Gene dans un vers tiré d'une pièce de John Webster horriblement violente. C'était un contemporain de Shakespeare.

— Ah ! dit Tom. Je l'ai étudié à l'université. *La Duchesse de Malfi*, c'est bien ça ? (Alicia hocha la tête.) À la fin, la scène est couverte de cadavres, si je me souviens bien. Ça collait bien avec mes cours de criminologie.

— Affreuse chose ensanglantée, répéta Benson. C'est une bonne description de Cedar Lodge.

Six s'éclaircit la gorge et exprima la pensée lugubre qu'ils avaient tous en tête :

— Si Huntley Beauchamp n'était pas l'assassin, alors il reste au lodge une affreuse chose ensanglantée.

LE simple fait de retrouver leur camp à Winsokkett Pond sembla suffire pour soulager Six et Alicia d'une grande partie de leur angoisse. À présent, chacun avec son verre de bourbon à l'eau posé sur la table, ils avaient pris place devant leur petite cheminée de pierre (le foyer rempli de fleurs sauvages) dans leurs vénérables bergères à oreillettes. Le chintz des deux fauteuils était si usé et en si piteux état qu'Alicia avait jeté par-dessus des couvre-lits en patchwork, plusieurs étés auparavant – le sien orné de pattes d'ours, celui de Six un assemblage de motifs campagnards. Ces couvre-lits étaient eux aussi décolorés et amincis, mais ils ne se déchiraient pas, et tiendraient encore un été ou deux, selon Alicia. Rudolph était étendu sur le flanc, les pattes droites, ronflant paisiblement aux pieds de Six. Rouquin était perché sur le fauteuil d'Alicia, ses pattes avant glissées sous le ventre, et il émettait un ronronnement audible de satisfaction.

Six avait ouvert son ordinateur et surfait sur Google tandis qu'Alicia esquissait au crayon sa prochaine aquarelle.

— Ah ah ! s'écria Six. Très intéressant.

Sans lever les yeux, Alicia murmura distraitement :

— Vraiment ?

— Disons plutôt que c'est curieux.

— Ah bon ?

— Le *Sporting Magazine*, mon cul !

Alicia plissa le front et regarda son mari.

— Six, qu'est-ce qui t'arrive ?

— Écoute donc ça. "Le *Sporting Magazine*, publié de 1792 à 1870, fut le premier périodique anglais spécialisé à se consacrer à tous les types de sports, ce qui offre à l'historien une source relativement exhaustive." Qu'est-ce que tu en penses ?

Alicia posa son crayon, prit une gorgée de bourbon et dit :

— Six, je ne crois pas être sur la même longueur d'onde.

— Le couple anglais au lodge, Colin et Daphne. Ils ont dit à Gene qu'ils avaient connu Cedar Lodge grâce à une publicité dans le *Sporting Magazine*.

— Ah oui. Nous étions attablés avec eux, les Bolston et Gene. Bob Weller allait chercher nos boissons au bar.

— Bien. Ce foutu magazine n'existe plus depuis cent quarante ans.

— Il y en a peut-être un nouveau qui porte le même nom ?

— Ça fait une demi-heure que je cherche. Le vieux magazine est le seul qui soit mentionné.

— C'était peut-être un genre de plaisanterie.

— Mouais. (Six tira de la poche droite de son jean ce qui pouvait y être rangé – pipe, blague à tabac ou briquet –, et eut la surprise de les y trouver tous trois. Dans la même satanée poche. Son esprit faisait-il des progrès ?) Je pense que ces gens-là nous cachent des choses, dit-il en allumant son n° 79.

— Dans quel sens ?

— Je pense qu'ils ne sont pas ceux qu'ils prétendent être.

— Vraiment ? Et pourquoi crois-tu cela ?

— À cause de leurs voyelles.

— Pardon ?

— Ils se sont trompés en prononçant certaines voyelles. C'est très délicat, la prononciation des voyelles. Des intonations américaines, ou peut-être canadiennes, se glissaient au milieu de leur accent guindé, j'en suis certain. J'en parlerai à Benson dès demain matin. Pas la peine de l'embêter ce soir.

— Je sais qu'ils ont trouvé quelque chose dans le lac, dit Daphne. Le shérif et les deux agents en parlaient avec le plongeur.

— Taratata. Un des agents, comme tu dis, est inspecteur. Et lieutenant, par-dessus le marché.

— Tu parles du grand gaillard ?

— Mon Dieu, ma pauvre Daff. Quel sexisme ! L'inspecteur, c'est la grande gaillarde. Elle a de sacrés jambons dans son jean. Le grand baraqué est sergent.

Daphne pouffa.

— Ils font la paire, tous les deux. Sauf que lui n'a pas de gros seins.

— Bon. Que crois-tu que l'homme-grenouille ait tiré du lac ?

— Des choux, des poux, des cailloux, des joujoux, des bijoux... ce qui me fait penser qu'il serait temps de partir d'ici.

— Entièrement d'accord, dit Colin. Il est temps que des kilomètres nous séparent de ce trou à pêcheurs.

— Au point du jour ? Mais voit-on le jour poindre, dans cette partie du monde ?

— Très spirituel, ma chère. D'ici là, dormons un peu. Tôt couché, tôt levé, c'est le secret de la santé, de la richesse, et ça permet d'échapper aux questions de la police.

— Je suis désolée, Brad, vraiment désolée, dit Tory en fixant sur Brad ses grands yeux bleus qui irradiaient la tristesse. Je ne pourrais pas. Je ne pourrais vraiment pas. Ce n'est pas vous. Tout ça m'a complètement bouleversée. Deux meurtres ! Nous partons demain de bonne heure. Nelson n'apprécie pas du tout cette violence.

— Que diriez-vous d'un petit cocktail au bar, alors ? Un verre d'adieu.

— Le barman est encore là, à une heure pareille ?

— Non, mais cet endroit m'appartient, vous savez. Le bar est toujours ouvert quand le vieux Brad est dans les parages.

Tory hésita un instant.

— OK. Un verre, Brad.

Plus tard, en se séparant au pied de l'escalier, Tory dit à Brad qu'elle gardait un souvenir merveilleux de la nuit passée avec lui, qu'elle lui téléphonerait dans quelque temps et qu'alors…

— Bien sûr, dit Brad en haussant les épaules et en lui adressant un sourire en coin. Ce sera formidable. Vous savez déjà appâter l'hameçon.

Kipper était assis devant l'ordinateur dans le bureau du lodge, les yeux injectés de sang et gonflés d'avoir tant pleuré, l'esprit plein de scènes de violence et de fureur. Était-ce la démence ? Était-il en train de devenir fou ? Est-ce ainsi que tout commençait pour ces gens dont on parlait sur les sites d'informations, qui tuaient leur amant, leur femme, leur famille, puis se suicidaient ?

Après l'affrontement avec le shérif dans la cuisine, Jean-Pierre était devenu hystérique, surtout quand Kipper avait tenté de le prendre dans ses bras. Kipper avait seulement voulu le rassurer, lui dire que tout allait bien, qu'ils allaient partir pour New York, que tout se passerait bien. Je t'en prie, mon Dieu, écoute-moi seulement, avait-il imploré. Mais Jean-Pierre était inconsolable. Il s'était dégagé de son étreinte et quand il l'avait rattrapé, il avait hurlé, déclarant que Kipper l'effrayait et qu'il s'en allait pour ne plus jamais revenir.

Kipper était resté bouche bée, paralysé un instant par l'incrédulité. Puis une immense rage destructrice s'était emparée de lui et il avait hurlé :

— Petit saligaud ! Je t'interdis de dire ça ! Je te l'interdis ! Je te tuerai, bordel de merde !

Gémissant et sanglotant, Jean-Pierre était tombé à la renverse contre les portes battantes, et s'était étendu à terre. Il s'était vite relevé et avait couru jusqu'à sa chambre, où il était resté blotti, tout en pleurs, derrière sa porte fermée à double tour.

Jusque-là, les dix clients réunis dans la salle à manger n'avaient entendu que des cris étouffés et ne s'en étaient guère souciés, pensant qu'un cuisinier avait dû laisser brûler la sauce du saumon grillé qu'on leur avait promis. Mais quand les hurlements avaient atteint une telle intensité que les jurons et les menaces étaient devenus parfaitement audibles, deux hommes avaient bondi et franchi la porte juste à temps pour voir Jean-Pierre détaler vers le bout du couloir. Prudemment, ils avaient poussé les portes battantes de la cuisine et avaient été accueillis par les yeux de dément de Kipper Seldon. Comme s'il ne se rendait pas compte de la présence des deux hommes, Kipper avait arraché son tablier, l'avait jeté à terre et était sorti de la pièce.

Après un quart d'heure de discussion animée, les dix clients, suffisamment ébranlés par les deux meurtres pour craindre de nouvelles violences, s'étaient mis d'accord pour faire une descente en cuisine, piller le réfrigérateur et se raccompagner les uns les autres jusqu'à leurs chambres, où ils seraient en sécurité.

Tremblant encore sous le choc, Kipper était à présent assis derrière l'énorme bureau en chêne de Gene. Il buvait du gin pur et tentait de maîtriser son âme bouleversée. Sa respiration était haletante et difficile, il avait mal à la poitrine, et lorsqu'il pensait à Jean-Pierre et à leurs derniers moments ensemble en début de soirée, il était pris de vertige et de nausée.

Il avait eu envie de tuer Jean-Pierre.

Dans un éphémère paroxysme de rage, il avait voulu détruire le seul être humain qu'il ait aimé depuis la mort de ses parents.

Il vida son deuxième verre de gin, se prit la tête entre les mains et fit un gros effort pour calmer ses pensées et sa respiration.

Écoute ton souffle; écoute ton souffle. C'est mieux. Maintenant: tu n'as pas tué Jean-Pierre, tu ne l'as même pas frappé. Tu as simplement hurlé ton angoisse amoureuse. Tu ne pensais pas ce que tu as dit. Tout est réparable. Il a peur, mais tout est réparable. Laisse-lui du temps. Tu sais qu'il t'aime. Tu sais qu'il t'aime.

Après être resté près d'une demi-heure les yeux fermés, à se répéter des mantras apaisants – les amoureux ont fatalement leurs petites disputes, "l'amour vrai n'a jamais suivi un cours facile" –, le cerveau bouillonnant de Kipper commença à s'apaiser. Ce qu'il restait de son instinct de conservation se réveilla et l'obligea à terminer la tâche entreprise.

Il se servit encore un gin, en prit une gorgée pour se ragaillardir, se tourna vers l'ordinateur et fit apparaître les comptes quotidiens de Cedar Lodge. En tapant sur le clavier, il vit le nom de ses prétendues sociétés distributrices disparaître peu à peu des registres. Les comptes bancaires de ces entreprises existaient encore, bien sûr. Pour les fermer et transférer les fonds ailleurs, il devrait se rendre lui-même dans les trois banques du Massachusetts et du New Hampshire. Il ne faudrait pas tarder, mais au moins, se dit-il, si ce putain de shérif fourrait son gros pif dans la comptabilité du lodge pour le deuxième trimestre et pour le mois de juillet, il n'y aurait pas trace d'un certain trio de grands (mais fantasmagoriques) entrepôts.

Un danger persistait néanmoins. Les chèques versés aux sociétés fantômes avaient été prélevés sur le compte de Cedar Lodge Holdings, à Waterville. Le bureau du shérif avait-il accès aux comptes des entreprises ? Ces comptes-là n'étaient-ils pas à l'abri de toute intrusion officielle, sauf par ordre du tribunal ? Et pourquoi Doucette exigerait-il un tel ordre ? Quel prétexte pourrait-il avancer ? Il était impossible qu'il ait entendu parler des sociétés fantômes. Seule une enquête extrêmement approfondie permettrait de découvrir ces trois comptes bancaires que Kipper allait bientôt fermer, et même cela paraissait fort peu probable.

Après une autre heure et demie aride passée à chercher et à effacer – qui fut facilitée par un quatrième verre de gin –, il réussit à supprimer toute référence aux paiements versés depuis deux ans à ses sociétés imaginaires, depuis l'aube de la fraude. L'aube de la fraude. Il aimait cette formule. Très drôle. Bon sang, il commençait à être bourré.

Durant le processus monotone et répétitif de nettoyage des registres, qui acheva de calmer son esprit fiévreux et lui permit un minimum de réflexion rationnelle, une idée merveilleuse lui était venue, une idée délicieuse qui lui fit monter les larmes aux yeux lorsqu'il comprit qu'il y avait un moyen de tout arranger avec son petit homme bien-aimé.

Il ferma les dossiers de Cedar Lodge et créa un nouveau document Word : il s'apprêtait à épancher son cœur dans une lettre à Jean-Pierre. Avec des mots d'amour et d'adoration, il s'engagerait à genoux, métaphoriquement, sur ses malheureux genoux, à faire de Jean-Pierre le plus heureux, le plus célèbre des cuisiniers français ayant jamais quitté le Languedoc, sa province natale. Avec des paroles pleines de remords et d'angoisse, il s'aplatirait métaphoriquement aux pieds de Jean-Pierre et implorerait son pardon.

Il glisserait la lettre sous la porte de Jean-Pierre. Et tout irait bien, dit-il pour rassurer son âme douloureuse, et tout irait bien.

À MINUIT, Cedar Lodge et les trois niveaux de sa longue et élégante façade bien connus des pêcheurs du monde entier, baignaient dans la pâle lueur de la pleine lune. Tout était calme – pas un zéphyr ne troublait la surface de Willow Pond – et silencieux – on n'entendait pas une seule créature nocturne, même si elles grouillaient assurément dans les bois et dans l'eau.

À la fenêtre du bureau du lodge, une lampe était allumée. L'agent que le shérif avait chargé de garder le bâtiment pendant la nuit savait que l'un des propriétaires allait travailler tard et, à chaque ronde, il passait le voir aussi discrètement que possible. Cet agent était beaucoup plus âgé que Billy et Eric, les nouvelles recrues présentes durant cette journée agitée, et avait bien des années d'expérience, mais il était terriblement inquiet. Cette tâche était sans précédent. Il y avait eu deux meurtres à cet endroit. L'agent qui surveillait la route du camp, à côté de sa voiture de patrouille, était également nerveux, non sans raison. La radio du véhicule était allumée, son talkie-walkie était attaché à sa ceinture, et il avait défait la sécurité de son Glock.

Pendant ce temps, à l'intérieur du lodge, une grande silhouette sortait pieds nus d'une chambre, traversait le couloir et entrait dans une autre chambre.

25

— Or donc, ma mie, que t'en semble, de notre nouveau carrosse ?

Colin et Daphne fonçaient en direction nord-est sur la deux-voies du Maine, pour un bref séjour en Acadie, selon leur habitude, surtout après une laborieuse "mission en free-lance". Et ils étaient bien d'accord, cette mission à Cedar Lodge avait été extraordinairement ennuyeuse, bien trop agitée à leur goût. Dans leur jeunesse, les escapades violentes ponctuelles avaient quelque chose d'exaltant – elles ajoutaient un peu de piment à leur vie. Mais maintenant qu'ils avaient tous deux dépassé la quarantaine, le danger avait perdu de son charme.

— Le carrosse est très bien pour ce qui est du confort, mais incontestablement plébéien en matière de style, répliqua Daphne.

— Ce qui tombe fort bien, vu notre objectif.

— Tout à fait.

Cette berline Honda bleue, plutôt neuve, pratiquement impossible à distinguer de loin de centaines de milliers d'autres voitures sur les autoroutes américaines, s'était si commodément offerte au vol qu'il leur aurait paru honteux de ne pas profiter de l'occasion. Elle était garée derrière une pizzeria miteuse, dans un hameau désert où ils n'avaient pas croisé un chat. Dans les ténèbres d'avant l'aube, Colin et Daphne n'avaient eu besoin que de quelques minutes pour ouvrir les portières, allumer le contact sans la clef, fixer de fausses plaques d'immatriculation du Vermont, et s'élancer sur la route. Pour un couple aussi ingénieux, le vol rapide était une forme d'art.

La vieille jeep sans plaques qu'ils avaient laissée à la place de la Honda serait une sacrée surprise – et un mystère durable –, pour le malheureux propriétaire de la Honda. Eh oui, la vie était ainsi faite, estimaient Colin et Daphne : l'instinct de conservation et tout ce qui allait avec exigeaient que l'on nuise de temps à autre au bien-être de son prochain.

La Honda ne leur servirait de moyen de transport que pendant quelques heures, puis une autre voiture serait acquise par les nouveaux individus qu'ils seraient alors devenus.

À qui s'y intéresserait, le troc de la jeep contre la Honda offrirait une leçon assez complète sur la manière dont Colin et Daphne – ces Bonnie and Clyde d'un genre nouveau – évoluaient clandestinement à travers la société en ne laissant que des traces évanescentes. Ici et là, des gens se souviendraient d'eux, bien sûr, mais qui les retrouverait ? Ah ah, comme aurait dit feu Huntley Beauchamp : cela n'arriverait jamais.

La jeep avait été acquise avec l'une des nombreuses cartes de crédit que le couple s'était procurées sous l'identité pleinement documentée de personnes fictives ; après une seule utilisation, chaque carte était détruite, avec tous les prétendus documents personnels y afférant. La jeep et la Honda seraient couvertes d'empreintes digitales, bien sûr, mais aucune de Colin et Daphne, car ils portaient toujours, toujours des gants blancs en tissu lorsqu'ils manœuvraient une voiture ou la conduisaient. Ils glissaient systématiquement dans leurs bagages de nouveaux paquets de gants blancs et, comme la toile était très mince, Colin et Daphne en superposaient plusieurs paires. Comme on pouvait le prévoir, les gants étaient également nécessaires pour d'autres activités. Si on les avait interrogés à ce propos, Colin et Daphne n'auraient pas eu assez de mots pour vanter les mérites de ces accessoires. Pour les nombreuses autres activités quotidiennes laissant des empreintes sur quantité d'objets, ils avaient élaboré des techniques rapides et rusées – certaines relevant de la prestidigitation classique – qui masquaient leur volonté constante de ne laisser aucune empreinte et, l'espé-raient-ils, le moins d'ADN possible. Leurs techniques étaient devenues si automatiques que très peu de gens remarquaient la façon dont Colin ou Daphne essuyait les couverts, les verres, les bouteilles, les surfaces de métal ou de bois poli, etc. Les humains laissent leur ADN dans les voitures et ailleurs, bien sûr, surtout sous la forme de cheveux, mais l'identité originelle de Colin et Daphne, celle qu'ils avaient reçue à la naissance, était tellement enfouie sous d'innombrables pseudonymes acquis puis abandonnés que les recherches d'empreintes et d'ADN avaient quatre-vingt-dix-neuf pour cent de chances de ne jamais fournir la moindre information vaguement rattachée au joyeux couple qui, au volant d'une Honda bleue, roulait vers une île d'Acadie, dans le Maine.

Une mallette en acier, à compartiments, les accompagnait partout dans leur vie professionnelle. Un compartiment contenait les permis de conduire et les passeports d'individus fantômes, ainsi que les fausses cartes de crédit correspondantes. L'autre compartiment renfermait les téléphones portables au nom de six des susdits fantômes. Colin et Daphne n'avaient jamais eu d'ordinateur et évitaient Internet comme la Peste noire.

Partageant l'espace avec les téléphones se trouvaient les plaques minéralogiques de quinze États différents, fabriquées par un artisan qui avait appris ce métier, entre autres talents, durant son séjour dans une institution fédérale.

Par chance pour Colin et Daphne, ils étaient encore très épris l'un de l'autre, car ils devaient, par la force des choses, vivre dans leur propre bulle et n'avaient de distractions qu'à deux. Ils ne communiquaient jamais par courrier ou par téléphone avec quiconque. Pour leurs "voyages d'affaires", comme ils les appelaient, ils contactaient leur "agence d'emploi" par un système de boîtes aux lettres doublement sécurisé.

Lors de ces déplacements pour affaires, Colin et Daphne, invariablement bien disposés et pleins d'humour, rencontraient toutes sortes de gens avec qui ils avaient des relations charmantes pendant quelques jours, allant jusqu'à échanger leurs coordonnées (même si celles des Trimble ne valaient pas le papier sur lequel elles étaient griffonnées) et à promettre de rester en contact. Bien sûr, ces connaissances éphémères ne les revoyaient jamais et elles auraient été horrifiées d'apprendre que les délicieux et spirituels Colin et Daphne (qui pouvaient s'être présentés à eux sous de tout autres noms) étaient en réalité, bien que raffinés et élégants, des criminels endurcis dont le CV incluait un certain nombre d'actes violents.

L'une des vertus qui rachetaient Colin et Daphne, si tant est que l'on puisse employer ce terme pour les décrire, était qu'ils n'essayaient jamais de justifier leur vie d'escroquerie ou de prétendre être autre chose que des individus aptes à engendrer le mépris des forces de l'ordre dans presque tous les pays du monde.

— Nous ne sommes pas des gens bien, Colin.

— Non, très chère.

— Mais nous n'avons jamais tué personne.

— Eh bien… Il y a peut-être eu des… dommages collatéraux.

— C'est vrai. À plusieurs reprises par le passé, nous avons bien failli y laisser notre peau.

— Il y a eu de nombreuses fusillades, à quelques occasions notables. Je me rappelle avoir vu des méchants tomber alors que nous leur rendions leurs coups de feu. Il se peut que nous ayons tué quelqu'un, tu sais.

— C'est regrettable, mais en effet possible. Enfin, tu sais ce que je veux dire, mon amour : nous n'avons jamais assassiné personne.

— Bien sûr que non. (Colin adressa un sourire éclatant à son épouse, qui conduisait.) Nous sommes des artistes de la délinquance. Les meurtriers sont des êtres malfaisants. (Il tira son téléphone d'une poche de sa veste.) À ce propos, je me souviens que…

— Oh oh, fit Daphne. Donc tu vas bel et bien t'occuper de ce détail ?

— Ce détail est atteint d'une forme de démence particulièrement hideuse. Je connais les circonstances… Tu n'étais pas avec moi lors de cette mission. Je n'étais qu'à l'arrière-plan et j'ai manifestement disparu de la mémoire de cet odieux personnage, sans quoi la nature de notre séjour à Cedar Lodge en aurait été radicalement transformée. Les psychopathes peuvent gravement nuire à la réputation d'honnêtes criminels.

Ils rirent de bon cœur à cette plaisanterie pendant quelques kilomètres. L'humour était très important pour Colin et Daphne, et ils ne manquaient jamais d'entretenir leur bonne humeur. L'humour les maintenait en bonne forme psychologique pour leurs activités souvent nerveusement épuisantes et leur remontait le moral quand la réalité de leur statut de simples malfrats risquait de devenir trop pesante. Après tout, ils étaient intelligents et instruits, et donc susceptibles de périodes d'introspection au cours desquelles il leur venait des regrets à la pensée de ce qu'aurait pu leur offrir une existence dans le respect des lois.

Daphne gara la voiture devant une épicerie à la jonction de deux routes couvertes d'un goudron vieillissant et craquelé, avec quelques nids de poules d'aspect meurtrier. Ils avaient quitté les routes secondaires et se déplaçaient maintenant sur ce qu'on pourrait appeler les voies "tertiaires". Malgré leurs nombreuses couvertures, le couple jugeait prudent de ne pas exposer leur personne et leur voiture au regard de la populace.

Il était encore tôt, mais deux membres de ladite populace – d'anciens fermiers sans doute trop âgés pour monter sur un tracteur – occupaient déjà ce qui semblait être leur place coutumière sur un banc devant le magasin et buvaient du café en chassant les mouches.

— Eh bien, mon chéri, dit Daphne, comment exactement vas-tu exterminer ce psychopathe-là ?

— Je vais passer un coup de fil stratégique.

Daphne haussa un sourcil.

— Ah vraiment ? À un de ces obèses travaillant dans les bureaux des shérifs ?

Colin gloussa.

— Non, non. Tout contact non imposé avec les carabiniers porte malheur. Tu le sais bien. Je vais appeler le professeur.

— Ils étaient deux.

— Celui qui fume la pipe.

— Ah. Et pourquoi lui ?

Colin s'arrêta alors qu'il ouvrait la portière et réfléchit.

— Parce qu'il me plaît, je pense.

— Tu as toujours rêvé d'être professeur, pas vrai ?

— J'aurais été particulièrement bon pour discourir sur les divers aspects du cerveau criminel devant les étudiants. (Colin sourit à sa séduisante épouse.) Il y a une autre raison pour laquelle je téléphone au professeur Godwin plutôt qu'à un autre.

— Je sèche.

— Son numéro est le seul que j'ai réussi à obtenir.

— Très drôle.

Colin tira une carte de visite de la poche de sa chemise.

— Tu vois ? Winsokkett Antiquarian Books. Allons prendre notre petit déjeuner.

Après avoir acheté des sandwiches au jambon, des œufs durs et du café chaud, Colin et Daphne reprirent la route et foncèrent dans la fraîcheur du matin.

Au bout d'environ cinq minutes, l'un des deux fermiers dit :

— On n'en voit plus beaucoup, des comme ça.

— Non. Surtout depuis que les camps sur la rivière ont fermé.

— Jolies jambes.

— Tu l'as dit.

Les Godwin s'éveillèrent à l'aube et sortirent sur leur ponton, suivis par le toujours vigilant Rudolph, qui soupçonnait une promenade en perspective. Six et Alicia mirent dans le bateau des cannes à pêche, des boîtes d'appâts et des thermos d'eau et de café, puis s'installèrent au bout de l'embarcadère pour un petit déjeuner composé de sandwichs œufs-moutarde et de jus de pamplemousse, suivis par une petite gâterie : du café d'Haïti censé être assez fort pour faire tomber les poils d'un sanglier. Un voisin leur avait fait découvrir cet épais et exquis breuvage, et ils avaient commandé des grains à une boutique spécialisée à Bangor. Deux sacs étaient arrivés pendant qu'ils se trouvaient à Cedar Lodge.

— Excellent, déclara Six après sa première gorgée. Ça vous chauffe les tripes.

— C'est ça qu'on appelle un café au corps généreux ? demanda Alicia.

— Je pensais que "au corps généreux" signifiait "gros seins et hanches larges".

— Six, il est six heures trente du matin… (Elle s'interrompit et pouffa.) C'est rigolo, non ? Six, il est six heures.

— On me l'a déjà faite, celle-là.

— Excuse-moi, mon amour. Enfin, concernant cette histoire de… femme aux formes généreuses. Si cela indique une ardeur naissante de ta part, et crois-moi je ne suis absolument pas hostile à un peu d'ardeur, pourrais-tu s'il te plaît te retenir jusqu'à cet après-midi ? J'ai envie d'aller à la pêche d'abord.

— Je ferai de mon mieux, mon petit cœur.

Six et Alicia burent leur café et contemplèrent avec un profond plaisir le ciel clair du matin et le lac paisible. Un pygargue à tête blanche tournoyait afin de détecter la silhouette de poissons nageant près de la surface, et un convoi de quatorze canards des environs arriva, plongeant régulièrement la tête sous l'eau. Des cormorans volant en V se dirigeaient vers les rochers entourant l'île près de la rive sud, d'où ils plongeraient toute la journée pour attraper du poisson. De grosses libellules se posaient sur le sommet des poteaux.

— J'avais envie d'essayer mon nouveau leurre chatterbait, annonça Six. Il est censé bien fonctionner dans les hauts-fonds. Enfin, à condition qu'on arrive jusque-là.

— Tu veux commencer en eaux profondes ? demanda Alicia. Du côté de McAvoy's Shoal ? Prends des Senko, et on peut tenter les grands Rapala argentés.

— Oui. Faisons ça.

— Alors pourquoi tu restes assis sans bouger ?
— Je suis inquiet.
— À quel sujet ?
— Au sujet de ce que je t'ai dit hier soir. Le couple d'Anglais, les Trimble ? Je pense que je devrais appeler Benson.
— Peut-être bien.
— D'accord, je le fais.

Six tira son portable de la poche de son jean et, avant qu'il ait pu l'ouvrir, le téléphone le fit sursauter en émettant une version métallique du Concerto pour piano en *la* mineur de Schumann.

Il tressaillit en s'exclamant : Bon Dieu ! Le portable reprit les premières mesures de la mélodie.

— Six, tu vas répondre, oui ou non ?

Six décrocha et bafouilla son nom.

— Ah, professeur, c'est justement vous que je cherchais, ronronna une voix aux intonations oxfordiennes.

Six éloigna le téléphone de son oreille et le tint un instant en ouvrant de grands yeux étonnés, puis dit :

— Quand on parle du diable…
— Oh, Professeur Godwin, je ne suis quand même pas aussi mauvais qu'on le dit.

Alicia écarquilla les yeux quand Six appuya le téléphone contre sa poitrine et murmura :

— C'est Colin.

Remettant le portable contre son oreille, il dit :

— Je venais justement de mentionner votre nom quand le téléphone a sonné.
— Ah, je vois. Ce sont des coïncidences qui arrivent, n'est-ce pas ? Des impulsions mentales qui traversent les airs. Et de quoi parliez-vous ? De l'agrément de notre compagnie ?
— Pas tout à fait.
— Oh oh. Ce ton un peu sec me laisse supposer, cher Professeur Godwin, que quelque chose vous chagrine.
— Le dernier numéro du *Sporting Magazine* remonte à 1870.

Un rire chaleureux retentit dans l'oreille de Six.

— Je vois. Eh bien, oui, j'imagine que sur ce point, nous avons poussé le bouchon un peu trop loin, Daff et moi.

— Et toutes vos voyelles ne sonnaient pas très britanniques.

— Merde. (Colin s'esclaffa de nouveau.) C'est vrai, nous manquons d'entraînement.

— Qui êtes-vous en réalité ?

Six était nerveux et sa paume était moite. Il était peut-être en train de parler avec le meurtrier de Gene et de Bruno.

— Peu importe qui nous sommes. Ce qui compte, c'est ce que j'ai à vous dire.

Quelques minutes plus tard, Six referma son téléphone, bondit de son fauteuil et saisit le bras d'Alicia. Il semblait paniqué.

— Jésus Marie Joseph !

— Six ! Que se passe-t-il ? s'alarma Alicia.

— De qui avons-nous le numéro de portable à Cedar Lodge ? On en a ? Tu en as, toi ? Je n'ai même pas le numéro de Gene.

Alicia bégaya :

— Je… Je, euh… Laisse-moi réfléchir. Non ! Je n'ai le numéro de personne. Six, que se passe-t-il ?

— Nom de dieu ! hurla Six en se frappant le front. Je n'ai même pas le numéro de Benson ! Tu l'as, toi ?

— Euh… Non, Six. Non, je n'ai jamais…

— Tu connais le numéro principal de Cedar Lodge ?

— Je crois l'avoir noté dans mon agenda.

Six se mit à trottiner vers la maison, entraînant Alicia par le bras.

— Vite, s'il te plaît ! Va le chercher. Je trouverai le numéro du bureau du shérif sur Google. Il faut faire vite.

Le sort voulut – et le sort allait être très méchant ce jour-là – que Brad soit la seule personne éveillée dans Cedar Lodge à 6 heures et demie. Il était sobre – d'ordinaire, sa première visite au pot de fleurs du porche n'avait pas lieu avant 9 ou 10 heures, selon son humeur. Kipper s'était échiné sur l'ordinateur jusqu'à environ 3 heures du matin et dormait sur le grand canapé en cuir du bureau. Jean-Pierre avait décidé que les derniers clients n'avaient qu'à piller la cuisine ou partir à la chasse aux écureuils pour se nourrir – lui faisait ses bagages et décamperait de bonne heure. Les onze clients encore présents, épuisés et méfiants, n'avaient pas quitté leurs chambres. L'agent qui avait fait des rondes toute la nuit dans le lodge et aux alentours avait accueilli le lever du jour avec soulagement, avait préparé deux cafés dans la cuisine et s'avançait maintenant sur la route du camp afin d'aller en porter une tasse à son collègue dans la voiture garée à l'entrée.

S'étirant et bâillant, Brad se tenait sur le pas de la porte principale et admirait l'aurore aux doigts de rose. Amos se faufila entre le chambranle et lui, trouva un endroit acceptable près d'un fauteuil voisin, tourna trois fois en rond serré puis s'avachit en une masse confortable.

Willow Pond était serein, troublé seulement par les gazouillis des oiseaux tout affairés à leur petit déjeuner. Deux bateaux étaient attachés aux pontons, mais Brad était certain qu'on ne pêcherait pas aujourd'hui ; les clients allaient sûrement partir. Il n'y aurait donc pas de travail pour "l'un des meilleurs guides de pêche du Maine". Très bien. Cela lui convenait très bien. Cela s'accordait avec sa lassitude existentielle. La journée de la veille semblait irréelle. Cette nouvelle journée semblait irréelle. Peut-être désormais toutes les journées sembleraient-elles irréelles. La possibilité d'un avenir composé de journées heureusement insignifiantes, se fondant agréablement les unes dans les autres et passées sous le porche d'un lodge délicieusement désert, voilà qui lui semblait idéal. Rien à faire, rien à faire. Le lodge et les pontons vieilliraient et se désintégreraient au fil des saisons, au fil des années, et ce bon vieux Bradley serait là à sourire et à rêvasser, jusqu'au jour où l'on ramasserait ses os et où il ne resterait plus que les verres à pied derrière le pot de fleurs.

Sam surgit de derrière l'angle ouest du lodge, traversa lentement la pelouse et la plage rocheuse, puis s'avança sur le ponton central jusqu'au premier bateau bleu et blanc. Il monta à bord, fit démarrer le moteur, accéléra deux ou trois fois. Tout semblait impeccable. Puis il procéda de la même manière avec le deuxième bateau. Sam suivait la routine de Cedar Lodge, même s'il n'allait sans doute y avoir personne pour pêcher: selon les règles de Gene, le réservoir des bateaux devait être plein, le niveau d'huile vérifié, la clef sur le contact, l'idée étant d'éviter un retard déplaisant quand des clients avaient hâte de partir sur le lac.

Brad s'avachit contre la balustrade, posa sa tasse de café vide et regarda Sam. C'était intéressant, de regarder Sam. Enfin, pas vraiment, mais ça faisait au moins une chose à regarder. Une chose en valait une autre. Rester assis et regarder les choses. Il ne pouvait pas le savoir, mais juste au-dessus de lui, Robertson Weller était assis sous le porche du premier étage et regardait des choses que lui seul pouvait voir. Bob voyait la forme sans visage de l'assassin de Gene reculer en titubant alors que le sang giclait de sa poitrine à chaque balle que Bob lui tirait dessus avec son calibre .38. C'était un gros revolver bruyant qu'il avait souvent utilisé lors de concours de tir au cours des trente-cinq dernières années, et à présent il en sentait presque le recul secouer sa main vide. Un tintement lointain le tira de sa transe. Quelque part en bas. Un téléphone.

Brad entendit la sonnerie persistante du téléphone de la réception, mais s'en souciait-il? Ça pouvait être des journalistes. Qu'ils aillent se faire foutre. La sonnerie finirait bien par s'arrêter. Si quelqu'un appelait pour une réservation, eh bien ce connard n'avait pas regardé la télé ou consulté les sites d'information sur Internet, parce que les "meurtres au camp de pêche" près "de cette étendue d'eau rebaptisée Golden Pond pour les besoins du film *La Maison du lac*", avaient fait la une de tous les médias. D'un instant à l'autre, pensait-il, des meutes de journalistes allaient débouler sur la route du camp. Si les agents les en dissuadaient, ils passeraient sans doute par la forêt. C'est ce qu'il aurait fait. Il se serait glissé entre les arbres avec sa caméra. Comme dans ces émissions animalières sur le câble, où un type genre Crocodile Dundee poursuit des bêtes terrorisées.

Nous voici dans les terres sauvages et dangereuses situées derrière Cedar Lodge, lieu de villégiature en bord de lac très apprécié des touristes qui a été le sinistre théâtre de deux meurtres brutaux. Ouvrez l'œil ! (La voix se mettait à murmurer.) Vous avez vu ? Ce sont des tamias ! Ils s'enfuient !

La sonnerie cessa. Puis elle reprit aussitôt. Dix sonneries. Stop. Trois sonneries. Stop. Trois sonneries. Stop. Brad se retourna et lança un regard furieux en direction de la porte, d'où provenait le vacarme insultant qui perturbait sa zénitude. Cette journée avait beau sembler irréelle, il était impossible de reléguer les cris perçants d'un téléphone dans l'inexistence. Là. Fini.

Brad ramassa sa tasse, franchit le seuil et se dirigea vers la cuisinc. Même les existentialistes avaient besoin de café. Il observa le téléphone d'un œil soupçonneux en passant devant la réception et, bien sûr, l'appareil sonna, ce qui le fit sursauter. Et continua à sonner alors que Brad se repliait dans le couloir.

— Bordel de merde ! hurla-t-il. Pourquoi ce putain de répondeur ne se met pas en marche ?

Quand la sonnerie cessa, Brad se jeta sur le comptoir d'accueil et alluma le répondeur. Comment tous ces appels l'intriguaient à présent, il attendit et fut récompensé, une minute plus tard, par un nouvel appel. Le répondeur décrocha à la cinquième sonnerie, puis il y eut un silence tandis qu'était diffusé le message “Merci d'avoir appelé, etc.”. Une voix insistante jaillit au bout du fil.

— Kipper ! Brad ! Vous êtes là ? Il y a quelqu'un ? Pour l'amour du Ciel, décrochez !

Brad contempla le téléphone. C'était la voix de Six Godwin, qui hurlait désormais.

— Brad ! Kipper ! N'importe qui. Décrochez ce foutu téléphone !

Brad prit le combiné.

— Allô, Six, c'est Brad. Que se passe-t-il ?

En écoutant Six, Brad crut qu'il rêvait, ce qui aurait expliqué pourquoi la journée semblait si irréelle. Ce que Six lui disait était absurde.

— Je n'en crois pas un mot.

— Je ne suis pas sûr d'y croire moi non plus, mais tu veux courir ce risque ?

— Qui sont ces salauds-là, d'ailleurs ?

— Je ne sais pas qui ils sont réellement, mais une chose est sûre : ils ne s'appellent pas Colin et Daphne Trimble, et ils ne sont pas plus anglais que nous.

— Alors pourquoi on devrait les croire ?

— Encore une fois, Brad, nous ne pouvons pas prendre ce risque. Ce type m'a paru très convaincant.

— Alors pourquoi n'a-t-il rien dit tant qu'il était ici ?

— La peur. Sa femme et lui voulaient d'abord se tirer. Il prétend qu'on a un psychopathe sur les bras. Un très dangereux, je le cite. Et puis, Brad… il m'a donné un nom. Vadik.

— Vadik ? Ça vient d'où, un nom pareil ?

— Aucune idée.

Brad resta muet, essayant de digérer l'information. Tout ça n'avait aucun sens.

— Brad, écoute-moi. Les flics sont encore là ?

— Ouais, ils montent la garde à l'entrée du camp.

— Il faut que tu leur en parles, Brad. Il faut que tu leur dises de ne laisser partir personne.

— Oui. Vous avez raison. Je leur dirai.

— Prends mon numéro de portable. Tu as de quoi noter ?

Brad tira vers lui le registre de la réception et trouva un crayon.

— Vas-y.

Six indiqua à Brad son numéro de portable, puis le répéta.

— Garde mon numéro avec toi… et donne-le aux agents. Demande-leur de m'appeler. Il faut que je leur parle. Ah, et puis, donne-moi ton numéro de portable.

Brad posa le combiné et resta immobile, fasciné par des images de ces trois derniers jours qui s'agitaient dans son esprit. Des visages familiers arboraient des masques effrayants, leur bouche menteuse se tordant et grimaçant. Il secoua la tête. Non. Non, ça ne pouvait pas être vrai. Ça devait être un mauvais… Il pivota sur les talons, alarmé par un bruit de pas dans l'escalier derrière lui, craignant le visage qui pourrait être là.

Il fut soulagé en voyant le faciès sévère de Janice Bloget, la vieille truite de Long Pond qui venait au lodge tous les étés.

— Bonjour, Janice.

— Bonjour. Y a du café ?

— Dans la cuisine.

— Petit déjeuner ?

— Il faudra vous débrouiller, Janice.

— Logique.

Janice, qui avait la démarche chaloupée d'un marin, se traîna devant la réception et s'engagea dans le couloir.

Brad déchira le coin supérieur de la page où il avait inscrit le numéro de Six, le fourra dans la poche de sa chemise et se dirigea vers la route.

26

Tory et Nelson descendirent, vêtus comme pour une journée dans la savane : tous deux portaient un jean, des chaussures de marche et une veste de safari kaki. Ils posèrent leurs sacs près de la réception et entrèrent dans la salle à manger où Janice Bloget, avec sa mine de bouledogue mécontent, buvait une tasse de café au bar. Elle leur lança un regard torve.

— Bonjour. Faut aller vous chercher votre café. Cuisine. (D'un signe de tête, elle désigna le bout du comptoir.) Pas de personnel. Rien du tout. Au moins, y a pas de cadavres.

Tandis que Nelson et elle s'avançaient dans la direction indiquée, Tory adressa à Janice un sourire enjoué.

— Charmant, dit-elle.

Janice retroussa la lèvre en voyant le dos de Tory. Petite garce enjouée, pensa-t-elle, venue ici avec son grand étalon de frère. Son frère, mon cul. Ils ne se ressemblaient pas du tout : elle était petite et ronde, tout en seins et en popotin qui se tortille, alors qu'il était grand et mince. Ce long visage aux pommettes saillantes lui rappelait un acteur de cinéma, elle ne se souvenait pas de son nom, elle voyait juste le visage… N'importe. Ce type n'était pas son frère. Elle baisait avec.

Arrivant du vestibule, Brad franchit la porte, s'arrêta sur le seuil et hocha la tête vers Janice.

Lui, c'était un homme, un vrai, songea Janice. Ces hommes des lacs étaient les meilleurs pêcheurs qu'elle ait connus, et elle en avait connu des tas, ayant grandi et vécu dans des camps de pêche depuis sa naissance, soixante-treize ans plus tôt. Regardez-le un peu. Épaules larges, taille étroite, cheveux auburn frisés. Elle aimait aussi sa façon de s'habiller – short kaki, chemise de pêcheur blanche, chaussures bateau. À une époque, elle l'aurait… Enfin, non, pas la peine de fantasmer.

Janice Bloget n'avait pas toujours eu une tête de bouledogue, car lorsqu'elle était jeune, elle avait un visage mignon, au nez retroussé, et même si elle avait un petit corps râblé, les contours en étaient voluptueux, et elle n'avait jamais manqué d'attentions masculines.

Les hommes. Oh, j'en ai eu quelques-uns. Si certains de ces étalons me voyaient maintenant, la vieille peau cuite par le soleil avec les nichons qui lui tombent jusqu'à la taille…

Janice s'aperçut que Brad n'avait pas bougé depuis un moment, les yeux rivés au sol. Il devait se faire un sang d'encre. Ces meurtres pourraient être la ruine du lodge. On dirait qu'il a besoin d'un remontant, pensa-t-elle, et à cet instant, Brad émergea de sa torpeur, passa derrière le comptoir du bar et se mit à fouiller parmi les deux étagères de bouteilles. Il localisa le George Dickel, prit un verre, se retourna et posa le tout près de Janice.

— Ça vous dit, un peu de soutien spirituel, Janice ?

— Bon sang, Bradley, il est quoi… (Elle consulta sa grosse montre étanche.)… 8 heures du matin.

— Eh ouais. Pas de pêche. Tout le monde est parti. Autant boire.

Janice trouvait que Brad avait un comportement bizarre. Il n'était pas joyeux. C'est ce qu'elle appréciait en lui, c'est ce que tout le monde appréciait : il était toujours joyeux. Elle remarqua alors que sa main tremblait quand il remplit son verre et le porta à ses lèvres.

Oh, et puis merde, se dit-elle. Le bonhomme avait visiblement besoin de compagnie, il devait en avoir gros sur la patate. Pas étonnant, avec Gene assassinée, et Bruno Gabreau assassiné aussi.

— OK, j'en veux bien une goutte, dit Janice. Juste une.

Sans manifester la moindre surprise, Brad se contenta de prendre un autre verre et de le placer sur le comptoir.

— Avec ou sans eau ?

— De l'eau, mais pas de glaçons. Merci.

Une fois de plus, sa main tremblait. Le delirium tremens avait peut-être fini par le rattraper.

— Ça va, Bradley ?

— Ça va. Je… (Il s'interrompit, parcourut la pièce du regard, puis il avala sa rasade de bourbon.) Écoutez, Janice. Il y a un truc, euh… il y a un truc qui se mijote ici. Ça pourrait être des emmerdes. Vous voudrez peut-être… enfin, j'en sais rien. Vous voudrez peut-être rester ici un moment.

Janice fronça les sourcils par-dessus ses yeux inquiets.

— Ah ouais ? Qu'est-ce qui se passe, Brad ?

Brad tressaillit quand la porte de service s'ouvrit. Tory entra avec Nelson dans son sillage. Ils portaient des tasses de café. Janice fut déçue de voir Brad afficher son habituel sourire en coin, celui qui éblouissait les femmes prêtes à se laisser éblouir.

— Oh, salut, Brad. (Tory s'approcha et se pencha par-dessus le comptoir, dévoilant une quantité de poitrine dans le V profond de son chemisier blanc à peine boutonné. Elle eut un sourire éclatant pour Brad, comme le premier jour.) On s'en va.

— Archie Rivera, dit-il.

Elle pencha la tête, intriguée, toujours souriante.

— Pardon ?

— C'est un jeu de mots… sur *arriverderci*. Pas très marrant, hein ?

— C'est mignon, glissa Tory.

Janice eut envie de vomir. Quelle sale petite allumeuse ! Elle se détourna du spectacle des seins de Tory et se retrouva face à une autre calamité, sauf que celle-là était grande et mince : Renee Ranger, vêtue d'une chemise bleue (ouverte et nouée sur le ventre) et de pas grand-chose d'autre à part un short blanc quasi inexistant. Ses longs cheveux noirs tombaient en boucles sur ses épaules, de sous un chapeau d'homme en paille blanche incliné avec désinvolture. Bon Dieu, grommela tout bas Janice, maintenant, je vais devoir me saouler.

Renee fit son numéro de Lauren Bacall en traversant la pièce. Une fois au bar, elle regarda Janice avec autant d'intérêt qu'elle en aurait eu pour une souche d'arbre, puis elle vit la bouteille et le verre dans les mains de Brad.

— Qu'est-ce que c'est que tu nous prépares ? Des œufs au bourbon ?

Brad resta muet, ce qui étonna Janice. Il avait toujours le sens de la repartie. Il laissa ses mains glisser de la bouteille et du verre et s'agrippa au bord du comptoir, ses doigts rigides déployés comme des griffes. Mais qu'est-ce qui lui arrivait ? se demanda Janice. Elle n'aimait pas les mauvaises ondes qu'il dégageait.

Devant l'absence de réaction de Brad, Renee haussa les épaules et contourna Janice pour rejoindre Tory et Nelson. Après avoir échangé avec Tory un regard chargé de cyanure, elle passa derrière Nelson en disant :

— À plus, l'étalon. On s'appelle.

— À votre service, répliqua Nelson en regardant la vamp faire sa sortie par la porte de service. Il faut qu'on s'en aille, dit-il ensuite à Brad.

Celui-ci avala encore un double bourbon.

— OK, suivez-moi.

Nelson paya la note en liquide, puis Tory et lui prirent leurs bagages et se dirigèrent vers le parking. Par-dessus son épaule, Tory lança à Brad un sourire et un clin d'œil.

Lorsqu'il revint au bar, Brad trouva Janice qui l'épiait comme un épervier.

— On est débarrassés ? demanda-t-elle.

— Eh ouais.

— Et toi, ça va ?

Brad saisit le George Dickel, s'en servit encore un double et le but cul sec.

— Nom d'un chien, Bradley, tu essayes de te tuer ?

— Pas encore.

— Y a un problème. Qu'est-ce qui ne va pas ?

— Je ne peux pas vous en parler maintenant, Janice, répondit Brad. Mais voilà ce que je peux vous dire. (Il la regarda dans les yeux, le doigt pointé.) Vous ne bougez pas d'ici. Je suis sérieux.

Et il sortit de la salle à manger, laissant Janice stupéfaite et craintive.

Janice essayait de déterminer si la curiosité devait l'emporter sur la prudence quand la porte de service se rouvrit. Renee déboula avec une tasse de café, longea le bar sans lui prêter la moindre attention, puis disparut dans le vestibule.

Brad, de son côté, était allé au bout du ponton central. De là, il pouvait voir tout le lodge, les zones herbeuses de part et d'autre, et la route du camp. Les agents avaient dû contacter Six et le shérif, car ils avaient arrêté deux 4 x 4 et parlementaient avec les conducteurs, qui semblaient discuter vainement. Il reconnut les passagers du premier véhicule : les deux jeunes hommes avec leurs copines. L'autre 4 x 4 devait être celui de l'un des hommes venus seuls.

Rien d'autre à faire à part observer et attendre. Il était prêt. Calme. Les six verres de bourbon accomplissaient leur effet, et il était calme. Il tendit les mains : aucun tremblement. Il avait pris son couteau de pêche avec son fourreau dans le hangar à bateaux, et il les portait à la ceinture.

Observer et attendre. La matinée se réchauffait vite. Pas encore de vent. Les nuages s'accumulaient à l'ouest. Il vit Robertson Weller debout sous le porche du premier étage et lui adressa un rapide salut. Bob lui répondit, puis s'en alla. Oh, bordel, elle était là.

Renee franchit la porte principale, s'avança sous le porche et s'adossa à l'un des gros poteaux plantés en haut du perron, la main sur sa croupe déhanchée, comme une pin-up. Brad et elle se dévisagèrent à travers leurs lunettes de soleil. Chacun toisait l'autre avec animosité, même si Brad doutait que leur haine mutuelle pénètre les verres teintés.

Un mouvement sur la route du camp attira son attention : une Range Rover noire vint se mettre derrière les autres véhicules. Nelson sortit du côté conducteur, eut un bref échange avec l'homme au volant de la voiture qui le précédait, puis alla trouver les agents. La distance était trop grande pour que Brad puisse distinguer ce qu'il disait. S'ils se mettaient à crier, il les entendrait, mais apparemment personne ne s'énerva. Finalement, Nelson s'éloigna, remonta dans la Rover, recula et revint devant le lodge, sur la plage, jusqu'au ponton central où il freina in extremis, dispersant les galets.

Il sortit de la voiture et descendit le ponton à grands pas, pour s'arrêter à cinquante centimètres de Brad, sans trahir aucune émotion particulière, pas même le bonheur.

— Les flics ne laissent partir personne. Pourquoi ?

— Je ne sais pas. Qu'est-ce qu'ils vous ont dit ?

— Que le shérif allait arriver. J'ai pensé que vous en saviez peut-être plus.

— Non.

— Pourquoi ? C'est pas vous, le patron, maintenant ?

— C'est une description optimiste.

Nelson grimaça.

— Très drôle. Écoutez, Seldon, nous avons un laissez-passer signé par le shérif. Alors, c'est quoi, ces conneries ?

— Ça n'est pas moi qui donne les ordres aux agents. Personnellement, je serais ravi de vous voir partir.

Nelson eut l'air de réfléchir à ce que sous-entendait cette phrase, mais il ne répliqua pas. Tory sortit de la Rover et vint les rejoindre. Elle se planta à gauche de Nelson. Elle sourit et dit :

— Salut, Brad, pourquoi on ne part pas ?

— Il dit qu'il ne sait pas pourquoi, lui expliqua Nelson.

Tory s'approcha de Brad et colla doucement son corps au sien tout en lui caressant le bras droit avec sa main gauche.

— Brad, mon chéri, tu as l'air furieux. Qu'est-ce qui ne va pas ?

— J'en sais rien.

— Il faut qu'on parte, Brad. On a un vol à prendre à Augusta.

— Nelson ! cria Renee. Y a un souci ? Je pensais que vous rentriez chez vous ?

Cette remarque parut agacer Nelson, qui murmura “Et merde”, et s’éloigna.

Malgré les avertissements de Brad, Janice était sortie sous le porche et Sam, émergeant du hangar, les regardait. Putain, se dit Brad, rassemblons tout le monde et amusons-nous. C’était la meilleure chose à faire, décida-t-il. Le courage que lui inspirait le bourbon était prêt à parler.

— Eh, Nelson, vous avez déjà entendu parler d’un certain Vadik ?

Nelson se pétrifia un instant, puis se retourna lentement et Brad vit la transformation terrifiante qui s’était opérée sur son visage. Il ne ressemblait plus au nommé Nelson Bolston. Les ongles de Tory s’enfoncèrent dans la chair du bras de Brad.

— Sale connard, murmura-t-elle.

Brad se dégagea, recula, détacha le fourreau et brandit le couteau à lame épaisse.

— Anka ! aboya Nelson. Fais gaffe au couteau !

Anka ? Ce prénom étrange resta suspendu dans les airs. Un rictus mauvais métamorphosa le visage de poupée de Tory en quelque chose de nettement moins charmant. Sous le côté gauche de sa veste safari, elle tira d’un étui un petit pistolet noir, un Beretta 8045. Brad fut tellement paralysé par la fascination horrifiée qu’il ne lâcha pas son couteau, comme l’y invitaient clairement les gestes de Tory avec le pistolet. Lorsqu’il avait jeté un premier regard par la fenêtre, ce matin-là, il avait trouvé que la journée semblait irréelle, et ce qui était en train de se passer était on ne peut plus irréel.

Nelson passa devant Tory et assena un coup de matraque sur le poignet de Brad. Avec un soudain cri de douleur, celui-ci lâcha le couteau alors que son adversaire tirait un revolver de l’étui fixé à l’arrière de sa ceinture. Empoignant la chemise de Brad dans la main gauche, Nelson le secoua, lui enfonça le canon dans le cou et dit :

— C’est bon, connard, maintenant tu vas nous faire sortir d’ici. Anka, tu prends Renee. Vite !

Tandis que Tory – Anka – partait en courant, Nelson aperçut Sam près du hangar et braqua son arme vers lui, en lui faisant signe de rentrer dans le bâtiment. Sam recula, trébucha, tomba puis disparut à quatre pattes à l'intérieur, non sans verrouiller la porte après l'avoir claquée.

L'étrange confrontation sur le ponton et le hurlement de douleur de Brad inquiétèrent Janice, qui se déplaça avec une célérité impressionnante sous le porche et jusqu'à la porte principale. Malheureusement, Renee ne fut pas aussi rapide. Elle crut que tout ce bruit était celui d'un combat à coups de poing. Lorsqu'elle vit Anka remonter le ponton à toute allure, un pistolet à la main, elle poussa un cri et courut vers la porte, mais il était déjà trop tard. Tory sprinta à travers la pelouse et rattrapa Renee dans le vestibule. Elle prit sa grande proie par les cheveux, faisant tomber le chapeau de paille, l'emmena de force de l'autre côté de la pièce et la plaqua contre l'escalier. Le souffle coupé, Renee sentit comme une explosion dans sa poitrine.

Anka coinça son arme sous son menton et dit :

— Si j'appuie sur la détente, tout le dessus de ton crâne sera collé au plafond. Avance !

Tirant brutalement sur les cheveux de sa victime, Tory la ramena en arrière, la poussa vers la porte la força à redescendre les marches du perron. Renee la supplia :

— Par pitié, ne me faites pas de mal !

— Oh, ta gueule, pétasse, éructa Anka. Bouge ton cul.

Elle tira une fois encore Renee par les cheveux et lui colla le pistolet contre la colonne vertébrale.

Amos arpentait le porche en couinant de frayeur. Bob entendit le chien alors qu'il se versait un whisky dans sa chambre ; comme ces gémissements incessants commençaient à l'inquiéter, il s'approcha d'une fenêtre et fut stupéfait de voir Anka menacer Renee avec une arme et la pousser sur le ponton. Et son frère en faisait autant avec Brad ! Nom de Dieu ! Bob courut jusqu'à sa commode, sortit du premier tiroir la ceinture à laquelle était attaché son revolver et s'en ceignit la taille.

Sur le ponton, Nelson dit, le canon de son arme enfoncé dans le cou de Brad :

— Vadik à ton service, connard. (Ses yeux noirs s'élargirent, pleins de haine, tandis que son visage affichait une mine patibulaire.) Tu sais ce que c'est ? C'est un Magnum .357. Si je tire, ta tête se détachera de ton corps. On n'a pas envie d'en arriver là, hein ?

— Sans doute pas.

Nelson – Vadik – ricana :

— Toujours le mot pour rire. Toujours une blagounette à sortir. T'es un rigolo, hein, l'étalon ? (Vadik pointa un peu plus son arme dans le cou de Brad.) Pas vrai… l'étalon ?

Comme c'était curieux, songea Brad. Il ne tremblait pas, il n'implorait pas qu'on le laisse en vie. Il se sentait détaché, comme s'il regardait un film. Il se demandait ce qu'il ressentirait si le coup de feu partait. Y aurait-il un éclair de douleur terrible, ou resterait-il conscient assez longtemps pour éprouver quelque chose ?

Sanglotant et suppliant, Renee avançait tant bien que mal sur le ponton, pendant qu'Anka lui tirait les cheveux et lui braquait son arme dans le dos.

Et soudain, Bob Weller était tout au bout du porche du premier étage, et criait pour alerter les agents qui avaient quitté leur voiture et tendaient la main vers leurs revolvers.

— Attention ! hurla Bob. Ils sont armés ! Ils ont des otages !

— Vieux salopard !

Vadik se retourna et tira vers Bob. La détonation fit l'effet d'un coup de tonnerre, la balle atteignit la balustrade et des éclats de bois volèrent tandis que Bob reculait. Vadik gloussa et tira de nouveau, faisant exploser un des balustres.

— Vadik ! cria Anka. Laisse-le. Les flics, putain, les flics !

Un agent courut vers les pontons tandis que l'autre partait derrière le lodge afin d'arriver par le côté est. Quand le premier traversa la pelouse, Vadik, avec un sourire sarcastique, brandit son Magnum à bout de bras et tira. Le policier hurla et s'écroula en se tordant de douleur.

Amos se mit à courir frénétiquement sous le porche, avec des hurlements et des aboiements.

— Ah! Je l'ai eu! Bien visé, Vadik! Merci beaucoup, je suis assez content de moi.

Vadik tira Brad en avant, passa derrière lui et le poussa jusqu'à ce qu'ils aient rejoint Anka et Renee, dont Brad put enfin voir le visage. Ses yeux épouvantés cherchaient partout un secours. “Oh mon Dieu pitié oh mon Dieu pitié”, gémissait-elle. Brad fut horrifié de voir qu'elle avait mouillé son short – elle avait perdu le contrôle de sa vessie.

Vadik lâcha la chemise de Brad et envoya une gifle violente à Renee, qui mugit et se plia en deux en se tenant la bouche. Anka la redressa par les cheveux, lui mit son pistolet contre l'oreille et dit entre ses dents:

— Tu veux crever tout de suite, salope? Boucle-la!

Renee se calma; du sang coulait sous la main qu'elle avait plaquée sur ses lèvres. Elle dévisageait Brad, les yeux terrorisés et suppliants.

— Bande de bêtes puantes, s'exclama Brad.

Vadik le fit tourner sur lui-même et lui porta un coup de genou dans l'entrejambe. La douleur irradia le corps de Brad comme une flamme et parut exploser dans son cerveau; il s'effondra sur le ponton en grognant et en serrant à deux mains la partie meurtrie.

— Oh oh, Vadik a fait mal à l'étalon? Méchant, méchant Vadik.

— Putain, Vadik, brailla Anka. Il faut qu'on se barre!

— Ah, on va y arriver. L'étalon et bobonne vont marcher devant nous comme... Comment ils disent, dans l'armée? Ah, oui, oui, oui. L'avant-garde. Ils seront notre avant-garde. Les soldats qu'on sacrifie, la chair à canon. Debout, l'étalon!

Brad se leva péniblement, le souffle coupé par la douleur dans ses parties intimes.

— Fais gaffe! dit Anka. L'autre flic est là-bas, à gauche. Il a un flingue.

— T'inquiète, il ne prendra pas le risque d'atteindre la princesse ou l'étalon. (Vadik glissa sa main gauche autour de la ceinture de Brad et le fit avancer.) Lâche pas la tignasse de la salope. On y va.

Un tableau macabre se mit lentement en branle sur le ponton. Renee haletait et grognait à mesure qu'Anka resserrait son emprise sur ses cheveux. Vadik collait au train de Brad, qui sentait son haleine sur sa nuque.

— La lâche pas, répéta Vadik à Anka. Et maintenant, les amis, on change de danse. Tout le monde se tourne vers le flic qui a un flingue et on marche de côté.

Renee et Brad obéirent, et tous les quatre se dirigèrent en crabe vers le lodge.

L'agent mit un genou à terre et s'adossa à l'angle du bâtiment. Il avait le quatuor dans le viseur de son arme, mais il était hors de question d'aller plus loin. Impossible de tirer proprement.

Bob Weller, en revanche, avait une vue idéale sur le dos de Vadik et d'Anka. Il se coucha à plat ventre sur le plancher du porche, son gros calibre .38 appuyé contre la barre inférieure de la balustrade. Le cœur battant, tout son corps se tendit. La sueur ruisselait de son front dans ses yeux; il l'épongea et serra le canon du revolver. Non. Non, c'était beaucoup trop dangereux. Vingt ans auparavant, quand il avait encore de bons yeux, il n'aurait pas hésité. Il relâcha la détente et regarda les quatre silhouettes arriver au pied du ponton. L'agent blessé ne bougeait plus, le sang se répandait sur le devant de sa chemise, et Bob se demandait s'il était mort.

Un gémissement lointain frappa l'oreille de Bob. Le son s'estompa un moment, revint, atténué, puis de nouveau plus sonore, et de plus en plus fort jusqu'à ce que le doute ne soit plus permis: des sirènes de police.

Amos émit un aboiement hystérique alors que le gémissement des sirènes s'amplifiait. Sur le ponton, le petit groupe s'arrêta. Des images de film apparurent dans l'esprit traumatisé de Brad: la cavalerie, les petits gars en bleu, drapeaux au vent, fonçant droit devant eux.

Anka prit peur. Vadik, le dangereux psychopathe, allait tous les faire tuer si elle n'agissait pas très vite. Mourir d'une balle tirée par la police ne figurait pas dans ses projets pour la journée.

— Vadik! Un bateau. Monte dans un des bateaux.

— On est sur un lac. Y a nulle part où aller, pauvre débile.

— Il y a une issue. Brad me l'a montrée. Une rivière rejoint le lac voisin.

— Vous ne la trouverez jamais, dit Brad. Vous êtes morts.

— Oh si, on la trouvera. Tu vas nous y conduire, l'étalon. (Vadik et Anka traînèrent leurs otages vers le premier bateau et Vadik détacha l'amarre arrière.) Bordel de merde! cria-t-il. Les clefs, les clefs, on n'a pas les clefs du bateau.

— Elles sont toujours dessus. Grouille-toi, merde!

— Surveille le flic. Et mets les deux autres devant.

Anka s'accroupit à côté du premier bateau et obligea Renee à se baisser devant elle. Elle lui lâcha les cheveux pour l'attraper par le col de la chemise et appuya le Beretta contre sa joue.

— OK, salope. On va sauter dans le bateau ensemble. Si tu essayes de faire une connerie, je te bute. Compris?

Renee, tremblant de terreur, murmura:

— Oui.

— Maintenant!

Elles s'élancèrent à la renverse, tombèrent brutalement sur le plat-bord – Renee poussa un cri, Anka un juron – et se plaquèrent au fond du bateau, juste derrière le siège du pilote. L'embarcation tangua, comme folle, et se cogna à un des poteaux du ponton.

— Reste couchée! ordonna Anka.

Elle traîna Renee en avant tandis que Vadik et Brad s'écrasaient à côté d'elles. Le bateau continuait à s'agiter, mais Vadik se mit à genoux et fourra son revolver sous le nez de Brad.

— Occupe-toi de l'amarre à l'avant, l'étalon. Vite!

Brad rampa jusqu'au siège de pêche et tendit la main vers le taquet de proue. Il s'immobilisa en entendant Kipper rugir “Stop, stop!” et Amos pousser de terribles glapissements.

En levant les yeux, il fut horrifié de voir Kipper tituber sur le ponton, aussi vite qu'il le pouvait avec sa cheville foulée, une carabine à la main. Amos courait devant lui, ses longues oreilles battues par le vent.

— Kipper, non ! Seigneur, non !

Trop tard. Vadik se leva et tira. Amos émit un ultime hurlement d'agonie quand le premier tir le projeta en arrière dans l'eau. Le deuxième tir vint déchirer la poitrine de Kipper qui, propulsé dans les airs, retomba sur les planches.

Brad pleurait de rage.

— Espèce de salaud !

Il sauta par-dessus le volant du bateau et s'attaqua à Vadik en le frappant à hauteur de genoux. Mais Vadik était trop grand et trop robuste. Il se dégagea à coups de pied et assomma Brad avec la crosse de son revolver. Celui-ci vit trente-six chandelles et s'écroula sur le côté, sous le tableau de bord. Renee hurla et se mit à bégayer.

Vadik vit le policier s'accroupir et s'éloigner de l'angle du lodge. Il tira une balle qui fit voler la poussière aux pieds de l'agent et obligea celui-ci à battre en retraite derrière le bâtiment.

Sous le porche, Bob était écœuré. Le sang coulait de la poitrine de Kipper, se répandant sur tout son corps, et le cadavre d'Amos flottait près du ponton. Mais Bob resta en position de tir parce qu'à présent, enfin, il avait une vue dégagée. Vadik, qui occupait désormais le siège du pilote, fit démarrer le moteur. Doucement, doucement, comme dans le temps. Vise un poil en dessous de la cible. Tiens bien le canon… et appuie !

Vadik hurla de peur et fit une embardée quand le revêtement en fibre de verre sur le plat-bord d'acier vola en éclats à trente centimètres de son bras droit.

— Weller ! Sous le porche ! cria Anka.

Elle tira deux coups qui percutèrent le bas de la balustrade et projetèrent des échardes dans les joues et l'avant-bras de Bob. Il grogna de douleur et roula sur le côté.

Anka devenait nerveuse.

— Vite, vite, vite !

Vadik fit tourner le volant vers la gauche, poussa lentement en avant la poignée d'accélérateur. Le bateau s'éloigna du ponton et prit peu à peu son élan sur les hauts-fonds. Puis Vadik poussa le manche au maximum, le moteur se mit à rugir et la proue se souleva ; la coque frémit en retombant dans l'eau, l'embarcation fit un bond et fila à soixante-quinze kilomètres/heures.

L'agent traversa la pelouse en courant pour rejoindre son collègue blessé, tout en appelant les urgences et le shérif afin de déclencher l'alerte rouge. L'autre policier avait une terrible plaie à l'épaule mais il respirait encore.

Ignorant la douleur des blessures et le sang qui ruisselait sur sa joue droite et son avant-bras, Bob Weller se traita de misérable vieil imbécile dénué de force, rangea son calibre .38 dans son étui et dévala deux volées de marches. Le bateau de Vadik était déjà proche dc la première île quand Bob traversa la pelouse et la plage de galets. Sur le ponton, il souleva le corps de Kipper et, à tout hasard, chercha son pouls sur son cou. Un sang épais avait suinté du trou affreux dans sa poitrine et imbibait ses vêtements. La mort avait dû être instantanée : les yeux ouverts, le visage de Kipper était encore déformé par l'horrible grimace provoquée par le choc. "Pauvre garçon, murmura Bob, pauvre garçon." Face à ce spectacle horrible, il s'étrangla, et des larmes coulèrent sur sa joue ensanglantée.

Puis il se ressaisit et courut vers l'autre bateau. La colère et le chagrin faisaient rage dans son esprit alors qu'il détachait brutalement les amarres et sautait à bord.

27

TOUT le long de la Route 225, les conducteurs stupéfaits de voitures et de camions devaient se ranger sur les accotements de terre pour laisser passer trois véhicules du bureau du shérif du comté de Somerbec qui fonçaient dans les virages les plus traîtres, toutes sirènes hurlantes, klaxons déchaînés et pneus crissant. Les habitants de Rome commentèrent entre eux le spectacle extraordinaire offert par ces trois voitures de police qu'ils avaient vues filer à travers la campagne. Ces choses-là n'arrivaient que dans les grandes villes. Mais qu'est-ce qu'il pouvait bien se passer ? se demandaient-ils.

Le sergent Caleb Cobb conduisait la voiture de tête. Ses grosses mains s'agrippaient fermement au volant et ses lèvres se retroussaient sur ses dents serrées. En vérité, il adorait ce genre de poursuite frénétique où les flics traquent les méchants, mais sur une route comme la 225, c'était aussi extrêmement dangereux. Bien sûr, les virages étaient déjà assez difficiles comme ça, mais il savait les négocier ; ce qu'il craignait, c'était le caprice du sort sous la forme d'un enfant ou d'un animal se jetant sur la route, ou d'un véhicule déboîtant à une intersection cachée.

Deux agents l'accompagnaient. Un autre sergent était au volant de la deuxième voiture, avec Benson Doucette sur le siège passager ; Tom Barclay et deux autres hommes occupaient la troisième voiture. Tous les véhicules étaient équipés de fusils, de carabines et de gilets pare-balles.

Benson ouvrit son téléphone, composa un numéro, entendit décrocher et dit :

— Tom, deux hommes ont été touchés dans la fusillade, et l'un d'eux est Jack. Il est vivant. L'autre est mort.

— Il a été identifié ?

— Un type d'âge moyen. Cyrus ne connaît pas son nom.

Tom éteignit son téléphone, ferma les yeux et s'appuya au repose-tête. Au stand de tir, elle appartenait à l'élite, mais elle n'avait eu à dégainer son Glock 17C que trois fois pendant le service. Elle n'avait jamais eu à tirer. Elle se demandait maintenant si elle allait participer à sa première fusillade. Tom ne doutait pas de son courage, elle savait qu'elle ne paniquerait pas. Mais la pensée des tirs ennemis était intimidante, et elle se rendit compte que sa respiration et ses battements de cœur s'étaient accélérés.

Curieusement – enfin, peut-être pas si curieusement, en toute franchise –, elle se surprit à prier pour que le mort ne soit pas Brad Seldon.

Après un rapide coup d'œil pour vérifier que personne n'arrivait dans l'autre sens, Caleb prit sur deux roues le brusque virage qui reliait la 225 à la 27 Nord. Ce n'était pas pour rien qu'il avait fait des courses de stock-cars à la Skowhegan State Fair dans sa jeunesse. Il entendit Benson envoyer un message radio aux trois véhicules :

— Gilet pare-balles pour tout le monde. Caleb, tu t'arrêteras sur la route du camp pour qu'on s'habille.

Benson sentait peser sur lui le poids de l'échec. Qu'aurait-il pu faire pour empêcher cette tragédie ? se demandait-il. Quel élément n'avait-il pas vu, ou pas compris ? Les Bolston, ces foutus Bolston. Le frère informaticien, aux manières courtoises, et la petite sœur sexy, au visage aimable. C'étaient des tueurs laissant derrière eux un sillage de sang. Pourquoi rien ne l'avait-il alerté à leur sujet ? Et pourquoi, mais pourquoi tuaient-ils ? Surtout ici, dans ce superbe lodge au bord d'un lac magnifique ? Quel démon sévissait dans ce petit paradis ?

Benson et Caleb coururent vers l'endroit où deux ambulanciers attachaient l'agent blessé à une civière. Les yeux du policier papillonnaient.

— Je suis désolé, Jack. Putain, je suis désolé, lui dit Benson sans savoir s'il l'entendait.

Les brancardiers le hissèrent dans leur ambulance, puis l'un d'eux monta avec lui et claqua les portes. L'autre se mit aussitôt au volant, alluma les clignotants et la sirène, et le véhicule partit en cahotant à travers la propriété et rejoignit la route du camp. Un autre gros camion des urgences était garé près du ponton central. Deux infirmiers examinaient le corps de Kipper.

Tom ôta son lourd gilet pare-balles qui lui tenait chaud, marcha jusqu'au ponton et contempla le visage blafard et spectral de Kipper, vidé de son sang ; comme ceux de Bruno, ses yeux aveugles contemplaient le ciel bienveillant du Maine. Tom fut secrètement soulagée de ne pas trouver Brad Seldon étendu sur le ponton, la poitrine déchiquetée et le cœur en lambeaux, et elle se sentit aussitôt coupable d'éprouver cette émotion – mon Dieu, comment ne pas la ressentir ? – en voyant que c'était le frère de Brad qui gisait abattu à ses pieds.

Quand la police d'État fraîchement arrivée eut rassemblé les clients du lodge traumatisés et les emmena dans le grand salon situé à droite du vestibule, le tireur de la police décrivit à Benson l'affrontement qui avait eu lieu sur le ponton et la prise d'otages : il les avait eus en ligne de mire presque tout le temps. Cela ne faisait aucun doute : les Bolston avaient brutalisé et capturé Brad Seldon et Renee Ranger. Il dit aussi qu'au moment où il avait accouru à l'aide de son camarade blessé, un vieil homme portant un revolver à la ceinture était sorti du lodge et avait sauté dans le deuxième bateau.

— Weller, dit Benson. Merde, il va se faire tuer ! (Il se tourna très vite et prit le bras de Caleb.) Bon Dieu de bon Dieu, Caleb, c'est mauvais. Ils vont tous se faire tuer. Il faut qu'on trouve des bateaux et qu'on y aille.

Caleb appela un agent.

— Sortez des voitures les fusils et les carabines. On va s'inventer des navires de guerre.

L'homme partit en courant, puis Benson vit Sam qui, dans l'eau, tirait vers la berge le corps d'Amos en se servant d'un filet de pêche.

— Sam ! cria-t-il.

— Oui, shérif !

Benson n'avait jamais vu personne se mettre au garde-à-vous dans l'eau jusqu'à la taille, mais il fut épaté de voir ce gamin y parvenir.

— Il nous faut deux bateaux, tout de suite ! On t'aidera à les mettre à l'eau.

— Oui, shérif !

Sam lâcha le filet, pataugea jusqu'à la plage et courut vers le hangar. Le corps du pauvre Amos s'éloigna à la dérive.

Un cri d'effroi déchira l'air. Benson et Caleb se tournèrent vers le lodge à temps pour voir un agent attraper Jean-Pierre alors qu'il descendait le perron en hâte pour se jeter vers le dock où gisait le corps de Kipper. Il se débattit violemment, avec force coups de pieds et cris perçants, si bien qu'un autre agent vint prêter main-forte au premier ; ensemble, ils le ramenèrent d'autorité sous le porche.

— Kipper, Kipper ! sanglotait-il. Non, mon Dieu, par pitié, noooon !

Les policiers l'obligèrent à rentrer dans le lodge, où il continua à hurler et à implorer la miséricorde divine. Caleb ferma les yeux très fort.

— Mon Dieu !

— C'est navrant, Caleb, mais il faut qu'on avance. Ce putain de lac est immense, mais ils sont coincés, poursuivit Benson en suivant Sam. S'ils vont sur la berge, ils seront à pied et on les rattrapera. Pourquoi se sont-ils emmerdés à prendre des otages ? Je ne comprends pas.

— Ils ne sont pas vraiment coincés, chef. Il y a la serpentine, au nord-est, qui communique avec Rocky Pond.

Benson se donna une claque sur le front.

— Bordel de merde ! Bien sûr qu'il y a la serpentine. Ça fait des années que je ne suis plus garde forestier, mais je ne peux pas croire que j'aie pu l'oublier. Je suis passé par là, une fois.

— Elle est vraiment dure à trouver, cela dit. Le passage est masqué par les arbres et il faut traverser un marécage pour atteindre l'entrée. Même quand on y est, on ne s'en rend presque pas compte tellement c'est envahi par la végétation.

Ces détails étonnèrent Benson.

— Ça alors, Caleb, tu y es allé récemment ?

— Ben oui. Je vais me balader là-bas dès que j'ai un jour de congé.

— Mais les Bolston ne connaissent pas le chemin.

Ils arrivèrent au hangar alors que Sam en ouvrait les portes. Trois bateaux de pêche étaient posés sur cale mais l'un d'eux était déjà prêt à être remorqué.

— Je vais chercher la camionnette et celui-ci sera à l'eau dans dix minutes.

— Brave garçon, lui dit Benson.

— Par contre, Brad, si.

— Quoi, Brad ?

— Il connaît la serpentine. Forcément.

Benson réfléchit.

— Et c'est pour ça…

— … qu'ils l'ont pris en otage, compléta Caleb.

Un agent les rejoignit au pas de course.

— Shérif, Bill et Eric ont barré la route aux journalistes.

— Papier ou télé ?

— Deux quotidiens papier et deux chaînes de télé.

— Merde.

— Il y a une bonne femme qui fait du raffut, qui parle de sécurité publique.

— Ça doit être Jennifer Libby. (Benson s'accorda un instant de réflexion.) Elle a raison, tu sais. (Il héla Tom qui était encore sur le ponton et lui expliqua ce qui se passait.) Il faut qu'on leur donne un peu de matière.

— Bien sûr, répondit Tom. Un peu de matière, d'accord, mais quoi, exactement ? Faut-il leur parler du meurtre de Kipper et du policier qui s'est pris une balle ?

— Oui, Tom. Au point où on en est, on ne peut pas rester évasif. On nage en plein dans l'horreur, alors autant que ça se sache.

— J'y vais, dit-elle.

— Dis-leur que des suspects armés, qui ont des otages, se dirigent vers Rocky Pond et Winsokkett et que la presse rendra service au public en diffusant l'information, en particulier à la télé.

Brad se dégagea de sous le tableau de bord, aux pieds de Vadik, et rampa péniblement jusqu'au centre du bateau pour aller s'adosser à la caisse contenant le matériel de pêche. Le coup de crosse qu'il avait reçu sur la tête lui avait à moitié fait perdre connaissance ; il avait maintenant très mal au cuir chevelu et souffrait d'une migraine douloureuse.

Il examina les deux silhouettes à l'arrière du bateau : Renee était assise sur la traverse, raide de peur, les mains entre ses jambes tremblantes, son regard vide contemplant la mort ; Anka braquait son Beretta vers Brad, puisque Renee n'opposait visiblement plus aucune résistance.

Brad dévisagea Anka avec un haut-le-cœur. Sa vie semblait n'avoir été qu'une série de cauchemars, mais celui-ci était particulièrement atroce. Il avait l'impression d'être un païen dont l'âme avait été violée par un démon, une créature maléfique qui avait maintenant l'audace de le fixer de ses yeux froids. Comment ces yeux avaient-ils pu danser aussi gaiement, comment ce visage avait-il pu s'éclairer d'une telle beauté ? Il était dégoûté en se rappelant la façon dont il s'était pavané devant elle et lui avait sorti le grand jeu. Il ne l'avait pas séduite – c'était une meurtrière, et quand elle tuait, elle aimait bien s'envoyer en l'air. Mieux valait mourir, décida Brad, que de vivre avec le fardeau d'une humiliation qui l'accompagnerait pour le restant de ses jours.

Vadik immobilisa le bateau et laissa le moteur au point mort.

— Debout, l'étalon. Prends ma place.

Le regard de Brad croisa les yeux noirs de Vadik. Voilà donc à quoi ressemble un psychopathe, se dit-il. Charmant.

— Je t'emmerde.

Vadik se rapprocha et lui envoya son pied dans l'entrejambe.

— Tu veux un autre coup de pied dans les couilles ? Je suis prêt à te les faire remonter dans le cul.

La perspective de ressentir à nouveau cette douleur affreuse incita Brad à se lever. De toute façon, il allait sans doute mourir, mais il n'était pas obligé de subir d'abord le martyre. Il s'avachit sur le siège du pilote.

— Où est cette putain de rivière ? demanda Vadik.

— Aucune idée. Je suis perdu.

— T'es perdu ? C'est ton putain de lac. Tu sais où est la rivière, magne-toi !

Il enfonça le revolver contre la tempe de Brad. Lentement, Brad poussa en avant la poignée de l'accélérateur et fit décrire un grand huit au bateau.

— C'est quelque part par ici, simplement je ne le vois pas, dit-il.

Avec un cri de rage, Vadik marcha vers la proue, saisit Renee par la chemise et la jeta près de Brad. Il la fit pivoter et lui comprima les joues jusqu'à ce qu'elle crie, puis lui inséra le canon de son arme dans la bouche. Renee écarquilla les yeux et se mit à gémir de terreur.

— Et ça, l'étalon, ça ressemble à quoi ? Ça ressemble à mon flingue dans la gueule de ta bonne femme. Si j'appuie sur la détente, y a sa cervelle qui va te gicler dans la figure. Tu crois que je le ferai pas ? Demande à ta pédale de frère, gloussa Vadik. Ah, ouais, c'est vrai, tu peux pas lui demander. Il est mort.

Tout autour de ce tableau horrifique flottant s'étendait la beauté sereine de la nature sauvage du Maine : les oiseaux aquatiques pêchaient, les tortues se laissaient glisser depuis une grosse branche, une douce brise agitait l'eau claire. Pourtant, tout cela s'effaçait et, pour Brad, le centre de l'univers était le regard terrible et suppliant de Renee.

— Je vais trouver le passage, dit-il. S'il vous plaît, enlevez cette arme de sa bouche. Je vais vous y conduire. Maintenant.

Brad remit le bateau en marche et, dix minutes plus tard, il se trouvait à l'extrémité nord-est de Willow Pond, en route vers le petit marécage qui menait à la serpentine. Au bout de deux cents mètres à travers l'épaisse masse de hauts roseaux du marais s'ouvrait une faille bien nette au milieu de la forêt. Là, tout n'était que paix. Des colonies de petits oiseaux gazouillaient dans les arbres. Bizarrement – peut-être parce qu'il allait mourir –, Brad se rappela que, lorsqu'il était enfant, puis jeune homme, du temps où il savourait chaque jour car la vie semblait si parfaite, il était capable de faire la différence entre un pinson, une fauvette, un moineau et un loriot rien qu'en les écoutant chanter.

Et maintenant, soudain, si soudain, il avait désespérément envie de vivre.

— Là, dit-il en désignant un mauvais endroit. Vous voyez ?

Vadik fit un pas en avant et chercha des yeux.

— Non. C'est où ?

Brad se leva, se pencha par-dessus le volant et tendit le bras. Cette fois, il pointa droit vers le passage.

— Là-bas, juste devant !

Il espérait avoir détourné l'attention du salaud.

— Ouais, je le vois.

Vadik était tellement concentré qu'il n'avait pas vu son arme se baisser au point que le canon était désormais braqué vers le plancher.

Tel un cougar, Brad se jeta à deux mains sur le bras de Vadik et lui enfonça ses dents dans l'avant-bras. Il déchira la chair et Vadik hurla de douleur, lâcha son arme, mais se coucha ensuite par-dessus. Brad se précipita sur Anka au moment où elle appuyait sur la gâchette et il sentit une balle lui frôler la joue. Il donna un coup de pied dans le bras d'Anka alors qu'elle levait à nouveau son arme, attrapa Renee par les cheveux et la chemise et il se catapulta dans l'eau avec elle.

— Plonge ! cria-t-il. Plonge, plonge !

Le moteur se déporta à tribord et le bateau décrivit un cercle, projetant violemment Vadik et Anka contre la coque à bâbord. Vadik se releva, furieux, et saisit le volant à l'instant où le bateau s'écrasait dans les ronces, au bord de l'eau. Il se jeta sur le siège du pilote et redirigea le bateau en marche arrière vers Brad et Renee, dont la tête réapparaissait chaque fois qu'ils remontaient pour inspirer un peu d'air. Il tira deux balles qui firent jaillir de petits geysers au moment où les nageurs replongeaient sous la surface.

— Laisse-les ! hurla Anka. (Vadik jura et tira encore deux balles dans l'eau.) Laisse-les, espèce de dingue ! Conduis-nous plutôt jusqu'au passagc !

Convaincu par Anka, Vadik fit demi-tour et se dirigea vers la serpentine.

Ils ne s'attendaient pas à ce qui les accueillit quand ils s'engagèrent dans l'étroite voie d'eau, car c'était apparemment l'équivalent local d'une jungle à la Indiana Jones – une végétation épaisse asphyxiait les berges, il y avait des troncs couverts de mousse, des rochers émergeant de l'eau et une canopée de branches masquant le soleil. Les oiseaux survolaient en tous sens la surface du ruisseau encombrée de nénuphars. Ça grouillait de moustiques. Anka et Vadik, multipliant les jurons, se donnaient de vaines claques dans le cou et sur les oreilles.

Bob Weller vit le bateau se glisser dans le marécage, vers la serpentine. Il avait traversé le lac à un train d'enfer jusqu'au moment où il avait repéré les tueurs et leurs otages fonçant devant lui. Puis leur bateau s'était arrêté au beau milieu de l'eau. Bob avait donc ralenti et était parti vers le sud de l'île où se trouvait le camp de pêche abandonné dans l'intention de la contourner par le nord et de prendre ainsi les fuyards par surprise. Là, en arrivant à la pointe nord, il avait entendu des éclats de voix et des coups de feu. Il avait continué à dix kilomètres/heure derrière un énorme rocher, puis avait aperçu le bateau partant vers le marais.

Ce qu'il n'avait pas vu, c'était Brad et Renee plongeant dans le lac.

Brad, enfoncé jusqu'aux genoux dans l'eau boueuse, tâcha de se lever à travers les roseaux et les nénuphars serrés. S'étant pris les pieds dans une masse immergée de mousse et de branchages, il retomba, non sans avoir tendu les deux bras en avant, par instinct. Il poussa un hurlement quand son bras gauche, déchiqueté et sanglant car atteint par la deuxième balle de Vadik, entra en contact avec le fond marécageux. Il réussit à s'agenouiller, le souffle court, la tête et les épaules au-dessus de l'eau. Le vertige et la nausée l'accablèrent lorsqu'il tenta d'avancer ; il perdit conscience et un nuage noir l'enveloppa.

Puis il reprit connaissance. Il vomissait de l'eau en tâchant de retrouver son souffle. Des mains s'étaient glissées sous ses aisselles et quelqu'un le traînait vers la berge du marécage, rocailleuse et couverte de ronces. Les mains le retournèrent sur le dos et il vit le visage de Renee nettoyé par l'eau : pas de fard à paupières, pas de rouge à lèvres, pas de coloration délicate des joues, juste la peau nue. Ses cheveux trempés et mêlés d'algues pendaient en vrilles noires qui touchaient le visage de Brad.

Elle ôta sa chemise et se mit à la déchirer en lanières.

— Je ne te laisserai pas mourir, Brad. Je ne te laisserai pas mourir.

Avec un morceau de tissu Ralph Lauren bleu ciel, elle attacha un garrot au-dessus de son biceps, puis enveloppa la vilaine plaie profonde que Brad avait au bras jusqu'à étancher le saignement. Ses gros seins bronzés se balançaient au-dessus du visage de Brad, mais à cet instant précis, il ne s'intéressait guère à ces atouts féminins. Il tentait de se rappeler le nom de la fauvette qui chantait une douce mélodie dans les ronces voisines. Puis, une fois de plus, il s'évanouit.

Quinze minutes plus tard, deux autres bateaux bleu et blanc de Cedar Lodge se dirigeaient en rugissant vers le marais, le shérif et le robuste sergent occupant le premier des deux. Caleb scruta la cime des arbres avec ses jumelles jusqu'au moment où il localisa l'entrée du passage vers Rocky Pond et la désigna à Benson, qui était au volant. Benson ralentit et, à dix kilomètres/heure, ils pénétrèrent dans le chenal naturel du marécage étouffé par les roseaux. Alors qu'ils s'approchaient de la serpentine, Benson dit :

— Le temps qu'on arrive à Rocky Pond, ils auront déjà traversé presque tout le lac. Appelle le commissariat et dis-leur d'envoyer un de nos bateaux à Winsokkett. Je vais téléphoner à Six Godwin.

Il avait déjà calculé que l'autre bateau avait une avance d'au moins une demi-heure, mais il aurait été trop risqué pour le moteur de chercher à aller plus vite dans les méandres du cours d'eau. Percuter un rocher ou un tronc invisible au fond du marais pourrait endommager l'hélice ou toute l'unité inférieure de l'Evinrude, voire la détacher complètement.

Caleb jeta un coup d'œil autour de lui tandis qu'il ouvrait son téléphone. Il s'apprêtait à composer le numéro lorsqu'il vit deux silhouettes étendues parmi les broussailles sur la rive sud.

— Oh, chef ! s'exclama-t-il en reprenant ses jumelles, assez puissantes pour permettre de reconnaître les deux personnes en question. Bordel de merde. Brad et Renee couchés dans les herbes. Ils ont l'air exténués.

— Ils sont en vie ?

— Renee bouge.

— Dis aux garçons d'aller les chercher.

— Il y a autre chose.

— Ouais ?

— Renee expose entièrement aux regards la féminité de son buste.

— Caleb, ta façon de t'exprimer m'étonne parfois.

L'autre bateau était presque à côté. Caleb désigna Brad et Renee et cria aux agents :

— Là-bas, là-bas ! Vous les voyez ?

Un agent leva ses jumelles.

— Repérés, cria-t-il.
— Allez les chercher et ramenez-les au lodge.
— Bien reçu.

Six avait l'impression qu'il finirait par faire une crise d'urticaire s'il continuait à s'inquiéter autant. Il arpentait son ponton, son portable dans une poche de sa chemise – celle qui tenait encore à peu près à la chemise – et il espérait qu'il allait bientôt sonner.

— Par pitié, appelez-moi, n'importe qui, merde, merde, merde, marmonnait-il.

Il avait fumé pipe sur pipe de n° 79 sans les apprécier au-delà des deux premières, mais il n'avait pas cessé de remplir à nouveau son fourneau et de l'allumer parce que cela lui donnait une occupation. Il commençait à avoir la gorge à vif.

Peu après sa conversation téléphonique avec Brad, il avait reçu un appel des agents gardant la route du camp ; il leur avait signalé la possibilité que deux assassins soient présents au lodge et prêts à s'enfuir. De toute évidence, ils avaient vite contacté Benson Doucette, puisque le shérif avait appelé Six peu après pour lui signaler qu'il partait pour Cedar Lodge avec trois voitures de policiers armés.

Mais c'était près d'une heure et demie auparavant, et depuis, plus un mot. Six avait rappelé Brad à plusieurs reprises, avait laissé des messages à chaque fois, et maintenant, quand il composait le numéro, il n'y avait plus rien – ni sonnerie, ni boîte vocale, rien qu'un silence total et sinistre.

Assise à l'extrémité gauche de leur ponton en forme de T, Alicia regardait son mari et le chien qui suivait les pas de son maître “comme un chien”, selon l'expression proverbiale. En temps ordinaire, Rudolph se serait contenté d'observer cette activité vaine depuis quelque position confortable, mais les appels téléphoniques, les jurons sonores et l'attitude générale de Six avaient rendu le labrador agité et craintif. Ils rappelaient à Alicia des lions en cage.

Six s'arrêta, baissa les yeux vers ses chaussures, contempla le ciel, fit demi-tour, s'arrêta de nouveau, descendit le ponton jusqu'à leur bateau, s'agenouilla et prit une canne équipée d'un spinnerbait. N'importe quoi pour se calmer les nerfs, se dit-il : la pêche zen, c'est ainsi qu'il appelait le fait de lancer sa ligne sans s'attendre à déranger un seul poisson. Il marcha jusqu'à l'extrémité droite du T et lança l'appât dans le haut-fond plein d'algues. Au quatrième lancer, Rudolph supposa que la crise était passée, tourna deux ou trois fois sur lui-même et s'aplatit sur les planches avec un soupir de satisfaction, l'air ainsi expulsé soulevant ses bajoues.

L'esprit de Six était un paysage digne de Jérôme Bosch, rempli de scénarios affreux pour Cedar Lodge, mais les lancers répétés commencèrent à fonctionner un peu comme un mantra. Lève la canne, clac, pfuit, plop, mouline vite. Lève la canne, clac, pfuit... Il n'y avait pas de poisson dans les hauts-fonds, tout le monde savait ça. Mais peu importait ; l'essentiel était le chant apaisant de la pêche zen. Lève la canne, clac, pfuit, plop... Six faillit la laisser tomber de surprise lorsque l'eau fut soudain troublée par des mouvements frénétiques. Comme une torpille à travers les herbes, un black-bass s'était jeté sur le leurre, et maintenant la ligne couinait alors que le poisson essayait de repartir en eaux plus profondes.

Recouvrant ses esprits, et avec l'instinct de toute une vie, Six se saisit de la poignée du moulinet, projeta la canne contre son épaule gauche pour mieux planter l'hameçon, et se mit à tirer et à mouliner. Ce poisson-là avait une fameuse résistance. Alicia vint rejoindre Six au moment où il grommelait :

— Bordel de merde ! Je n'étais pas censé attraper un seul poisson.

Alicia fut abasourdie. Elle regarda Six en fronçant les sourcils.

— Je te demande très humblement pardon.

Jurer parce que l'on avait attrapé un poisson était pour un pêcheur une forme de blasphème.

— J'étais parti à la pêche zen. Il a complètement bousillé ma méditation.

Alicia dévisagea Six comme s'il avait complètement perdu la tête.

— Six, as-tu complètement perdu la tête ?

Six se débattait avec le poisson, qui allait se laisser capturer, mais non sans lui avoir d'abord donné pas mal de fil à retordre. Le black-bass bondissait et replongeait, bondissait et replongeait, et tirait comme un fou sur la ligne tout en nageant en cercle.

— Un petite bouche. D'au moins un kilo, peut-être plus. (Le téléphone de Six se mit à jouer du Schumann dans sa poche.) Et merde, je le savais ! hurla-t-il. Tiens, je te la donne !

Il fourra la canne dans les mains d'Alicia et tira son téléphone de sa poche. Ravie de prendre le relais, elle entreprit la délicate manœuvre de hisser le poisson sur le ponton alors que Six décrochait.

— Six à l'appareil !

La voix de Benson Doucette lui répondit.

— Six, vous êtes dans votre camp ?

— Oui. Qu'est-ce qui se passe ?

— Ils viennent vers vous, les tueurs. Vous aviez raison, ou plutôt Colin avait raison. Ce sont bien les Bolston. Ils foncent vers Rocky Pond. Par la serpentine. Ils y sont peut-être déjà.

— Mon Dieu.

— Et il y a pire. Ils ont tué Kipper, blessé un de mes hommes et pris Brad et Renee en otages.

Six grogna.

— Oh, Seigneur. (Alicia se retourna et lut dans ses yeux le choc et le chagrin.) Kipper est mort, lui murmura-t-il.

Alicia fut tellement sidérée qu'elle laissa sa ligne se détendre et ne vit même pas le black-bass faire un bond et lâcher l'hameçon. Benson poursuivit :

— Brad et Renee ont sauté hors du bateau. Dieu sait comment. On les a retrouvés dans les herbes près de la serpentine.

— Ils sont vivants ?

— Je crois bien. Un autre bateau les ramène au lodge.

— Où êtes-vous, à présent ?

— On entre dans la serpentine. Six, écoutez-moi. On est loin derrière, on ne les rattrapera pas. J'envoie un bateau à Winsokkett. Alicia pourrait-elle les accueillir à l'entrée de la grand-route et les conduire jusque chez vous ?

— Pourquoi pas moi ?

— J'ai du travail pour vous, et je veux que vous m'écoutiez attentivement. Vous n'êtes pas obligé d'accepter, ça pourrait être dangereux.

— Allez, Benson, dites-moi tout.

— Si vous pouviez sortir en bateau et essayer de les garder à l'œil quand ils arriveront de Rocky Pond, alors vous pourriez appeler nos agents et leur indiquer où sont ces salauds.

— J'y vais tout de suite.

— Six ! Écoutez-moi ! Surtout ne vous approchez pas d'eux. Gardez-les à l'œil, simplement. Ils sont tous les deux armés. Pas de fusils, mais je pense que Nelson a un .357 Magnum. Ça rigole pas, Six.

— J'ai un fusil au camp, un Ruger 30.06.

La voix de Benson explosa dans le portable de Six, sonore et furieuse.

— Bordel, Six ! Laissez cette arme au camp. Je vous l'ordonne.

— Vous n'en avez pas vraiment le droit.

Cette réponse mit Benson hors de lui.

— Je vous interdis de jouer au prof avec moi. Weller me met déjà dans de beaux draps.

— Weller ? Qu'est-ce qu'il a fait ?

— Il les suit dans un autre bateau. D'après mon agent au lodge, il avait un revolver à la ceinture.

— Et merde.

— Ouais. Comme vous dites. Maintenant, s'il vous plaît, notez le numéro de portable de l'agent Delaney…

— Minute, minute ! (Six bondit dans le bateau et attrapa le papier et les crayons qu'il gardait dans un sac pour prendre des notes sur sa pêche.) C'est bon, allez-y.

Six nota le numéro et Benson ajouta :

— Delaney sera l'un des deux agents à bord du bateau. Ils seront armés. Ils essaieront de percer la coque avant de tirer sur quiconque. Bon. Alicia sur la route, vous sur le lac.

— Ça marche.

Alors qu'il refermait le téléphone, la voix de Benson cria :

— Six !

— Oui ?

— Ne vous approchez pas de ce putain de bateau.

VADIK et Anka avaient vite compris leur erreur en entrant dans la serpentine à trente kilomètres/heure. Au bout de quelques minutes, ils avaient percuté un tronc immergé qui dévia brutalement le bateau et coupa le moteur. À présent, le moteur tellement relevé qu'il crachait de l'eau et Anka penchée à l'avant pour repérer les souches, les grosses branches et les rochers, ils négociaient le dernier tronçon de la serpentine. Ils finirent par déboucher dans Rocky Pond, après une rangée d'arbres juste au sud des Bert & Betty's Summer Camps, un ensemble de cabanes de pêche décrépites et décolorées par le soleil, aux porches en grillage rouillé, disposées autour d'une plage de sable en forme de demi-cercle. Des enfants sur des matelas pneumatiques s'éclaboussaient et criaient à côté de leurs parents dans les hauts-fonds. Ils adressèrent tous des signes joyeux à Vadik et Anka. Des tueurs fous dans un bateau de cinq mètres ressemblent à n'importe qui dans un hors-bord.

Vadik adopta une vitesse moyenne sur une centaine de mètres, puis accéléra, et ils purent traverser le lac à soixante kilomètres/heure, projetant un grand V d'eau à la proue et une grande gerbe à la poupe.

— Vadik ! hurla Anka en agitant le bras droit de haut en bas. Moins vite, moins vite !

Alors que Vadik ralentissait, un spectacle intimidant les accueillit. Rocky Pond – le lac rocailleux – portait bien son nom : de tous les côtés, de petits archipels de rochers brisaient sa surface. Et comme le savaient tous les habitants de la région, sous les rares étendues d'eau libre, de traîtresses formations rocheuses, déposées par les glaciers des millions d'années auparavant, avaient valu des ennuis à bien des plaisanciers et payé les études universitaires des descendants des propriétaires de marinas spécialisées dans l'entretien et la réparation des bateaux.

Le lac était donc constellé de balises flottantes avec l'inscription Danger!

Vadik porta un regard furieux vers un nouvel obstacle qu'il ne pouvait éliminer d'un coup de feu.

— Bordel de merde! glapit-il.

— Il faut qu'on y aille doucement, Vadik. On ne peut pas faire couler le bateau.

Vadik ricana.

— C'est pas vrai? T'es sûre? (Il prit le temps de la toiser.) Mais quelle abrutie!

La colère empourpra le visage d'Anka.

— Arrête tout de suite de m'insulter, fumier!

— Ou sinon tu me feras quoi? Tu vas me tuer? Ouais! (Il rit à nouveau.) Abrutie. (Avant qu'Anka ait pu bouger ou émettre un son, il leva le Magnum et visa sa tête.) Puisqu'on en parle, tu crois que j'ai besoin de toi? J'irai plus vite tout seul. (Anka écarquilla les yeux de terreur. Vadik baissa son arme.) J'ai changé d'avis. Va à l'avant et guette les rochers.

Anka s'exécuta sans se faire prier.

Cinq minutes plus tard, un nouveau spectacle terrible s'offrit à eux: l'étroit passage donnant dans Winsokkett Pond était entièrement jonché de rochers, sur plusieurs dizaines de mètres vers l'est et vers l'ouest, rochers parmi lesquels étaient dispersés sept bateaux de pêche, car le Détroit était un lieu de choix pour les black-bass qui se nourrissaient d'écrevisses. À bord de l'une des embarcations, un homme mince et de très haute taille portait une chemise en lambeaux et un chapeau miteux.

Vadik inclina à nouveau le moteur jusqu'à ce qu'il crache et Anka se remit à scruter l'eau claire. Quand ils eurent contourné un dernier rocher, elle se servit des jumelles pour regarder en arrière, vers la serpentine. Elle régla la netteté, repéra sans peine les Bert & Betty's Summer Camps, braqua les jumelles vers la gauche et, oui, le passage était là. Un bateau bleu et blanc comme le leur en sortait à cet instant.

— Il y a un autre bateau qui vient du ruisseau vers le lac, dit Anka. Bleu et blanc, exactement comme celui-ci.

— C'est qui ?

— Sais pas. Trop loin.

Vadik lui prit les jumelles et se concentra sur le bateau, mais ne put distinguer le pilote. Il semblait n'y avoir qu'une personne à bord.

— Probablement ce putain de shérif de mes deux, grommela-t-il.

Vadik détestait la police sous toutes ses formes, comme on pouvait s'y attendre de la part d'un individu dont la spécialité est le meurtre sur commande, mais il détestait en particulier les agents à casquette.

Bob Weller avait aussi des jumelles, car les tucurs et lui bénéficiaient d'une autre règle imposée à Cedar Lodge par feu Iphigene Seldon. Dans chaque bateau, le plein d'essence devait être fait et la clef de contact être en place, mais il devait aussi y avoir des jumelles et une veste imperméable. Comme il ne connaissait pas Rocky Pond, Bob dut s'arrêter pour examiner la rangée d'arbres sur la rive opposée, jusqu'au moment où il repéra le Détroit et… ah ah ! Ils étaient là, se faufilant entre les rochers. Ils avaient déjà disparu lorsqu'il avait quitté Willow Pond, donc ils ignoraient qu'il les suivait.

Bob avait un plan. Lorsqu'on fuit à bord d'un véhicule quel qu'il soit, le fugitif a naturellement tendance à regarder derrière lui. Cela vaut aussi pour les bateaux, mais le poursuivant n'a à redouter ni routes, ni collines ni vallées, rien qui l'empêche de surprendre le fuyard en faisant un détour pour l'attaquer de front. Quel que soit le sens que prenait la fuite, Bob partirait en sens inverse, décrirait un grand arc de cercle à pleine vitesse, s'arrêterait, repérerait les fugitifs et foncerait droit sur eux.

Je les tuerai, et après je mourrai.

28

Six lança sa ligne avec un plomb fixé au bout pour éviter tout risque de prise alors qu'il espionnait le lac. Alors que Vadik et Anka (qu'il connaissait encore sous les noms de Nelson et Tory) se glissaient à seulement deux rochers de son bateau, il tenta de prendre l'air le plus nonchalant possible, comme un lundi ordinaire, comme s'il ne se passait rien d'exceptionnel, comme s'il n'était qu'un vieux minable tuant le temps. Il rabattit son chapeau sur ses yeux et lança sa ligne dans une autre direction afin de tourner le dos à l'autre bateau. En général, il portait une casquette à longue visière pour pêcher, mais il avait choisi ce chapeau kaki afin de pouvoir dissimuler en partie son visage. Il remarqua que son cœur s'était mis à battre plus vite et qu'il avait les mains moites. Tout en se demandant si James Bond avait parfois les mains moites, il les essuya nerveusement sur son pantalon avant de passer à l'action.

Lorsqu'il entendit le bruit de leur moteur croître, il jeta un regard par-dessus son épaule et vit qu'ils prenaient de la vitesse. Il mit le moteur en marche arrière et se faufila doucement entre les rochers, vers l'eau libre. Puis il composa le numéro de l'agent Delaney.

— Allô ?

— Six Godwin à l'appareil. Les salauds viennent de traverser le Détroit et arrivent dans Winsokkett. Où êtes-vous ?

— On vient de tourner sur la 8 en direction du nord.

— Ma femme sera à l'entrée de la route du camp pour vous guider.

— Super. Je vous appelle quand on est sur l'eau.

Six baissa son moteur et continua à trente kilomètres/heure, se tenant loin de l'autre bateau mais en l'ayant toujours à l'œil. Parce que les bateaux étaient rares sur le lac, il partit d'abord dans une direction, puis dans une autre, comme s'il cherchait un endroit particulier où lancer sa ligne. Jusque-là tout allait bien, mais deux choses le tracassaient : d'abord, où était à présent Bob Weller, et ensuite, comment les Bolston allaient bien faire pour s'enfuir ? L'entrée de la large serpentine qui se déversait dans North Pond se trouvait sur la rive sud, mais le savaient-ils ? À moins que… Oh, et puis merde. Gene faisait toujours placer à bord des bateaux de Cedar Lodge bien davantage que les gilets de sauvetage, les rames et les lumières exigées par la loi : des vestes imperméables, des jumelles et, malheureusement, des cartes d'état-major indiquant toutes les étendues d'eau de la région des Belgrade Lakes.

Ces tueurs-ci étaient-ils vraiment des malins ?

— PAR ici, par ici, regarde ! dit Anka en agitant devant Vadik la carte de Winsokkett.

— C'est quoi ?

— Une autre serpentine. Qui mène à North Pond. Tu vois cette île ? Avance vers elle, la serpentine est juste derrière.

Bob ne connaissait pas non plus Winsokkett, mais les bateaux, il les connaissait : les godilles, les canoës, les vedettes, les yachts à voile et surtout les hors-bord. Il avait participé à des courses à Miami, aux Bahamas et en Australie, filant à cent soixante-quinze kilomètres/heure, survolant l'eau à cent quarante-cinq. Cela remontait à bien des années auparavant, et il savait qu'il était maintenant vieux et affaibli. Mais un facteur supplémentaire intervenait, en cette magnifique journée de juillet, alors qu'il décrivait un cercle vers le nord-est après avoir vu Vadik partir vers le sud-est : il ne ressentait aucune peur. Il avait déjà décidé que s'il n'était pas tué dans la bataille navale à venir, il mettrait fin à sa vie de sa propre main ce jour-là.

Il repassa sa tactique en revue. Comme il visait une surprise totale, il filerait droit sur Vadik et Anka, à pleine vitesse, par bâbord. Si tout se déroulait comme prévu, Vadik paniquerait et ferait une embardée à tribord, soulevant la coque de l'eau au moment précis où Bob viendrait violemment percuter le bateau. Comme le siège du pilote était à tribord, l'effet espéré devait être de projeter Vadik à l'eau.

Et si ça ne fonctionnait pas, eh bien, il ferait le tour du bateau et les attaquerait par le flanc en leur tirant dessus avec son calibre .38.

De son côté, Six était de plus en plus anxieux. Les Bolston filaient droit vers la serpentine menant à North Pond. Était-ce un simple hasard ? Delaney ne l'avait pas appelé et l'autre bateau s'approchait d'Eagle Island. Il accéléra et, alors qu'il comblait l'écart, il tenta de voir si les tueurs consultaient une carte. Sans s'en rendre compte, il s'était avancé beaucoup trop près d'eux. Il remit le levier en arrière mais il était trop tard : Tory s'était retournée et l'avait repéré.

Les premières mesures du concerto de Schumann qu'il aimait tant le firent sauter en l'air ; il saisit le téléphone et l'ouvrit.

— Godwin à l'appareil.

— Delaney. Où sont-ils ?

— À l'ouest d'Eagle Island. Vous connaissez ?

— Ouais.

— La serpentine menant à North Pond se trouve juste au sud.

— Notre bateau entre dans l'eau. On démarre dans deux minutes.

En rangeant le téléphone dans sa poche, Six fut stupéfait de voir un bateau foncer vers les Bolston. Ça ne pouvait pas être Delaney, donc il crut qu'un pêcheur fou se précipitait vers son coin préféré. Bon Dieu, il allait se jeter sur l'autre bateau. Six coupa le moteur et prit ses jumelles.

— Oh bordel, murmura Six. Oh bordel.

C'était Bob Weller. Les bateaux s'entrechoquèrent avec un vacarme ignoble. Celui des tueurs faillit se renverser à tribord, et Vadik fut éjecté du siège du pilote et propulsé dans le lac.

Alors que le bateau tanguait sous l'impact et basculait à tribord, Anka saisit l'axe de la chaise de pêche fixée à l'avant. Elle entendit Vadik hurler. L'embarcation se redressa et se mit à tournoyer à pleine vitesse, projetant Anka contre la coque alors qu'elle rampait vers le siège du pilote tout en éructant des jurons sous l'effet de la colère et de la douleur. Elle finit par réussir à s'emparer du volant et à rabattre le levier en position neutre.

Juste avant de heurter l'autre bateau, Bob se tenait au milieu du pont, genoux fléchis, serrant le volant de la main droite, tenant de l'autre une ligne passée autour d'un taquet à bâbord. Ainsi affermi, il avait survécu au choc et était resté debout. Il se jeta alors sur le siège du pilote, ralentit le bateau et le fit pivoter. Et il fut ébahi de voir que son attaque avait réussi : Vadik pataugeait et criait dans l'eau.

Bob tira son calibre .38 de son étui et le braqua sur Vadik, qui comprit quelques secondes trop tard qu'un bateau arrivait par-derrière. Sa tête tournoya. Bob visa, tira et, avec une ultime expression de fureur et de stupeur, le visage de Vadik explosa.

Six cria et agita frénétiquement les bras : Anka fonçait sur Bob, qui ne la voyait pas. Elle tira sur lui, la balle s'enfonça dans la chaise de pêche de l'arrière. Bob prit un virage brusque, projetant un rideau d'écume, et riposta, mais elle s'était accroupie et lançait des regards à travers le volant. Elle bondit, tira deux coups sans vraiment viser, puis se plaqua de nouveau contre le plancher.

Six regardait la rive nord-est, cherchant désespérément à y voir apparaître le bateau de l'agent Delaney. Il leva ses jumelles et… oui, juste devant, un bateau plus grand fendait la surface du lac à toute allure, mais il était encore au moins à huit cents mètres. Comment pouvait-il rester là immobile alors que Bob esquivait les balles tirées par les meurtriers ? Il n'en était pas question, décida-t-il très vite, poussant en avant le levier d'accélérateur et fonçant vers le lieu de l'action. En se rapprochant, il vit Anka se lever et tirer le coup qui mit fin à la longue vie d'aventure de Robertson Weller III – une balle qui lui transperça le cœur. Bob tomba sur le dos et se vida de son sang en trente secondes. Tandis que son bateau filait vers l'ouest, la dernière chose que vit Bob fut un balbuzard solitaire tournant haut dans le ciel, se découpant contre le ciel bleu vif.

Oubliant dans un moment de colère qu'il n'était pas James Bond, Six se dirigea droit vers Anka, sur le côté de son bateau. Elle le vit, tira et le manqua – Merci pour ce coup-là, Jésus. Il prit un soudain virage à bâbord, l'arrosant de son sillage.

Lorsqu'il se retourna, il fut horrifié de voir qu'Anka collait à sa poupe. Face aux 75 chevaux tout neufs de Cedar Lodge, son vieux rafiot équipé d'un moteur de 60 chevaux ne faisait pas le poids. Il oscilla vite vers tribord, mais elle ne le lâchait pas. Elle se rapprocha, puis s'écarta et revint à tribord. Le rugissement des deux moteurs était assourdissant et ajoutait à la terreur de voir Anka braquer son Beretta sur lui, le visage déformé par la rage, hurlant des jurons qu'il n'entendait pas. Il se baissa, tourna le volant à fond à bâbord et la balle atteignit sa coque, juste derrière le siège du pilote.

– Putain, la salope ! Putain la salope ! se surprit à hurler Six sous l'effet de la frayeur.

Il allait mourir, il savait qu'il allait mourir, et il allait mourir en hurlant et en gémissant.

Leur combat tournoyant les avait conduits tout près d'Eagle Island. Paniqué, Six fonça vers l'île, pensant de manière assez irrationnelle qu'il trouverait une certaine sécurité en se faufilant parmi les formations rocheuses du côté ouest. Anka le rejoignit à bâbord et tira une balle qui percuta son tableau de bord alors qu'il se recroquevillait en position fœtale.

Anka partit vers bâbord tandis que le bateau de Six, qui avait lâché le volant, se mettait à tourner comme un fou. Le moteur crachota, toussa et s'éteignit.

— Je te tiens, maintenant, Ducon ! hurla-t-elle en s'avançant alors que Six tentait désespérément de faire redémarrer son moteur.

Trop tard. Elle se rapprocha et s'arrêta. Six n'était qu'à trois mètres d'elle. Elle visa, appuya et… clic. Clic, clic, clic.

Elle avait chargé le revolver avec un magasin à huit cartouches, et elle venait de tirer la dernière.

— Bordel de merde !

(Six raconta par la suite à qui voulait l'entendre, c'est-à-dire à tous les gens qu'il connaissait, qu'en regardant les yeux bleus assassins et furieux de cette petite femme, il avait été pris d'une folie noire, comme celle qui enflammait les guerriers vikings lorsqu'ils chargeaient soudain contre l'armée ennemie, tuant tous les hommes sur leur chemin à coups de hache. Elle l'avait humilié, expliquait-il, elle l'avait réduit à chouiner de peur, et le désir de vengeance s'était emparé de lui. Ex-professeur d'histoire, Six aimait de temps à autre emprunter des métaphores spectaculaires au récit des conflits d'autrefois ; gêné par sa comparaison haute en couleur, il s'empressait d'ajouter que ses actes étaient bien sûr beaucoup moins sauvages que ceux d'un Normand dément maniant la hache de guerre. C'était… euh… la “folie noire” à laquelle, euh… il faisait référence.)

Sachant qu'Anka allait filer, Six attrapa la seule arme qu'il avait sous la main : une canne à pêche, qui n'épouvantait que les poissons. Il avait fixé à la ligne son plus gros leurre Rapala pour brochets, un objet dangereux ayant vaguement la forme d'un petit poisson et garni de trois hameçons, équipés chacun de trois pointes tranchantes comme des rasoirs. Anka poussa le levier de vitesse à fond, le moteur rugit et la proue du bateau se souleva. Six dressa la canne à la verticale, visa la tête d'Anka. Le leurre siffla lorsqu'il lança la ligne d'un geste expert du poignet. Il s'accrocha au cou d'Anka alors que son bateau s'éloignait ; Six rejeta la canne contre son épaule gauche et entendit ses hurlements de douleur alors que, tombée à la renverse, elle tentait de détacher les hameçons qui lui déchiraient la chair. Le leurre se dégagea et le sang ruissela de son cou tandis que son bateau fonçait s'écraser contre un énorme rocher, fracassant la proue en fibre de verre. Épouvantés, des cormorans et des mouettes perchés sur les rochers voisins s'envolèrent en tous sens. Le bateau commença à sombrer. Anka plongea et partit à la nage vers Eagle Island.

Six coupa son moteur et laissa son embarcation dériver, si choqué par ce qu'il venait de faire qu'il pouvait seulement contempler, incrédule, Anka qui gagnait la rive en pataugeant et s'enfonçait dans un épais bosquet de pins et de chênes.

Une sirène fit sursauter Six et, quand il se retourna, il vit le bateau de la police qui arrivait à toute vitesse droit sur lui.

29

— VADIK Bazhukov et Anka Beckenbauer, tueurs à gages, annonça Benson Doucette à Six et à Alicia. (Tous trois étaient installés dans des transats sur le ponton des Godwin.) Bazhukov figurait sur la liste des criminels recherchés par le FBI, mais apparemment ils ne savaient pas à quel point il était dangereux. Quant à Beckenbauer, figurez-vous qu'ils n'en avaient jamais entendu parler. Le comté de Somerbec a donc le plaisir de la poursuivre en justice.

Six termina de remplir de n° 79 le fourneau de sa pipe, l'alluma et émit des cumulus miniatures.

— Et moi qui étais venu ici pour mener une vie tranquille...

— S'il vous plaît ! s'exclama Alicia. Nous sommes tellement impatients de connaître les détails que nous en bavons presque.

Benson prit une gorgée de la bière fraîche qu'Alicia lui avait apportée.

— Eh bien, c'est absolument incroyable. Bazhukov était originaire de Colombie-Britannique, ses parents avaient immigré de Russie. Il avait servi dans une unité d'élite des forces spéciales canadiennes... (Il tira un papier de sa poche.)... La Joint Task Force 2, au sein de la Canadian Special Operations Forces Command. Pas de la gnognote. Une unité de lutte contre le terrorisme. Le Canada est vraiment très réticent à livrer des informations sur ce groupe. En tout cas, après avoir quitté l'armée, il a complètement disparu de la circulation. C'était il y a vingt et un ans. Je n'arrive pas à comprendre que des gens puissent ne laisser aucune trace.

Six sourit.

— N'oubliez pas Colin et Daphne Trimble.

— Ouais. Même chose pour eux. Encore deux personnes dont on ignore tout qui se trouvaient comme par hasard à Cedar Lodge au même moment. Ça donne le vertige. Croyez-moi, on a essayé de les pister, les Trimble. J'y reviendrai tout à l'heure.

— Que pouvaient bien faire des tueurs à gages à Cedar Lodge, et pourquoi voulaient-ils tuer Gene ? demanda Six. Il ne s'agit pas d'un cartel de la drogue au Mexique !

Benson prit une nouvelle gorgée de bière.

— Nous avons la réponse à cette question, et c'est assez folklo. La poulette avec sa kalachnikov en bandoulière…

— Oh, grogna Six. Quelle sale petite garce.

— Eh ouais, je sais ce que vous ressentez. En tout cas, la poulette, la Beckenbauer, elle est en train de nous faire tout un cinéma. Avec son avocat, elle essaye de négocier un accord parce qu'elle est prête à balancer toutes les opérations du crime organisé de Boston. Voyez-vous, la peine de mort n'existe plus dans le Maine, mais dans l'Illinois, ils l'ont toujours, et l'Illinois veut la faire extrader. C'est une fille de Chicago, et elle a été impliquée – sous un autre nom, attention – dans l'assassinat d'un homme d'affaires important.

Selon le récit que Benson fit à Six et Alicia, Vadik Bazhukov et Anka Beckenbauer étaient spécialisés dans les crimes liés aux milieux d'affaires, mais ils ne tuaient pas systématiquement. Leur employeur comptait évidemment d'autres criminels très qualifiés parmi ses salariés. Un homme d'affaires qui cherchait désespérément à se tirer du pétrin, et qui n'avait aucun scrupule quant à la méthode utilisée, pouvait contacter ce groupe anonyme, qui contactait ensuite les exécutants, eux-mêmes tenus dans l'ignorance de l'identité du commanditaire.

— Dans le cas présent, poursuivit Benson, les tueurs savaient qui avait sollicité leurs… euh… services…

— Quelle horrible façon de concevoir le meurtre ! s'exclama Alicia. C'est tout bonnement atroce.

— Oui. C'est ainsi que notre petite tueuse en parle : un service. Enfin, Bazhukov et elle savaient qui avait commandité le meurtre de Gene parce qu'il était au lodge en même temps qu'eux et parce que cela nécessitait qu'ils lui transmettent de faux documents financiers pour dissimuler des vols à Cedar Lodge. Et cet individu était... Vous voulez deviner ?

— C'est forcément Huntley Beauchamp, non ? répondit Six.

— Exact. D'après ce qu'a pu nous apprendre Beckenbauer, ce syndicat du crime inclut des experts financiers véreux.

— Donc... Beauchamp volait certainement dans la caisse de Cedar Lodge ?

— Oui, et pas qu'un peu. Des millions, selon l'avocat de Gene, un certain Adrian Bucksaddle.

— Quel nom magnifique ! dit Six en pouffant.

Alicia le regarda d'un air songeur et en haussant le sourcil.

— Hum. Les gens qui ont un nom bizarre. On se demande d'où il leur vient, pas vrai... Six ?

Six émit un grognement, puis marmonna :

— Oh, oui, je vois ce que tu... Enfin... Bref.

Alicia et Benson éclatèrent de rire et Six fut bien obligé de sourire, tout en tirant vigoureusement sur sa pipe et en examinant un des poteaux du ponton.

— Enfin, selon M. Bucksaddle, quand Gene a convoqué la fameuse réunion familiale, Beauchamp a paniqué. Il a cru qu'il serait démasqué dès que l'avocat et le comptable auraient en mains les rapports de placements qu'il fournissait à Gene.

Six parut songeur lorsqu'il se retourna vers Benson et Alicia :

— Donc tout part de lui et de sa cupidité : Gene, Bruno, Kipper, et merde, même le chien. Au fond, c'est lui qui les a tous tués.

— Et qui a lui-même connu une mort affreuse alors qu'il s'enfuyait, ajouta Alicia.

— Ça fait peur, non ? dit Benson.

Ils se turent pendant quelques instants, puis Benson reprit la parole.

— À propos des meurtres. C'est pas très joli, mais vous voulez savoir ?

— Dites-nous tout.

— Beckenbauer prétend que Bazhukov a assommé Gene avec une pierre puis s'est servi d'un chalumeau. Vous aviez raison, Six.

— Ouais, eh bien…

— Elle dit que le chalumeau, c'était son idée à lui, qu'il aime donner un côté artistique – je cite – à ses meurtres.

— Oh mon Dieu ! s'exclama Six.

— Il a eu l'idée après avoir entendu toutes ces discussions sur la façon dont les parents Seldon étaient morts. Beckenbauer affirme qu'elle trouvait l'idée absurde mais que Bazhukov était un psychopathe. Un sadique. C'est extraordinaire, une meurtrière qui en traite un autre de psychopathe sadique. Elle prétend que chaque fois qu'ils travaillaient ensemble, il se chargeait de tuer ; elle était la stratège, lui le tacticien. Madame ne se salissait pas les mains.

— Allez dire ça à Bob Weller.

— Ah oui. Elle ne considère pas que ce soit un meurtre. Son avocat va plaider la légitime défense.

— Et menteuse, avec ça, la petite salope ! éclata Six avant de se tourner très vite vers Alicia. Pardon, mon petit cœur. C'est Beckenbauer qui a pourchassé Bob.

— Ne vous en faites pas. Vous serez un témoin de premier ordre quand le procès aura lieu. À propos, c'est bizarre, une ex-femme est venue réclamer le corps de Weller après avoir appris la nouvelle à la télé. Elle dit qu'elle l'aimait encore. On en a parlé aux infos nationales, et votre nom a même été mentionné.

Six tira la pipe de sa bouche et pivota sur son fauteuil en direction de Benson.

— Oh non, pitié ! S'ils ont cité des propos que je suis censé avoir tenus, ce sont des mensonges. Je n'ai rien dit à personne. Je n'ai jamais répondu, ni à la porte ni au téléphone.

Benson leva la main.

— Ne vous en faites pas, vraiment, votre nom a simplement été mentionné en tant que témoin de la fusillade. Comme vous l'aviez demandé, nous n'avons pas mentionné votre… lancer d'expert à la toute fin.

Six soupira et parut soulagé.

— Merci.

— Malgré tout, Beckenbauer en fait toute une histoire avec son avocat. Elle a trois plaies assez moches à la base du cou, sur l'épaule droite et dans le dos.

Six se pencha, la main sur la tête.

— Bor-del-de-merde. Je vais être poursuivi pour coups et blessures ?

— Le procureur est certain que nous pourrons l'éviter, mais Anka et son avocat essayent de s'en servir pour marchander. Si ce leurre s'était planté quelques centimètres plus loin, il aurait pu lui trancher la carotide.

Six gémit. Sa bonne humeur commençait à être sérieusement entamée.

— Et Bruno ? demanda Alicia.

— Bazhukov était sûr que Bruno l'avait vu pendant l'orage lorsqu'il était allé couper le câble reliant le groupe électrogène au lodge. Et attendez, elle dit qu'il s'est servi d'élagueurs pour couper le câble principal venant de la route. Quand il est tombé sur Bruno qui dormait dans un coin après sa dispute avec Merrill, il est allé prendre une alène dans le hangar à bateaux, a tué Bruno et l'a porté jusqu'au lac. Il était sacrément musclé, ce Bazhukov.

— Ça fait toujours un salopard de moins sur Terre, grommela Six.

— On a cuisiné la poulette au maximum, à propos des rapports financiers trafiqués, mais elle s'est mise à gueuler qu'elle ne savait pas du tout comment ils avaient été pondus. Son boulot était de livrer le résultat. Je ne peux que la croire, parce qu'elle cherche désespérément à échapper à la justice de l'Illinois. Si elle en savait plus, elle en ferait encore plus des tonnes.

Un nouveau silence s'ensuivit, un bref instant pendant lequel tous envisagèrent les étranges caprices du sort. Puis Alicia demanda :

— Comment vont Brad et Merrill ?

— L'hôpital Thayer a gardé Brad deux nuits. Il va lui rester une vilaine cicatrice au bras droit. Je viens de passer le voir. Il ne sait plus où donner de la tête pour organiser l'enterrement de Gene et de Kipper. Il était sobre, il tremblait un peu. Et sérieux, ce qui ne lui ressemble pas.

— C'est horrible, ce qu'il a vécu, dit Alicia. Nous ne regardons pas la télévision, mais nous avons lu les articles dans le *Morning Sentinel*. Et la version publiée par d'autres journaux sur Internet. Renee Ranger est la source de la plupart de ces papiers. Elle évoque la bravoure incroyable de Brad qui leur a sauvé la vie à tous les deux.

— Elle va sans doute vendre son histoire à un magazine, suggéra Six, avec photos d'elle à moitié nue.

— Ça ne m'étonnerait pas, grogna Benson. (Il poussa un lourd soupir et prit une longue rasade de sa bouteille de bière). Je ne peux pas le prouver, mais je sais pertinemment qu'elle a donné de l'Elavil à Gene. Noreen Crepeau… vous vous rappelez, la légiste ?

— Oui.

— Elle dit que la dose devait être énorme. Je pense que Renee a essayé de tuer Gene, mais que voulez-vous que j'y fasse maintenant, après tout ce qui est arrivé ? (Benson devint songeur, les yeux fixés sur deux libellules qui, sur un poteau du ponton, tentaient de fabriquer d'autres libellules.) C'est comme si on laissait impuni… Et merde, c'est bien une tentative de meurtre qu'on va laisser impunie. Mais à quoi bon s'acharner ?

— Je suis d'accord, lui dit Six. C'est plus d'ennuis que ça n'en vaut la peine. Ce n'est pas l'Elavil qui a tué Gene, après tout.

Alicia proposa son avis sur Renee.

— On pourrait dire que l'expérience terrible de frôler la mort a été une sorte de châtiment pour ses péchés.

— J'imagine, oui, acquiesça Benson.

Il doutait fort qu'une personne comme Renee Ranger soit moralement amendée par ce qui s'était passé à Cedar Lodge. D'un autre côté, on ne sait jamais, au fond, conclut-il.

— Et Merrill ? lui rappela Alicia.

— Pas grand-chose de neuf. Elle refuse de parler, on croirait qu'elle est ailleurs. Dès qu'il aura obtenu l'accord du médecin, Brad dit qu'il la ramènera au lodge pour s'occuper d'elle. Qu'il embauchera une infirmière à plein temps. Dieu sait qu'il en a les moyens. Même si le lodge est fermé et malgré les millions que Beauchamp a dérobés, il reste une belle fortune.

— Il finira bien par rouvrir le lodge, non ? voulut savoir Six.

— Eh bien, je ne sais pas vraiment ce qu'il va faire. Je n'ai pas voulu insister.

— Non, bien sûr.

— Et puis le chef, Jean-Pierre, est parti lui aussi, pour New York. Brad a le cœur sur la main, en réalité. Il lui a donné de quoi aller vivre là-bas un moment, en disant qu'il investirait dans un restaurant si Jean-Pierre en trouvait un qui lui plaisait. C'est Jean-Pierre qui me l'a appris, pas Brad. Le pauvre petit ne s'est pas remis de la mort de Kipper. Il ne peut même pas prononcer son nom sans fondre en larmes.

— Je n'en reviens pas, pour Brad, dit Six. On va peut-être enfin découvrir l'homme qui se cachait sous l'alcool et derrière la comédie qu'il jouait constamment.

— C'est peut-être une façon d'honorer la mémoire de Kipper, dit Alicia.

— Ouais, probable, opina Benson. Toutes ces morts vont me hanter, mais la mort de ce jeune homme est celle qui me chagrine le plus.

Alicia contempla la belle journée qui s'annonçait.

— J'ai encore du mal à croire que tout ça a pu se produire.

Pour sa part, Benson était encore choqué à l'idée que des assassins professionnels se soient baladés en toute liberté sur son terrain. Et à propos d'individus suspects, il reprit :

— Vous m'avez posé une question au sujet du couple d'Anglais, les Trimble.

— Ils n'étaient pas anglais, corrigea Six. Là-dessus, je les avais démasqués. Leur accent n'était pas assez cohérent, ça m'a mis la puce à l'oreille.

— Oui, ça colle bien avec ce que j'allais dire : je pense que tout ce qui les concerne était inventé. Ils ont disparu comme la rosée sur le cul d'une tortue.

Six et Alicia haussèrent chacun un sourcil à l'adresse de Benson.

— Je vous demande pardon ? dit Alicia.

Benson devint écarlate.

— Je viens d'inventer la formule. À l'instant.

Six gloussa.

— Si ça continue, Benson, vous serez bientôt assis sous un porche à sculpter des leurres et vous expliquerez aux touristes qu'ils se sont trompés de route.

— Qu'est-ce que vous racontez ? C'est votre personnage, ça, pas le mien.

Six prit un air de dignité outragée.

— Moi, je joue un personnage ? C'est nouveau !

— Enfin, conclut Benson, je crois que nous ne saurons jamais ce que ces deux-là étaient venus faire à Cedar Lodge. Mais à mon avis, ils mijotaient quelque chose.

— C'est très bizarre, non ? dit Alicia. Ils avaient reconnu cet abominable assassin. Ça laisse rêveur.

— J'y ai réfléchi, leur annonça Six. C'est invraisemblable que deux couples de criminels – car je suis convaincu que Colin et Daphne sont des criminels à leur façon – se retrouvent en même temps dans un endroit aussi bucolique que Willow Pond. Une sacrée coïncidence, s'il s'agit vraiment d'un hasard.

Benson parut intrigué.

— Oh oh… C'est-à-dire ?

— Et s'ils faisaient aussi partie du gang qui a frappé Gene et le lodge ? Et s'ils étaient les experts financiers, ceux qui ont rédigé les faux documents ?

— Vous pensez que ce sont aussi des tueurs ? demanda Benson.

— Difficile à imaginer, non ? Ils étaient si charmants, si British. Mais qui aurait jamais soupçonné Nelson Bolston, monsieur Tout-le-Monde, et sa sœur, la fille sexy qui gloussait ?

Alicia eut soudain l'air très fâchée et frappa du poing sur son genou.

— Jamais, jamais je n'oublierai la manière dont cette petite garce m'a embobinée. (Elle prit une voix attendrissante.) *C'est tellement tragique, pour Gene. C'est tellement effrayant. Nelson est tellement bouleversé. Nous sommes venus chercher l'amuuur et maintenant c'est trop horriiible.* (Alicia renifla de dégoût.) Quelle abomination !

Tous trois se turent plusieurs minutes, absorbés dans leurs réflexions sur la comédie macabre à laquelle ils avaient été mêlés.

Benson admirait Winsokkett Pond, chauffé par les rayons obliques du soleil ; une brise légère agitait la surface de l'eau et les feuilles des érables, des chênes et des pins voisins. À l'ouest, les montagnes étaient coiffées par des Everest de cumulus blancs sans aucune zone sombre annonciatrice d'orages. Oh, comme j'adorerais aller pêcher tout de suite, pensait Benson. Pour son jour de congé, il était en civil : jean et chemise de pêche L.L. Bean toute neuve, dans l'espoir que cette tenue pourrait laisser deviner aux Godwin son désir de se rendre sur le lac pour une activité autre que la poursuite des meurtriers. Il n'avait pas eu l'occasion d'y pêcher depuis des années.

La télépathie était peut-être dans l'air, car Alicia demanda :

— Benson, ça vous dit d'aller pêcher ?

Le visage radieux, il se tourna vers elle.

— Madame, je ne pourrais rien rêver de mieux. Aujourd'hui, vous voulez dire ?

— Mais oui. Six et moi, nous sommes sortis ce matin, et nous allons bientôt repartir pour l'après-midi. Il fait un temps superbe, autant en profiter. Et puis, comme nous l'avons découvert tout à l'heure, les poissons sont affamés.

— Excellent. Je vais faire un saut chez moi pour rapporter mes deux cannes préférées et ma boîte à accessoires. (Il se leva, s'arrêta, et porta sur Six un regard sévère.) Juste un mot encore à propos de votre, disons, prétendue agression contre Beckenbauer. Merde, pourquoi ne m'avez-vous pas écouté, professeur ? Nous l'aurions capturée. Enfin, Delaney était en route sur notre bateau. Pourquoi vous en êtes-vous mêlé ?

Six vida dans l'eau les cendres de sa pipe et s'affaira à nettoyer le fourneau, pour éviter d'avoir à répondre.

— Professeur ? Vous avez bien failli y rester, non ?

Six s'éclaircit la gorge, soupira et se tortilla sur sa chaise.

— Je ne sais pas, Benson, dit-il d'une petite voix. Je ne sais pas ce qui m'a pris.

Silence.

Finalement, Six se redressa et fixa Benson. Avec un grand sourire, il ajouta :

— Mais vous reconnaîtrez que mon lancer était excellent.

Octobre

Assis à côté de son pot de fleurs préféré, sous le long porche du grand lodge, Brad Seldon contemplait l'incomparable beauté des forêts entourant Willow Pond, avec leurs nuances de rouge, d'orange, de jaune, de brun et de vert caressées par la lumière mélancolique d'octobre. L'air était délicieusement frais, et une odeur de feu de bois provenait des camps voisins. D'après ses estimations, il devait faire autour de 5 °C. Brad avait cessé d'étudier les températures. Ses instruments, toujours actifs dans son petit labo météorologique, au dernier étage, continuaient à enregistrer leurs données, mais plus aucun œil n'examinait leurs pronostics. Il s'y remettrait un jour, songeait-il avec satisfaction.

Merrill était dans sa chambre avec une infirmière, Brad lui parlait chaque matin et chaque soir, mais elle réagissait rarement. Pour le reste, il était seul. À l'exception des fenêtres du rez-de-chaussée donnant sur le lac, des fenêtres de la cuisine et de celles de leurs deux chambres, les volets étaient fermés et le lodge plongé dans l'obscurité. Le sol était jonché de feuilles mortes, la pelouse en était couverte et elles étaient éparpillées partout sur la plage et les pontons. Des feuilles brunies et ratatinées s'étendaient d'un bout à l'autre du porche, et tout autour aussi, d'ailleurs. À l'arrière, les jardins, le parking et la route menant à Red Fox Lane disparaissaient également sous un épais tapis de feuilles. À quoi bon les ramasser ? s'était dit Brad. On n'attendait personne à Cedar Lodge. Et puis il aimait le bruissement des feuilles lorsqu'il marchait, même de la porte principale jusqu'à son fauteuil sous le porche.

Les immenses saules pleureurs qui se déployaient si magnifiquement au-dessus du hangar, l'été, avaient bruni, et bientôt, leurs centaines de branches filiformes seraient nues, brinquebalées par les vents d'hiver. Tous les bateaux avaient été hivernés et enfermés dans le hangar, et les pontons étaient colonisés par des canards, des mouettes et oies du Canada, tous reconnaissants d'être là. Leurs déjections rendaient les planches dangereuses, mais au diable, pensait Brad : personne ne sortirait en bateau. Autant qu'il se souvienne, Brad était parti à la pêche tous les mois d'octobre de sa vie, ici, à Winsokkett, dans North Pond et East Pond, dans Great Pond et sur la Kennebec River. En dehors de quelques jours de mauvais temps, la pêche d'automne était un vrai régal, dans la fraîcheur mordante d'un lac désert, entouré par toute la palette de l'automne. Les prises automnales n'étaient évidemment pas comparables au butin de l'été : les black-bass et les autres poissons nageaient en eaux plus profondes à mesure que la surface se refroidissait, et ils étaient plus difficiles à localiser. Cependant, avec son talent instinctif, Brad parvenait à en faire monter n'importe quel jour d'automne. Cet automne-ci, néanmoins, il n'avait aucune autre envie que de rester assis à regarder la nature entrer peu à peu dans l'hiver.

Il était en paix. Aucune urgence ne faisait intrusion dans sa vie. L'argent ne manquait pas, le temps non plus. Le reste du monde pouvait bien tourner sans lui. C'était une vieille chanson, non ? se demanda-t-il… *and let the rest of the world go by*. Oui, c'est ça. Il ne se rappelait pas la suite des paroles, et l'air était à la lisière de sa mémoire. Une chanson du temps de ses parents. Il pouvait désormais penser à eux sans souffrir, penser à son père et sa mère, si merveilleux. À un moment au cours de ces trois mois écoulés depuis l'horrible traumatisme de l'été, la masse d'angoisse et d'amertume qu'il cachait depuis dix-huit ans sous son charme éthylique s'était volatilisée. Bizarre, songeait-il.

Il se demandait s'il aurait pu devenir bouddhiste. Non, taoïste. Quand il était étudiant, il avait été très intrigué par le taoïsme : la force dans la “non-action”, mettre sa volonté en harmonie avec l'univers naturel. *Ne lutte pas. Comme un roseau, plie-toi sous l'effet du vent et de l'eau.* Il resterait donc assis et jouirait de la sérénité taoïste, simplement heureux d'être en vie.

Oui, certes, il y avait la chère bouteille de George Dickel à côté de la plante ; il n'était plus nécessaire de la cacher *derrière* le pot. En fait, il aurait pu mettre la bouteille sur la balustrade, qui l'aurait vue ? Simplement, il aimait la tradition de la bouteille près du pot de fleurs. Il faut préserver certaines vérités, estimait-il.

Néanmoins, il y avait maintenant une différence dans le rituel : la bouteille de bourbon durait beaucoup plus longtemps. Par exemple, on était en plein après-midi et Brad n'était pas ivre, il n'était même pas vaguement éméché. Un peu gai, seulement. Il faisait durer chaque verre de “soutien spirituel”, le sirotait très lentement, savourant son arôme délicieux. Juste assez pour maintenir une bonne température corporelle, telle était sa devise. Pour ça, les vêtements ne suffisaient pas. Aujourd'hui, il s'était emmitouflé dans un épais pantalon en velours côtelé, de grosses chaussures, un pull montant en polaire, une veste de chasse à carreaux rouges et noirs, et un feutre à larges bords.

Seigneur, pensa-t-il. Est-ce un bruit de pas ? Oui, des pas qui s'approchent, qui font craquer et crisser les feuilles. Puis…

Au début, il ne put en croire ses yeux, donc il resta assis à regarder fixement devant lui. Et quand il finit par comprendre que ce n'était pas une illusion, il bondit et cria :

— Thomasina !

Tom Barclay traversa la pelouse et s'arrêta devant le perron.

— Salut, Brad. Y a quelqu'un à la maison ?

Brad ne sut que répliquer, lui qui avait d'ordinaire la repartie facile. Il sourit simplement. Peut-être que je deviens trop calme, songea-t-il.

— Il n'y a que les oiseaux et moi. (Brad désigna la communauté aviaire qui squattait les pontons.) Venez sous le porche, Thomasina.

Il fut étonné de voir que Tom portait une jupe en tweed, une veste marron de la même étoffe et un pull à col en V. Tom sourit et répondit :

— Merci. Et appelez-moi Tom. Ma mère est la seule à m'appeler Thomasina.

Brad eut l'air tout penaud.

— Bon. Soit. J'imagine que j'ai beaucoup exploité votre nom quand nous étions… euh… enfin…

— Quand j'étais l'ennemi.

— Oh, je ne sais pas. Je jouais vraiment les emmerdeurs. (Il ricana, ôta son chapeau et se passa la main dans la masse indisciplinée de ses longues boucles tirant sur le roux. La non-action taoïste se traduisait par l'absence de passages chez le coiffeur.) À vrai dire, Thoma… Tom, vous me rendiez… Oui, votre regard dur et froid…

Tom éclata d'un rire sonore et adressa à Brad un sourire chaleureux.

— Vous voyez, Brad, c'est l'impression que je donne. Ce regard, ce n'est pas moi. C'est un numéro que j'ai mis au point pendant mes études, quand j'ai appris à mener un interrogatoire. J'essayais d'être le super-flic.

— Oh, je sais quelle impression vous donnez, Tom. Vous êtes une femme superbe.

Tom rougit et Brad, un peu ému, s'agita en regardant à droite et à gauche, comme s'il cherchait quelque chose dans un endroit mal connu de lui.

— Pardon, Tom, asseyez-vous, je vous en prie. Ces derniers temps, je n'ai reçu la visite de personne à part les écureuils et les tamias. (Quand ils furent tous deux assis, Brad sourit à Tom.) Je peux vous proposer des noix et des baies ?

Tom parut hésiter.

— Hum. Pas tout de suite. Je viens de dévaliser une mangeoire à oiseaux.

Ils rirent ensemble, et Brad brandit la bouteille de bourbon.

— Voici ma vieille amie. J'ai… euh… J'ai réduit ma consommation, c'est la vérité, mais je participe encore à des cocktails l'après-midi et le soir, en solitaire. (Il prit le ton solennel d'un majordome.) Puis-je vous proposer un rafraîchissement, madame ?

— Mais très volontiers. (Tom contempla le plafond du porche d'un air pensif.) Peut-être… voyons voir… un bourbon dilué. Vous avez ça ?

— Absolument. Pardonnez-moi quelques secondes. (Brad disparut dans les ténèbres du lodge et revint deux minutes plus tard avec un autre verre, une carafe d'eau et un seau de glaçons. Il prépara la boisson de Tom et la lui remit.) Santé ! (Ils burent tous deux). Tom, dois-je comprendre à en juger d'après votre tenue que vous n'êtes pas ici dans l'exercice de vos fonctions ?

— Jour de congé, répondit Tom. Bon sang, ça c'est un bon bourbon.

— C'est simplement le meilleur que nous servons au Café du Porche de Devant. (Brad se tut et se tourna vers le lac.) Pourquoi êtes-vous venue, Tom ? demanda-t-il, les yeux ailleurs.

— Je suis venue voir comment vous alliez.

— Vraiment ?

— Oui.

La voix de Brad était à peine audible.

— Je suis honoré, Tom. Merci.

— Et donc, comment allez-vous… vraiment ?

— En fait, je vais très bien. Je suis… comment dire ? Apaisé. Oui, je suis apaisé. J'ai acquis, curieusement, une qualité dont Six Godwin m'a expliqué qu'elle comptait beaucoup pour lui, la qualité de tranquillité. La capacité de rester assis longtemps, à réfléchir simplement, même en présence d'autrui. (Brad regarda Tom avec un sourire cordial.) Et donc, pour le moment, je suis simplement là, tranquille. Et vous ?

— Tout va bien. J'ai l'espoir que la chasse sera bonne cet hiver. À propos, quand rouvrez-vous le lodge ?

— Pas cet hiver. Après, je ne sais pas. Je pense que je vendrai.

Tom sirota son whisky et réfléchit.

— C'est un peu triste.

— Ouais, c'est triste. J'ai toujours vécu ici.

— Brad, je suis désolée pour Kipper. Je regrette que nous n'ayons pas pu empêcher ce qui est arrivé. (Comme il ne réagissait pas, elle poursuivit.) Comment va Merrill ?

— Ah, ce n'est pas fameux. Elle lit, elle regarde parfois un film, en DVD. Quand elle regarde la télé, ça la rend toute chose, et elle devient hystérique. Je ne peux pas le lui reprocher. En général elle lit, elle prend ses repas, elle s'endort dans son fauteuil. Parfois, elle s'installe dehors, au soleil. Je… Je n'arrive pas à tirer grand-chose d'elle. Je lui parle tous les jours, parfois elle sourit ou elle répond par monosyllabes à mes questions. Ils lui ont prescrit des médicaments très forts. La bataille a été rude pour qu'elle décroche de la coke. Je ne sais pas… il finira peut-être par y avoir du mieux.

— Laissons-lui un peu de temps. Je pense qu'elle s'en sortira.

— J'espère que vous avez raison. Je redoute toujours le suicide, alors j'ai une infirmière à plein temps avec elle. Pas de problème, je peux me le permettre. Je suis à moitié propriétaire de quarante-huit millions de dollars. Ah oui, j'avais oublié de préciser. J'ai fait incinérer Amos et j'ai déposé ses cendres près de Duck Island. Il me manque.

— Vous pourriez prendre un autre chien.

— Je pourrais, ouais. J'y pensais justement.

Tous deux se turent, mettant à l'épreuve la qualité de tranquillité de l'autre. Au bout d'un moment, Brad demanda :

— Tom, pourquoi êtes-vous venue ici ?

— Comme je l'ai dit, pour voir comment vous allez.

Brad se tourna et son regard plongea dans les deux grands yeux de Tom, d'un bleu magnifique, si différents, par leur texture et par l'humanité qui y brillaient, de ces autres yeux bleus qui l'avaient horriblement subjugué en juillet.

— Mais pourquoi, Tom ? Pourquoi vous…

— Pourquoi je m'intéresse à vous ?

— Oui.

— Je pense que vous pouvez deviner.

Tom rougit et détourna la tête. Brad la dévisagea, étonné ; l'accélération de son pouls vint perturber sa qualité de tranquillité.

— Merci. Merci, Tom. Et je suis content que vous soyez là. Voudriez-vous un autre… un autre cocktail, madame ?

Tom lui sourit.

— Il faut que je m'en aille, Brad. Et puis un flic qui conduit en état d'ivresse, c'est moche.

— Je regrette que vous deviez déjà partir. Peut-être une autre fois ?

— Bien sûr, une autre fois.

Tom contempla Willow Pond et songea combien ce paysage était sublime. C'était le lac du Maine par excellence, intact, préservé de la pollution, isolé et serein. Comme il était triste, se disait-elle, qu'il ait été profané par des assassinats aussi abjects.

— Brad ?

— Oui, Tom ?

— Vous êtes un homme très courageux.

Brad voulut parler, mais sa gorge se noua et il garda le silence, craignant de trahir son émotion. Il se retourna, étudia le profil de Tom et comprit que, de toute sa vie, on ne lui avait probablement jamais rien dit d'aussi agréable à entendre.

Elle se remit face à lui, sourit, et chacun soutint longuement le regard de l'autre, jusqu'à ce que Brad détourne les yeux. Il soupira, but un peu de whisky et examina les saules pleureurs de Duck Island. Doucement, il dit :

— Euh, Tom… Je… euh… je ne sais pas trop comment formuler ça, car c'est assez… nouveau (il se força à ricaner), même pour un beau-parleur comme moi… Mais, voilà, Tom, vous êtes différente de toutes les femmes que j'ai connues. Et ce n'est pas un compliment à deux balles. J'ai assez donné dans ce style-là pour arrêter les compliments à deux balles. Vous êtes marrante comme tout, intelligente et… je me demandais…

Tom avala le reste de son whisky, et lui posa la main sur le bras.

— Brad, je sais ce que vous allez dire. Et la vérité, c'est que je pensais exactement la même chose.

Brad la dévisagea, radieux.

— Vraiment ?

— Oui. Néanmoins…

Et merde, songea Brad. Ça y est.

— Néanmoins, il y a quelques problèmes réels. D'abord, il y a moi, je suis flic, j'adore mon métier de flic, et puis…

— Et puis il y a moi, le poivrot. Même si, comme je le disais, je vais réellement mieux.

— J'en suis certaine. Mais comme vous l'avez dit aussi, vous êtes un emmerdeur. C'est au-dessus de mes forces pour le moment.

— Je comprends.

Tous deux restèrent muets. Brad rompit le silence.

— Et puis il y a l'âge. Vous avcz quoi, Tom, vingt-huit, vingt-neuf ans ?

— Trente et un.

— J'en aurai quarante-neuf en janvier. Ça fait un sacré écart.

Tom soupira.

— Disons… Disons simplement que pour le moment…

Brad leva son verre et lui sourit.

— Que pour le moment, ça ne se fera pas.

— Merci, Brad. Vous êtes vraiment un type sensationnel.

— Et vous, ma grande, dit Brad en posant sa main sur la sienne, vous êtes une fille sensationnelle.

— Je sais qu'ils sont là-bas, proclama Six en lançant sa ligne à un mètre du rocher émergé le plus proche. Nous en avons pris deux ici l'automne dernier, tu te souviens ?

— Oui. Mais c'était plutôt des petits formats, lui rappela Alicia.

— Quand même. C'étaient des brochets. Cette année, un de nous va en attraper un gros. J'espère que ce sera moi, décréta Six depuis la chaise de pêche de la poupe, Alicia occupant celle de l'avant. (Il se tourna vers elle avec un clin d'œil.) Je blague !

— Non, je ne crois pas.

— Bien sûr que si. Jamais je ne serais aussi égoïste.

Alicia lui lança un regard, le sourcil haussé.

— Six, je te connais. Si tu allais à la pêche avec le Christ et qu'il prenait un grande bouche de trois kilos et toi un petit truc d'un kilo, tu crèverais de jalousie.

— Tu me surprends, mon petit cœur. Je suis le plus généreux des pêcheurs. N'ai-je pas insisté pour que tu prennes la chaise située à l'avant du bateau ? Tout le monde sait que c'est celle d'où l'on attrape le plus de poisson.

— Tu es un comique né, mon chéri. Ce que tu dis est vrai uniquement quand on se sert du moteur de traîne. Le pêcheur à l'avant est le premier à plonger sa ligne dans une eau nouvelle. Comme convenu, nous sommes à l'arrêt. Pas de vent, on pêche une demi-heure dans chaque nouvel endroit.

Six gloussa, très content de lui.

— Dans ce cas… j'espère que ce sera moi.

— Et j'espère que ce sera moi.

— Tu utilises un Rapala ?

— Tout à fait. Un neuf, qui vient de sortir. On l'appelle le Tueur.

Six rit à gorge déployée.

— Ah ça, c'est le bouquet ! Moi, je pêche avec le Rapala qui m'a servi à hameçonner une vraie tueuse.

Alicia moulina et contempla son époux, cet homme parfois intolérable mais en général adorable, il fallait le reconnaître.

— Cette petite escapade est la chose la plus stupide que tu aies jamais faite, Six ! Je pourrais être veuve à l'heure qu'il est.

— Pardon, mon petit cœur. Tu as raison, bien sûr. Mais si tu deviens veuve, je suis sûr que tu auras des tas de soupirants. Tous pêcheurs, bien sûr.

— Je n'ai aucun besoin de soupirant, qu'ils aient une canne entre les mains ou pas !

Six laissa cette déclaration flotter quelques instants dans l'air froid d'octobre. À la manière dont Alicia avait rapidement fait pivoter sa chaise pour lui tourner le dos, il savait qu'elle était consciente d'avoir dit une bêtise.

Il attendit quelques secondes, se racla la gorge et dit :

— Tu voudrais bien répéter ?

— MERDE !

Ils pêchèrent dans un profond silence jusqu'au terme des trente minutes accordées à cet endroit particulier. Alicia explosa :

— OK. Allez, allez. Reprends-le, reprends-le. (Brusquement elle projeta sa canne par-dessus son épaule gauche et cria.) Whahaa !

Oh mon Dieu, songea Six, ça va être elle.

— C'est un brochet, forcément ! s'exclama Alicia.

Six s'avança pour la regarder mouliner et il fut bien obligé d'avouer que c'était clairement un brochet : pas de tournoiements, pas de bonds, pas de secousses brutales, juste une traction énorme au bout de la ligne.

Alicia moulinait et tirait, moulinait et tirait.

— Pas le moment de se relâcher.

À cet instant, un brochet apparut, tout en dents et en yeux noirs, avec un long corps en forme de torpille. Selon l'habitude des brochets, il roula sur le flanc à côté du bateau et les dévisagea, capitulant en apparence, mais les Godwin savaient qu'il cherchait simplement à les berner : il faisait passer la ligne à l'arrière de sa gueule en attendant qu'ils se relâchent, pour la broyer avec ses dents et se libérer.

— Il n'est pas bien gros, annonça Six.

— Ouais. Mais c'est quand même un brochet. Attention avec ce filet, il va le déchirer.

Six glissa lentement le filet dans l'eau derrière le poisson, vers sa queue, et pfuit ! Il captura le brochet à l'instant où celui-ci cassait la ligne. Il le souleva et renversa le filet sur le pont du bateau, où l'animal se débattit jusqu'à ce qu'il ait recraché le leurre. Alicia enfila ses gants à bouts d'acier, saisit le brochet par la mâchoire inférieure et le tint pour que Six prenne une photo. Puis elle le rejeta dans le lac.

— Bien joué, mon petit cœur.

— Le prochain sera pour toi, mon chéri, et j'espère qu'il sera monumental. Désolé pour mes déclarations quelque peu excessives de tout à l'heure.

— Et moi, je te présente mes excuses pour mes propos immodérés.

— Parfait. Maintenant que ce point-là est réglé, attrapons un autre brochet.

C'est ce qu'ils firent une heure plus tard, grâce encore au travail d'équipe. Le vieux Rapala écaillé de Six devait ressembler à un hot dog pour le plus gros brochet qu'ils aient vu de près depuis longtemps. C'était le champion des grands brochets, et un *mano a mano* opposa la bête au professeur Godwin pendant plus de quinze minutes avant que le poisson, semblable à un sous-marin miniature, fasse surface et roule sur le côté en jetant un regard mauvais de son œil noir.

Des photographies furent prises, la grosse bête fut remise à l'eau et put repartir à la chasse dans les profondeurs de Winsokkett. Il aurait eu fière allure, empaillé au-dessus de leur cheminée, mais ils avaient tous deux reconnu qu'il était trop extraordinaire pour être tué.

Autour de Winsokkett Pond, les forêts aux couleurs automnales brillaient sous le soleil de la fin d'après-midi quand Six et Alicia repartirent chez eux triomphants, mais sans se presser. Des oies du Canada volaient en V au-dessus d'eux vers la rive est. Un feu de bois parfumait l'air. Lorsqu'ils aperçurent leur ponton, Six annonça d'une voix de stentor :

— Ô dieux du lac, je dédie mon frère poisson aux mille dents à la mémoire d'Iphigene Seldon, grande pêcheuse parmi les mortels.

Épilogue

ADRIAN Bucksaddle était un homme honorable. Il ne l'était pas toujours, et pas entièrement, bien sûr ; un être humain qui serait immanquablement honorable dans chaque aspect de son existence serait insensible au divin ou à la folie (ou sans doute aux deux). De même, un être humain qui avait consacré une longue vie à défendre la loi de façon efficace et lucrative ne pouvait avoir évité certains cas où la ruse et le subterfuge étaient nécessaires.

Adrian Bucksaddle n'en était pas moins aussi continuellement honorable que sa profession le lui permettait. Cet aspect de sa personnalité lui posait encore problème, après tant de mois écoulés, quant à son implication dans les meurtres de Cedar Lodge. Oh, il n'était nullement en proie à des tourments moraux, il craignait simplement que ses actions, disons, clandestines de l'été précédent l'aient placé indirectement en contact avec des individus animés de mauvaises intentions.

Alors qu'il méditait sur ces questions sans réponse, il était attablé devant une des fenêtres de la salle à manger du Copley Plaza Hotel et contemplait l'espace balayé par le vent de Copley Square, qui était couvert de neige et de glace. Les conditions climatiques étaient si polaires que les rares passants étaient emmitouflés comme les membres de l'expédition arctique de Peary et couraient frénétiquement d'une porte à l'autre, pliés en deux contre le vent.

Hormis la salle à manger de ses deux clubs, cette table à cette fenêtre du Copley était l'endroit de Boston préféré d'Adrian pour prendre un repas. Il venait de terminer un aloyau exceptionnellement tendre, suivi par une exquise crème brûlée, et il faisait durer son café et son brandy. Tout comme il respectait scrupuleusement les vertus d'antan, il respectait scrupuleusement les normes vestimentaires d'antan. En ce vendredi soir glacial, quelques jours avant Noël, Adrian portait une veste de tweed mélangeant fils bruns, bleus et couleur de bruyère, un gilet en laine de mérinos à boutons de corne, un pantalon à pinces en sergé gris mis en valeur par des chaussettes en fil d'Écosse et des chaussures oxford brun foncé, à bout perforé, de chez Peel & Co.

Il passerait Noël chez sa sœur, à festoyer en compagnie de ses neveux et petits-neveux, sa seule famille car, même s'il était résolument hétérosexuel, il ne s'était jamais marié ("Oh, mais j'ai eu du succès auprès des dames, en mon temps", affirmait-il parfois avec un sourire énigmatique.) Il menait une vie solitaire, mais la solitude ne lui pesait pas : il avait ses livres (il appréciait particulièrement les romans parus entre les années 1930 et 1950), sa musique (Wagner et Liszt avaient sa préférence) et ses films (des DVD de tous les classiques du film noir). Il avait une petite écurie d'amis charmants, et il était de temps à autre un convive apprécié dans les dîners en ville. En général, cependant, il jouissait avec bonheur de l'agrément de sa propre compagnie.

Quand Adrian était dans l'un de ses clubs, il dînait agréablement avec d'autres membres, mais lorsqu'il prenait ses repas à cette table-ci, devant cette fenêtre-ci, il dînait toujours seul, par choix. À côté de son verre de brandy était ouvert un de ses romans favoris, *Rendez-vous à Samarra* de John O'Hara, mais il n'y avait guère prêté attention, préoccupé par des pensées qui le ramenaient invariablement à Cedar Lodge, à Iphigene Seldon, à sa nièce et à ses deux neveux, dont un avait connu une mort tragique.

Malgré ses requêtes, Gene avait rarement laissé Adrian jeter un œil aux rapports de placements de Cedar Lodge Holdings que gérait Huntley Beauchamp, déclarant que ce serait pour Adrian une perte de temps, car il n'était pas expert financier; et puis, bordel, avait-elle lancé, le vieux Huntley, même s'il n'était selon elle qu'un “sac à merde prétentieux”, se débrouillait magnifiquement pour faire rentrer des fonds. Elle avait raison, la finance n'était pas le point fort d'Adrian, mais il avait acquis la conviction, grâce à l'examen méticuleux des quelques rapports qu'il avait reçus, que Beauchamp siphonnait allègrement l'argent censé tomber dans les caisses de Cedar Lodge. Pourtant, même s'il pensait bien avoir repéré des jeux d'écriture et des chiffres trafiqués, il ne pouvait rien prouver.

Il avait donc entrepris une action qui n'avait rien d'honorable.

Un certain collègue du barreau, également membre du club où les avocats étaient surreprésentés, homme qui possédait une irréprochable réputation de discrétion pour les grandes comme pour les petites affaires, avait un soir mentionné, alors qu'ils buvaient des whiskys au coin du feu, dans la bibliothèque du club, qu'il existait dans un bureau de poste privé un tiroir où ceux qui se trouvaient dans une situation inextricable étaient libres de déposer une description de ladite situation inextricable et demander si l'on pouvait leur rendre service. Dans les quarante-huit heures, une réponse à chaque requête était déposée dans la boîte. Des honoraires exorbitants étaient “suggérés”, le requérant étant prié de laisser la somme dans une pochette à fermeture Éclair comme en utilisent les banques. Une fois perçus, les honoraires déclenchaient la résolution du problème. Il fallait être confiant et espérer que l'argent versé ne disparaîtrait pas dans une oubliette. Le temps passait – impossible de savoir combien de temps prendrait chaque service – et l'anxiété croissante du requérant n'était soulagée que le jour où, tout à coup, la source première de ses ennuis était neutralisée, pour ainsi dire.

Ce soir-là, devant la cheminée, Adrian avait gloussé avec une joie condescendante lorsqu'on lui avait parlé de ces services très spéciaux. Son collègue était un ami de longue date et un homme qu'il admirait.

— Ne me dites pas, mon cher, que vous avez vous-même eu recours à ces méthodes dignes d'un film de cape et d'épée.

— Mais si, Adrian, avait répondu son ami. J'ai bel et bien déposé mon argent dans le tiroir mystérieux, un jour, et avec d'excellents résultats. J'avais été mis au courant par un autre avocat qui avait obtenu un succès tout aussi retentissant.

— Doux Jésus, s'était exclamé Adrian. Cela me rappelle le Frelon Vert avec son masque.

— Je crois que ça, c'était plutôt The Shadow. Vous pouvez en rire, Adrian, mais il ne faut jamais dire jamais. Et quand le jour viendra, je ne serai que trop heureux de vous guider vers ce fascinant tiroir.

Et le jour vint, bien sûr.

Chez Adrian, enfermé dans un tiroir de son bureau, l'ordinateur portable de feu Huntley Beauchamp attendait son inéluctable destruction, une fois que tous les détails pertinents en auraient été retirés. L'avocat envisageait diverses méthodes pour anéantir l'objet en secret ; mieux valait ne pas même imaginer à quoi il s'exposait si l'on apprenait qu'il était en possession dudit portable. L'ordinateur lui avait été livré dans une mallette en acier, à son bureau, directement, non pas à sa secrétaire ou au réceptionniste, mais sous sa table. La porte de son bureau était pourtant fermée à clef, tout comme la porte principale du cabinet, et il avait malgré tout trouvé la mallette posée là, sous le meuble fermé à clef, un matin de bonne heure en arrivant à son travail, dans la première semaine d'août. Adrian pensait qu'un examen de l'ordinateur de Huntley révélerait ses noirs desseins financiers, et il ne s'était pas trompé. Toute l'affreuse carrière du criminel s'y affichait en centaines de virements électroniques des fonds de Cedar Lodge vers ses propres comptes bancaires et à travers des milliers de courriels retraçant une vie entière de tromperie, de chantage et de corruption, tant dans ses tractations professionnelles que dans ses relations personnelles.

Selon le shérif Benson Doucette, celle des deux tueurs qui avait survécu, Anka Beckenbauer, alias Dieu sait quoi d'autre, avait identifié Huntley Beauchamp comme l'individu ayant, par un intermédiaire, loué leurs services, à Vadik Bazhukov et à elle, même s'il n'avait jamais su qui ils étaient.

Adrian jugeait ce scénario désagréablement familier. Sans révéler ses sources, il avait fourni au shérif Doucette des détails confirmant les dires d'Anka Beckenbauer : Huntley avait en effet volé Cedar Lodge Holdings. Le shérif et les Godwin lui avaient également appris l'existence du mystérieux couple anglais, Colin et Daphne Trimble. Apparemment, les Trimble avaient résolu le mystère en dévoilant aux Godwin l'identité des meurtriers, par un coup de téléphone lors duquel ils avaient admis que, eux, les Trimble, n'étaient pas qui ils prétendaient être, et qu'il serait absolument vain de chercher à les démasquer ou à les retrouver – affirmation qui ne s'était avérée que trop vraie.

Ce dernier point troublait beaucoup Adrian : il était sûr que Colin et Daphne étaient les voleurs dont il avait déclenché l'intervention en déposant une somme en liquide dans le tiroir "fascinant". S'ils avaient identifié le meurtrier Vadik Bazhukov, comment avaient-ils acquis cette information ? Bazhukov avait-il lui aussi été embauché par le biais du fascinant tiroir, et cela signifiait-il que les Trimble avaient "collaboré" avec Bazhukov, et qu'ils joignaient à leur savoir-faire de cambrioleurs des talents d'assassins ?

Tel était le hasard qui perturbait l'esprit par ailleurs serein et ordonné d'Adrian : en payant pour un cambriolage, avait-il fourni de l'argent à une organisation qui tuait aussi moyennant finances, ce qui constituait la plus abjecte des entreprises mercenaires ?

Jamais, plus jamais il ne serait tenté d'agir ainsi, jura-t-il.

Il soupira, ferma son livre, se leva et traversa la salle à manger, non sans verser, selon son habitude, de généreux pourboires aux serveurs et au maître d'hôtel. Un concert de Noël l'attendait à Trinity Church, sur la place. Pendant quelques minutes, il serait l'une des silhouettes gelées qui filaient se réchauffer à l'intérieur d'un des bâtiments de Copley Square.

Après les fêtes, il prendrait contact avec Bradley Seldon pour savoir s'il souhaitait toujours recevoir les conseils juridiques du cabinet Bucksaddle, Putnam & Wrisley. Puis il autoriserait le paiement d'un chèque de banque d'un montant de 2,3 millions à l'intention de Mme Bradley Seldon. Toutes les personnes concernées par la tragédie de Cedar Lodge avaient exprimé une vive sympathie pour Mme Seldon, née Renee Ranger, pour l'épreuve horrible qu'elle avait subie, mais plusieurs d'entre elles avaient laissé entendre que c'était une femme narcissique et pénible.

Enfin, admit Adrian alors qu'il reprenait son manteau au vestiaire du restaurant, au moins ce n'était pas une meurtrière.

CATALOGUE

Edward Abbey
Désert solitaire
Un fou ordinaire
Le Gang de la Clef à Molette
Le Feu sur la montagne
Le Retour du Gang
Seuls sont les indomptés

Rick Bass
Le Livre de Yaak

Viken Berberian
Das Kapital

Ron Carlson
Le Signal
Cinq ciels
Retour à Oakpine

Ned Crabb
Meurtres à Willow Pond

Kathleen Dean Moore
Petit traité de philosophie naturelle

James Dickey
Délivrance

Pete Fromm
Indian Creek
Avant la nuit
Chinook
Comment tout a commencé
Lucy in the sky

Samuel W. Gailey
Deep Winter

John Gierach
Traité du zen et de l'art de la pêche à la mouche
Truites & Cie
Même les truites ont du vague à l'âme
Là-bas, les truites…
Sexe, mort et pêche à la mouche
Danse avec les truites

Aaron Gwyn
La Quête de Wynne

Roderick Haig-Brown
Le Printemps d'un pêcheur

John Haines
Vingt-cinq ans de solitude

Bruce Holbert
Animaux solitaires

Robert Hunter
Les Combattants de l'Arc-en-Ciel

Craig Johnson
Little Bird
Le Camp des Morts
L'Indien blanc
Enfants de poussière
Dark Horse
Molosses
Tous les démons sont ici
Steamboat

Phil Klay
Fin de mission

Adam Langer
Les Voleurs de Manhattan

Barry Lopez
Rêves arctiques

Bruce Machart
Le Sillage de l'oubli
Des hommes en devenir

William March
Compagnie K

Ayana Mathis
Les Douze Tribus d'Hattie

James McBride
L'Oiseau du Bon Dieu

Howard McCord
L'Homme qui marchait sur la Lune

Larry McMurtry
Et tous mes amis seront des inconnus
Le Saloon des derniers mots doux

John McPhee
Rencontres avec l'Archidruide

Kent Meyers
Twisted Tree

Melinda Moustakis
Alaska

Greg Olear
Totally Killer

Robert Olmstead
Le Voyage de Robey Childs

Doug Peacock
Une guerre dans la tête

Tom Robbins
Comme la grenouille sur son nénuphar
Une bien étrange attraction
Un parfum de jitterbug
Jambes fluettes, etc.

Rob Schultheis
L'Or des fous
Sortilèges de l'Ouest

Bob Shacochis
La femme qui avait perdu son âme

Terry Southern
Texas Marijuana et autres saveurs

Mark Spragg
De flammes et d'argile

Wallace Stegner
Lettres pour le monde sauvage

Mark Sundeen
Le Making Of de "Toro"

Glendon Swarthout
Homesman

William G. Tapply
Dérive sanglante
Casco Bay
Dark Tiger

Terry Tempest Williams
Refuge

Alan Tennant
En vol

Jim Tenuto
La Rivière de sang

Trevanian
La Sanction
L'Expert
Shibumi
Incident à Twenty-Mile
The Main

David Vann
Sukkwan Island
Désolations
Impurs
Goat Mountain

Tony Vigorito
Dans un jour ou deux

John D. Voelker
Itinéraire d'un pêcheur à la mouche
Testament d'un pêcheur à la mouche

Lance Weller
Wilderness

William Wharton
Birdy

Benjamin Whitmer
Pike

Stephen Wright
Méditations en vert

Kim Zupan
Les Arpenteurs

Collection **NEONOIR**

Jon Bassoff
Corrosion

Peter Farris
Dernier appel pour les vivants

Jake Hinkson
L'Enfer de Church Street

Matthew McBride
Frank Sinatra dans un mixeur

Todd Robinson
Cassandra

Benjamin Whitmer
Pike
Cry Father

S. Craig Zahler
Exécutions à Victory

Collection **totem**
des livres au format poche

Eve Babitz
Jours tranquilles, brèves rencontres

Rick Bass
Les Derniers Grizzlys
Le Livre de Yaak

Larry Brown
Joe
Père et Fils

Ron Carlson
Le Signal

James Dickey
Délivrance

Howard Fast
La Dernière Frontière

Pete Fromm
Indian Creek

Samuel W. Gailey
Deep Winter

Craig Johnson
Little Bird
Le Camp des Morts
L'Indien blanc
Enfants de poussière

Dorothy M. Johnson
Contrée indienne
La Colline des potences

Ross Macdonald
Cible mouvante
Noyade en eau douce
À chacun sa mort
Le Sourire d'ivoire
Trouver une victime
La Côte barbare
Les Oiseaux de malheur

Bruce Machart
Le Sillage de l'oubli

William March
Company K

Ayana Mathis
Les Douze Tribus d'Hattie

James McBride
Miracle à Santa Anna

Howard McCord
L'Homme qui marchait sur la Lune

Larry McMurtry
Lonesome Dove I
Lonesome Dove II
La Dernière Séance
Texasville

David Morrell
Premier sang

Tim O'Brien
À propos de courage
Au lac des Bois

Doug Peacock
Mes années grizzly

Tom Robbins
Même les cow-girls ont du vague à l'âme
Féroces infirmes retour des pays chauds
B comme Bière
Comme la grenouille sur son nénuphar
Un parfum de jitterburg

Bob Shacochis
Au bonheur des îles

Mark Spragg
Une vie inachevée
Là où les rivières se séparent

Glendon Swarthout
Le Tireur

William G. Tapply
Dérive sanglante
Casco Bay
Dark Tiger

Jim Tenuto
La Rivière de sang

Trevanian
La Sanction
L'Expert

David Vann
Sukkwan Island
Désolations
Dernier jour sur terre

Kurt Vonnegut
Dieu vous bénisse, monsieur Rosewater
Le Petit Déjeuner des champions

Larry Watson
Montana 1948

Lance Weller
Wilderness

Tobias Wolff
Dans le jardin des martyrs nord-américains

Cet ouvrage a été imprimé sur du papier
dont les fibres de bois proviennent
de forêts durablement gérées

IMPRIM'VERT®

CET OUVRAGE A ÉTÉ COMPOSÉ PAR
ATLANT'COMMUNICATION
AU BERNARD (VENDÉE).

ACHEVÉ D'IMPRIMER
PAR L'IMPRIMERIE FLOCH À MAYENNE
EN DÉCEMBRE 2015
POUR LE COMPTE DES ÉDITIONS GALLMEISTER
14, RUE DU REGARD
PARIS 6e

DÉPÔT LÉGAL : FÉVRIER 2016
1re ÉDITION
N° D'IMPRESSION : 89143
IMPRIMÉ EN FRANCE